凝煉知識品味閱讀

楚辭新編

注釋・翻譯・解析

周秉高——著

五南圖書出版公司 印行

推薦序

近接秉高先生來電，邀我為他即將在臺灣出版的大作《楚辭新編》一書作序。過了幾天，他發來書稿，我將書稿列印成冊，以便慢慢圈點拜讀。沉甸甸的書稿擺在眼前，令人肅然起敬，一位年逾古稀的老友，壯心不已，至今仍孜孜不倦地在楚辭園地中耕耘，繼續讓學術生命發光，喜結碩果，可敬可賀！此時此刻，我為他的晚年新作感到高興，理當拜讀，談點讀後感，雖不自量力，也只得愧然應允。

我了解秉高先生有個過程，起初，我覺得他是編輯工作方面的能人。《職大學報》的工作人員全是兼職的，但在他的主持下（一直擔任主編），辦得有聲有色，不僅產生廣泛影響，而且傳播到海外許多國家和地區。此刊還設了三個特色專欄，尤其是「楚辭研究」專欄中的文章，只要刊物到手，每期我都拜讀過，並將其中佳作作為參考資料保存。該刊還積極配合中國屈原學會工作，如經常報導楚辭學界的學術動態，還圖文並茂地介紹過一些學界名流等等，深得學術界同仁好評。我對他更多的了解是從《職大學報》和別的報刊上不斷看到他在楚辭研究方面的文章開始的，其中一些新說引起我的關注，繼而又陸續拜讀過他寄贈給我的一些大作，還有多次學術會議相聚時的促膝長談，久而久之，對他在楚辭研究方面的突出貢獻有了更多的了解，印象深刻，心存敬意。

「不積小流，無以成江海。」秉高先生在楚辭研究領域能夠取得如此傲人的成績，與他長期勤學、苦練、深鑽和努力奮鬥分不開，譬如工具書《新編楚辭索引》、專著《楚辭原物》二書，既是楚辭研究的基礎性工作、開創性工作，又是提升基本功力和治學水準的有效途徑。從利用自身研究成果的情況看，他的一些學術論著也與《楚辭新編》有著內在連繫，使他在撰寫《新編》時派上了用場，將有關成果融入到文本之中。又如他先後幾次對楚辭文本的深度鑽研和解析（如一九九二年出版的《屈原賦解析》，二〇〇三年出版的《楚辭解析》），不斷修改補充，不斷改進，直到今天我手頭所看到的書稿《楚辭新編》，又有新的突破，「更上一層樓」。如此看來，秉高先生的治學道路有個特點，那就是「步步高」。《楚辭新編》的大功告成，標誌著他目前研究水準所能達到的深度和高度。從聲望來說，自他加入中國屈原學會開始，由會員—理事—常務理事—副會長—名譽會長……也可以說是「步步高」。一言以蔽之，秉高先生是一位向著科學高峰不斷攀登的學者！

綜合觀之，秉高一身三任，是集教師、學者、編輯於一身的教育工作者，且在各個方面都獲得了豐收。最令人注目的是，他的主攻方向是《楚辭》，其研究成果也大都集中在楚辭學方面，是名副其實的楚辭專家。從他的研究成果看，屬於創新型學者。以上是我對他的總體印象和基本評價。下面則對《楚辭新編》談點初讀淺見。

本書內容不僅在整體框架上自成系統，且在學術思想脈絡方面也是自成系統的，書中各篇作品的詞語注釋、寫作背景、篇次順序、層次分析等，均與秉高先生多年研究成果息息相關，他將這些相關成果分別融入到本書文本之中，可以說是一部「集成性著作」。注釋力求言之有據，準確到位。譯詩能緊扣原文，文白對應，傳情達意，雖時隔千載，亦如屈子之自陳。譯文採用七言句式，簡明整齊，便於朗誦。

關於古本《楚辭》的篇第問題，上世紀八十年代初，湯炳正先生在《〈楚辭〉成書之探索》中有過詳細論證，其中對出現篇次結構「凌亂現象」的原因有如下論述：「現在根據初步探索，其根本原因是：《楚辭》一書的纂成，既非出於一人之手，也不出於一個時代；它是不同時代和不同的人們逐漸纂輯增補而成的，故造成上述的凌亂現象。」（見《屈賦新探》，齊魯書社一九八四年出版。）面對這種「凌亂現象」該怎麼辦？確實值得反思。

屈原作品的篇第問題，自古以來就是個老大難問題，關鍵是涉及到作品的寫作時地問題，寫作時地弄清楚了，篇第問題自然順理成章地解決了。為了推進楚辭篇第的研究，秉高先生下了很大功夫，對屈原每篇作品的寫作時地進行深入研究，搜尋資料，考證辨析，用證據說話，最後得出自己的結論。二〇一六年，在一次「屈原作品篇第研討會」上，數十位楚辭研究名家，專門對秉高研究楚辭篇第問題的成果，展開認真熱烈的討論，且在〈離騷〉、〈哀郢〉等主要作品的寫作時地問題上大致取得了共識。他在這方面的研究成果，也在《光明日報》等報刊上先後發表過，為梳理古本楚辭篇第的「凌亂現象」奠定了基礎。正是有了這些成果作為基礎，他才有底氣和勇氣對古本楚辭篇第的「凌亂現象」動了一次「大手術」，即重新調整了屈原作品的篇第（按作品寫作時序排列）。應當承認，這是經他認真研究後得出的結論才作出如此調整的，可以作為一家之言來對待。當然，「我們不能肯定說，他所排定的篇第，一定會被楚辭學界全然接受」（徐志嘯教授語），這是實話。學術上的百花齊放，百家爭鳴，乃求索使然，實屬正常現象。這裡需要看到的是，他在這方面的探求，對於攻克楚辭研究中的難關是大有助益的。從這部「集成性著作」中也可以看出秉高先生在治學方面難能可貴之處：他那知難而上、有錯必糾的勇氣，咬住不放的執著精神，紮實深厚的學術功底，突破舊說的獨到見解，精細闡發的理論素養，尊重權威又不迷信權威的透明心胸等等，對讀者均有不可低估的啓迪作用，尤其是他的學術創新精神和自主性思維方式，更是值得學習和發揚。

關於楚辭作品的結構層次問題，向來是楚辭研究中的又一個難點，也是楚辭研究中的一個薄弱環節。探討楚辭作品的章法問題，宋代初現苗頭。讀書很細心的朱熹曾覺察到這一點，這在其《集注》和《辯證》文字中曾有所論述，略顯其端倪。值得一提的是，在《楚辭集注》中他對〈離騷〉只分小節。全詩是按韻律排列，四句一小節（並作注），共分九十三個小節。宋人中也有將〈離騷〉分為若干段落的，如錢杲之的《離騷集傳》，將〈離騷〉分為十四段。至明代，〈離騷〉的章法問題引起學者的重視，說法漸多，分歧也隨之出現。延續至今，有關〈離騷〉的段落劃分法，已經多至數十種，五花八門，其中，獨具慧眼者有之，錯亂惑人者有之，意義不大者有之……之所以出現這種現象，與品讀者選取的角度和個人的主觀判斷有關。同一部作品，不同的品讀者有不同的讀法，各有自己的選擇角度，各有自己的主觀判斷，所以出現了不同的劃分法。實際上，我們很難說某種劃分法是「標準分法」，只能從諸多劃分法中進行比較，做出評判，作為研究時參考。〈離騷〉恢宏浩蕩，波瀾起伏，迴環跌宕，精深奧妙，若要對其結構層次做出科學分析而又達到令人滿意的程度，的確很難。但不等於說不去做這個工作，人們總是期待有志者能在這方面的研究有所突破，拿出成果，與人分享。更需要指出的是，除〈離騷〉外，為數較多的其他楚辭作品的結構層次研究工作，古今罕見，即便有，也是十分有限的、零星片段的，仍留下了許多空白，需要有人來彌補之，豐富之。

的確，楚辭中的多數作品就像一座座「迷宮」，要真正讀懂像楚辭這樣富於個性化的新體作品，就必須找到破譯「迷宮」的「密碼」。因此，把握好作者的思路，理清作品的結構層次，對理解和欣賞作品就顯得十分重要。秉高先生多年前就注意到這一點，抓住不放，在一段相當長的時間裡，專注於楚辭作品結構層次的研究。對秉高的這方面成果，張正明先生曾有「乃古往今來所僅見」的評語。令人欣喜的是，在他的苦心經營下，居然對屈原的全部作品和宋玉的代表作〈九辯〉進行全面而系統的結構層次分析，使之成為《楚辭新編》中的重要組成部分，令人大開眼界。可以說，這是一次有的放矢的有益嘗試，既是補缺、充實，又是首創。

做學問，比如楚辭研究，所研究的問題，若能達到「近真」，也算難能可貴了。這裡所說的「近真」，是指近真之事與史，近真之情與志，近真之屈原與人物，近真之楚風與民俗……在我看來，秉高先生是一直朝著「近真」這個目標邁進的，《楚辭新編》就是他努力實踐這個目標的驗證。

當然，書中難免有美中不足之處。如說〈大招〉是屈原招楚懷王生魂，並列舉楚懷王「逃歸」事及文本中的句子為證，不無道理。不過，這並不能證明屈原生活時代就出現了招生魂的習俗。關於招生魂習俗，今知最早是東漢王逸在《楚辭章句》中說〈大招〉是屈原「自招其生魂」。可是，目前尚未發現戰國以前有招生魂習俗的確鑿證據，故〈大招〉是招（懷王）生魂的看法，可備一說，但不能作為定論，有待新材料的發現。又如個別作品的「藝術特色」，重在藝術特色分析，畫龍點睛，讓讀者得其要領，固然必要。若能再從審美的角度對作品進行出神入化的藝術賞析，將其中的原汁原味「榨」出來，使之更有感染力，讓讀者有身臨其境的感受，產生共鳴，久久難忘，則更理想。從總體上看，儘管書中有些不盡如人意之處，也無傷大局，《楚辭新編》是一部獨闢蹊徑、自成一家、古今僅見、別具特色的楚辭讀本。

以上是我初讀《楚辭新編》後的一些淺見，難免掛一漏萬，也可能有不妥之處，僅供參考。

殷光熹

二〇二〇年五月十五日寫於昆明白龍書屋

*殷光熹（一九三三—）：浙江杭州人，雲南大學文學院教授，研究生導師，中國屈原學會顧問，中國詩經學會常務理事，著述豐碩，有《殷光熹文集》八卷。

凡例

一、**內容**　本書所收作品乃楚辭代表作家屈原的所有詩歌和宋玉的〈九辯〉。王逸《章句》第十一卷（賈誼所作）之後均為漢人仿騷之作，並非楚辭正宗，朱熹稱之為「無足觀者」，滄浪亦謂「《楚辭》惟屈宋諸篇當讀之」，清人更斥此類仿騷之作為「無屈子之志而襲其文，猶不哀而哭，不病而吟」，故蔣驥、戴震、林雲銘、李陳玉諸家乾脆將漢人仿騷之作一刀砍掉，今日吾儕更不應該倒退。

二、**篇次**　本書楚辭篇次全新。舊本《楚辭》，自宋代以來一直是按〈離騷〉、〈九歌〉、〈天問〉、〈九章〉（〈惜誦〉、〈涉江〉、〈哀郢〉、〈抽思〉、〈懷沙〉、〈思美人〉、〈惜往日〉、〈橘頌〉、〈悲回風〉）、〈遠遊〉、〈卜居〉、〈漁父〉、〈九辯〉、〈招魂〉、〈大招〉這個次序排列。而本書根據作者經過十餘年研究考證出來的嶄新屈賦年譜，所有作品均按寫作年代先後排列，即〈橘頌〉、〈惜誦〉、〈離騷〉、〈抽思〉、〈思美人〉、〈大招〉、〈招魂〉、〈卜居〉、〈哀郢〉、〈涉江〉、〈九歌〉、〈天問〉、〈悲回風〉、〈遠遊〉、〈漁父〉、〈懷沙〉、〈惜往日〉、〈九辯〉。

三、**原文**　以王逸《楚辭章句》（欽定《四庫全書》本）為底本，參照洪興祖《楚辭補注》和朱熹《楚辭集注》校定；凡有異文者，一般在注釋中做出說明；分行過錄，行後編號是注釋的次序；凡層次分界處，均空一行以示區別。

四、**譯文**　採用七言句式，簡潔明瞭；力求通俗易懂，而不拘泥韻律。

五、**寫作背景**　屈賦諸篇的寫作背景，二千多年來一直模糊不清，而文學批評講究「知人論世」，如果連作品的寫作背景都不清楚，還怎麼去探討作品的思想內容和藝術特色？因此，本書首次用比較明確的語言勾勒各篇作品的寫作背景，能具體到年分的，盡量具體；不能具體到年分的，也要指出其大致的背景。

六、**層次分析**　分析作品的思想內容，關鍵在作品的層次解析，因爲只要釐清層次，作品的思想內容也就一目了然，讀者可以沿著詩人的思路進行再創作，展開自己的想像去進一步領會作品的美感。至於具體的文字串講，因爲前有白話譯文，後有詞義注釋，故此處一般不再重複。

七、**藝術特色**　屈原作品是中國古代文學中的瑰寶，是中國文學史上與《詩經》並列的兩座高峰，寫作手法自然是嫻熟、高妙的，所以一般的寫作方法諸篇大同小異，毋需多說，本書只就各篇的藝術特色進行分析。

八、**注釋**　附於各篇原文後，便於讀者考查；基本是逐行注釋，力求詳盡；凡有爭論，擇善從之，他說不予鋪陳；一字多音，以王逸《章句》爲準，少數列注各音；難字注音，參酌古代典籍，而以現代權威工具書爲主；每條注釋的序號與原文每行後的序號相符。

九、**提示**　本書在屈賦篇次、寫作時地、層次分析和詞語注釋等方面多有新說，具體理論闡述在作者《楚辭原物》、《楚辭探析》、《屈原研究》等其他學術專著中，本書不作詳細展開。

目錄

橘頌[1]

屈原

后皇嘉樹，[2]橘徠服兮。[3]
受命不遷，[4]生南國兮。
深固難徙，[5]更壹志兮。[6]

綠葉素榮，[7]紛其可喜兮。[8]
曾枝剡棘，[9]圓果摶兮。[10]
青黃雜糅，[11]文章爛兮。[12]
精色內白，[13]類任道兮。[14]
紛緼宜修，[15]姱而不醜兮。[16]

嗟爾幼志，[17]有以異兮。[18]
獨立不遷，豈不可喜兮？
深固難徙，廓其無求兮；[19]
蘇世獨立，[20]橫而不流兮；[21]
閉心自慎，[22]終不失過兮；[23]
秉德無私，[24]參天地兮。[25]

天地之間一佳樹，橘子生來習南土。
生命特性永不改，繁衍生長在南國。
根深本固難遷徙，志向專一不變更。

綠色葉子襯白花，繁榮茂盛眞可愛。
枝兒層層刺兒尖，掛滿纍纍圓狀果。
青黃二色相交糅，花紋色彩多鮮明。
果皮鮮豔內瓤白，類似守道眞君子。
剖開芬芳更誘人，全身美好無缺陷。

讚美你那幼年志，與眾不同很特別。
超群獨立有主見，難道不更叫人喜？
根深本固難遷徙，心胸寬闊無私欲；
頭腦清醒獨立世，正氣充溢不隨俗；
橘皮護瓤很謹慎，自始至終無過失；
大公無私有美德，可與天地合爲一。

願歲并謝，[26]**與長友兮。**[27]
淑離不淫，[28]**梗其有理兮。**[29]
年歲雖少，[30]**可師長兮。**[31]
行比伯夷，[32]**置以為像兮。**[33]

歲暮百花都凋謝，唯你長年是我友。
外貌美麗不過火，樹幹梗直有紋理。
你的年紀雖然小，堪作世間好師長。
品行能與伯夷比，永遠可以作榜樣。

【注釋】

1 **橘頌**：即頌橘。透過頌橘，表現了詩人的人生理想，情調開朗樂觀，沒有失意悲憤，是詩人二十歲參加「冠禮」時所作。

2 **后**：后土。**皇**：皇天。**嘉**：美好。

3 **徠**：生來。**服**：習慣，適應。**徠服**：生來就適應當地的氣候和土壤。

4 **命**：生命，天性。**不遷**：指不能移植。

5 **深固**：根深蒂固。**徙**：音ㄒㄧˇ，遷移。

6 **一**：專一。**一志**：只宜生於南國。

7 **素**：白色。**榮**：花。

8 **紛**：美好茂盛的樣子。**其**：語助詞。

9 **曾**：同「層」。**剡**：音ㄧㄢˇ，尖利。**棘**：指橘枝上的刺。

10 **摶**：音ㄊㄨㄢˊ，圓的形狀；集聚，結合。

11 **雜糅**：混雜在一起。

12 **文**：花紋。**章**：色彩。**爛**：鮮明。

13 **精色**：鮮明的顏色，指橘皮。**內白**：內瓤白色。

14 **類**：類似。**任道**：擔任道義，喻指任道的君子。此句一本作「類可任兮」。

15 **紛緼**：義同「氤氳」，指橘子香氣撲鼻。**宜修**：美好。

16 **姱**：音ㄎㄨㄚ，美好。

17 **嗟**：音ㄐㄧㄝ，讚嘆詞。**爾**：你，指橘。**幼志**：幼年的志向。

18 **異**：與眾不同。**以**：語助詞。

19 **廓**：音ㄎㄨㄛˋ，寬廣，豁達。**無求**：無私求。

20 **蘇**：醒，悟。

21 **橫**：橫絕，指卓立獨行的特性。**不流**：不隨波逐流。

22 **悶心**：內蘊於心。**自慎**：自己謹慎。

23 此句一本作「不終失過兮」。
24 **秉**：執持，具有。
25 **參**：合，並列。
26 **歲**：歲暮。并：一起。**並謝**：指歲暮和百卉同時凋謝。
27 **長友**：長年爲友。屈復《楚辭新注》云：「橘不凋，故願於歲寒並謝之時而長與爲友。」意思是：歲暮時節，百卉凋謝，唯有橘樹傲然獨立，詩人願與之長年爲友。

---

28 **淑**：善。**離**：通「麗」，美。**淫**：過分，過火。
29 **梗**：橘樹的枝幹，喻正直。**理**：紋路。
30 **雖**：即使。**少**：年幼。
31 **師長**：以爲師長；效法之意。
32 **比**：可比。**伯夷**：人名，商末大夫，他反對武王伐商，有獨立見解，不隨波逐流。
33 **置**：植；樹立。**像**：榜樣。

一、寫作背景

〈橘頌〉一詩是屈原二十歲參加「冠禮」時所作。

古時男子二十歲稱弱冠，須行「冠禮」，即戴上表示已成人的帽子，以示成年。先秦時代，「士之子恆爲士冠禮」❶古人重禮，尤重冠禮。古經《儀禮》第一篇就是〈士冠禮〉。據〈士冠禮〉記載，冠禮十分隆重，前期準備就需三日，首先由筮人在家廟門前占卜確定吉日；舉禮之日，父母、兄弟、僚友及筮贊一眾人等都衣著整齊，莊重肅穆，禮儀周全，幾近繁瑣（詳見《儀禮．士冠禮》）。既然「士之子恆爲士冠禮」，屈原自然也不會例外。另外，「其大夫始仕者二十，已冠訖。」❷即是說，對於青年屈原來說，「冠禮」是一件人生大事，其後便可由「童子」變爲成人，進而步入仕途，實現自己的理想、抱負，可以說前程遠大如花似錦，因此，印象必然深刻，情緒肯定激動。特別是士冠禮正式舉行前（即三天準備期間）有酒宴：「冠者（按，指冠禮主角）升筵坐，左執爵，右祭脯醢，祭酒，興……」❸此類記述說明，舉行冠禮酒宴時，青年屈原儼然成爲中心，要不斷向父母、師長敬酒，同時也要接受他人賀酒，其盛況可想而知。尤其酒宴進行過程中，師長及親友們諸多勉勵之語，這就更加振奮人心，激發起即將步入仕途的青年屈子的遠大抱負和高尚情操。古代文人雅士有個習慣——「開瓊筵以坐花，飛羽觴而醉月，不有佳詠，何伸雅懷？」❹酒酣之後的青年屈原此時怎能不詩興大發？

---

❶（漢）鄭元注，（唐）賈公彥疏，《儀禮注疏》/（清）阮元校刻，《十三經注疏》[M]，北京：中華書局，一九八〇：九四五。

❷同上。

❸同上書：九五六。

❹（唐）李白，〈春夜宴從弟桃花園序〉/《李太白全集》[M]，北京：中華書局，一九七七：一二九二。

據《儀禮．士冠禮》記載，在酒酣之際，長輩們總會諄諄告誡剛剛步入成年的「冠主」，「令月吉日，始加元服。棄爾幼志，順爾成德」、「敬爾威儀，淑愼爾德」❺等等，總之，是勸導「冠者」要拋棄過去那些幼稚的想法和做法，而必須循規蹈矩，隨波逐流。而屈原卻大聲唱道：「嗟爾幼志，有以異兮」、「獨立不遷」、「蘇世獨立」。屈原〈橘頌〉所讚嘆的「獨立不遷」、「蘇世獨立，橫而不流」等等足以證明，屈原青年時代就已有了與眾不同的思想，開啓了他一生不平凡的道路。

楚地植物眾多，屈賦中所載芳草嘉木，據宋人吳仁傑《離騷草木疏》匯總，有四十四種之多。其中出現次數較多的芳草有：蘭、蕙、荷、芷、菊等；出現次數較多的嘉木有：桂、椒、辛夷、木蘭等。上述芳草嘉木都出現在眾所公認爲屈原被逐後的作品之中。但在屈原的其他作品中都沒有出現過「橘」字，這就產生了一個令人深思的問題——屈子爲何不專門寫「蘭頌」、「菊頌」或「桂頌」、「柏頌」等等，而偏要專門寫〈橘頌〉呢？要想釐清這個問題，必須首先了解先秦的一些天文知識和風俗習慣。

〈離騷〉有云：「攝提貞于孟陬兮，惟庚寅吾以降。」王逸注曰：「正月爲陬。」❻這說明，屈原生日在正月，月名爲「陬」。這種干支紀月之法，頗爲複雜多變，即使在春秋戰國時代也僅僅爲少數掌握天文知識的人所獨用。〈離騷〉此句證明，屈原正是這樣的人。古人「冠必筮日」，即舉行冠禮時必須透過占卜，選擇吉日良辰，但月分卻不必另行占卜，因爲這有固定的月分，〈夏小正〉載曰：「冠子娶婦之時」定在二月❼。又，《爾雅．釋天》記載「月名」時有云：「月在甲曰畢，在乙曰橘」。宋人邢昺疏曰：「設若正月得甲則曰

❺〔漢〕鄭元注，〔唐〕賈公彥疏，《儀禮注疏》／〔清〕阮元校刻，《十三經注疏》[M]，北京：中華書局，一九八○：九六七。

❻〔宋〕洪興祖，《楚辭補注》[M]，北京：中華書局，一九八三：三。

❼〔清〕徐世溥，〈夏小正解〉／《欽立四庫全書．經部．夏小正卷》。

畢、陬，二月得乙曰橘、如」❽。據此推算，屈原二十歲生日，恰好仍是正月在甲，曰「陬」；二月在乙，曰「橘」，也就是說，屈原的「冠禮」是在二月即「橘月」進行的。「橘月」頌橘，順理成章。

二、層次分析

〈橘頌〉是一首詠物詩，頌的是橘樹，實際是在抒寫自己的情操。〈橘頌〉全詩三十六句，可分爲四個層次。

第一層次　習性（六句）

后皇嘉樹，橘徠服兮。受命不遷，生南國兮。
深固難徙，更壹志兮。

司馬遷《史記．貨殖列傳》載曰：「蜀、漢、江陵千樹橘。」❾屈原故居就在江陵附近，因此可以說，他就是出生在橘樹的盛產地，當然十分了解橘子的各種特性。這裡，屈子特別強調橘樹的習性是生於南國，志向專一，「深固難徙」。這一點正是橘子與其他植物不同之處。〈考工記〉云：「橘逾淮而北爲枳。」❿意思是說，橘樹只能生長在南國，一旦越過淮河往北，就異化成爲枳樹而非橘樹了。這是在用橘樹自喻，顯示出屈原在青年時代就已具有堅貞不渝的理想信念和強烈執著的愛國思想。

---

❽〔晉〕郭璞注，〔宋〕邢昺疏，《爾雅注疏》/〔清〕阮元校刻，《十三經注疏》[M]，北京：中華書局，一九八〇：二六〇八。
❾〔漢〕司馬遷，《史記》（十）[M]，北京：中華書局，一九八二：三二七六。
❿〔漢〕鄭元注，〔唐〕賈公彥疏，《周禮注疏》/〔清〕阮元校刻，《十三經注疏》[M]，北京：中華書局，一九八〇：九〇六。

第二層次　狀貌（十句）

綠葉素榮，紛其可喜兮。曾枝剡棘，圓果摶兮。青黃雜糅，文章爛兮。精色內白，類任道兮。紛縕宜修，姱而不醜兮。

藉助詩人的描繪，讀者可以想像出這樣一幅十分美好的場景：屈原故宅院前，一條小溪蜿蜒流過，溪水清澈湍急；還有一個池塘，塘中荷花挺立，水葵蕩漾。門前，蕙草叢叢，蘭花朵朵；院中，幾株桂花，馨香四溢；院牆是香木編成的籬笆；院旁橘園中，排排橘樹，鬱鬱蔥蔥，枝頭掛滿果實。橘子是那樣的可愛；繁茂的綠葉叢裡點綴著朵朵白花，長滿層層疊疊尖刺的枝頭，掛著纍纍的圓果，橘皮青黃二色交相顯現，花紋色彩鮮明光亮。剝開一個橘子，內瓤潔白鮮嫩，芳香撲鼻。詩人不是單純給讀者勾畫這幅美好的畫面，而實際也是在用比喻。詩人從五個角度來描寫橘樹，實際是讚美了五種美好的品行：

1. 綠葉白花，說素雅；
2. 枝刺圓果，喻貞介；
3. 青黃雜糅，顯文采；
4. 精色內白，明任道；
5. 紛縕宜修，指芬芳。

這裡，寫的是橘樹，但難道不也是人間眞人君子的風度嗎？而這，正是詩人欽慕效仿的植物。寫詩作文，看重情景交融。單純的寫景，實際並無多少味道，包含深情和寓意的景物描寫才是眞的有滋有味。〈橘頌〉中的這段描寫堪稱狀物佳作。

李白有詩云「唯願當歌對酒時」⓫，杜甫有詩云「白日放歌須縱酒」⓬。古人有酒就有歌，歌酒不分家。「冠禮」之宴，相互敬酒，觥籌交錯，熱鬧非凡；再加世家子弟，才華橫溢，自然前程光明，情緒昂揚。酒酣之際的青年屈原，在具體描寫橘子之後，不禁大聲高歌。

第三層次　幼志（十二）

嗟爾幼志，有以異兮。獨立不遷，豈不可喜兮？
深固難徙，廓其無求兮；蘇世獨立，橫而不流兮；
悶心自慎，終不失過兮；秉德無私，參天地兮。

這十二句詩，頭兩句爲總領，下面從五個方面談橘樹的「幼志」。兩句一意，一句敘述，一句說明。

1. 獨立不遷。
2. 深固難徙。
3. 蘇世獨立。
4. 閉心自愼。
5. 秉德無私。

此時，他把橘樹當成人，讚美它從小就有高潔的與眾不同的志向：超群獨立，很有主見；根深本固，意志堅定；心胸寬廣，沒有私求；頭腦清醒，絕不隨俗；小心謹愼，終無過失；大公無私，品行高尚。這是天地之

⓫〔唐〕李白，〈把酒問月．故人賈淳令予問之〉/《全唐詩》[M]，北京：中華書局，一九六〇：一八一七。
⓬〔唐〕杜甫，〈聞官軍收河南河北〉/〔清〕《全唐詩》（七）[M]，北京：中華書局，一九六〇：二四六〇。

間一種最美好的品德呀！

這樣的品德，這樣的君子，自然是自己敬仰的偶像、學習的榜樣。詩歌也自然而然地推向下一層。

第四層次　榜樣（八句）

願歲并謝，與長友兮。淑離不淫，梗其有理兮。
年歲雖少，可師長兮。行比伯夷，置以為像兮。

此層爲總結，說這些幼年的橘樹，外貌美麗卻不妖豔，樹幹梗直，紋理鮮明；品德優秀，可比伯夷，所以他說自己要把橘樹當作最佳的師友，作爲永久的榜樣。爲什麼是榜樣呢？有三條理由：

1. 願歲并謝（四季常青志堅貞），
2. 淑離不淫（外貌美麗不過火），
3. 行比伯夷（品行能與伯夷比）。

青年時代的屈原就是這樣的謙虛好學，立志高遠，又思維清晰，從而爲他後來的成長打下了一個很好的基礎。

一首〈橘頌〉，主題鮮明。詩人透過頌橘，宣示自己一生要做超群獨立自有主見、根深本固意志堅定、心胸寬廣無所欲求、頭腦清醒不隨世俗的志士仁人。其後幾十年的傳奇人生，證明他的這篇宣言並非虛語。

三、藝術特色

1. 託物寄情，借物喻志

〈橘頌〉是屈原作品中唯一的詠物詩，也是中國最早的詠物詩，胡文英稱之為「賦物之祖也」⓭。此詩詠物，高明之處在於不僅僅是頌橘，而是透過頌橘來表達自己的志向和情操，這就使枯燥的詠物詩有了感情，有了思想，也有了境界。劉勰《文心雕龍．頌讚》云：「及三閭〈橘頌〉，情采芬芳，比類寓意，乃覃及細物矣。」⓮清人林雲銘云：此詩「句句是頌橘，句句不是頌橘，但見原與橘分不得是一是二，彼此互映，有鏡花水月之妙。」⓯前人佳評，良有以也。

2. 四言句式，古樸莊重

楚辭作品中，只有〈橘頌〉和〈天問〉使用四言句式。《詩經》之後，古人使用四言句式是有講究的。劉勰《文心雕龍．頌讚》云：「古來篇體，促而不廣，必結言於四字之句，盤桓乎數韻之辭。約舉以盡情，昭灼以送文，此其體也。發源雖遠，而致用蓋寡，大抵所歸，其頌家之細條乎！」⓰古人把「士冠禮」看得很重要，置於《儀禮》的第一篇。在這種莊重的場合，人們的祝詞一般也都採用四言句式。《儀禮．士冠禮》記錄的祝詞便是例子：「令月吉日，始加元服。棄爾幼志，順爾成德。壽考惟祺，介爾景福」等等。⓱屈原就是在

⓭〔清〕胡文英，《屈騷指掌》（卷三）[M]，北京：北京古籍出版社，一九七九：三〇。

⓮楊明照，《文心雕龍校注》[M]，北京：中華書局，一九五九：五七。

⓯劉樹勝，《楚辭燈校勘》[M]，保定：河北大學出版社，二〇一二：一一一。

⓰楊明照，《文心雕龍校注》[M]，北京：中華書局，一九五九：五八。

⓱〔漢〕鄭元注，〔唐〕賈公彥疏，《儀禮注疏》/〔清〕阮元校刻，《十三經注疏》[M]，北京：中華書局，一九八〇：九五七。

「冠禮」上詩興大發而作〈橘頌〉，採用四言句式也就自然而然的了。

3. 通篇象徵，寓意深邃

楚辭用比，如王逸所云：「〈離騷〉之文，依詩取興，引類譬喻，故善鳥香草，以配忠貞；惡禽臭物，以比讒佞；靈修美人，以媲於君；宓妃佚女，以譬賢臣；虯龍鸞鳳，以託君子；飄風雲霓，以爲小人。其詞溫而雅，其義皎而明。」⑱但那只是針對作品中提及的某一具體對象，而通篇爲比則已屬於象徵手法，屈賦中唯〈橘頌〉一篇。〈橘頌〉全篇細緻地描述橘樹的特性、形貌，實際是要攝取其內在的含意，並藉此表達自己遠大的志向和高潔的情操。「擬容」是手段、表象，「取心」才是目的、重點。「稱名也小，取類也大。」⑲

因此，我贊同褚斌傑先生對〈橘頌〉的總評：「〈橘頌〉這首詩是中國詩史上出現最早也最爲成功的一首詠物詩。」「從詩史上講，此詩亦開我國詠物體詩之先河。」⑳

---

⑱〔宋〕洪興祖，《楚辭補注》[M]，北京：中華書局，一九八三：二～三。

⑲楊明照，《文心雕龍校注》[M]，北京：中華書局，一九五九：二四〇。

⑳褚斌傑，《楚辭選評》[M]，西安：三秦出版社，二〇〇四：二五七。

惜誦

屈原

惜誦以致愍兮，[1]發憤以抒情。[2]
所非忠而言之兮，[3]指蒼天以爲正。[4]
令五帝以折中兮，[5]戒六神與嚮服。[6]
俾山川以備御兮，[7]命咎繇使聽直。[8]

竭忠誠以事君兮，[9]反離群而贅肬。[10]
忘儇媚以背眾兮，[11]待明君其知之。[12]
言與行其可跡兮，[13]情與貌其不變。[14]
故相臣莫若君兮，[15]所以證之不遠。[16]

吾誼先君而後身兮，[17]羌眾人之所仇。[18]
專惟君而無他兮，[19]又眾兆之所讎。[20]
壹心而不豫兮，[21]羌不可保。[22]
疾親君而無他兮，[23]有招禍之道。[24]
思君其莫我忠兮，[25]忽忘身之賤貧。[26]

痛惜忠諫遭禍尤，發洩憤懣抒中情。
如說我非忠心諫，可讓蒼天來評理。
專請五帝作裁決，還邀六神辯是非。
又使山川當陪審，再讓皋陶聽曲直。

竭盡忠誠事國君，反被摒棄成多餘。
鄙棄諂媚遠小人，單等明君來審察。
言論行動有跡尋，內情外貌不易變。
考察臣下莫若君，方法何須去遠覓。

我願先君而後己，卻被眾人所仇視。
專思國君而無他，又遭眾人所怨恨。
一心事君不猶豫，不能保全被疏遠。
極力親君無私交，反成招禍之根由。
一心思君我最忠，似忘遭黜身貧賤。

事君而不貳兮，[27]迷不知寵之門。[28]
忠何罪以遇罰兮，[29]亦非余心之所志。[30]
行不群以巔越兮，[31]又眾兆之所咍。[32]
紛逢尤以離謗兮，[33]謇不可釋。[34]

情沉抑而不達兮，[35]又蔽而莫之白。[36]
心鬱邑余侘傺兮，[37]又莫察余之中情。
固煩言不可結而詒兮，[38]願陳志而無路。[39]
退靜默而莫余知兮，[40]進號呼又莫吾聞。[41]
申侘傺之煩惑兮，[42]中悶瞀之忳忳。[43]

昔余夢登天兮，魂中道而無杭。[44]
吾使厲神占之兮，[45]
曰：
有志極而無旁，[46]終危獨以離異兮。[47]
曰：
君可思而不可恃，[48]故眾口其鑠金兮，[49]
初若是而逢殆。[50]
懲熱羹而吹齏兮，[51]何不變此志也？[52]

事奉君王無二心，不知邀寵走門路。
忠直何罪遭懲罰，確非我心所理解。
不合世俗而跌跤，反被眾人所譏笑。
不斷挨罵遭誹謗，心中迷茫不可解。

感情沉抑不能抒，國君蒙蔽無法說。
鬱悶不樂我難受，無人體察我衷情。
言語太多無法述，向君陳情沒門路。
退下默默無人知，向前大叫沒人聽。
一再不幸太惶惑，心中煩悶眞迷亂。

從前夢中我登天，魂在中途無渡船。
我讓大巫來占卜，
他說：
有志成功無旁輔，始終危險又孤獨。
他說：
君王可盼不可靠，因而眾口能鑠金，
當初因此而遭殃。
怕碰熱羹吹冷菜，何不改變此想法？

欲釋階而登天兮，53 猶有曩之態也。54
眾駭遽以離心兮，55 又何以爲此伴也？
同極而異路兮，56 又何以爲此援也？
晉申生之孝子兮，57 父信讒而不好。58
行婞直而不豫兮，59 鯀功用而不就。60
吾聞作忠以造怨兮，61 忽謂之過言。62
九折臂而成醫兮，63 吾今而知其信然。64
矰弋機而在上兮，65 罻羅張而在下。66
設張辟以娛君兮，67 願側身而無所。68
欲儃佪以干傺兮，69 恐重患而離尤。70
欲高飛而遠集兮，71 君罔謂汝何之？72
欲橫奔而失路兮，73 堅志而不忍。74
背膺牉合以交痛兮，75 心鬱結而紆軫。76
擣木蘭以矯蕙兮，77 糳申椒以爲糧。78
播江離與滋菊兮，79 願春日以爲糗芳。80
恐情質之不信兮，81 故重著以自明。82
矯茲媚以私處兮，83 願曾思而遠身。84

欲棄臺階而登天，還是從前那個樣。
眾人驚恐而離心，怎麼能夠作同伴？
同事一君道不同，怎麼能夠幫助你？
晉國申生是孝子，父親信讒不愛他。
性行剛直不寬和，治水之功鯀未竟。
我聞盡忠易招怨，認爲此言是過火。
多次生病快成醫，我才相信這句話。
短箭射機設在上，鳥網大張放於下。
小人讒言誘君王，使我無法靠近君。
爲求機會想徘徊，怕增禍患遭罪過。
遠走高飛想離開，又怕君王更疑心。
違規妄行想變節，志堅如石不忍爲。
背胸並痛如分裂，內心悲傷冤難申。
舂碎木蘭揉蕙草，還磨申椒作爲糧。
既種江離又栽菊，春日好作香乾糧。
恐君不信我情志，所以重述以自明。
忠心只能私下藏，反覆思考想抽身。

【注釋】

1 **惜**：痛惜。**誦**：直言進諫。**惜誦**：痛惜自己因直言進諫而遭禍。**致**：招致。**愍**：音ㄇㄧㄣˇ，憂傷，引申爲禍尤。本句是對題目的注釋。

2 **發憤**：發洩憤懣。**抒**：一本作「杼」。

3 **所**：若，假若。**非**：一本作「作」。

4 **正**：平；同「評」，評理，評判。

5 **折中**：在是非可否之間作出裁決。

6 **戒**：告，此處有「邀請」之意。**六神**：上下四方之神。**嚮**：對。**服**：事。**嚮服**：對質其事。

7 **俾**：使。**備御**：陪審。

8 **咎繇**：音ㄍㄠ ㄧㄠˊ即皋陶，傳說爲舜帝時的法官。**聽**：斷案，裁斷。**直**：曲直。**斷直**：裁斷曲直是非。

9 **竭**：盡。**事**：侍奉。

10 **反**：反而。**離群**：遭排斥。**贅疣**：音ㄓㄨㄟˋ ㄧㄡˊ，多餘的肉瘤。

11 **儇**：音ㄒㄩㄢ，輕佻。**眾**：指群小。

12 **知**：察知。**之**：代自己的忠心。

13 **跡**：印子。此處作動詞用，即考查，有跡可循。

14 **其**：語氣助詞。

15 **相**：觀察，考察。**莫若君**：沒有人能趕上國君的。

16 **證**：驗證，此指驗證的方法。**不遠**：不須遠求。

17 **誼**：宜；**身**：自己。

18 **羌**：方言，句首助詞。**眾小**：群小。

19 **惟**：思、想。**專惟君**：專門爲君王著想。

20 **眾兆**：絕大多數人。

21 **豫**：猶豫。

22 **保**：保全。

23 **疾**：亟，竭力。

24 **有**：又。**道**：途徑，由來。

25 **其**：語氣詞，有大概、恐怕的語氣。**莫我忠**：沒有比我更忠心的，即我最忠。

26 **忽**：通「惚」，似乎。**身之賤貧**：指遭黜後之低賤身分。

27 **不貳**：沒有二心。

28 **迷**：迷惑。**寵之門**：得寵門徑。

29 **忠**：忠直，亦指忠直之人。

30 **志**：認識，知道，理解。

31 **行不群**：行爲不合世俗。**巔越**：跌倒，摔跤。

32 **咍**：音ㄏㄞ，譏笑。

33 **紛**：多。**逢**：遭到。**尤**：過失；責斥。**離**：通「罹」，遭到。**謗**：誹謗。

34 **謇**：句首語氣詞。**釋**：解釋。

35 **不達**：無法表達、抒發。

36 **蔽**：壅蔽，指別人對自己的造謠中傷。**莫之白**：不能說明這一點。

37 **鬱邑**：音ㄩˋ ㄧˋ，苦悶不樂。**侘傺**：音ㄔㄚˋ ㄔˋ，失意的樣子。

38 **固**：本來。**煩言**：話太多。**結**：束結。**詒**：音ㄧˊ，贈言。**不可結而詒**：無法集中表述。

39 **陳志**：陳述志願、心情。**無路**：沒有門路。

40 **退靜默**：後退不言。**莫余知**：沒有人知道我的苦心。

41 **進號呼**：向前大叫。**莫余聞**：沒人聽我的。

42 **申**：重，再三。**侘傺**：義見注37，此處可引申爲不幸。**煩惑**：太惶惑，十分惶惑。

43 **中**：衷心、內心。**瞀**：音ㄇㄠˋ，心亂。**忳忳**：音ㄊㄨㄣˊ ㄊㄨㄣˊ，憂傷煩悶。

44 **杭**：通「航」，指渡船。

45 **厲神**：大巫。**占**：占卜。

46 「曰」的主詞當是「厲神」。**極**：至，到達，實現，成功。**旁**：輔助。

47 **終**：始終。**危獨**：危險孤獨。**以**：由於，因爲。**離異**：與眾人分離，行爲獨特。

48 「曰」的主詞還是「厲神」。**君**：君王。**恃**：依仗，依靠。

49 **鑠**：音ㄕㄨㄛˋ，熔化。**眾口鑠金**：比喻讒言可畏。

50 **初**：當初。**若是**：如此。**殆**：危險。**逢殆**：遭殃。

51 此句乃當時諺語。**懲**：戒。**熱羹**：滾湯。**齏**：音ㄐㄧ，食品，切成細末的醃菜。「熱羹」，一本作「於羹」。蔣驥釋此句曰：「人有爲熱羹所灼者，其心懲艾，見冷齏而又吹之。畏禍而變志之喻也。」

52 **志**：想法，即「有志極」。

53 **釋**：放棄。**階**：臺階，即前文中之「他」、「旁」。

54 **曩**：音ㄋㄤˇ，從前。

55 **駭遽**：驚恐。

56 **極**：至，目的。**同極**：同一目的，此指同事一君。

57 **申生**：春秋時晉獻公的太子。

58 **好**：愛，喜歡。

59 **婞**：音ㄒㄧㄥˋ。**行婞直**：性行剛直。**豫**：逸豫，即舒緩、寬和。

60 **鯀**：音ㄍㄨㄣˇ，傳說中是禹的父親，治水不成，被舜所殺。**功**：事功，此處指治水的事業。**用**：因。**就**：成就，成功。

61 **吾**：指屈原。**作忠**：作爲忠臣。**造怨**：造成怨恨，即招來怨恨。

62 **忽**：忽略，輕視。**謂**：說，認爲。**之**：這，代「作忠造怨」。**過言**：過火的言論，誇張的言論。

63 **九**：泛指多次。**折臂**：指代受傷，得病。

64 **而**：才：一本作「乃」。**其**：代「作忠造怨」。**信然**：確實如此。

65 **矰**：音ㄗㄥ，射鳥短箭，尾部帶絲線。**弋**：音ㄧˋ，弋射。**機**：發射之機栝。

66 **罻**：音ㄨㄟˋ，捕鳥之網。**羅**：網。**張**：張開。

67 **設**：置，設置。**張**：一張弧弓。**辟**：網罟，捕鳥的工具。**娛**：娛樂。**娛君**：使君歡樂。實際是媚悅君王，討好君王。

68 **側身**：置身。**所**：處所。

69 **儃佪**：音ㄔㄢˊ ㄏㄨㄟˊ，徘徊。**干**：求。**傺**：通「際」，際會，際遇。**干傺**：尋求機會。曾國藩《曾文正公全集．讀書錄．楚辭》云：「『傺』，當作『際』，謂際遇、際會。」

70 **重**：加重，增加。**離**：通「罹」，遭到。**尤**：過失。

71 **遠集**：遠止，即到遠處安身。

72 **罔**：誣罔。**女**：汝。**之**：往。

73 **橫奔**：不與國君告別而自行離去。〔晉〕杜預《春秋釋例》云：「奔者，迫窘而去，逃死四鄰，不以禮出也。」「奔」與「以禮見放」不同。**失路**：迷失道路，這裡有背離正道改變節操之意。

74 **蓋**：發語助詞。**堅志**：一本作「蓋志堅」。**不忍**：不忍爲（橫奔失路之事）。

75 **膺**：音ㄧㄥ，胸。**牉**：音ㄆㄢˋ，分裂。**交痛**：並痛。

76 **鬱結**：憂愁煩悶積久不解。**紆軫**：音ㄩ ㄓㄣˇ，冤屈和隱痛。

77 **木蘭**：一種香木。**矯**：揉。**蕙**：一種香草。

78 **糳**：音ㄗㄠˇ，舂米。**申椒**：一種香椒。

79 **播**：種植。**江離**：一種香草。**滋**：培植、栽培。

80 **糗**：音ㄑㄧㄡˇ，乾糧。

81 **質**：當作「志」。**信**：信任。

82 **重**：再次。**著**：述。

83 **矯**：舉。**茲**：此，這些。**媚**：美好。**茲媚**：這些美好的品德；此處指忠君之心。**私處**：隱居自娛（用汪瑗說），即私下珍藏。

84 **曾**：同「增」，重，多次。**曾思**：反覆思考。**遠身**：抽身離開。

一、寫作背景

〈屈原列傳〉云：「屈原者，名平，楚之同姓也。爲楚懷王左徒。博聞強志，明於治亂，嫻於辭令。入則與王圖議國事，以出號令；出則接遇賓客，應對諸侯。王甚任之。上官大夫與之同列，爭寵而心害其能。懷王使屈原造爲憲令，屈平屬草稿未定。上官大夫見而欲奪之，屈平不與，因讒之曰：『王使屈平爲令，眾莫不知，每一令出，平伐其功，以爲「非我莫能爲」也。』王怒而疏屈平。」❶那是楚懷王十六年（西元前三一二年）秋天的事情。屈原當時情緒十分激動、悲憤，很想「遠集」、「遠身」，但猶豫不決。〔晉〕杜預《春秋釋例》有云：「臣之事君，三諫不從，有待放之禮」❷，即「王怒而疏」之後，屈原要有「待放之禮」（三年之後還有可能被召還）。開始他因爲十分困窘，情緒激動，「欲橫奔而失路」、「願搖起而橫奔」，即擬不按禮數「逃死四鄰」，這就意味著要與懷王徹底決裂再不返回。但最終理智占了上風，他拋棄了那種偏激的做法。

做出這個決定當然不是很容易的，他考慮了很長時間。那是一個秋天的夜裡，陣陣秋風吹拂著樹上的枯葉，敗葉紛紛落地。長夜漫漫，屈原不能入眠，轉輾反側，情緒激動，寫下此詩。

二、層次分析

〈惜誦〉是屈子在楚懷王十六年剛剛被疏之後寫作的一首抒情詩，抒發自己因直言進諫而遭禍的痛惜之

---

❶〔漢〕司馬遷，《史記》（八）[M]，北京：中華書局，一九五九：二四八一。

❷〔漢〕鄭玄注，〔唐〕孔穎達疏，《春秋左傳正義》/〔清〕阮元校刻，《十三經注疏》[M]，北京：中華書局，一九八〇：一八六五。

情。全篇八十八句，可分爲三大層次。

第一層次　呼天請鑑（四十四句）

此層寫屈子在遭受不公正待遇之後的抗議，呼冤喊屈，滿腔悲憤，又可分三個小層次。

1. 呼天（八句）

惜誦以致愍兮，發憤以抒情。所非忠而言之兮，指蒼天以為正。
令五帝以折中兮，戒六神與嚮服。俾山川以備御兮，命咎繇使聽直。

人，但凡遭到巨大委屈之後，往往會「呼天搶地」，以發洩自己的冤情。屈子也是這樣。頭兩句交待呼天的原因，下面六句一氣呵成，要求蒼天、五帝、六神、山川和皋陶來作證明、辨是非。

2. 請鑑（二十六句）

頭八句講請鑑理由，一是確有冤枉（四句），二是相信國君（四句）。

竭忠誠以事君兮，反離群而贅肬。忘儇媚以背眾兮，待明君其知之。
言與行其可跡兮，情與貌其不變。故相臣莫若君兮，所以證之不遠。

下面十八句爲請鑑內容。

(1) 一心忠君（十句）

吾誼先君而後身兮，羌眾人之所仇。專惟君而無他兮，又眾兆之所讎。

壹心而不豫兮，羌不可保。疾親君而無他兮，有招禍之道。

思君其莫我忠兮，忽忘身之賤貧。

屈子申訴自己忠君非同一般：a.先君後己（兩句），b.一心一意（四句），c.疾親無他（兩句）。因此末兩句他激動地唱道：「思君其莫我忠兮，忽忘身之賤貧。」

(2) 反而遇罰（八句）

事君而不貳兮，迷不知寵之門。忠何罪以遇罰兮，亦非余心之所志。

行不群以巔越兮，又眾兆之所咍。紛逢尤以離謗兮，謇不可釋。

頭兩句過渡，承上啓下。次兩句說不理解忠而受罰。下四句說對被疏後遭到譏笑、誹謗和不理解。

3. 結果（十句）

情沉抑而不達兮，又蔽而莫之白。心鬱邑余侘傺兮，又莫察余之中情。

固煩言不可結詒兮，原陳志而無路。退靜默而莫余知兮，進號呼又莫吾聞。

申侘傺之煩惑兮，中悶瞀之忳忳。

頭四句講國君受到蒙蔽，不能體察詩人的衷情。次兩句講滿腹冤屈而陳志無門。再兩句講不管退、還是進，都無人理睬自己。末兩句講，在這樣的情況下，詩人惶惑、煩悶，十分迷茫，從而引起下文——問卜。

第二層次　占夢之詞（二十句）

呼天請鑑不靈，詩人只好求助於占卜。此層二十句，邏輯思維頗爲清楚。

1. 卜辭論點（五句）

昔余夢登天兮，魂中道而無杭。
吾使厲神占之兮，曰：
有志極而無旁，終危獨以離異兮。

頭兩句說夢，接著引起占夢之詞；末兩句爲厲神（大巫）的中心論點；厲神給屈原算卦的中心論點是：（你屈原）有志成功無旁輔，始終危險又孤獨。

2 卜辭根據（十五句）

(1) 國君不可靠（五句）

曰：
君可思而不可恃，故眾口其鑠金兮，初若是而逢殆。
懲熱羹而吹齏兮，何不變此志也？

「君可思而不可恃」這一句，說盡了歷朝歷代宮廷裡的一條規律。這也就是屈子蒙冤受屈的根本原因，厲神勸詩人要接受教訓，改變過去天眞的想法。

(2)同僚不相援（六句）

欲釋階而登天兮，猶有曩之態也。眾駭遽以離心兮，又何以為此伴也？
同極而異路兮，又何以為此援也？

厲神說，屈原主觀上要幹一番事業，報效祖國（「登天」），但周圍的同僚們「離心」、「異路」，不相從，不援助。

3. 歷史有先例（四句）

晉申生之孝子兮，父信讒而不好。行婞直而不豫兮，鯀功用而不就。

詩人舉出申生和鯀這兩個前代事例來證明。

如果說，第一層次呼天請鑑是感情的噴湧，那麼這第二層次占夢之詞則是理智的分析，假託厲神之口，實乃屈子自省。

第三層次　問卜後感（二十四句）

本層次是詩人在呼冤和分析之後對前途的探索，可分三個小層次。

1. 作忠造怨（八句）

吾聞作忠以造怨兮，忽謂之過言。九折臂而成醫兮，吾至今而知其信然。
矰弋機而在上兮，蔚羅張而在下，設張辟以娛君兮，願側身而無所。

頭四句爲一組對比，由「謂之過言」到「知其信然」。信而見疑，忠而被謗，屈子澈底明白了自己的遭遇。後四句用射箭和張網爲喻，說明自己險惡的處境，亦即作忠造怨的原因。

2. 矛盾心理（八句）

欲儃佪以干傺兮，恐重患而離尤。欲高飛而遠集兮，君罔謂汝何之？
欲橫奔而失路兮，堅志而不忍。背膺牉合以交痛兮，心鬱結而紆軫。

頭六句分別講徘徊不能，遠集不行和失路不忍這三種矛盾的心理狀態（三個「欲」）。末兩句是總結，表達因極度矛盾而引起的極度痛苦。

3. 尋求辦法（八句）

擣木蘭以矯蕙兮，鑿申椒以為糧。播江離與滋菊兮，願春日以為糗芳。
恐情質之不信兮，故重著以自明。矯茲媚以私處兮，願曾思而遠身。

頭四句用「擣木蘭」等作比喻。木蘭、蕙草、申椒、江離、菊花，這類芳草香花，喻指各種美德，屈子將之當作「糧」、當作「糗」，即當作生命中萬萬不可缺少的東西，有力地表明，自己決心保持高風亮節。次兩句說要重著自明。末兩句說反覆思考，想抽身遠去。此處「遠身」與上文的「遠集」含意似不相同。

本詩的主題是，屈原在被佞臣誣陷、懷王疏遠之後，抒發「信而見疑，忠而被謗」的極度委屈、痛苦的心情。

三、藝術特色

1. 心理描寫細膩生動

如呼天請鑑有原因：確有冤枉，相信國君；有內容：自己忠君，反而遇罰。在剖析自己忠君非同一般時，先講自己先君後己，「吾誼先君而後身兮，羌眾人之所讎」；次講自己一心一意，「專惟君而無他」、「壹心而不豫」；再講自己「疾親而無他」；最後小結，「思君其莫我忠」。可以說層層深入，細膩入微，生動感人，剴切有力。

詩中假設了厲神的卜辭，實際是詩人對自己請鑑不靈原因的分析，同樣層次清晰，細膩生動。他認為原因有三：一是「君可思兮不可恃」；二是「同極而異路兮，又何以為此援也」；三是他舉出歷史上晉國申生和禹父伯鯀這二人遭遇為例，也很有說服力。

2. 語言精煉樸素

精煉：不少文字言簡意賅，生動傳神，以致成為後代成語，如：「眾口鑠金」、「釋階登天」、「九折臂而成醫」、「懲羹吹齏」等等。

樸素：「指蒼天以為正」、「先君而後身」、「壹心而不豫」、「事君不貳」、「願陳志而無路」、「願側身而無所」、「欲高飛而遠集」、「欲橫奔而無路」。這些文字毫無修飾，質樸簡潔，明白如話，彷彿親友之間的對話，更使詩篇增強了引人的魅力。

離騷[1]

屈原

帝高陽之苗裔兮，朕皇考曰伯庸。[2]
攝提貞于孟陬兮，[3]惟庚寅吾以降。[4]
皇覽揆余于初度兮，[5]肇錫余以嘉名。[6]
名余曰正則兮，[7]字余曰靈均。[8]

紛吾既有此內美兮，[9]又重之以修能。[10]
扈江離與辟芷兮，[11]紉秋蘭以爲佩。[12]
汨余若將弗及兮，[13]恐年歲之不吾與。[14]
朝搴阰之木蘭兮，[15]夕攬中洲之宿莽。[16]

日月忽其不淹兮，[17]春與秋其代序。[18]
惟草木之零落兮，[19]恐美人之遲暮。[20]
不撫壯而棄穢兮，[21]何不改乎此度也？[22]
乘騏驥以馳騁兮，[23]來吾導夫先路。[24]

昔三后之純粹兮，[25]固眾芳之所在。[26]

我是高陽後代人，先父名字叫伯庸。
正好寅年又正月，庚寅那天我降生。
先父仔細端詳我，開始爲我取美名。
給我取名叫正則，爲我選字稱靈均。

我既富有內在美，還很幹練多才能。
身披江離和香芷，結續秋蘭作佩飾。
時光如水趕不上，總怕歲月不等我。
早晨高崗拔木蘭，傍晚小島採香草。

日月匆匆不久留，春秋四季相交替。
草木凋謝正零落，憂慮國君已年高。
壯年沒有棄惡行，今何不改此作風？
跨上駿馬向前奔，來吧，我願作前驅。

從前三帝德行高，實賴眾賢來扶持。

雜申椒與菌桂兮，[27]豈維紉夫蕙茝？[28]
彼堯舜之耿介兮，[29]既遵道而得路。[30]
何桀紂之昌被兮，[31]夫唯捷徑以窘步！[32]
惟黨人之偷樂兮，[33]路幽昧以險隘。[34]
豈余身之憚殃兮，[35]恐皇輿之敗績。[36]
忽奔走以先後兮，[37]及前王之踵武。[38]
荃不揆余之中情兮，[39]反信讒而齌怒。[40]
余固知謇謇之爲患兮，[41]忍而不能舍也！[42]
指九天以爲正兮，[43]夫惟靈修之故也！[44]
曰黃昏以爲期兮，羌中道而改路。[45]
初既與余成言兮，後悔遁而有他。[46]
余既不難夫離別兮，[47]傷靈修之數化！[48]
余既滋蘭之九畹兮，[49]又樹蕙之百畝；[50]
畦留夷與揭車兮，[51]雜杜蘅與芳芷。
冀枝葉之峻茂兮，[52]願俟時乎吾將刈。[53]
雖萎絕其亦何傷兮，[54]哀眾芳之蕪穢！[55]
眾皆競進以貪婪兮，[56]憑不厭乎求索。[57]

兼用申椒與菌桂，豈只穿連蕙與茝？
堯舜光明又正大，治國遵循康莊道。
桀紂狂妄多凶惡，滑上邪路難行走！
群小勾結且偷安，國運黯淡又險惡。
哪是懼怕身遭殃，唯恐國家趨危亡。
國君前後忙奔走，但願能追先王步。
君王不察我忠心，反信讒言怨怒我。
我知忠諫會惹禍，寧受苦難也不捨！
手指蒼天發誓言，一切都是爲君王！
君王與我曾有約，後來改悔有他意。
不怕被逐離國都，痛心君王多反覆！
我既種下許多蘭，又栽百畝香蕙草；
留夷揭車也都有，還雜杜衡和香芷。
希望它們長得好，到時我能有收穫。
眾芳枯萎不可悲，可哀他們已腐敗！
群小爭權又貪婪，私囊已滿仍求索。

羌內恕己以量人兮，[58]各興心而嫉妒。[59]
忽馳騖以追逐兮，[60]非余心之所急。
老冉冉其將至兮，[61]恐修名之不立。[62]
朝飲木蘭之墜露兮，夕餐秋菊之落英。[63]
苟余情其信姱以練要兮，[64]長顑頷亦何傷？[65]
攬木根以結茝兮，[66]貫薜荔之落蕊；[67]
矯菌桂以紉蕙兮，[68]索胡繩之纚纚。[69]
謇吾法夫前修兮，[70]非世俗之所服；[71]
雖不周於今之人兮，[72]願依彭咸之遺則。[73]

長太息以掩涕兮，[74]哀民生之多艱。[75]
余雖好修姱以鞿羈兮，[76]謇朝誶而夕替。[77]
既替余以蕙纕兮，[78]又申之以攬茝。[79]
亦余心之所善兮，[80]雖九死其猶未悔。[81]

怨靈修之浩蕩兮，[82]終不察夫民心。[83]
眾女嫉余之蛾眉兮，[84]謠諑謂余以善淫。[85]
固時俗之工巧兮，[86]偭規矩而改錯；[87]
背繩墨以追曲兮，[88]競周容以爲度。[89]
忳鬱邑余侘傺兮，[90]吾獨窮困乎此時也！

對己寬恕對人嚴，互相算計又嫉妒。
到處鑽營追名利，這些不是我所想。
年光不再老將至，擔心美名未樹立。
朝飲木蘭葉上露，夕吃秋菊初生花。
只要品德眞高潔，面黃肌瘦又何妨？
採來木根捆香茝，薜荔花蕊穿起來；
菌桂連上香蕙草，胡繩搓成長線索。
前代聖賢我效法，世俗小人不贊同；
即使不合他們願，也照彭咸遺訓辦。

常常嘆息與痛苦，可哀人生多艱難。
唯因愛美不隨俗，群小不斷誣陷我。
縱然毀我蕙香囊，去採蘭茝重佩上。
只要我心眞愛好，雖遭萬死不後悔。

可惜君王太糊塗，一直不知我忠心。
群小嫉妒我美德，造謠說我善淫邪。
時俗小人能取巧，背棄法度改措施；
違反正直求邪曲，苟合取容爲常法。
我因失志而愁苦，此時處境最困窘！

寧溘死以流亡兮，91 余不忍爲此態也！92
鷙鳥之不群兮，93 自前世而固然。94
何方圜之能周兮，95 夫孰異道而相安？96
屈心而抑志兮，97 忍尤而攘詬。98
伏清白以死直兮，99 固前聖之所厚。100

悔相道之不察兮，101 延佇乎吾將反。102
回朕車以復路兮，103 及行迷之未遠。104
步余馬於蘭皋兮，105 馳椒丘且焉止息。106
進不入以離尤兮，107 退將復修吾初服。108
製芰荷以爲衣兮，109 集芙蓉以爲裳。110
不吾知其亦已兮，苟余情其信芳。111
高余冠之岌岌兮，112 長余佩之陸離。113
芳與澤其雜糅兮，114 唯昭質其猶未虧。115
忽反顧以遊目兮，116 將往觀乎四荒。117
佩繽紛其繁飾兮，118 芳菲菲其彌章。119
民生各有所樂兮，120 余獨好修以爲常。121
雖體解吾猶未變兮，122 豈余心之可懲！123

寧可一死隨流水，也不作此讒佞態！
鷙鳥剛正不隨俗，從古以來都這樣。
方圓怎能互相容，異道如何相安處？
委曲情懷壓心志，忍受罪責和恥辱。
保持清白正直死，本是前聖所嘉許。

後悔探路不清楚，逗留不進想回頭。
掉轉車頭返原路，趁著迷途還不遠。
騎馬徐行蘭皋上，然後馳往椒丘息。
忠而見疑還獲罪，退隱不改當年志。
裁剪荷葉做上衣，聚積蓮花爲下裝。
不被理解無所謂，只要我心眞芳潔。
使我帽子高又高，讓我佩飾多參差。
芬芳汙穢混一起，只有玉質未虧損。
四下顧盼縱目望，想到遠方去看看。
佩物繁盛又多樣，香氣勃勃更明朗。
人生各有所愛好，我只願意潔身行。
粉身碎骨志不變，我心已定決無悔！

女嬃之嬋媛兮，124 申申其詈余。125
曰：
鯀婞直以亡身兮，126 終然殀乎羽之野。127
汝何博謇而好修兮，128 紛獨有此姱節？129
薋菉葹以盈室兮，130 判獨離而不服。131
眾不可戶說兮，132 孰云察余之中情？133
世並舉而好朋兮，134 夫何煢獨而不余聽？135
依前聖以節中兮，136 喟憑心而歷茲。137
濟沅湘以南征兮，138 就重華而陳詞：139
啓〈九辯〉與〈九歌〉兮，140 夏康娛以自縱；141
不顧難以圖後兮，142 五子用失乎家巷。143
羿淫遊以佚田兮，144 又好射夫封狐；145
國亂流其鮮終兮，146 浞又貪夫厥家。147
澆身被於強圉兮，148 縱欲而不忍；149
日康娛以自忘兮，150 厥首用夫顛隕。151
夏桀之常違兮，152 乃遂焉而逢殃。153

女伴情深又柔媚，多次委婉勸誡我。
他說：
鯀性剛直忘身危，終於死在羽山野。
博學正直你爲何，一人兼有眾美德？
惡草堆積滿屋子，你卻偏偏不採用。
不能挨家去說明，誰能體諒咱心情？
世人結黨互吹捧，你何孤獨不聽我？
我依前賢爲準則，滿心憂悶到今天。
渡過沅湘往南走，舜帝靈前訴衷腸：
啓奏〈九辯〉與〈九歌〉，安逸享樂自放縱；
不顧危難和後果，武觀於是生內亂。
后羿淫逸嗜打獵，更愛射殺大野狐；
淫亂之人少善終，寒浞霸占他妻子。
過澆勇猛強有力，放縱嗜欲無節制；
每日淫樂忘自身，腦袋因而落了地。
夏桀違背正常理，終於遭遇亡國禍。

后辛之菹醢兮，154 殷宗用之不長。155
湯禹嚴而祇敬兮，156 周論道而莫差；157
舉賢才而授能兮，158 修繩墨而不頗。159

皇天無私阿兮，160 覽民德焉錯輔。161
夫維聖哲以茂行兮，162 苟得用此下土。163
瞻前而顧後兮，164 相觀民之計極。165
夫孰非義而可用兮，166 孰非善而可服？167
阽余身而危死節兮，168 覽余初其猶未悔。169
不量鑿而正枘兮，170 固前修以菹醢。171

曾歔欷余鬱邑兮，172 哀朕時之不當。173
攬茹蕙以掩涕兮，174 霑余襟之浪浪。175

跪敷衽以陳辭兮，176 耿吾既得此中正。177
駟玉虬以乘鷖兮，178 溘埃風余上征。179

朝發軔於蒼梧兮，180 夕余至乎縣圃。181
欲少留此靈瑣兮，182 日忽忽其將暮。183
吾令羲和弭節兮，184 望崦嵫而未迫。185

紂王把臣剁肉醬，商朝天下不久長。
湯、禹小心敬天神，周王論道無過錯；
選拔賢良授能人，遵守法度不偏斜。

蒼天無私不偏袒，誰有品德幫助誰。
只有聖人和美行，才可享受此天下。
研究前朝和後代，考察民心這標準。
非義之人哪可用？不善之徒豈能信？
我身危險已近死，回顧初衷無悔意。
不看斧孔安裝柄，前賢因此被剁醬。

連連嘆息我愁悶，哀憐我生不逢時。
採把蕙草拭眼淚，淚流不止溼衣襟。

下跪張臂哭訴完，心裡亮堂得正道。
以虬爲馬鳳爲車，乘著風沙向上升。

早晨出發從蒼梧，晚上我已到縣圃。
靈瑣之前想稍停，天色漸漸已經晚。
我叫羲和慢點走，太陽莫近崦嵫山。

路漫漫其修遠兮，186 吾將上下而求索。187
飲余馬於咸池兮，188 總余轡乎扶桑。189
折若木以拂日兮，190 聊逍遙以相羊。191
前望舒使先驅兮，192 後飛廉使奔屬。193
鸞皇爲余先戒兮，194 雷師告余以未具。195
吾令鳳凰飛騰兮，196 繼之以日夜。

飄風屯其相離兮，197 率雲霓而來御。198
紛總總其離合兮，199 斑陸離其上下。200
吾令帝閽開關兮，201 倚閶闔而望予。202
時曖曖其將罷兮，203 結幽蘭而延佇。204
世溷濁而不分兮，205 好蔽美而嫉妒。206

朝吾將濟於白水兮，207 登閬風而緤馬。208
忽反顧以流涕兮，209 哀高丘之無女。210
溘吾遊此春宮兮，211 折瓊枝以繼佩。212
及榮華之未落兮，213 相下女之可詒。214

吾令豐隆乘雲兮，215 求宓妃之所在。216
解佩纕以結言兮，217 吾令蹇修以爲理。218
紛總總其離合兮，219 忽緯繣其難遷。220

路途遙遠無盡頭，我將上下去求索。
咸池邊上飲馬兒，轡繩拴在扶桑樹。
折枝若木拂落日，姑且徘徊留一陣。
前面望舒正開道，後面飛廉在奔跑。
鳳凰爲我作前衛，雷師告我未準備。
我命鳳鳥飛起來，日夜兼程向前進。

旋風陣陣相屯聚，領著彩雲迎接我。
紛紛紜紜離又合，斑駁陸離在上下。
我要天宮把門開，衛士倚門不理睬。
日光昏暗且將盡，我拿幽蘭空等待。
美醜不分世事亂，進讒成風嫉妒盛。

早晨我將渡白水，登上閬風拴住馬。
回頭看去淚雙流，傷心高處無佳人。
匆忙向東去春宮，折根瓊枝添佩飾。
趁我容顏未衰老，物色下女贈瓊枝。

我命豐隆駕彩雲，尋找宓妃之所在。
解下佩囊作信物，又請蹇修作媒人。
熱熱鬧鬧正進行，宓妃彆扭難遷就。

夕歸次於窮石兮，221 朝濯髮乎洧盤。222
保厥美以驕傲兮，223 日康娛以淫遊。224
雖信美而無禮兮，225 來違棄而改求。226

覽相觀於四極兮，227 周流乎天余乃下。228
望瑤臺之偃蹇兮，229 見有娀之佚女。230
吾令鴆爲媒兮，231 鴆告余以不好。232
雄鳩之鳴逝兮，233 余猶惡其佻巧。234
心猶豫而狐疑兮，235 欲自適而不可。236
鳳皇既受詒兮，237 恐高辛之先我。238

欲遠集而無所止兮，239 聊浮遊以逍遙。240
及少康之未家兮，241 留有虞之二姚。242
理弱而媒拙兮，243 恐導言之不固。244
世溷濁而嫉賢兮，好蔽善而稱惡。245
閨中既邃遠兮，246 哲王又不寤。247
懷朕情而不發兮，248 余焉能忍與此終古？249
索藑茅以筳篿兮，250 命靈氛爲余占之。251
曰：

晚上竟住窮石山，早晨沐髮在洧盤。
自恃漂亮她驕傲，每天縱欲四處跑。
雖美但是無教養，只好丟開另外找。

放眼四方遙遠處，滿天找遍又落地。
望見高高瑤臺上，站著有娀一美女。
我讓鴆鳥作媒人，牠竟告我不喜歡。
雄鳩邊飛邊鳴叫，我還嫌牠太輕佻。
猶豫不決多懷疑，親自前往又不妥。
鳳凰已受他人託，高辛恐怕占了先。

遠處求偶無目標，姑且飄蕩以逍遙。
趁著少康未成家，去聘有虞女二姚。
媒人無能太笨拙，怕他傳話無成效。
人世混濁嫉賢才，專說壞話不說好。
美女深遠難攀求，再加懷王不醒悟。
滿懷情愫無處抒，怎能如此了一生？
拿來茅草和竹片，靈氛爲我算個卦。
他說：

兩美其必合兮，[252]孰信修而慕之？[253]
思九州之博大兮，豈惟是其有女？[254]
曰：
勉遠逝而無狐疑兮，[255]孰求美而釋女？[256]
何所獨無芳草兮，[257]爾何懷乎故宇？[258]
世幽昧以昡曜兮，[259]孰云察余之善惡？[260]
民好惡其不同兮，[261]惟此黨人其獨異。[262]
戶服艾以盈要兮，[263]謂幽蘭其不可佩；
覽察草木其猶未得兮，[264]豈珵美之能當？[265]
蘇糞壤以充幃兮，[266]謂申椒其不芳。
欲從靈氛之吉占兮，心猶豫而狐疑。[267]
巫咸將夕降兮，[268]懷椒糈而要之。[269]
百神翳其備降兮，[270]九嶷繽其並迎。[271]
皇剡剡其揚靈兮，[272]告余以吉故。[273]
曰：
勉升降以上下兮，[274]求矩矱之所同。[275]
湯禹儼而求合兮，[276]摯咎繇而能調。[277]
苟中情其好修兮，[278]又何必用夫行媒？[279]
說操築於傅巖兮，[280]武丁用而不疑。[281]

賢臣明君要相配，楚國誰信忠直人？
想想天下多廣大，豈僅此地有美女？
他說：
努力遠去別猶豫，誰求賢才能放您？
天下何處無芳草，何必懷戀您故土？
世道昏暗又惑亂，誰能辨別咱善惡？
人情好惡本不同，這些黨人更特別。
家家臭艾纏滿腰，反說幽蘭不可佩；
觀察草木尚不準，評價美玉能恰當？
取此糞土塡荷包，反說申椒不芬芳。
想信靈氛這卦好，心中猶豫不能定。
巫咸今晚要迎神，我備禮品去迎接。
百神滿天一齊降，九嶷諸神前相迎。
靈光閃閃顯神威，向我指示好徵兆。
他說：
天上地下努力找，總能求得一同道。
湯禹虛心待賢士，伊尹皋陶能協調。
只要君臣都有心，何必依靠中間人？
傅說本是傅巖奴，武丁用他不疑心。

呂望之鼓刀兮，282 遭周文而得舉。283
甯戚之謳歌兮，284 齊桓聞以該輔。285
及年歲之未晏兮，286 時亦猶其未央。287
恐鵜鴃之先鳴兮，288 使夫百草爲之不芳！289

何瓊佩之偃蹇兮，290 衆薆然而蔽之。291
惟此黨人之不諒兮，292 恐嫉妬而折之。293

時繽紛其變易兮，294 又何可以淹留？295
蘭芷變而不芳兮，296 荃蕙化而爲茅。297
何昔日之芳草兮，298 今直爲此蕭艾也？299
豈其有他故兮？300 莫好修之害也！301
余以蘭爲可恃兮，302 羌無實而容長。303
委厥美以從俗兮，304 苟得列乎衆芳！305
椒專佞以慢慆兮，306 樧又欲充夫佩幃。307
既干進而務入兮，308 又何芳之能祗？309
固時俗之流從兮，310 又孰能無變化？
覽椒蘭其若茲兮，311 又況揭車與江離！312
惟茲佩之可貴兮，313 委厥美而歷茲。314
芳菲菲而難虧兮，315 芬至今猶未沬。316

呂望曾經當屠夫，遇到文王被提拔。
甯戚餵牛唱起歌，齊桓聽後便重用。
趁著年紀尚不老，時間也還未過半。
只怕子規一啼叫，百草千花都不香！

我的玉佩不平凡，群小紛紛來遮蔽。
這些黨人不可靠，我怕嫉妒遭折磨。

時事已亂變化大，哪能久留在故國？
蘭芷變質已不香，荃蕙蛻化成茅草。
爲何昔日衆芳草，今天竟成賤艾蒿？
其中原因是什麼？不重修養結惡果！
我還曾經信蘭花，誰知只是外表好。
它棄美德隨世俗，枉自混入群僚中！
花椒專斷又放肆，惡樧想塡荷包中。
百般鑽營向上爬，怎能自振其芬芳？
本來風氣隨大流，又有誰能無變化？
我看椒蘭尚如此，何況揭車與江離！
我這佩飾太可貴，美質被棄到今天。
香氣勃勃難減損，芬芳至今未散盡。

和調度以自娛兮，317 聊浮游而求女。318
及余飾之方壯兮，319 周流觀乎上下。320

靈氛既告余以吉占兮，321 歷吉日乎吾將行。322
折瓊枝以爲羞兮，323 精瓊爢以爲粻。324
爲余駕飛龍兮，325 雜瑤象以爲車。326
何離心之可同兮，327 吾將遠逝以自疏！328

邅吾道夫崑崙兮，329 路修遠以周流。330
揚雲霓之晻藹兮，331 鳴玉鸞之啾啾。332
朝發軔於天津兮，333 夕余至乎西極。334
鳳皇翼其承旂兮，335 高翺翔之翼翼。336
忽吾行此流沙兮，337 遵赤水而容與。338
麾蛟龍以梁津兮，339 詔西皇使涉余。340
路修遠以多艱兮，騰眾車使徑待。341
路不周以左轉兮，342 指西海以爲期。343
屯余車其千乘兮，344 齊玉軑而並馳。345
駕八龍之婉婉兮，346 載雲旗之委蛇。347
抑志而弭節兮，348 神高馳之邈邈。349
奏〈九歌〉而舞〈韶〉兮，350 聊假日以媮樂。351

放慢節奏自安慰，姑且漫遊求美女。
趁我佩飾正新鮮，上天入地到處看。

靈氛已告我吉兆，選個吉日就動身。
折下瓊枝作路菜，搗碎玉屑爲乾糧。
飛龍爲馬駕我車，寶玉象牙作車飾。
離異之心哪能合，我將遠行自求疏！

我轉車頭向崑崙，路途遙遠到處看。
雲旗招展遮天日，玉飾鸞鈴叮噹響。
早晨啓程於天河，晚上我已到西極。
鳳凰展翅擎龍旗，高空飛揚隨我車。
忽然我到流沙地，順著赤水慢慢走。
指揮蛟龍架橋梁，詔令西皇幫我渡。
路途遙遠多艱難，吩咐眾車緊相隨。
經過不周向左轉，直指西海目的地。
積聚車輛千乘多，玉軸並駕向前進。
駕車八龍蜿蜒動，車上雲旗隨風揚。
垂下旗幟慢慢行，思緒飛到極遠處。
奏起〈九歌〉舞〈韶〉樂，姑且趁機尋歡樂。

陟陞皇之赫戲兮，[352] 忽臨睨夫舊鄉。[353]

僕夫悲余馬懷兮，[354] 蜷局顧而不行。[355]

亂曰：[356]

已矣哉！[357]

國無人莫我知兮，[358] 又何懷乎故都？[359]

既莫足與爲美政兮，[360] 吾將從彭咸之所居！[361]

旭日東升光明中，忽然看見我故鄉。

僕人悲傷馬止步，曲身徘徊不前行。

尾聲唱道：

所有一切都算了！

國內沒有一知己，我又何必懷故土？

既無人能行美政，我跟彭咸一起走！

【注釋】

1 **離**：離別。**騷**：憂愁。**離騷**：離別的憂愁。屈原因佞臣獻讒、懷王怒疏而欲離開楚國，去他國謀求發展，但楚國是自己的故土，自己的家鄉，他不能離開。不能不離，離又不能，這就是屈原離別的憂愁，也是本詩的主題。

2 **高陽**：古帝顓頊的稱號。**苗裔**：後代子孫。**朕**：我。**皇考**：古人對亡父的尊稱。**伯庸**：屈原父親的名字。

3 **攝提**：攝提格的簡稱，寅年的別名。**貞**：同「正」。**孟**：始。**陬**：音ㄗㄡ，即正月。

4 **庚寅**：庚寅日。**降**：出生。

5 **皇**：皇考的簡稱。**覽**：觀看，端詳。**揆**：估量。**初度**：初生的時節。

6 **肇**：開始。**錫**：通「賜」。**嘉**：美好。

7 **正則**：公平的法則，寓「平」字。

8 **靈均**：美好的平地，寓「原」字。

9 **紛**：眾多。**內美**：內在的美好品質。

10 **重**：增加。**修**：長。**修能**：優異的才能。

11 **扈**：通「被」。**離**：通「蘺」，一種香草，生於江中。**辟**：通「僻」；一說「辟」與「扈」對稱，也是動詞，通「披」。**芷**：音ㄓˇ，又一種香草。

12 **紉**：連結，編結。**佩**：帶在身上的裝飾品。

13 **汩**：音ㄍㄨˇ，水流迅速貌；此處比喻時間和流水。**及**：

趕上。

14 不吾與：即不與我。與：等待。

15 搴：音ㄑㄧㄢ，拔取。阰：音ㄆㄧˊ，高崗，土坡。木蘭：一種喬木，其花芬芳。

16 攬：採摘。洲：水中小島。宿莽：一種經冬不死的香草。

17 忽：倏忽，迅速。淹：久留。

18 代序：代謝，輪換。

19 惟：想到。零落：凋謝。草謝曰零，木枯曰落。

20 美人：此處當喻國君，自喻之說欠妥。

21 撫：憑藉。壯：壯年。棄穢：拋棄穢政。此句主詞當是上句中的「美人」，國君。

22 此度：這種法令制度。即上句中的「穢政」。一本無「乎」字。

23 騏驥：駿馬，此處比喻賢臣。馳騁：迅速前進，喻振興楚國。此句主詞仍是國君。

24 夫：通「乎」。先路：即在前方開路。

25 后：君王。三后：指夏、商、周三代開國之君。純粹：比喻品德純潔高尚。

26 眾芳：比喻群賢。

27 申椒：一種花椒。菌桂：即肉桂。申椒、菌桂均比喻賢臣。

28 豈維：難道只是。蕙：香草。茝：音ㄔㄞˇ，同「芷」。

29 耿介：光明正大。

30 遵：順著，沿著。道：正道，治國之道。路：康莊大道。

31 昌被：比喻肆意妄爲，爲非作歹。

32 夫：彼。捷徑：斜路，邪道。窘步：困窘失足。

33 惟：語氣助詞。黨人：小人朋黨，此處指上官大夫靳尚等人。偷樂：苟安享樂。

34 路：此處喻指國家前途。幽昧：黑暗。險隘：危險狹隘。

35 憚：懼怕。殃：災禍。

36 皇輿：君主的車乘，此處比喻楚國。敗績：本指軍隊潰敗，此處比喻國家危亡。

37 忽：疾速。以：連詞。先後：指在「皇輿」之先後，即楚王之先後。

38 及：追上。踵：腳後跟。武：足跡，腳印。此句比喻繼承先輩業績。

39 荃：一種香草，此處比喻國君。中情：衷情，即忠心。

40 齌：音ㄐㄧˋ，一作「齊」，本指炊火猛烈，引申爲急疾。齌怒：盛怒，暴怒。

41 **謇謇**：音ㄐㄧㄢˇ ㄐㄧㄢˇ，直言；忠貞的樣子。**患**：禍患，此處用作動詞。

42 **忍**：忍受，受詞為「患」，承上省略。**舍**：止息。

43 **九天**：即「天」。**正**：通「證」。

44 **靈修**：君王，此處指楚懷王。

45 洪興祖補注曰：「一本有此二句，王逸無注，至下文『羌內恕己以量人』始釋『羌』義，疑此二句後人所增耳。」

46 **成言**：有盟約。**悔**：改。**遁**：移。全句意思是：改移本情而有他志。

47 **難**：怕。

48 **傷**：惜。**數化**：多次變化。

49 **滋**：滋生，此處有種植、培植之意。**蘭**：一種香草，比喻賢才。**畹**：音ㄨㄢˇ，古代計算土地面積單位，一說為三十畝，一說為十二畝。

50 **樹**：栽種。**蕙**：同「蘭」義。**百畝**：泛指面積廣。

51 **畦**：音ㄒㄧ，一塊塊排列整齊的田地，此處作動詞用，即一塊一塊地種植。留夷、揭車及下文的杜蘅，均為香草名，亦均比喻賢才。

52 **冀**：希望。**峻茂**：高大茂盛。

53 **俟**：音ㄙˋ，等待。**刈**：音ㄧˋ，收割。

54 **萎絕**：枯萎凋落。

55 **眾芳**：泛指上文蘭、蕙、留夷、揭車和杜蘅等，此處比喻賢人。**蕪穢**：本指植物枯萎凋零，此處比喻群賢變節墮落。

56 **競**：爭。**進**：進仕。

57 **憑**：滿。**猒**：同「饜」，滿足。**求索**：追求，索取。

58 **羌**：楚地方言，語助詞。**恕己量人**：即以己之心揣度他人。

59 **興**：生。**興心**：起意，算計。

60 **忽**：倏忽。**馳騖**：亂跑。此句主詞仍是黨人。

61 **冉冉**：漸漸。

62 **修名**：美名。

63 **落**：始（據《爾雅》）。**英**：花。「落英」與「墜露」相對。

64 **信**：確實。**姱**：音ㄎㄨㄚ，美好。**練**：選擇。**要**：要道。

65 **顑頷**：音ㄎㄢˇ ㄏㄢˋ，因飢餓而面黃肌瘦的樣子，這裡借指貧困。

66 **擥**：採摘之意。**木根**：香木之根。**結**：捆紮。

67 **貫**：貫串。

68 **矯**：弄直，舉起。**紉**：穿進。

69 **索**：此處作動詞，搓繩索。**胡繩**：也是一種香草。**纚**

纚：音ㄕˇ ㄕˇ，飄揚、柔長貌。

70 **謇**：音ㄐㄧㄢˇ，語助詞。**法**：效法。**夫**：助詞。**前修**：前代賢人。

71 **服**：用。

72 **周**：合乎。**今之人**：指世俗小人。

73 **彭咸**：殷時賢人，因諫君不聽，自投水而死。《史記・殷本紀》有載：「帝雍已崩，弟太戊立，是爲帝太戊。帝太戊立伊陟爲相……伊陟贊言于巫咸。巫咸治王家有成，作《咸艾》，作《太戊》。」**遺則**：留下的法則。

74 **太息**：嘆息。**掩涕**：抹淚。

75 **民生**：人生。

76 **修姱**：潔淨美好。**鞿羈**：音ㄐㄧ ㄐㄧ，本爲馬韁繩、馬絡頭，此處用作動詞，指約束，不放縱。**以**：連詞。

77 **誶**：音ㄙㄨㄟˋ，責備，詆陷；進諫，規勸。**替**：廢棄。

78 **替**：同上注。**纕**：音ㄒㄧㄤ，佩帶。

79 **申**：重。**攬**：採摘。

80 **亦**：承上之詞，可不譯。

81 **九**：泛指多。**悔**：恨。

82 **浩蕩**：本指水波浩淼，此處指人愚昧糊塗。

83 **夫**：助詞。**民**：一作「人」，此處當爲屈原自謂。

84 **眾女**：喻眾讒人。**蛾眉**：借指美女，喻美德。

85 **謠諑**：造謠中傷。**諑**：音ㄓㄨㄛˊ。

86 **固**：本來是。**時俗**：指世俗小人。**工巧**：善於取巧。

87 **偭**：音ㄇㄧㄢˇ，背棄。**規矩**：圓規矩尺，此處比喻法度。**錯**：同「措」，措施。

88 **繩墨**：木匠取直用的工具，此處喻指正直之道。**追**：隨。

89 **周容**：苟合取容。**度**：常法。

90 此句是述語前置，即述語「忳鬱邑」倒置於主詞「余」的前面。**忳**：音ㄊㄨㄣˊ，憂悶。**鬱邑**：即鬱悒，煩悶苦惱。**忳鬱邑**：三字連文爲詞，意思是，十分憂愁苦悶。

侘傺：音ㄔㄚˋ ㄔˋ，失意而精神恍惚的樣子。

91 **寧**：寧願。**溘**：音ㄎㄜˋ，忽然。**流亡**：指死後形體流亡。

92 **此態**：指上文所言世俗小人的醜態。

93 **鷙鳥**：鷹隼一類猛禽，此處比喻剛正之人。**群**：名詞用作動詞，即合群之意。**不群**：即不同流合汙。

94 **固然**：本來都是這樣。

95 **方**：方枘（ㄖㄨㄟˋ），比喻正直的君子。**圜**：圓鑿，比喻圓滑的小人。**何**：怎麼，修飾「能」字。**周**：合。

96 **夫**：語助詞。**孰**：語助詞，哪裡。

97 **屈心**、**抑志**：義相近，即委曲心志。

98 **尤**：過失。**攘**：通「囊」，有包含、容忍之意。一說有「除」或「取」意。**詬**：恥辱。

99 **伏**：通「服」，服膺。**死直**：死於直道。

100 **厚**：重。

101 **悔**：恨。**相**：視、看。**道**：路，喻仕路。**不察**：沒有考察清楚。

102 **延**：伸長脖子。**佇**：踮起腳跟遠望。**延佇**：長立而望，遲疑不決的樣子。**反**：同「返」，此處有退隱獨善其身之意。

103 **回**：掉轉。**朕**：我。**復路**：走回頭路。此句與下句倒裝。

104 **及**：趁著。**行迷**：迷路。

105 **步**：慢行，使動用法。**蘭皋**：長有蘭草的水邊高地。

106 **馳**：馬急行。**椒丘**：長有椒樹的山丘。**焉**：於此。

107 **進**：進仕。**不入**：不合君意。**離**：通「罹」，遭遇，遭到。**尤**：過錯，用作動詞，即批評、指責之意。**離尤**：遭到批評。

108 **退**：退隱。**復**：重新。**初服**：未仕時之服，喻「夙志」、「初衷」，亦即下文的荷衣、蓉裳、高冠和長佩等。

109 **製**：裁剪。**芰**：音ㄐㄧˋ，菱葉。**荷**：荷葉。**衣**：上衣。

110 **集**：積聚。**芙蓉**：荷花。**裳**：下衣。此兩句以著荷衣寓意，說明被服愈潔，修養益明。

111 此二句為倒裝。**苟**：只要。**情**：情操、品德。**信**：確實。**芳**：香潔。**不吾知**：不知吾；主詞泛指。**已**：止，即「算了」的意思。

112 **高**：使動用法。**岌**：音ㄐㄧˊ，高的樣子。

113 句法同上。**佩**：佩飾，長劍玉佩之類。**陸離**：長長下垂的樣子。一說五光十色、色彩斑駁貌。

114 **澤**：與「芳」相對，汙穢之意。

115 **惟**：只有。**昭質**：光明純潔的品質。**虧**：損。

116 **忽**：急速，急忙的樣子。此處修飾「往觀乎四荒」，可不譯。**反顧**：回首而視。**遊目**：縱目遠望。

117 **四荒**：四方荒遠之地。「往觀四荒」的含意，諸家解說不一。游國恩認為：「潔身遠遊以避尤耳。」

118 **佩**：佩物。**繽紛**：形容盛多。

119 **菲菲**：形容香氣濃烈。**彌**：更加。**章**：同「彰」，明顯。

120 **樂**：喜好。

121 **好修**：喜愛修身潔行。**常**：常事。

122 **體解**：肢解，或曰粉身碎骨。**未變**：指「好修」之志未變。

123 **豈**：表示反問。**心**：對「體」而言，指決心。**懲**：有種種解釋，似乎釋爲「止」更好，照應上文的「回」、「反」。

124 **女嬃**（ㄒㄩ）：當時楚地婦女之通稱，此處當指與屈原有親近關係的女性。**嬋媛**：音ㄔㄢˊ ㄩㄢˊ，深情，關懷；牽引。

125 **申申**：一再地。**詈**：音ㄌㄧˋ，從側面責斥勸誡。

126 **鯀**：音ㄍㄨㄣˇ，禹的父親。**婞**：音ㄒㄧㄥˋ，倔強，不順從。**直**：剛直。**亡**：同「忘」。

127 **終然**：終於。**殀**：早死。**羽**：羽山。

128 **博**：博學。**謇**：直言。

129 **姱節**：美好的行爲，指上句中的「博謇」、「好修」。

130 **薋**：音ㄗ，惡草蒺藜。**菉**：音ㄌㄩˋ，惡草壬芻。**葹**：音ㄕ，惡草枲耳。**盈**：滿。

131 **判**：區別。**服**：用。

132 **眾**：一般人。**戶說**：挨家挨戶地說明。

133 **云**：助詞。**余**：我，此處作「咱」解。

134 **世**：世俗之人。**舉**：吹捧。**好朋**：愛好結黨。

135 **夫**：語助詞。**煢**：音ㄑㄩㄥˊ，憂愁，孤獨無靠。**不余聽**：不聽我。

136 **前聖**：前代聖哲。**節**：節度。**中**：中正之道。**節中**：標準、準則。

137 **喟**：音ㄎㄨㄟˋ，嘆。**憑心**：滿心憤懣。**歷茲**：直到今天。

138 **濟**：渡過。**沅湘**：沅水、湘江。**征**：行。

139 **就**：到，靠近。**重華**：即舜，此處指舜之墓或舜之亡靈。**陳詞**：陳述言詞。

140 **啓**：夏啓，禹的兒子。**〈九歌〉**、**〈九辯〉**：相傳都是天帝的樂章，「啓登天而竊以下，用之。」（洪興祖語）

141 **夏**：仍指啓。**康娛**：安逸享樂。**縱**：放縱。一說「夏康」連讀，誤。

142 **難**：危難。**圖**：謀。

143 **五子**：即武觀，啓之幼子。**失**：衍文。**用乎**：語助詞。一說爲「因之」之意。**家巷**：家居閭巷，即失去權勢和尊位。

144 **羿**：音ㄧˋ，夏代諸侯。**淫**：過分。**佚**：放縱恣肆。田：打獵。

145 **好**：喜歡。**夫**：語助詞。**封**：大。

146 **亂流**：篡亂之徒。**鮮**：少。**終**：結果。

147 **浞**：音ㄓㄨㄛˊ，寒浞，羿之親信。**夫**：語助詞。**厥**：其。家：家室，妻室，此處指羿之妻。

148 **澆**：音ㄐㄧㄠ，寒浞之子。**被**：同「披」。**被於**：穿著衣服，引申爲具有。**圉**：音ㄩˇ，通「御」。**強圉**：強壯有力。

149 **忍**：自止，自制。

150 **日**：每天。**康娛**：同注141。**自忘**：忘其身之危。

151 **用夫**：語助詞，一說爲「因而」之意。**顛**：倒。**隕**：落。

152 **桀**：夏代最後一個君主。**常違**：即違常，背乎常道。

153 **乃**：於是。**遂**：終究。**焉**：語詞。**逢殃**：遭殃，指爲湯所放。

154 **后辛**：商紂王。**菹醢**：音ㄐㄩ ㄏㄞˇ，把人剁成肉醬。

155 **宗**：宗祀，此處指王朝、統治。**用**：以，因。**不長**：不得長久，即滅亡。

156 **嚴**：畏；一說作「儼」、「敬」之意。**祗**：音ㄓ，恭敬。

157 **周**：指周文王、周武王。**論道**：議論道德。**莫差**：沒有過錯。

158 **舉**：選拔。**授能**：把政事交給有才能的人。

159 **修繩墨**：比喻遵守法度。**頗**：偏頗。

160 **私**：偏愛。**阿**：音ㄜ，徇私。

161 **覽**：視。**民**：人。**焉**：於是。**錯**：同「措」，布置、安排之意。**輔**：輔助，助手。

162 **夫**：語助詞。**維**：通「唯」，獨，只。**聖哲**：賢明的君主。**茂行**：美好的行爲。

163 **苟**：與上文「維」字相呼應，釋爲「乃」、「才」。**得**：可以，能夠。**用**：享有。**下土**：天下。

164 **瞻前顧後**：歷覽古今興亡之事。

165 **相觀**：考察、推斷。**計極**：即極計，意爲法則，標準。

166 **夫**：語助詞。**孰**：誰。

167 **服**：信服，相信。

168 **阽**：音ㄉㄧㄢˋ（舊讀ㄧㄢˊ），臨近危險，主詞爲「余身」。

169 **初**：初衷。

170 **量**：量度，估計。**鑿**：音ㄗㄨㄛˋ，孔。**枘**：音ㄖㄨㄟˋ，入孔之柄。**正**：審其正而納之，即安裝。此句是比喻。

171 **前修**：前代賢臣。

172 **曾**：通「層」，累，不斷。**歔欷**：音ㄒㄩ ㄒㄧ，悲泣之聲。此句與下句倒裝，即先果後因。

173 **朕**：我。**時之不當**：生不逢時。

174 **茹**：音ㄖㄨˊ，柔軟。

175 **霑**：浸溼。**浪浪**：淚流不止的樣子。

176 **敷**：展開，鋪開。**衽**：音ㄖㄣˋ，衽爲「兩腋窩處」的兩塊「嵌片」（用沈從文說）。

177 **耿**：明亮，亮堂。

178 **駟**：駕車的四匹馬。此處爲意動用法，即以玉虬爲駕車的馬。**虬**：音ㄑㄧㄡˊ，古代傳說中的一種龍。**玉虬**：白色的龍。**乘**：車，意動用法，即以……爲車。**鷖**：音ㄧ，鳳凰。

179 **溘**：音ㄎㄜˋ，奄忽，忽然。**埃**：塵土。**埃風**：帶塵埃的風。**征**：行。

180 **軔**：音ㄖㄣˋ，停車時支住車輪不使轉動的木頭，將行則去之。**發軔**：動身啓程。**蒼梧**：楚之山名，舜之葬所。

181 **乎**：於。**縣圃**：神山名。

182 **少留**：稍停片刻。**靈瑣**：仙府宮門。

183 **忽忽**：通「惚惚」。

184 **羲和**：相傳是駕太陽車的神。**弭**：音ㄇㄧˇ，按，抑。**節**：行車的速度。**弭節**：慢慢地行走。

185 **崦嵫**：音ㄧㄢ ㄗ，神話中的山名，日落之處。**迫**：接近。

186 **漫漫**：遙遠的樣子。**修**：長。

187 **求索**：追求搜索。求索的對像是「美女」，即下文的高丘神女、宓妃、簡狄和二姚。此句領起下面一大層。

188 **飲余馬**：給我的馬飲水。**咸池**：天池，神話中的水名，日浴之處。

189 **總**：結，繫。**轡**：音ㄆㄟˋ，韁繩。**扶桑**：神話中的一種樹名，日出之處。

190 **若木**：神話中的一種樹名，日入之處。**拂**：拭。

191 **聊**：姑且，暫且。**逍遙**、**相羊**：聯綿詞，都是徘徊逗留的意思。**相羊**：同「徜徉」，音ㄒㄧㄤ ㄧㄤˊ。

192 **望舒**：月神。**先驅**：前驅。

193 **飛廉**：風神。**屬**：音ㄓㄨˇ，相隨。**奔屬**：緊跟在後面跑。

194 **鸞皇**：鳳凰。**戒**：戒嚴道路。**先戒**：也是「先驅」之意。

195 **雷師**：雷神。**具**：備，準備。

196 此句表現作者急欲上征，不待雷師之具，而令風鳥飛騰，日夜兼程。

197 **飄風**：旋風。**屯**：結聚。**離**：通「麗」，附著。

198 **雲霓**：比喻讒佞邪惡的小人。「率」的主詞爲上句中的「飄風」。**御**：迎。

199 **紛**：盛多貌。**總總**：聚合貌。

200 **斑**：斑駁。**陸離**：參差錯綜之貌。**上下**：忽上忽下。

201 **帝**：天帝。**閽**：音ㄏㄨㄣ，守門人。**關**：門閂。

202 **閶闔**：音ㄔㄤ ㄏㄜˊ，天門。**望予**：看看我（而不開關）。

203 **時**：時光，日光。**曖曖**：音ㄞˋ ㄞˋ，昏暗的樣子。**罷**：盡、止。

204 **結**：編，繫。**結幽蘭**：表示愛情，古代男女戀愛的一種方式。**延佇**：見注103。

205 **溷**：同「渾」。**不分**：好壞不分。

206 **好**：喜好。**蔽**：遮蔽。

207 **朝**：早晨，與上文「時曖曖其將罷兮」相呼應。**濟**：渡過。**白水**：神話中的水名。

208 **閬**：音ㄌㄤˊ。**閬風**：仙山名。**緤**：音ㄒㄧㄝˋ，拴，繫。

209 **反顧**：回頭看天門。**流涕**：因第一次求索失敗而流淚。

210 **高丘**：當指崑崙之丘，縣圃等均屬崑崙之丘。**無女**：沒有理想的美女，暗指第一次求索失敗。

211 **溘**：見注179。**春宮**：東方青帝之宮。

212 **瓊**：玉。**瓊枝**：玉樹之枝。**繼**：續，增加。

213 **及**：趁。**榮華**：顏色。**未落**：未衰。

214 **相**：審視。**下女**：下界女子，與高丘神女對舉，指下文的宓妃、簡狄和二姚。**詒**：通「貽」，贈送，即贈瓊枝以表示愛情。因「哀高丘之無女」，故「相下女之可詒」。

215 **豐隆**：雲神。

216 **宓**：音ㄈㄨˊ，通「伏」。**宓妃**：傳說中的洛河女神。**所在**：居住的地方。

217 **佩纕**：佩帶。**結言**：訂立盟約，此處指信物。

218 **蹇修**：神話傳說中的人名。**理**：媒人。

219 此句義同注199，但上句形容詩人侍從之盛，而這句主要是形容兩人見面時宓妃侍從之盛。此句及下面五句均正面敘寫宓妃。

220 **忽**：通「惚」。**緯繣**：音ㄨㄟˇ ㄏㄨㄚˋ，執拗，乖戾。**遷**：移，變動，遷就。**緯繣難遷**：形容宓妃性格乖戾彆扭，難以遷就。

221 **次**：住宿。**窮石**：神話中一地名，后羿居處，據〈天問〉「胡射夫河伯，而妻彼雒嬪」王逸注，后羿與宓妃有曖昧關係。

222 **濯**：洗。**洧盤**：音ㄨㄟˇ ㄆㄢˊ，神話中水名。濯髮洧盤乃炫耀美色。

223 **保**：恃。**厥**：其，指宓妃。

224 **日**：每天。**康娛**：同注141。**淫遊**：過分地遊戲。

225 **信**：誠然，確實。**無禮**：無教養。

226 **來**：乃。**違棄**：拋棄，即拋棄宓妃。**改求**：另外尋求。

227 **覽**：同注161。**相觀**：同注165。**四極**：四方極遠之處。

228 **周流**：周遊。**乎**：於。**天**：天上。**下**：人間。

229 **瑤臺**：美玉砌成之臺。**偃蹇**：形容臺高。

230 **娀**：音ㄙㄨㄥ。**有娀**：古國名。**佚**：通「昳」，音ㄧˋ，貌美。**佚女**：美女。
231 **鴆**：音ㄓㄣˋ，一種鳥，羽毛有毒。
232 **好**：喜好，喜歡。
233 **鳩**：一種鳥，善鳴。**逝**：往。**鳴逝**：邊飛邊叫。
234 **惡**：音ㄨˋ，厭惡。**佻**：音ㄊㄧㄠ，輕佻。**巧**：言詞華而不實。
235 **猶豫**、**狐疑**：都是行爲不能決斷之意。
236 **適**：往。**欲自適**：想親自前往。**不可**：於禮不可。
237 **受**：受命，即受高辛之命。**詒**：見注214，此處指向簡狄贈送愛情的信物。
238 **高辛**：即帝嚳。**先我**：先於我。
239 **集**、**止**同義。
240 **聊**：同注191。**浮遊**：飄蕩。
241 **少康**：據說是夏代中興之王，有虞國君曾將兩個女兒嫁給他。**未家**：未娶妻。
242 **留**：（爲我）留下。**有虞**：傳說中的國名，姚姓，舜之後。**二姚**：姚氏二姊妹（見《左傳》哀公元年）。
243 **理**：媒人之別名。**弱**：劣，無能。
244 **導言**：傳話。**不固**：沒有成效。
245 **溷**：見注205。**蔽善**：見注206。**稱**：傳播。
246 **閨中**：上述美女的統稱。**邃**（ㄙㄨㄟˋ）**遠**：深遠不可求。
247 **哲王**：楚懷王。**寤**：同「悟」，覺醒，醒悟。
248 **懷朕情**：即「朕懷情」，我滿懷忠情。**發**：表達，抒發。
249 **焉**：怎麼。**此**：指代溷濁、嫉賢之世。**終古**：終身。
250 **索**：取，拿。**藑**（ㄑㄩㄥˊ）**茅**：「靈草」，實際是一種茅草。**以**：連詞。**筳**：音ㄊㄧㄥˊ，古時占卜用的一種小竹片。**篿**：音ㄓㄨㄢ，結草折竹以占卜。
251 **靈氛**：古代神巫名。
252 **曰**：以下爲靈氛之詞。**兩美**：男女雙方，喻賢臣明君。
253 **信**：確實。**修**：修身潔行。**慕**：莫念（聞一多說）。**之**：指代信修者。
254 **是**：指代崑崙、春宮、有娀和有虞等地，且喻指楚國。**女**：美女，比喻志同道合之人，即爲實現「美政」理想的同道、同僚。求「女」就是下文所說的「求矩矱之所同」。
255 **勉**：努力。**遠逝**：遠行。
256 **美**：喻賢才。**釋**：放。**女**：汝。
257 **何所**：什麼地方。**芳草**：喻美女。
258 **懷**：思念。**故宇**：故居，泛指故土、故國。
259 **幽昧**：昏暗。**昡曜**（ㄒㄩㄢˋ ㄧㄠˋ）：惑亂。

260 云：句中助詞。**余**：咱們。

261 **民**：一般人。**好**：好善。**惡**：厭惡。**其**：助詞。

262 **黨人**：一群小人。**獨異**：特別。

263 **戶**：名詞作副詞，家家戶戶。**服**：佩帶。**艾**：蒿艾，一種惡草。**以**：連詞。**盈**：滿。**要**：通「腰」。

264 **覽察**：觀察。**得**：得當，準確。

265 **珵**：音ㄔㄥˊ，美玉。**當**：恰當，適宜。

266 **蘇**：索，取。**壤**：土。**充**：滿，填滿。**幃**：佩帶在身上的香囊。

267 上文中靈氛勸去，理由充足，但屈子愛國，不忍離去，故云「欲從靈氛之吉占兮，心猶豫而狐疑」。

268 **巫咸**：古代神巫名。**降**：降神。

269 **懷**：包藏。**椒**：今花椒之類的香料。**糈**：音ㄒㄩˇ，精米。**要**：通「邀」，迎接。「懷」的主詞是屈子；「要」的受詞是巫咸。

270 **百神**：群神。**翳**：音ㄧˋ，遮蔽，遮天蔽日。**備降**：一齊降臨。

271 **九疑**：山名，此指九疑諸神。**繽**：盛大。**並迎**：一起前往迎接。

272 **皇**：通「煌」。**剡**：通「焰」。**皇剡剡**：煌焰焰，即靈光閃閃。**揚靈**：顯示神威。

273 「告」的主詞應是降百神的巫咸。**故**：舊聞，過去的傳說。**吉故**：過去的佳話。巫咸在借古喻今，因此「吉故」亦可譯爲「好兆頭」。

274 「曰」的主詞是巫咸。**勉**：努力。**升降上下**：上天入地。

275 **矩矱**：音ㄐㄩˇ ㄏㄨㄛˋ，兩種工具。矩，用以畫方形，「矱」用以量長短。「矩矱」此處引申爲法度、觀點或政治主張。**所同**：同道之人。

276 **儼**：眞心誠意。**求合**：尋求合作者。

277 **摯**：湯臣伊尹。**咎繇**：音ㄍㄠ ㄧㄠˊ，禹臣皋陶。**調**：協調、和睦。

278 **苟**：假如。**中情**：衷情，即內心。**好修**：喜好修身潔行。

279 **用**：依靠，使用。**夫**：助詞。**行媒**：來往撮合的媒人。

280 **說**：音ㄩㄝˋ，即傅說，本是奴隸。**操**：拿。**築**：版築，築牆用的一種工具。**傅巖**：地名。

281 **武丁**：殷高宗，據說他「思想賢者，夢得賢人，以其形象求之，因得傅說，登以爲公」。

282 **呂望**：姜太公。**鼓刀**：動刀，指其爲屠夫。

283 **遭**：遇。**周文**：周文王。**舉**：提拔、使用。

284 **甯戚**：春秋時衛國的賢士。**謳歌**：唱歌。王逸云：「甯戚修德不用，退而商賈，宿齊東門外。桓公夜出，甯戚方飯牛，叩角而商歌。桓公聞之，知其賢，舉用爲客卿，備輔佐也。」

285 **齊桓**：齊桓公，春秋五霸之一。**該**：具備。**輔**：輔佐。

286 **晏**：晚，暮。**年歲未晏**：年紀還不老。

287 **時**：時間，時光，指生命。**猶其**：「其猶」的倒文。**央**：中，半。

288 **鵜鴂**：音 ㄊㄧˊ ㄐㄩㄝˊ，一種鳥，又名子規，常在秋分時鳴叫。鵜鴂一叫，百草凋落。鵜鴂在此處是時間的象徵。

289 **夫**：彼。**百草**：泛喻人、事。百草不芳，意指時機一過，世上人事都將變化。

290 **瓊佩**：美玉做的佩飾，比喻美德之人，是屈原自比。**偃蹇**：高尚不凡。

291 **眾**：小人們。**薆**（ㄞˋ）**然**：草葉遮蔽的樣子。**之**：代瓊佩，亦指屈原。

292 **諒**：信。**不諒**：不信忠直。一說「諒」通「良」。

293 **折**：摧折，損害。

294 **時**：時事。**繽紛**：雜亂。**變易**：變化很大。

295 **淹留**：久留。

296 **蘭**、**芷**：兩種香草。**變**：變質，蛻變。

297 **荃**、**蕙**：也是兩種香草。**化**：變化，墮落。**茅**：惡草、莠草。

298 **芳草**：即上文的蘭、芷、荃、蕙。

299 **直**：變化太厲害的意思。**蕭**、**艾**：兩種賤草，有喻意。

300 **他故**：別的原因。

301 **莫**：不，無。**好修**：同注121。**害**：蔽病。

302 **可恃**：可靠。

303 **羌**：見注58，此處有「怎麼如此」的意思。**實**：實質，本質，喻品質。**容**：外表。**長**：好，多。**無實容長**：沒有美德，徒有其表。

304 **委**：棄。**厥**：它。**美**：美德。**從俗**：趨從世俗，隨波逐流。此句說「無實」。

305 **苟**：苟且。**眾芳**：泛指官職，非喻君子。**列乎眾芳**：列於諸大夫之位。此句說「容長」。

306 **椒**：見注269。**專**：專門。**佞**：諂媚。**慢**：傲慢。**慆**：音 ㄊㄠ，放肆。

307 **椴**：音 ㄕㄚ，一種樹名。**欲**：想方設法。**充**：充填，此處有「擠進」之意。**幃**：盛香之囊。

308 **干**：鑽營。**務**：營求。**進**、**入**：都指往上爬。

309 **祗**：音 ㄓ，振。**又何芳之能祗**：受詞前置式，意爲：又怎能自振其芬芳？

310 **固**：本來。**時俗**：社會風俗。**流從**：當是「從流」之倒文，即隨波逐流。

311 **覽**：看。**椒**、**蘭**：芳草中之上品。**其**：助詞。**若茲**：如此。

312 **揭車**、**江離**：也是香草，但次於蘭、椒。**江離**：見注11。**揭車**：見注51。

313 **惟**：只有。**茲佩**：這佩飾，即自己的瓊佩，見注290。

314 **委厥美**：參閱注304。上一個「委厥美」的主詞是「蘭」本身；這個「委厥美」的主詞不是美質本身，而是「客體」，是楚王，是朝野上下。**歷茲**：至此，至今。

315 **芳菲菲**：香氣勃勃。**虧**：損，減少。

316 **沬**：音ㄇㄟˋ，中斷，泯滅。

317 **和**：和諧，使動用法。**調**：音ㄉㄧㄠˋ，指佩玉之聲鏗鏘。**度**：步伐節奏。**自娛**：自我安慰。

318 **聊浮游**：見注240。**求女**：參閱注254。

319 **及**：趁著。**余飾**：余之佩飾，即前文中的荷衣、高冠和衣佩等。**方**：正。**壯**：盛。

320 **周流**：見注228。**觀**：考察。**上下**：即天上人間。

321 **靈氛吉占**：此句承上。

322 **歷**：選。此句啓下。

323 **瓊枝**：玉樹之枝。**羞**：同「饈」，乾肉，泛指美味的食品。

324 **精**：舂米。**靡**：音ㄇㄧˊ，屑子、細末。**粻**：音ㄓㄤ，糧，乾糧。

325 此句倒裝，即「飛龍爲我駕」，義參注178。

326 **雜**：雜用。**瑤**：玉。**象**：象牙。**爲**：整飾，裝飾。

327 此句倒裝，即「離心之何可同」。**離心**：指楚國君臣上下與自己的意見主張尖銳對立。**同**：苟同。

328 **自疏**：自求疏遠，自動離開。

329 **邅**：音ㄓㄢ，轉。**夫**：於。

330 **周流**：見注228。

331 **揚**：高舉。**雲霓**：此指以雲霓爲旗。**晻靄**：旌旗蔽日的樣子。

323 **鳴**：使動用法。**玉鸞**：玉飾鸞鈴。**啾啾**：鈴聲。

333 **發軔**：見注180。**天津**：天河。

334 **西極**：西方盡頭。

335 **翼**：作動詞用，即張開兩翼。**承旂**：高擎旂旗。

336 **高**：此指在高空。**翼翼**：協調而有節奏。

337 **忽**：倏忽。**流沙**：沙漠地帶。

338 **遵**：沿著，順著。**赤水**：神話中一水名。**容與**：從容，緩慢。

339 **麾**：音ㄏㄨㄟ，指揮。**使**：指使，受詞「之」（蛟龍）

省略。**梁**：橋梁，此處用作動詞，即架橋，省略介詞「於」。**津**：河。

340 **詔**：命令。**西皇**：西方的神，傳說是少昊氏。**使**：使之，「之」代西皇，承上省略。**涉**：渡。**余**：我。

341 **騰**：傳，傳言，吩咐（用林仲懿、聞一多說）。**徑**：直，直接。**待**：洪興祖校作「侍」，「侍衛」之意。**徑侍**：徑相侍衛。因「路修遠以多艱」，故傳令眾車徑相侍衛。

342 **路**：經過。**不周**：神話中一山名。

343 **西海**：神話中一地名。**期**：會，會合地點，指目的地。

344 **屯**：聚。**千乘**：一千輛。

345 **齊**：同。**軑**：音ㄉㄞˋ，車軸。此句講並駕齊驅。

346 **龍**：參閱注178。**婉婉**：飛龍身子一伸一屈的樣子。

347 **載**：插旗於車。**雲旗**：即前文中的「雲霓」。**委蛇**：音ㄨㄟ ㄧˊ，蜿蜒曲折的樣子；形容旌旗飄揚。

348 **志**：同「幟」，即雲旗。**抑志**：降下雲旗。**弭節**：見注184。

349 **神**：精神。**高馳**：飛得很遠。**邈邈**：音ㄇㄧㄠˇ ㄇㄧㄠˇ，遙遠無邊。

350 **九歌**：傳說中的禹樂。**韶**：傳說中的舜樂。

351 **假**：借。**日**：時日。

352 **陟**：音ㄓˋ，上升。**陞皇**：東方升起的太陽。**赫戲**：光明。

353 **忽**：忽然。**臨**：居高臨下。**睨**：音ㄋㄧˋ，斜視。**舊鄉**：故鄉。

354 **僕夫**：馬夫。**懷**：懷念，憂思。**余**：我。

355 **蜷**（ㄑㄩㄢˊ）**局**：蜷曲，即彎曲身子。**顧**：流連，回顧。

356 **亂**：終篇之結語或樂歌之卒章，即尾聲。

357 **已**：止，算了。**矣**、**哉**：句末語氣詞。

358 **國無人**：國內無賢人。**莫我知**：受詞前置式，即「莫知我」。**知**：理解、認識。

359 **懷**：懷念，想念。**乎**：助詞。**故都**：郢都，故土。

360 **莫**：無（人）。**足**：能夠。**與**：省略受詞「我」。**爲**：實行，實施。**美政**：美好的政治理想。

361 **從**：追隨，跟從。**彭咸**：見注73。**所居**：即所處，行止。

一、寫作背景

楚懷王十六年（西元前三一二年）秋，屈原因佞臣獻讒、懷王發怒，決定自疏離郢（〈離騷〉有云，「吾將遠逝以自疏」）。在漢代，「疏」也是「放」。司馬遷同時代人孔安國說，放逐有兩種情況：「是放者，有罪當刑而不忍刑之，寬其罪而放棄之也；三諫不從待放而去者，彼雖無罪，君不用其言，任令自去，亦是放棄之義。」❶又據晉人杜預《春秋釋例》介紹，逐臣離開京城前，須按規定行「待放之禮」，❷即《禮記》所載「人臣三諫不從去國之禮」。《禮記．曲禮》有記載，其原文云：「大夫、士去國，逾竟，爲壇位鄉國而哭。素衣，素裳，素冠，徹緣，鞮屨，素幂，乘髦馬。不蚤鬋，不祭食，不說人以無罪，婦人不當御，三月而復服。」❸屈原當是在郢都郊外築個土臺，然後白衣、白褲、白帽、白鞋、白襪，鬍鬚參差，不修邊幅，登上土臺，朝著郢都的方向叩頭行禮以示告別。他一邊行禮，一邊痛哭，邊哭邊訴說自己心中的無比委屈。據《尚書》、《左傳》等古籍注解，所謂「放逐」，就是被免去職務，取消待遇，再也不能過問朝政，而且被攆出京城，趕到遙遠的地方去，任其自生自滅。屈原本是高官，侍奉懷王十幾年，兢兢業業，任勞任怨，就因爲才華出眾，又不能隨波逐流，「信而見疑，忠而被謗」，慘遭疏逐，因此怎能不滿腔悲憤，呼天搶地？〈離騷〉描寫詩人陳詞重華時的情景：「曾歔欷余鬱邑兮，哀朕時之不當。攬茹蕙以掩涕兮，霑余襟之浪浪。跪敷衽以陳辭兮，耿吾既得此中正。」這恐怕是生活中原來情景的再現。此時此刻，「非陳詩何以展其義，非長歌

---

❶〔漢〕鄭元注，〔唐〕孔穎達疏，《春秋左傳正義》／〔清〕阮元校刻，《十三經注疏》[M]，北京：中華書局，一九八〇：一八六五。

❷〔漢〕鄭元注，〔唐〕孔穎達疏，《春秋左傳正義》／〔清〕阮元校刻，《十三經注疏》[M]，北京：中華書局，一九八〇：一八六五。

❸〔漢〕鄭元注，〔唐〕孔穎達疏，《禮記正義》／〔清〕阮元校刻，《十三經注疏》[M]，北京：中華書局，一九八〇：一二五八。

何以騁其情？」〈離騷〉就是在這種情況下創作出來的。

總之，〈離騷〉作於楚懷王十六年秋被疏即將離開郢都時。

二、層次分析

〈離騷〉全篇三百七十三句（兩句衍文除外），「逸響偉辭，卓絕一世」（魯迅語），可分四大層次：回顧、求索、矛盾和亂詞。前三層次之間為連貫關係，亂詞是對前三層次的總結。

第一層次　回顧（一百二十八句）

此層主要內容是回顧自己的志向、遭遇和決心，為下文幻想中的求索和思想上的矛盾作鋪墊。可分三個小層次：

（一）志向（二十四句）

其中包括兩個內容：

1. 交代身世（八句）

帝高陽之苗裔兮，朕皇考曰伯庸。攝提貞于孟陬兮，惟庚寅吾以降。

皇覽揆余于初度兮，肇錫余以嘉名。名余曰正則兮，字余曰靈均。

「高陽」是顓頊的名字。在神話傳說中，顓頊是上古時期「三皇五帝」中「五帝」之一，前承炎黃，後啓堯舜，奠定了華夏根基，是華夏民族共同的人文始祖，地位十分高貴。〈離騷〉開端兩句就講明自己是顓頊的後裔，表示與楚君同祖同宗，爲下面的愛國思想張本。接著六句交代自己寅年寅月寅日出生，父親給他取名叫「正則」，選字曰「靈均」，亦即公平、美好之意。高貴的出生、奇特的生日和美好的名字，暗喻人格的獨特和品行的高潔。

2. 表明志願（十六句）

其中也有兩點內容：

(1) 修身（八句）

紛吾既有此內美兮，又重之以修能。扈江離與辟芷兮，紉秋蘭以為佩。
汩余若將弗及兮，恐年歲之不吾與。朝搴阰之木蘭兮，夕攬中洲之宿莽。

此處的「江離」、「辟芷」、「秋蘭」、「木蘭」、「宿莽」都是比喻，比喻各種美好的品德和才能。這幾句詩是講自己願意培養品德，增進才能。古人強調「修身」，有「修身齊家治國平天下」之說，《禮記》有云：「自天子至於庶人，壹是皆以修身爲本。」❹而所謂「修身」，就是將自己培養成德才兼備之人，也就是屈原詩中所說的「既有此內美兮，又重之以修能。」從此八句詩可以看出，屈原應該是受到儒家思想影響的。

(2) 治國（八句）

日月忽其不淹兮，春與秋其代序。惟草木之零落兮，恐美人之遲暮。
不撫壯而棄穢兮，何不改乎此度也？乘騏驥以馳騁兮，來吾導夫先路。

---

❹〔漢〕鄭元注，〔唐〕孔穎達疏，《禮記正義》／〔清〕阮元校刻，《十三經注疏》[M]，北京：中華書局，一九八〇：一六七三。

這幾句詩是講，自己願意追隨國君，振興國家。楚懷王對屈原曾有知遇之恩，〈屈原列傳〉載曰：「屈原者，名平，楚之同姓也。爲楚懷王左徒，博聞強志，明於治亂，嫻於辭令，入則與王圖議國事，以出號令；出則接遇賓客，應對諸侯，王甚任之。」❺因此，屈原對楚懷王一直忠心耿耿，他在詩中表示，願追隨國君，振興國家。

（二）遭遇（五十二句）

但是，屈子遭際不好，因爲太有才華，反倒「信而見疑，忠而被謗」。懷王信讒，開始懷疑他，疏遠他；諸多同僚嫉妒他，誣陷他。下面五十二句就是述說這兩方面的內容及詩人無比痛苦的心情。

1. 靈修數化（二十四句）

昔三后之純粹兮，固眾芳之所在。雜申椒與菌桂兮，豈維紉夫蕙茝？

彼堯舜之耿介兮，既遵道而得路。何桀紂之昌被兮，夫唯捷徑以窘步！

惟黨人之偷樂兮，路幽昧以險隘。豈余身之憚殃兮，恐皇輿之敗績。

忽奔走以先後兮，及前王之踵武。荃不揆余之中情兮，反信讒而齌怒。

余固知謇謇之為患兮，忍而不能舍也！指九天以為正兮，夫惟靈修之故也！

初既與余成言兮，後悔遁而有他。余既不難夫離別兮，傷靈修之數化！

---

❺〔漢〕司馬遷，《史記》（八）[M]，北京：中華書局，一九五九：二四八一。

頭八句引史爲鑑；中八句講「數化」原因：群小偷樂進讒，本人忠言直諫；末八句直抒忠懷。

2. 眾芳蕪穢（二十八句）

余既滋蘭之九畹兮，又樹蕙之百畝；畦留夷與揭車兮，雜杜衡與芳芷。
冀枝葉之峻茂兮，願俟時乎吾將刈。
雖萎絕其與何傷兮，哀眾芳之蕪穢！
眾皆競進以貪婪兮，憑不厭乎求索。羌內恕己以量人兮，各興心而嫉妒。
忽馳騖以追逐兮，非余心之所急。老冉冉其將至兮，恐修名之不立。
朝飲木蘭之墜露兮，夕餐秋菊之落英。
苟余情其信姱以練要兮，長顑頷亦何傷？
攬木根以結茝兮，貫薜荔之落蕊；矯菌桂以紉蕙兮，索胡繩之纚纚。
謇吾法夫前修兮，非世俗之所服；雖不周於今之人兮，願依彭咸之遺則！

頭六句寫自己當年的希望；中六句寫群小的墮落；後十六句寫自己追求高尙純潔的情操，因而不爲世俗贊同。

（三）決心（五十二句）

面對嚴酷的現實，詩人沒有妥協，沒有低頭，而堅定不移地表示了自己不棄原則，堅持操守的決心。以下詩人從正反兩個方面表達了自己的決心。

1. **從政不棄原則（二十八句）——亦所謂「達則兼濟天下」**

(1) **堅持理想愛好（頭八句）——「雖九死其猶未悔」**

長太息以掩涕兮，哀民生之多艱。余雖好修姱以鞿羈兮，謇朝誶而夕替。
既替余以蕙纕兮，又申之以攬茝。亦余心之所善兮，雖九死其猶未悔。

(2) **絕不放棄原則（中十二句）——「寧溘死以流亡」**

怨靈修之浩蕩兮，終不察夫民心。眾女嫉余之蛾眉兮，謠諑謂余以善淫。
固時俗之工巧兮，偭規矩而改錯；背繩墨以追曲兮，競周容以為度。
忳鬱邑余侘傺兮，吾獨窮困乎此時也！寧溘死以流亡兮，余不忍為此態也！

(3) **絕不同流合汙（末八句）——「伏清白以死直」**

鷙鳥之不群兮，自前世而固然。何方圜之能周兮，夫孰異道而相安？
屈心而抑志兮，忍尤而攘詬。伏清白以死直兮，固前聖之所厚！

以上寫出了屈原爲官的三條原則。回眸歷史，歷朝歷代的官場上，能堅持這三條原則的官吏，才是眞正的政治家。可惜，這樣的政治家往往不被領導者認可，甚至遭到可悲的結局。不過，正是這樣的一群政治家，成爲了魯迅所說的「中國的脊梁」中的一部分。

2. 退隱堅持操守（二十四句）——亦所謂「窮則獨善其身」

先是「初服」爲喻（二十句）

悔相道之不察兮，延佇乎吾將反。回朕車以復路兮，及行迷之未遠。
步余馬於蘭皋兮，馳椒丘且焉止息。進不入以離尤兮，退將復修吾初服。
制芰荷以為衣兮，集芙蓉以為裳。不吾知其亦已兮，苟余情其信芳。
高余冠之岌岌兮，長余佩之陸離。芳與澤其雜糅兮，唯昭質其猶未虧。
忽反顧以遊目兮，將往觀乎四荒。佩繽紛其繁飾兮，芳菲菲其彌章。

前八句講「回車」、「復路」，退修「初服」，好像是說自己不再堅持原則了，不再追求「美政」了，但下面十二句具體描寫「初服」，實際是一組比喻，其內涵是：「制芰荷以爲衣兮，集芙蓉以爲裳」、「高余冠之岌岌兮，長余佩之陸離」、「佩繽紛其繁飾兮，芳菲菲其彌章」。所有這一切，都仍是那樣的「信芳」、「昭質」，詩人怎麼可能同世俗小人同流合汙呢？

最終表明決心（四句）

民生各有所樂兮，余獨好修以為常。雖體解吾猶未變兮，豈余心之可懲！

從爲官到爲民，從廟堂到江湖，一般的人可能會悲觀、失望、沮喪，甚至絕望或墮落，但屈原則不然。他用「芰荷」、「芙蓉」爲喻，表示自己一定要「出淤泥而不染，濯清蓮而不妖」（宋人語），而且還斬釘截鐵地唱道：「雖體解吾猶未變兮，豈余心之可懲！」如此人格，如此節操，怎能不讓後代「凡百君子，莫不慕其

清高，嘉其文采，哀其不遇，而愍其志焉？」❻

第二層次　求索（一百二十八句）

回顧往昔，信而見疑，忠而被謗，屈子迷惑，於是求索。此層次也可分為三個小層次。

（一）**女嬃勸誡**（十二句）

女嬃之嬋媛兮，申申其詈余。曰：
鮌婞直以亡身兮，終然殀乎羽之野。
汝何博謇而好修兮，紛獨有此姱節？薋菉葹以盈室兮，判獨離而不服。
眾不可戶說兮，孰云察余之中情？世並舉而好朋兮，夫何煢獨而不余聽？

這是透過「女嬃」的話語來講「求索」的原因。關於「女嬃」的身分，學者們有多種解釋，其實沒有必要糾纏這個問題，只要知道她是屈原生活中最親近的女性就是了。此層表明作者在現實生活中已十分孤立，連最親近的人也不能理解和支持他。屈子萬般無奈，只好去向冥界中的聖君傾吐胸懷，從而引起下文。

（二）**陳詞重華**（四十句）

「重華」乃虞舜之名，此處指舜之墳墓或亡靈。一般人在生活中遭到巨大委屈之後，往往會「呼天搶地」，即向天帝或地皇訴說內心的冤情。屈原則是選擇向歷史上的明君虞舜之亡靈來訴說自己的心聲。此層次徵引歷史上大量的正反事例，證明失道則亡，得道則興，即是從理論上證明自己的做法沒有錯誤，而是要利國

❻〔宋〕洪興祖，《楚辭補注》[M]，北京：中華書局，一九八三：三。

利民，因此他堅決拒絕女嬃及其他好心人的勸誡，決定不改初衷。這四十句詩的層次可作以下分析：

頭四句過渡

依前聖以節中兮，喟憑心而歷茲。濟沅湘以南征兮，就重華而陳詞。

以下三十二句爲陳詞主體。先述反面事例：啓、羿、澆、桀、紂，說明失道則亡，共十六句。

啓〈九辯〉與〈九歌〉兮，夏康娛以自縱；不顧難以圖後兮，五子用失乎家巷。

羿淫遊以佚田兮，又好射夫封孤；固亂流其鮮終兮，浞又貪夫厥家。

澆身被於強圉兮，縱欲而不忍；日康娛以自忘兮，厥首用夫顛隕。

夏桀之常違兮，乃遂焉而逢殃。后辛之菹醢兮，殷宗用而不長。

後述正面事例：商湯、夏禹、文王、武王，說明得道則興，共四句。

湯禹嚴而祇敬兮，周論道而莫差；舉賢而授能兮，修繩墨而不頗。

在以上敘事的基礎上，作者作小結，議論抒情，共十二句。

皇天無私阿兮，覽民德焉錯輔。夫維聖哲以茂行兮，苟得用此下土。
瞻前而顧後兮，相觀民之計極。夫孰非義而可用兮，孰非善而可服？
阽余身而危死節兮，覽余初其猶未悔。不量鑿而正枘兮，固前修以菹醢。

這十二句講，老天爺大公無私，絕不偏袒，誰有品德祂就幫助誰。只有聖人和具有美好品德的人才能擁有權力，擁有天下。這是詩人研究歷史得出的結論。

最後四句啓下

曾歔欷余鬱邑兮，哀朕時之不當。攬茹蕙以掩涕兮，霑余襟之浪浪。

從道理上講，而且歷史事實也證明：失道則亡，得道則興，但是，自己卻信而見疑，忠而被謗，於是詩人涕流滿面，哀嘆生不逢時。既然詩人在現實中找不到出路，於是就要進入「上下求索」的幻境。

（三）上下求索（七十六句）

此層也可分三個小層次。

1. **過渡（頭四句）**

跪敷衽以陳辭兮，耿吾既得此中正。駟玉虬以乘鷖兮，溘埃風余上征。

頭兩句承上，後兩句啓下。「衽」，王逸注爲「衣前」，洪興祖補注爲「裳際」。據此，「跪敷衽以陳辭」一句當譯爲「展開衣襟，跪地陳辭」。那是一種十分莊重肅穆的場景。但詩歌此時要表達的是一種非常激動、慷慨和悲憤的感情，詩人似乎不可能如此鎮定、冷靜。上世紀中國古代服飾專家沈從文先生根據考古資料，認爲先秦的「衽」是指上衣「兩腋窩處」的「嵌片」。這樣，「敷衽」就是張開雙臂之意。因此，「跪敷衽以陳辭」一句就可譯爲「詩人跪在地上，面向郢都方向，張開雙臂，淚流滿面地訴說內心的感情。」這就可以形象生動地描寫屈原當時無比悲憤、激動的情景。

2. 四次求索，四次失敗（六十八句）

(1) 求高丘神女，欲見不得（二十八句）

朝發軔於蒼梧兮，夕余至乎縣圃。欲少留此靈瑣兮，日忽忽其將暮。
吾令羲和弭節兮，望崦嵫而未迫。路漫漫其修遠兮，吾將上下而求索。
飲余馬於咸池兮，總余轡乎扶桑。折若木以拂日兮，聊逍遙以相羊。
前望舒使先驅兮，後飛廉使奔屬。鸞皇為余先戒兮，雷師告余以未具。
吾令鳳凰飛騰兮，繼之以日夜。

飄風屯其相離兮，率雲霓而來御。紛總總其離合兮，斑陸離其上下。
吾令帝閽開關兮，倚閶闔而望予。時曖曖其將罷兮，結幽蘭而延佇。
世溷濁而不分兮，好蔽美而嫉妒。

此層寫日夜兼程到昆侖去求高丘神女。前十二句寫終日求索；次六句進而寫日夜兼程；末十句寫「吾令帝閽開關兮，倚閶闔而望予……」明寫天帝拒絕開門接納詩人及詩人求女不得後的窘狀。

求不到崑崙山上的神女，（「哀高丘之無女」），詩人打算去找下界美女，即宓妃、簡狄和二姚。先過渡（八句）

朝吾將濟於白水兮，登閬風而緤馬。忽反顧以流涕兮，哀高丘之無女。
溘吾遊此春宮兮，折瓊枝以繼佩。及榮華之未落兮，相下女之可詒。

此八句爲下面三層的總提。

(2) 求宓妃，中途違棄（十二句）

吾令豐隆乘雲兮，求宓妃之所在。解佩纕以結言兮，吾令謇修以為理。
紛總總其離合兮，忽緯繣其難遷。夕歸次於窮石兮，朝濯髮乎洧盤。
保厥美以驕傲兮，日康娛以淫遊。
雖信美而無禮兮，來違棄而改求。

前四句寫追求宓妃的過程；中六句描寫宓妃的性格品行；末兩句表示決心「違棄改求」。

(3) 求簡狄，苦無良媒（十二句）

覽相觀於四極兮，周流乎天余乃下。望瑤臺之偃蹇兮，見有娀之佚女。
吾令鴆為媒兮，鴆告余以不好。雄鳩之鳴逝兮，余猶惡其佻巧。
心猶豫而狐疑兮，欲自適而不可。
鳳皇既受詒兮，恐高辛之先我。

前四句過渡；次四句寫苦無良媒；再兩句寫自己猶豫；末兩句寫結果（「高辛先我」）。

(4) 求二姚，理弱媒拙（八句）

欲遠集而無所止兮，聊浮遊以逍遙。及少康之未家兮，留有虞之二姚。
理弱而媒拙兮，恐導言之不固。世溷濁而嫉賢兮，好蔽善而稱惡。

四次求女，感情一次比一次冷淡，此層最爲消極。頭兩句表明詩人心情已經十分頹廢，因爲遠集無止，只好浮游逍遙；次兩句特別勉強；再兩句更加灰心；末兩句發牢騷。

(5) 總結原因（末四句）

閨中既邃遠兮，哲王又不寤。懷朕情而不發兮，余焉能忍與此終古？

詩人把求女無獲歸結爲君王之不覺悟。「哲王不悟」一句說明：「求女」是幻想。關於〈離騷〉中「求女」的含意，特別是此處「美女」的含意，學術界有種種不同說法。竊以爲，此四句詩將「閨中」（美女）與「哲王」（楚王）明顯地區分開來，因此，有些學者將「美女」解釋爲懷王是不符合作品原意的。這裡的「美女」是一種象徵，象徵下文巫咸所說的「矩矱之所同」，即實現「亂詞」中所說的「美政」理想的同道；「求女」就是「求矩矱之所同」，即希望能夠找到爲實現美好政治理想的同道。

第三層次　矛盾（一百一十二句）

屈子歷經坎坷，前途無望，又找不見志同道合之人，美好政治理想難於實現，詩人只好藉巫祝之語，抒胸中之情——不能不離，離又不能。在這種尖銳的感情衝突中，詩人的愛國主義思想昇華到最高境界。此層次可分四個小層次。

（一）靈氛勸離（二十句）

前兩句寫屈原問卜。

索藑茅以筳篿兮，命靈氛為余占之。

詩人滿腔悲憤，迷茫絕望，只好求神問卜。

後十八句爲靈氛之語。

曰：

兩美其必合兮，孰信修而慕之？思九州之博大兮，豈惟是其有女？

曰：

勉遠逝而無狐疑兮，孰求美而釋女？何所獨無芳草兮，爾何懷乎故宇？

世幽昧以眩曜兮，孰云察余之善惡？民好惡其不同兮，惟此黨人其獨異。

户服艾以盈要兮，謂幽蘭其不可佩；覽察草木其猶未得兮，豈珵美之能當？

蘇糞壤以充幃兮，謂申椒其不芳。

靈氛藉釋卜辭勸屈子去國遠逝，理由是楚國朝野好壞不分，賢愚莫辨。

（二）巫咸勸留（二十四句）

前賢大多以爲巫咸之占與靈氛之占相同，亦是勸詩人「當去就吉善也」（王逸），或「告我去當吉」（五臣），或「告我使去，則可以吉矣」（洪興祖）❼等等。余則以爲巫咸的意思與靈氛截然相反，他舉前世之事爲例，勸屈原姑且留下，等待明君。故下文屈原只云「靈氛告予吉占兮」，而未提及「巫咸」。

❼〔宋〕洪興祖，《楚辭補注》[M]，北京：中華書局，一九八三：三七。

前八句過渡。屈子愛國，故雖「欲從靈氛之吉占」，但「心猶豫而狐疑」，只好「懷椒糈而要」巫咸。

欲從靈氛之吉占兮，心猶豫而狐疑。巫咸將夕降兮，懷椒糈而要之。
百神翳其備降兮，九嶷繽其並迎。皇剡剡其揚靈兮，告余以吉故。

後十六句爲巫咸之語。裡面有三層意思：

1. 前四句講臣子要主動與國君協調

曰：勉升降以上下兮，求矩矱之所同。湯禹儼而求合兮，摯咎繇而能調。

「矩矱」，此處指政治上的觀點、主張。「求矩矱之所同」，就是尋找與自己政治觀點、政治主張相同的人。此四句以伊尹、皋陶爲例，說明「求同」是雙方的，不僅國君要「嚴而求合」，而且臣子也應與國君協調。巫咸此語頗有深意，似在勸屈子講究策略。洪興祖以爲「湯禹儼而求合兮」以下「皆屈原語」，謬矣！

2. 次八句舉歷史上的明君賢臣為例來證明自己的觀點

苟中情其好修兮，又何必用夫行媒？說操築於傅巖兮，武丁用而不疑。
呂望之鼓刀兮，遭周文而得舉。甯戚之謳歌兮，齊桓聞以該輔。

此八句以傅說、呂望和甯戚爲例，說明只要「中情好修」，「求同」不必「行媒」。

3. 末四句總結

及年歲之未晏兮，時亦猶其未央。恐鵜鴃之先鳴兮，使夫百草為之不芳！

巫咸鼓勵詩人趁年紀未老，繼續留在故國，努力上下「求同」。巫咸的勸詞實際上是要以妥協代替鬥爭，屈子當然不能同意，於是反倒堅定了去國遠逝的信念。

「靈氛」與「巫咸」這兩個假託的巫者，實際是詩人頭腦中兩種不同的思想，一種思想是去國，一種思想是留下。兩種思想激烈鬥爭的結果，是去國遠逝的思想占了上風，於是自然而然地拓開了下一層次。

（三）準備去國（六十四句）

本層次是屈原答巫咸之詞，說明不可留下的緣故。這六十四句可分爲五個層次。

1. 否定巫咸之詞（前四句）

何瓊佩之偃蹇兮，眾薆然而蔽之？惟此黨人之不諒兮，恐嫉妒而折之。

詩人採用設問答疑的形式，指出邪正不能相容，難以留下求同。

2. 分析楚國形勢（次二十句）

時繽紛其變易兮，又何可以淹留？蘭芷變而不芳兮，荃蕙化而為茅。

何昔日之芳草兮，今直為此蕭艾也？豈其有他故兮？莫好修之害也！

余以蘭為可恃兮，羌無實而容長。委厥美以從俗兮，苟得列乎眾芳！
椒專佞以慢慆兮，榝又欲充夫佩幃。既干進而務入兮，又何芳之能祗？
固時俗之流從兮，又孰能無變化？覽椒蘭其若茲兮，又況揭車與江離！

這段文字劈頭兩句就表明，是講楚國內部的形勢，「言時世溷濁，善惡變易，不可以久留，宜速去也。」（王逸語）❽。下面十八句，詳細地寫到了蘭、芷、荃、蕙、茅、艾、椒、榝、揭車、江離等等草木「變易」，實際都是用比，各有喻意，即抨擊當時腐朽、墮落的楚國統治集團，揭露楚國混亂黑暗的內政。這樣一個醜惡的環境，還怎麼能住下去呢？詩人自然要決心去國遠遊。

3. 決定去國遠遊（次八句）

惟茲佩之可貴兮，委厥美而歷茲。芳菲菲而難虧兮，芬至今猶未沫。
和調度以自娛兮，聊浮游而求女。及余飾之方壯兮，周流觀乎上下。

如果說在「上下求索」的道路上，屈原曾經消沉過、懷疑過，那麼，這時他又振作起來，堅定起來。但是，新的求索與第二層次中的求索有本質的區別。屈原向靈氛問卜一層中有兩句話：「思九州之博大兮，豈惟是其有女？」此處「是」，指第二層次中屈原求索過的崑崙、春宮、有娀和有虞等地，可泛指楚國；「九州」則指整個華夏，地域更加廣袤。而屈原即將開始的新的「上下」、「求女」，正是要聽從靈氛的「吉占」，衝出楚國去「遠逝」，前往「九州」那個更加廣大的世界。所以，儘管都是上下求索，但前後含意已大不一樣。

❽〔宋〕洪興祖，《楚辭補注》[M]，北京：中華書局，一九八三：四〇。

4. 準備去國（八句）

靈氛既告余以吉占兮，歷吉日乎吾將行。折瓊枝以為羞兮，精瓊爢以為粻。
為余駕飛龍兮，雜瑤象以為車。何離心之可同兮，吾將遠逝以自疏！

這八句話中寫出詩人從曆日、備糧、車馬和思想四個方面作準備。

5. 想像去國（二十四句）

邅吾道夫崑崙兮，路修遠以周流。揚雲霓之晻藹兮，鳴玉鸞之啾啾。
朝發軔於天津兮，夕余至乎西極。鳳皇翼其承旂兮，高翺翔之翼翼。
忽吾行此流沙兮，遵赤水而容與。麾蛟龍以梁津兮，詔西皇使涉余。
路修遠以多艱兮，騰眾車使徑待。路不周以左轉兮，指西海以為期。
屯余車其千乘兮，齊玉軑而並馳。駕八龍之蜿蜿兮，載雲旗之委蛇。
抑志而弭節兮，神高馳之邈邈。奏〈九歌〉而舞〈韶〉兮，聊假日以媮樂。

此層充滿浪漫主義色彩，描寫去國途中的路線、侍從、修遠、艱難、聲勢和心情。
以上五層實爲下層作鋪墊。

（四）不忍去國（四句）

陟陞皇之赫戲兮，忽臨睨夫舊鄉。僕夫悲余馬懷兮，蜷局顧而不行。

這是一百八十度的大轉彎！在遠逝去國的歡快氣氛中，突然看到故鄉，作者立即從幻想回到現實中來，文氣戛然而止，如駿馬注波，愛國主義的思想感情得到了最充分的表達。

楚國內政黑暗腐朽，詩人不能不離；可這是自己的故鄉、生養過自己的故鄉，詩人離又不能！不能不離，離又不可。這，也就是〈離騷〉全篇的主題。

第四層次　亂詞（五句）

《論語》注曰：「亂者，樂之終」、「合樂謂之亂」。❾朱熹《楚辭集注》亦注曰：「亂者，樂節之名。」❿〈離騷〉有「亂」詞，證明此詩是可以歌唱的。另外，從內容角度說，這是全篇的尾聲，具有相對的獨立性。戴震《屈原賦注》引韋昭注《國語》之語云：「凡作篇章，篇義既成，撮其大要爲亂辭。」⓫〈離騷〉的這個「亂詞」高度概況了全篇的主要內容，簡潔而深刻地表明屈原當時複雜而又強烈的矛盾心理，再次突顯了詩篇的主題。五句話，分三個層次。

第一句

亂曰：已矣哉！

這是絕望的語氣。全篇複雜纏綿的思想感情，至此一刀斬斷。其理由有二，即下面兩層意思。

中二句

---

❾（清）劉寶楠，《論語正義》／《諸子集成》（一）[M]，石家莊：河北人民出版社，一九八六：一六四。

❿（宋）朱熹，《楚辭集注》[M]，上海：上海古籍出版社，一九七九：二六。

⓫（清）戴震，《屈原賦注》／黃靈庚主編，《楚辭文獻叢刊》（第六十二冊）[M]，北京：國家圖書館出版社，二〇一四：三五。

國無人莫我知兮，又何懷乎故都！

從個人角度說，既然朝中無人理解我，重用我，那我就可以離開故都。

末二句

既莫足與為美政兮，吾將從彭咸之所居！

從祖國角度說，既無賢人能行美政，國運無望，身爲一個愛國者，又怎麼能一走了之？不能不離，離又不能，這正是「離騷」的本義，即本詩的主題。寧可死亡，也決不離開祖國、背叛祖國。這是一個多麼偉大高尚的形象！以至成爲後世百代愛國士子仰慕之聖者、仿效之圭臬，名垂罔極，永不刊滅！

三、藝術特色

1. 在中國詩歌史上第一次塑造出了一位洋溢愛國熱情、具有理想抱負、無私無畏，勇敢堅定、個性鮮明的高大的文學形象

《詩經》是中國第一部詩歌總集，其中有些篇章中也出現了如許穆夫人那樣的愛國女性形象，但畢竟〈風〉詩是民間歌謠，屬集體創作，〈雅〉、〈頌〉大多是士大夫之作，並且經過了宮廷樂師的加工改造，所以失去了個性特色。〈離騷〉則不然，是屈原的個人創作，表現了屈原獨特的思想和強烈的感情。在「眾皆競進以貪婪」、「憑不厭乎求索」、「恕己以量人」、「各興心而嫉妒」的官場上，屈原剛直不阿，好修鞿羈，堅守清白；在「楚材晉用」、「朝秦暮楚」成風的社會環境裡，屈原即使「信而見疑，忠而被謗」，但仍堅持

不離楚國，熱愛舊鄉。也因此，屈原就成爲了中國文學史上第一位偉大的愛國詩人。

2.〈離騷〉採用了瑰麗奇特、絢爛多彩的浪漫主義創作方法

〈離騷〉一詩完全與《詩經》寫實的手法迥異，全詩充滿了瑰麗奇特的想像、極其誇張的語言。例如：想像「遠逝」一節，更有人們在《詩經》中根本見不到的寫法：折下瓊枝作路菜，搗碎玉屑爲乾糧，飛龍爲馬駕車，寶玉象牙飾車，鳳凰在旁擎旗，蛟龍來架橋梁等等，那場面，那氣勢，那奇景，眞是想人所未想，見人所未見，給人印象十分深刻。還如「求女」一節，以虯爲馬，以鳳爲車，乘風升天求天帝之女，再下地界，先求美女宓妃，次求有娀佚女，末求有虞二姚。神女、宓妃、簡狄、二姚，均是神話人物，但詩人居然堂而皇之地去追求，而且是虯爲馬，鳳爲車，騰雲駕霧，上天入地，隨心所欲，想像之美，語言之美，前所未見，確是浪漫主義的傑作。

3.「香草美人」的比興手法

王逸《楚辭章句》對此早有說明：「〈離騷〉之文，依《詩》取興，引類譬喻，故善鳥香草，以配忠貞；惡禽臭物，以比讒佞；靈修美人，以媲於君；宓妃佚女，以譬賢臣；虯龍鸞鳳，以托君子；飄風雲霓，以爲小人。其詞溫而雅，其義皎而明。」[12]王逸所云，有些顯得牽強，但大意還是對的。如：「扈江離與辟芷兮，紉秋蘭以爲佩」、「朝搴阰之木蘭兮，夕攬中洲之宿莽」這裡的「江離」、「辟芷」、「秋蘭」等顯然是上句「內美」、「修能」的內容。還如：「余既滋蘭之九畹兮，又樹蕙之百畝；畦留夷與揭車兮，雜杜衡與芳芷。」這裡的「蘭」、「木蘭」、「宿莽」等明顯是指各種人才。

---

[12]〔宋〕洪興祖，《楚辭補注》[M]，北京：中華書局，一九八三：一一〜三。

4. 別具一格的詩歌語言

《離騷》的語言，已經突破《詩經》及之前其他詩歌語言的單純，而是雜用四言句式、對偶修辭、雙聲聯綿、疊韻疊字以及楚地方言等等，給人以多姿多態、斑駁陸離之感。

突破四言句式，句式參差，靈活多變；隔句用「兮」，便於歌唱；多插虛字，鏗鏘有力；巧用對偶，隨處聯綿；楚地方言，更具特色。

對偶：「畦留夷與揭車兮，雜杜衡與芳芷」、「朝飲木蘭之墜露兮，夕餐秋菊之落英」、「制芰荷以為衣兮，集芙蓉以為裳」、「高余冠之岌岌兮，長余佩之陸離」、「夕歸次於窮石兮，朝濯髮乎洧盤」。

雙聲聯綿字：零落、馳騁、黃昏、陸離、猶豫、歔欷、容與。

疊韻詞：相羊、崑崙、繽紛、薜荔、嬋媛。

疊字：翼翼、邈邈、焫焫、忽忽、冉冉、浪浪、菲菲、芨芨、婉婉、啾啾、曼曼、曖曖。

楚地方言：兮、羌、謇。

抽思[1]

屈原

心鬱鬱之憂思兮，獨永歎乎增傷。2
思蹇產之不釋兮，3 曼遭夜之方長。4
悲秋風之動容兮，5 何回極之浮浮？6
數惟蓀之多怒兮，7 傷余心之懮懮。8
願搖起而橫奔兮，9 覽民尤以自鎮。10
結微情以陳詞兮，11 矯以遺夫美人。12
昔君與我成言兮，13 曰黃昏以爲期。14
羌中道而回畔兮，15 反既有此他志。16
憍吾以其美好兮，17 覽余以其脩姱。18
與余言而不信兮，19 蓋爲余而造怒。20
願承閒而自察兮，21 心震悼而不敢；22
悲夷猶而冀進兮，23 心怛傷之憺憺。24

心中鬱鬱多憂思，獨自長嘆更哀傷。
憂思纏綿不能解，漫漫長夜何時亮。
悲嘆秋風搖草木，爲何迴旋多飄蕩？
想到君主常動怒，我心憂傷又苦痛。
本想不辭拂袖去，看民遭罪又自止。
熔鑄感情吟成文，遙寄君王表胸臆。
過去君王有諾言，用我共事直到老。
誰知中途變了卦，違反諾言有他意。
他竟向我誇人好，別人優點向我顯。
君王之語不眞實，還找岔子發脾氣。
找個機會想自白，震驚悲痛又不敢；
遲疑徘徊望進用，內心悲傷不安寧。

茲歷情以陳辭兮，[25]蓀佯聾而不聞。[26]
固切人之不媚兮，[27]眾果以我爲患。[28]
初吾所陳之耿著兮，[29]豈不至今其庸亡？[30]
何獨樂之謇謇兮？[31]願蓀美之可光。[32]
望三五以爲像兮，[33]指彭咸以爲儀。[34]
夫何極而不至兮？[35]故遠聞而難虧。[36]
善不由外來兮，[37]名不可以虛作。[38]
孰無施而有報兮？[39]孰不實而有穫？[40]

少歌曰：[41]
與美人之抽怨兮，[42]并日夜而無正。[43]
憍吾以其美好兮，[44]敖朕辭而不聽。[45]

倡曰：[46]
有鳥自南兮，來集漢北。[47]
好姱佳麗兮，[48]牉獨處此異域。[49]
既惸獨而不群兮，[50]又無良媒在其側。

胸懷此情去陳辭，君王佯聾不願聽。
正直之人不諂媚，群小果然來忌恨。
當初道理已講明，難道今天都忘卻？
爲何獨愛此忠直？願王美政可光大。
三皇五帝是君樣，彭咸便成我楷模。
什麼目的達不到？聲名遠流久不滅。
美德由己不靠外，名譽不能憑空來。
誰人無施而有報？誰人不種而有穫？

少歌唱道：
曾向君王講方略，日日夜夜未停止。
他卻向我誇人好，輕視我話而不聽。

歌聲唱道：
有隻鳥兒從南來，煢煢棲止漢水北。
品德高尚貌俊美，離京獨處此異鄉。
孤獨無依不合群，又無知音在身旁。

道卓遠而日忘兮，[51]願自中而不得。
望北山而流涕兮，[52]臨流水而太息。
望孟夏之短夜兮，[53]何晦明之若歲？[54]
惟郢路之遼遠兮，[55]魂一夕而九逝。[56]
曾不知路之曲直兮，南指月與列星。
願徑逝而不得兮，[57]魂識路之營營。[58]
何靈魂之信直兮，[59]人之心不與吾心同！
理弱而媒不通兮，[60]尚不知余之從容。[61]

亂曰：
長瀨湍流，[62]泝江潭兮。[63]
狂顧南行，[64]聊以娛心兮。
軫石崴嵬，[65]蹇吾願兮。[66]
超回忘度，[67]行隱進兮。[68]
低佪夷猶，[69]宿北姑兮，[70]
煩冤瞀容，[71]實沛徂兮。[72]
愁歎苦神，靈遙思兮。[73]
路遠處幽，[74]又無行媒兮。[75]

道路遙遠君漸忘，願自申訴不可得。
凝望北山流眼淚，面對流水長嘆息。
孟夏本是短暫夜，爲何如今長如年？
雖然郢都路遙遠，靈魂一夜去多次。
不知回路多曲直，南望星月作標誌。
直接回郢不可能，夢中尋歸特頻繁。
爲何靈魂忠且直，他心不與我心同！
媒人無能不達意，君王不知我志堅。

尾聲唱道：
石灘清水急速流，逆流而上深淵中。
頻頻顧盼往南走，姑且安慰我心情。
方石高高擋在前，困阻滯礙我心願。
繞過彎路記直道，小心謹慎朝前走。
欲進不敢多猶豫，暫時停宿在北姑。
心煩意亂面不修，前途顛沛眞沮喪。
憂愁嘆息苦精神，心中遙念郢都城。
路遠身處幽僻地，又無使者通情意。

道思作頌，[76]**聊以自救兮。**[77]
憂心不遂，[78]**斯言誰告兮！**[79]

表達情志寫此賦，姑且用來自解脫。
憂苦之心不能達，向誰訴說這些話！

【注釋】

1 **抽**：拔也，引也，理也。「理」即整理、梳理。「思」，自然是思路、思想之意。屈子要梳理的是什麼思想、什麼思路呢？身爲一個有理想有抱負的政治家，日夜梳理的當然是與治理國家有關的思路或思想。治理國家的思想或思路，當用「方略」一詞來表達。「梳理」、「整理」也當用「謀劃」來表達。要之，「抽思」二字的含意是：（日夜爲君王）謀劃治國方略。此篇作於懷王十七年孟夏謫居漢北之時。

2 **鬱鬱**：十分憂傷苦悶的樣子。**永歎**：長嘆。**增傷**：更加憂傷。

3 **思**：憂思。**蹇產**：心思曲折糾纏。**蹇**：音ㄐㄧㄢˇ。**釋**：放開，解開。

4 **曼**：長。**方**：正。

5 **動**：搖。**容**：指自然界的風貌。秋風一起，草木枯黃凋零，此謂「動容」。

6 **回**：迴旋。**極**：至。**浮浮**：動盪不定的樣子。

7 **數**：音ㄕㄨㄛˋ，屢次。**惟**：思。**蓀**：音ㄙㄨㄣ，一種香草，此處喻懷王。

8 **懮懮**：憂愁痛苦的樣子。

9 **搖**：疾，急。**橫奔**：是政治術語，指被君王疏遠之臣，拂袖而去，不辭而別，與君王澈底決裂。杜預《春秋釋例》云：「『奔』者，迫窘而去，逃死四鄰，不以禮出也。」以往學者釋「奔」爲「奔跑」等，誤。

10 **覽**：觀，看。**尤**：罪；遭罪。**鎮**：鎮定；停止。

11 **結**：集結，組織，歸納。**微情**：隱情，私衷，引申爲思想，思路。**陳**：陳述，諫勸。**詞**：言詞；文章。

12 **矯**：正曲使直，意爲糾正失誤。**遺**：音ㄨㄟˋ，贈送，呈送。**美人**：喻懷王。**夫**：那。

13 **君**：指懷王。**成言**：約定的話。

14 **黃昏**：此喻人生暮年。**期**：期限。

15 **羌**：方言，發語助詞。**中道**：中途，半路。**回**：轉。**畔**：通「叛」。**中道回畔**：中途變卦。

16 **反**：指違反成言。**既**：已。**他志**：其他想法，別的用意。
17 **憍**：驕矜，誇耀。**憍吾**：驕於吾，向我誇耀。**其**：代他人。
18 **覽**：看，此處是給我看、或向我顯示之意。**脩姱**（ㄎㄨㄚ）：長處，美好。
19 **不信**：不眞實，不算數。
20 **蓋**：通「盍」，何以。**造怒**：造作忿怒，即有意找岔子發脾氣。
21 **願**：希望。**承**：通「乘」。**間**：間隙，機會。**承間**：找個機會。**察**：明。**自察**：自己說明白。
22 **震**：驚。**悼**：悲痛。
23 **夷猶**：猶豫。**冀**：希望。**進**：進用。
24 **怛**：音ㄉㄚˊ，悲痛。**憺憺**：音ㄉㄢˋ ㄉㄢˋ，義同「蕩蕩」，指心情憂懼不寧。
25 **茲**：此。**歷**：列舉。
26 **蓀**：喻懷王。**佯**：假裝。
27 **固**：本來。**切人**：懇切、正直之人。**不媚**：不會諂媚。
28 **眾**：群小。**果**：果然。**以我爲患**：把我當作禍患。
29 **初**：當初。**所陳**：陳述的道理。**耿著**：明白。
30 **庸**：連詞，以。**其**：此處爲句中助詞，無義，不譯。**亡**：通「忘」。

31 **藥**：樂意、喜歡。**斯**：這。**謇謇**：音ㄐㄧㄢˇ ㄐㄧㄢˇ，忠貞之情。此句一本爲「何毒藥之謇謇兮」，朱熹以爲「非是」。
32 **蓀美**：君王的美德、美政。**光**：發揚光大。光，一本作「完」。
33 **三五**：指三王五霸。三王：即指夏禹、商湯、周文王。**五霸**：齊桓公、晉文公、秦穆公、宋襄公和楚莊王。**像**：榜樣。
34 **彭咸**：人名，傳說爲殷代賢臣。**儀**：法則，典範。上句要求君王以「三五」爲榜樣；此句說自己要以彭咸爲楷模。
35 **極**：目的。**至**：到，達到。
36 **遠聞**：遠播的聲望。**虧**：虧損。
37 **善**：美德。**不由**：不靠。
38 **虛作**：憑空形成。
39 **孰**：誰。**施**：施捨，給予。**報**：報答。
40 **實**：實踐，此指耕耘、種植。**穫**：收穫。
41 **少歌**：古代樂章音節之名，當是某一部分的小結。
42 **與**：爲，給，向。**美人**：喻君王。**抽**：拔也，引也，理也。可引申爲引導，梳理。一本爲「與美人抽怨兮」。
43 **正**：通「止」。

44 **憍**：誇耀。見注17。**憍**：一本作「驕」。
45 **敖**：同「傲」，輕視。**朕**：我。
46 **倡**：與「唱」同，古代樂章音節之名。
47 **漢北**：泛指漢水以北地區，即襄陽、鄖陽和南陽一帶。
48 **好姱**：美好。
49 **牉**：分也，此處指離異。
50 **惸**：音ㄑㄩㄥˊ。**惸獨**：孤獨無依。
51 **卓遠**：遙遠。
52 **北山**：漢北一山名，位於漢中郡旬陽縣境內。《漢書．地理志》在「旬陽」縣條下注曰：「北山，旬水所出，南入沔。」
53 **孟夏**：初夏。
54 **晦**：天黑。**晦明**：從天黑到天亮，指一晝夜。
55 **惟**：通「雖」，雖然。
56 **九逝**：去多次。
57 **徑逝**：直接回去。
58 **識**：識別，辨認。**營營**：往來忙碌貌。
59 **信**：忠誠。**直**：正直。
60 **理**：媒人，使者。
61 **從容**：不變，指意志堅定。
62 **瀨**：音ㄌㄞˋ，沙石上流過的清水。**湍**：音ㄊㄨㄢ，水勢很急。
63 **泝**：音ㄙㄨˋ，逆流而上。**潭**：深淵。
64 **狂顧**：頻頻顧盼。
65 **軫**：音ㄓㄣˇ，方。**崴嵬**：音ㄨㄟ ㄨㄟˊ，高聳不平的樣子。
66 **蹇**：音ㄐㄧㄢˇ，困阻滯礙。
67 **超**：越。**回**：指彎曲之路。**忘**：記住。**度**：正，指直道。
68 **行**：行程。**隱**：安，小心審慎貌。
69 **低佪**：欲進不前。**夷猶**：同「猶豫」。
70 **北姑**：地名。
71 **煩冤**：心煩苦悶。**瞀**：音ㄇㄠˋ，亂。**瞀容**：不修邊幅。
72 **實**：同「是」，這（前途）。**沛**：顛沛。**阻**：通「沮」，沮喪。
73 **靈**：魂，心靈，心中。**思**：思念。
74 **處幽**：身處幽僻之地。
75 **行媒**：媒介，指說情的人。
76 **道**：言。**思**：情思。**道思**：即言志。**作**：寫作。**頌**：歌。
77 **自救**：自我解脫。
78 **遂**，達，表達。
79 **斯**：這。**誰告**：即「告誰」。

一、寫作背景

楚懷王十六年秋，屈原自疏放逐到漢北地區。漢北地域遼闊，包括今襄陽、鄖陽、南陽等廣大地區。屈原一人來到異地他鄉，再加性格孤獨，不合人群，又無知音在身旁，所以心情十分鬱悶。

《史記．楚世家》記載：「（楚懷王）十七年春，（楚）與秦戰丹陽，秦大敗我軍，斬甲士八萬，虜我大將軍屈丐、裨將軍逢侯丑等七十餘人，遂取漢中之郡。」❶漢中郡旬陽縣內有座山名「北山」。此山綿亙，延至鄖陽境內。屈原這一時期正在鄖陽地區逗留，聞此噩耗，不禁遙望「北山」痛哭流涕，面對漢水長聲嘆息。前些年筆者到鄖陽開會，順便考察，當地群眾告訴筆者，他們現在仍稱此山爲「北山」。

孟夏之夜本是短暫的，但屈原輾轉反側，不能入眼，反覺夜長如年，猶如煎熬。好不容易閉眼，他又做夢奔向郢都，儘管路上有許多急流險灘，但他仍不管不顧，急速向前。他要盡快趕回郢都，面見楚王，爲國獻計，重振朝綱。但是一覺醒來，才知這是南柯一夢，因此他十分惆悵、憂愁，情緒激動，不能自已，寫下這首〈抽思〉以表情達意。時爲頃襄王十七年孟夏。

二、層次分析

此詩是屈原聽聞丹陽大敗後內心悲痛夜不能寐情況下寫出來的。他先是回憶離郢前懷王對自己由信任到變卦、厭惡乃至動怒的過程；然後抒寫流放漢北後孤獨、憂傷及聞聽丹陽大敗後的痛苦、悲憤。全詩八十八句，分三個層次，即思昔、撫今、結尾。

---

❶〔漢〕司馬遷，《史記》（五）[M]，北京：中華書局，一九五九：一七二四。

第一層次　思昔（四十五句）

詩人想起以往日夜為君王謀劃治國方略然而不得重視的那些事情，無比痛苦、憂傷。此層四十五句，分兩個層次。

1. 夜不能寐（十二句）

心鬱鬱之憂思兮，獨永歎乎增傷。思蹇產之不釋兮，曼遭夜之方長。
悲秋風之動容兮，何回極之浮浮？
數惟蓀之多怒兮，傷余心之懮懮。願搖起而橫奔兮，覽民尤以自鎮。
結微情以陳詞兮，矯以遺夫美人。

前六句向讀者展現這樣一幅畫面：在一個秋風蕭瑟的晚上，詩人夜不能寐，獨自長嘆，轉輾反側。後六句直抒其情，說明君王多怒，自己苦痛悲憤，本想拂袖而去，「逃死四鄰」，但是看到黎民遭罪，便又冷靜下來。他梳理思路，寫成諫辭，為了糾正時弊，還想呈送君王。由此可見屈子本意實在不想離開郢都。此處「願搖起而橫奔兮，覽民尤以自鎮」兩句與〈惜誦〉「欲橫奔而失路兮，堅志而不忍」兩句大同小異，足證此層回憶的是上年詩人離郢前的心情。

2. 回憶往事（三十三句）

此層次回憶屈子被斥居漢北前與楚王之間的一些事情。三十三句，可分四個層次。

(1) 懷王變卦（八句）

昔君與我成言兮，曰黃昏以為期。羌中道而回畔兮，反既有此他志。
憍吾以其美好兮，覽余以其脩姱。與余言而不信兮，蓋為余而造怒。

寫出了懷王對他由信任到變卦、厭惡，乃至動怒的過程，與《史記》本傳相符。

(2) 陳詞前後（十句）

願承間而自察兮，心震悼而不敢；悲夷猶而冀進兮，心怛傷之憺憺。
茲歷情以陳辭兮，蓀佯聾而不聞。固切人之不媚兮，眾果以我為患。
初吾所陳之耿著兮，豈至今其庸亡？

懷王動怒後，屈子曾經陳情自白。前四句寫陳詞之前震驚悲痛、憂傷恐懼的心情。中四句寫他陳詞之後懷王不理、群小忌恨的情況。末兩句是小結，並引起下文。

(3) 陳詞內容（十句）

何獨藥之謇謇兮？願蓀美之可光。
望三五以為像兮，指彭咸以為儀。夫何極而不至兮，故遠聞而難虧。
善不由外來兮，名不可以虛作。孰無施而有報兮？孰不實而有穫？

頭兩句一問一答，說明陳詞目的是「願蓀美之可光」。次四句正面說明只有君明臣賢方能做成一切，聲名久遠。末四句從側面勸喻懷王：美德名譽靠自己努力，「無施」、「不實」就不會有好報和收穫。這些內容，史書罕見，彌足珍貴。

(4) **總結**（少歌，五句）

> 少歌曰：
>
> 與美人之抽思兮，并日夜而無正。憍吾以其美好兮，敖朕辭而不聽。

寫自己日夜整理愁思，並向君王表達，但是君王輕視不聽。

第二層次　撫今（三十九句）

本層次主要寫自己眼下斥居漢北、遠離懷王以後的孤獨、憂傷、思念和苦惱等心情，可以分為兩層來理解。

1. **寫現時謫居漢北的心情**（二十三句）

(1) 交代背景（三句）

> 倡曰：
>
> 有鳥自南兮，來集漢北。

說清自己已到漢北。以鳥自喻，極富感情。「漢北」，地域廣袤，當含今襄陽、鄖陽、南陽一帶。

(2) **寫孤獨**（四句）

好姱佳麗兮，牉獨處此異域。既惸獨而不群兮，又無良媒在其側。

兩個「獨」字，寫盡詩人當時憤懣孤獨之情。唐人「念天地之悠悠，獨愴然而涕下」兩句，與此詩有異曲同工之效。

(3) 寫憂傷（四句）

道卓遠而日忘兮，願自申而不得。望北山而流涕兮，臨流水而太息。

前兩句敘述道卓遠，君日忘，突顯詩人「自中不得」之困境；後兩句描寫「流涕」、「太息」，抒發委屈、傷痛之情。史載，楚懷王十七年，丹陽大戰，楚軍敗績，秦取漢中之郡。據《漢書．地理志》記載，「北山」即漢中郡旬陽縣境內之山❷。屈子「望北山而流涕」，足證其忠君愛國思想。

(4) 寫思念（八句）

望孟夏之短夜兮，何晦明之若歲？惟郢路之遼遠兮，魂一夕而九逝。曾不知路之曲直兮，南指月與列星。願徑逝而不得兮，魂識路之營營。

詩人思念故鄉、君王，長夜難眠，夢魂九逝；南望星月，執著不夠。屈子忠君愛國之情，熾熱若火，堅如磐石，流芳百世，光照汗青！

(5) 寫苦惱（四句）

---

❷〔漢〕班固，《漢書》（六）[M]，北京：中華書局，一九六二：一五九六。

何靈魂之信直兮，人之心不與吾心同！理弱而媒不通兮，尚不知余之從容。

詩人從兩個角度寫自己的苦惱。前兩句作對比：自己忠信正直，他人卻與自己不相同。言外之意，他人飛黃騰達，自己卻處境困厄。後兩句講因果：因爲理弱媒拙，所以君王「不知余之從容」。此大層採用直接抒情的方法，層層深入地抒發自己曲折、複雜的思想感情。如蔣驥所云：「此敘謫居漢北以後不忍忘君之意……甚於痛哭矣！」❸

2. 寫繫心懷王的苦惱（十六句）

亂詞。前八句寫爲了表達急於向懷王陳情的心思，他溯流而上，狂顧南行

長瀨湍流，泝江潭兮。狂顧南行，聊以娛心兮。
軫石崴嵬，蹇吾願兮。超回志度，行隱進兮。
低佪夷猶，宿北姑兮。煩冤瞀容，實沛徂兮。
愁歎苦神，靈遙思兮。路遠處幽，又無行媒兮。

後八句寫他欲進不敢，心煩意亂

❸〔清〕蔣驥，《山帶閣注楚辭》[M]，上海：上海古籍出版社，一九五八：一二四～一二五。

第三層次　結尾（四句）

道思作頌，聊以自救兮。憂心不遂，斯言誰告兮！

在丹陽大敗、國土淪喪之際，屈原迫切地希望能回到君王身邊，出謀劃策，以救亡圖存，但此想法不得實現，故他撫今思昔，內心十分痛苦。「道思作頌」只是爲了「聊以自救」；而滿腔憂憤，又能向誰訴說？失望之情，溢於言表。

此詩主題是，詩人透過思昔撫今，抒寫流放漢北後的孤獨、憂傷，及聽聞楚軍丹陽大敗、國土淪陷後的痛苦、悲憤。被疏放外然猶思君念國，因此，貫穿全詩的仍是一條愛國紅線。

三、藝術特色分析

〈抽思〉的藝術表現手法，與屈原的其他作品有四個不同之處。

1. 詩題匠心獨運

〈九章〉九個題目，四個是截取該詩開頭二三個字，如：〈惜誦〉、〈思美人〉、〈惜往日〉、〈悲回風〉；另五個是作者特意擬出的，如：〈涉江〉、〈哀郢〉、〈抽思〉、〈懷沙〉、〈橘頌〉。專門擬的題目中，其他四個的對象都是客觀存在的事物（江、郢、沙、橘），而唯有此篇的對象是詩人自己、自己的當時十分複雜的心情。蔣驥概括得好：「蓋君恩未遠，猶有拳拳自媚之意，而於所陳耿著之詞，不憚娓娓述之，則猶

幸其念舊而一悟也。」❹

2. 結構簡明完整

詩歌從開頭到「敖朕辭而不聽」，這四十五句是思昔，即思念自己在郢都最後的遭遇——佞臣讒之，「王怒而疏屈平」。作品後四十三句撫今，即敘寫自己流放到漢北以後的心情。「少歌」是「思昔」一層的總結，「倡曰」是「撫今」一層的開頭，「亂詞」是「撫今」一層的總結。層次清晰，結構完整。

3. 樂章形式明顯

王逸在「少歌」一詞下注曰：「小吟謳謠，以樂志也。」洪興祖補注曰：「此章有少歌、有倡、有亂。少歌之不足，則又發其意而爲倡，獨倡而無以和也，則總理一賦之終，以爲亂辭云爾。」❺這說明，早在古代，學者們就已經發現楚辭是可歌的。

4. 動作顯示激情

〈抽思〉抒發激情除用直接之法外，還有個特點，即往往用動作來表示。如：用「願搖起而橫奔」來表示「傷余心之憂憂」；用「望北山而流涕兮，臨流水而太息」來表示自己看到國土淪喪後痛心疾首的心情；用「望孟夏之短夜兮，何晦明若歲」來表示痛苦至極夜不能寐的情景；用「惟郢路之遼遠兮，魂一夕而九逝」來顯示自己迫切回郢如痴如狂的精神狀態；用「狂顧南行聊以娛心」、「超回忘度行隱進」來表示自己急於向懷王陳情的心情；用「低佪夷猶宿北姑」、「愁歎苦神靈遙思」來表示自己欲進不敢，心煩慮亂的心情等等。這就使〈抽思〉更加顯示出強烈的個性化色彩。

---

❹〔清〕蔣驥，《山帶閣注楚辭》[M]，上海：上海古籍出版社，一九五八：一二四～一二六。

❺〔宋〕洪興祖，《楚辭補注》[M]，北京：中華書局，一九八三：一三九。

思美人[1]

屈原

思美人兮，攬涕而佇眙。[2]
媒絕路阻兮，[3]言不可結而詒。[4]
蹇蹇之煩冤兮，[5]陷滯而不發。[6]
申旦以舒中情兮，[7]志沉菀而莫達。[8]

願寄言於浮雲兮，[9]遇豐隆而不將。[10]
因歸鳥而致辭兮，[11]羌迅高而難當。[12]
高辛之靈盛兮，[13]遭玄鳥而致詒。[14]

欲變節以從俗兮，媿易初而屈志。[15]
獨歷年而離愍兮，[16]羌馮心猶未化。[17]
寧隱閔而壽考兮，[18]何變易之可爲！
知前轍之不遂兮，[19]未改此度。[20]

車既覆而馬顛兮，[21]蹇獨懷此異路。[22]
勒騏驥而更駕兮，[23]造父爲我操之。[24]

苦苦思念我君王，揩乾眼淚朝遠望。
媒人已去路險阻，不能寄言表心腸。
忠貞之語滿胸膛，鬱結堵塞不得揚。
天天打算抒衷情，心思鬱結難舒暢。

想託浮雲捎句話，碰上豐隆偏不幹。
欲叫鴻雁帶個信，牠卻飛得快又高。
當年帝嚳真神靈，能遇燕子代送禮。

打算變節從世俗，自感慚愧又委屈。
常年累月遭憂患，憤懣之心不能消。
寧肯忍憂直到老，怎能變節易初志！
知道前途不順利，執意不改志更堅。

車翻馬倒仍不改，要走與眾不同路。
勒住騏驥換車子，邀請造父來駕馭。

遷逡次而勿驅兮，25 聊假日以須時。26
指嶓冢之西隈兮，27 與曛黃以爲期。28
開春發歲兮，29 白日出之悠悠。30
吾將蕩志而愉樂兮，31 遵江夏以娛憂。32
擥大薄之芳茝兮，33 搴長洲之宿莽。34
惜吾不及古人兮，35 吾誰與玩此芳草？36
解萹薄與雜菜兮，37 備以爲交佩。38
佩繽紛以繚轉兮，39 遂萎絕而離異。40
吾且儃佪以娛憂兮，41 觀南人之變態。42
竊快在中心兮，43 揚厥憑而不俟。44
芳與澤其雜糅兮，45 羌芳華自中出。46
紛郁郁其遠承兮，47 滿內而外揚。48
情與質信可保兮，49 羌居蔽而聞章。50
令薜荔以爲理兮，51 憚舉趾而緣木。52
因芙蓉而爲媒兮，53 憚褰裳而濡足。54
登高吾不說兮，55 入下吾不能。56

逡巡緩行不策馬，姑且逍遙等時機。
目標嶓冢西山凹，黃昏時候一定到。
春天來到萬象新，太陽明媚當空照。
我且縱情來歡樂，沿著江夏消憂愁。
草木叢中採香芷，拔取長洲冬生草。
可惜未及見古賢，與誰同賞此芳草？
採來萹竹與雜草，左右交叉掛身上。
數量很多相纏繞，很快枯死都扔掉。
我且徘徊先消憂，觀看新君異姿態。
內心之中悄悄樂，拋棄那些憂和憤。
芬芳汙垢相混雜，香花最終能現出。
芳氣郁郁掩不住，內外流溢處處揚。
情志本質確實好，身處幽蔽美名彰。
想叫薜荔作媒人，不願舉足攀樹枝。
欲託芙蓉來搭橋，又怕撩衣沾溼腳。
高攀之事我不愛，失足求情又不幹。

固朕形之不服兮，57然容與而狐疑。
廣遂前畫兮，59未改此度也。60
命則處幽吾將罷兮，61願及白日之未莫。62
獨煢煢而南行兮，63思彭咸之故也。64

那些做法我不慣，只好遲疑且徘徊。
想方設法求實現，至今未改此志向。
身處幽蔽我很累，好在太陽未落山。
孤獨無依向南行，心中想著彭咸事。

【注釋】

1 美人：代君王，在首句中指楚懷王。此詩以篇首三字為題，寫於楚懷王末年、頃襄王初年，即懷王被扣秦國、頃襄王剛剛即位這個特殊的歷史時期。屈原思念懷王、觀望頃襄王，詩篇前後的感情色彩迥異不同。

2 **攬**：收的意思（用朱熹說）。**攬涕**：擦乾眼淚。**佇眙**：音ㄓㄨˋ ㄔˋ，久立直視。

3 **媒**：指說情的人。**絕**：再也沒有。**路**：當指仕途。

4 **結**：束結其言以致意。**詒**：音ㄧˊ，此處指贈言、致意。

5 **蹇蹇**：音ㄐㄧㄢˇ ㄐㄧㄢˇ，同「謇謇」，忠貞之言。**煩冤**：煩悶、冤屈。

6 **陷滯**：陷沒，沉滯，即陷入困境。**發**：抒發。

7 **申**：重。**旦**：日。**申旦**：天天。**舒**：同「抒」。

8 **菀**：音ㄨㄢˇ。**沉菀**：同「沉鬱」。**達**：通，通暢，舒暢。

9 **寄言**：傳話，捎信。

10 **豐隆**：雲神或雷神等，說法不一，總之傳說是一位天神。**將**：動詞，有幹、助、攜、送等義。

11 **致辭**：猶「寄言」。

12 **羌**：發語助詞。**迅**：疾速。迅，一本作「宿」。**當**：逢。當，一本作「寓」。

13 **高辛**：帝嚳的稱號。**靈盛**：即神靈。

14 **玄鳥**：燕子，一說鳳凰。**詒**：通「貽」，指聘禮。**致詒**：送禮品。

15 **媿**：古同「愧」。**易初**：改變初衷。**屈志**：委曲心志。

16 **年**：年月。**歷年**：經歷了很長時間，即常年累月。**離**：

通「罹」，遭遇。**愍**：憂患。

17 **羌**：發語助詞。**憑**：憤懣。

18 **寧**：寧肯。**隱閔**：隱忍憂閔。**壽考**：終老。

19 **轍**：車印子，指代道路。**前轍**：前途。**遂**：順利。

20 **度**：原則。**未改此度**：不改變既定的原則。

21 **覆**：翻。**顛**：倒。

22 **蹇**：發語助詞。**懷**：懷念。**異路**：與眾不同之路。

23 **勒**：收住轠繩不讓馬跑。**勒騏驥**：喻指留住人才，任用賢能。**更駕**：更換車駕。

24 **造父**：人名，周穆王時善馭車馬之人。**操之**：指駕車。

25 **遷**：遷延。**逡次**：義同逡巡，緩行不進。**勿驅**：不要策馬疾馳。

26 **假**：借。**假日**：借些時日。**須**：等待。**須時**：等待時機。

27 **嶓冢**：音ㄅㄛ ㄓㄨㄥˇ，山名，即今陝西省寶雞市南郊秦嶺之巔——太白山。此乃秦國腹地。楚頃襄王元年，楚懷王被扣秦國，屈原故有此詩句。**隈**：音ㄨㄟ，山之角落。

28 **曛**：音ㄒㄩㄣ。**曛黃**：黃昏。

29 **開**：開始。**發**：發端。

30 **白日**：明媚的太陽。**悠悠**：舒緩貌。

31 **將**：一作「且」。**蕩**：放。**蕩志**：縱情。**愉樂**：快樂。

32 **遵**：沿著。**江夏**：水名。《漢書・地理志》「江夏郡」下應劭注曰：「沔水自江別至南郡華容爲夏水，過郡入江，故曰江夏。」**娛憂**：使憂心快慰。

33 **攬**：收摘，採集。**薄**：草木叢生處。**茝**：音ㄔㄞˇ，一種香草。

34 **搴**：音ㄑㄧㄢ，拔取。**宿莽**：一種經冬不死的香草。

35 **不及**：未及。**古人**：指古代聖賢。

36 **誰與**：即「與誰」。**玩**：欣賞。

37 **解**：採。**萹**：音ㄆㄧㄢ，竹，一種野草。**萹薄**：叢生的萹竹。**雜菜**：各種野草。萹薄、雜菜均非香草。

38 **備**：置備。**交佩**：左右佩帶。

39 **繽紛**：多貌。**繚轉**：互相纏繞。

40 **萎絕**：枯萎而死。**離異**：扔掉。

41 **儃佪**：音ㄔㄢˊ ㄏㄨㄟˊ，徘徊。**娛憂**：見注32。

42 **南人**：指頃襄王。《國語・周語中》「鄭伯，南也」句下，賈侍中注云：「南者，在南服之侯伯。或云，南，南面君也。」由此可知，此處「南人」，指當時已身爲侯伯之人，即頃襄王。**變態**：不正常的態度。

43 **竊**：私，偷偷，悄悄。**快**：樂。

44 **揚**：棄。**厥**：其。**憑**：憤懣。**俟**：音ㄙˋ，等待。

45 **澤**：汗液，引申為汙垢。**糅**：混雜。
46 **華**：花。**中**：其中。**出**：現出。
47 **紛**：多；一說通「芬」。**郁郁**：盛貌。**承**：一作「蒸」。
48 **滿內**：（香氣）充滿內部。
49 **情**：情志。**質**：本質。**信**：誠然，確實。**保**：保有，保持。
50 **居蔽**：身處幽蔽之處。**聞**：名聲，美名。**章**：同「彰」，明。
51 **薜荔**：一種香草。**理**：媒人，使者。
52 **憚**：怕；不願。**趾**：指代腳。**緣木**：攀緣樹枝。
53 **因**：託。**芙蓉**：荷花。
54 **褰**：音ㄑㄧㄢ，提起，撩起。**濡**：音ㄖㄨˊ，沾溼。

---

55 **登高**：指緣木。**說**：通「悅」，喜歡。
56 **入下**：指下水濡足。
57 **固**：本來。**朕**：我。**形**：形狀外貌，引申為作風，風格。**服**：習慣。
58 **容與**：猶豫不進。
59 **廣**：多方面。**遂**：成功，實現。**前畫**：從前的謀劃、策劃。
60 **未改此度**：見注20。
61 **命**：命運。**幽**：幽僻之處。**罷**：音ㄆㄧˊ，疲。
62 **及**：趁著。**白日**：太陽。
63 **煢煢**：音ㄑㄩㄥˊ ㄑㄩㄥˊ，孤獨無依貌。
64 **彭咸**：據說是殷時賢人。**故**：故跡。

一、寫作背景

《史記・楚世家》載曰：楚懷王三十年，懷王誤聽子蘭讒言，「往會秦昭王。昭王詐令一將軍伏兵武關，號爲秦王。楚王至，則閉武關，遂與西至咸陽……因留楚王，要以割巫、黔中之郡。楚王欲盟，秦欲先得地。楚王曰：『秦詐我而又強要我以地！』不復許秦。秦因留之……太子橫至，立爲王，是爲頃襄王。乃告于秦曰：『賴社稷神靈，國有王矣。』」❶

屈原此時仍在朝中爲官（懷王三十年，「懷王欲行，屈平曰：『秦虎狼之國，不可信，不如毋行。』」❷）。頃襄王初即位，他對於父親任命的官吏此時還來不及大批更換。此時懷王仍活著，因爲屈原與懷王有著二十多年的君臣之誼，且懷王還曾一度十分信任他，所以，此時他一邊深深地懷念著被拘秦國的懷王，一邊對初即君位的頃襄王抱著希望，盼他能重用賢臣，遠離奸佞，重振朝綱。〈思美人〉一詩就是在這樣的情況下寫出來的。時爲頃襄王元年。

二、層次分析

〈思美人〉一詩，王逸、蔣驥、胡文英等以爲是思懷王，姜亮夫先生也力主此說；而汪瑗、游國恩和郭沫若等以爲是思頃襄王。根據詩歌前後語氣、感情色彩的差異，再參之於有案可稽的楚國歷史，我認爲，上述兩種說法，似乎均欠全面。此篇當作於懷王末年（已被扣秦國）、頃襄王初年的郢都，表達了在這歷史轉捩點上屈原複雜的思想感情及其發展變化的過程。他先是思念懷王，但寄言不成，又不願改變初衷；而對頃襄王，他

❶（漢）司馬遷，《史記》（五）[M]，北京：中華書局，一九八二：一七二七～一七二八。

❷（漢）司馬遷，《史記》（八）[M]，北京：中華書局，一九八二：二四八四。

徘徊觀望，最後失望，只好煢煢南行。全詩六十六句，分兩大層次：

第一層次　思念懷王（三十句）

本層又可分四個小層次。

1. 苦苦思念（八句）

思美人兮，攬涕而佇眙。媒絕路阻兮，言不可結而詒。
蹇蹇之煩冤兮，陷滯而不發。申旦以舒中情兮，志沉菀而莫達。

此處「美人」是指楚懷王。這裡所寫的「攬涕佇眙」、「蹇蹇煩冤」，只能是對懷王的感情。因為屈原與懷王至少有二十來年的君臣關係，甚至在相當長一段時間內，「王甚任之」，所以，屈原雖曾遭懷王一度黜疏，但仍忠心耿耿，苦苦思念。他把個人的不幸歸結為「媒絕路阻」和「沉菀莫達」。這兩點正好引起下文。

2. 致詞不成（六句）

願寄言於浮雲兮，遇豐隆而不將。因歸鳥而致辭兮，羌迅高而難當。
高辛之靈盛兮，遭玄鳥而致詒。

前四句是說：想託浮雲捎句話，碰上豐隆偏不幹；欲叫鴻雁帶個信，牠卻飛得快又高。這兩個是比喻，且是正比。後兩句說：當年帝嚳眞神靈，能遇燕子代送禮。這是反比之法。透過正反對比，屈原說明在懷王時代，自己是「媒絕路阻」和「沉菀莫達」。

3. 不改初衷（八句）

欲變節以從俗兮，媿易初而屈志。獨歷年而離愍兮，羌憑心猶未化。
寧隱閔而壽考兮，何變易之可為！知前轍之不遂兮，未改此度。

詩人表示，即使媒絕路阻、沉菀莫達，飽受誤解，前途黯淡，但是，他仍要堅守節操，不改初衷。

4. 繼續等待（八句）

車既覆而馬顛兮，蹇獨懷此異路。勒騏驥而更駕兮，造父為我操之。
遷逡次而勿驅兮，聊假日以須時。指嶓冢之西隈兮，與曛黃以為期。

在困難的處境中，詩人勒馬換車，逡巡緩行，假日須時，而仍相信目標會實現。「嶓冢」，山名。張衡〈西京賦〉有云：「終南太一，隆崛崔崒，隱轔鬱律；連岡嶓冢，抱杜含鄠，歔澧吐鎬。」❸此處用的是互文見義法，明確指出，「嶓冢」，就是「終南」、「太一」，即秦嶺，在漢中之北，是漢江、嘉陵江的發源地，當時屬秦國腹地。此處用「嶓冢」一詞，有暗指楚懷王當時被扣秦國之意。故「指嶓冢之西隈兮，與曛黃以爲期」二句，表現了屈原對懷王的深深思念之情。

❸〔唐〕李善，《文選》[M]，北京：中華書局，一九七七：三七。

第二層次　觀望頃襄（三十六句）

1. 樂觀新君（四句）

開春發歲兮，白日出之悠悠。吾將蕩志而愉樂兮，遵江夏以娛憂。

這兩句寫春天到來萬象更新。王夫之釋文有理：「初春韶日，喻頃襄初立，且有更新之望。」❹屈子以爲，政權更迭，可能會給自己帶來一線希望。那麼，面臨新朝，詩人自己該如何自處呢？由此引起下文。

2. 內心矛盾（八句）

攬大薄之芳茝兮，搴長洲之宿莽。惜吾不及古人兮，吾誰與玩此芳草？

解萹薄與雜菜兮，備以為交佩。佩繽紛以繚轉兮，遂萎絕而離異。

此層用了兩組比喻。前四句爲一組：草木叢中採香芷，拔取長洲冬生草。可惜未及見古賢，與誰同賞此芳草。詩人是說，面對新君，自己想堅守節操，但是肯定沒有用處。後四句爲另一組：採來萹竹與雜草，左右交叉掛身上；數量很多相纏繞，很快枯死都扔掉。詩人是說，爲了贏得新君的歡心，自己就須從俗易志，但這並非本心真願。所以他內心十分矛盾、痛苦。

---

❹〔清〕王夫之，《楚辭通釋》/黃靈庚主編，《楚辭文獻叢刊》（第四十五冊）[M]，國家圖書館出版社，二〇一四：一九五。

3. 徘徊原因（十八句）

以上兩組比喻表明，經過一段時間觀察，屈原頭腦十分清醒：頃襄王朝的腐朽黑暗依然如故。因此，他陷入了徘徊彷徨之中

> 吾且儃佪以娛憂兮，觀南人之變態。竊快在中心兮，揚厥憑而不俟。

頭兩句寫徘徊觀望。對「南人」一詞，以前騷家之注均不中肯綮。《國語·周語中》「鄭伯，南也」句下，賈侍中注云：「南者，在南服之侯伯。或云，南，南面君也。」❺由此可知，此處「南人」，指當時已身爲侯伯之人，即頃襄王。「變態」，不正常的態度，意指與懷王不一樣的作派。所以，詩人內心之中萌生一線希望，暫時拋棄原有的憂愁和憤懣。下面十四句進一步寫出徘徊的原因。

(1) 芳華自出（六句）

> 芳與澤其雜糅兮，羌芳華自中出。紛郁郁其遠承兮，滿內而外揚。情與質信可保兮，羌居蔽而聞章。

這六句表明，儘管社會上魚目混珠、芳澤雜糅，但屈原堅信，正義、人才，最終一定會「遠承」、「外揚」和「聞章」。〈離騷〉中也有一句「芳與澤其雜糅兮，唯昭質其猶未虧。」但很快，女嬃的話就給了詩人當頭一棒：「汝何博謇而好修兮，紛獨有此姱節？薋菉葹以盈室兮，判獨離而不服。」〈涉江〉中憤懣地唱道：「鸞鳥鳳皇，日以遠兮；燕雀烏鵲，巢堂壇兮。」〈惜往日〉中詩人更是悲憤地寫道：「芳與澤其雜糅

---

❺〔清〕董增齡，《國語正義》（卷二）[M]，成都：巴蜀書社，一九八五：八。

兮，孰申旦而別之？何芳草之蚤殀兮？微霜降而下戒。諒聰不明而蔽壅兮，使讒諛而日得。」與以上三首詩相比，在本詩中，詩人之所以如此樂觀，是因爲他對初即位的頃襄王抱有一線希望。可惜這僅僅是曇花一現式的希望，他很快就失望了。

(2) 不願夤緣（八句）

令薜荔以為理兮，憚舉趾而緣木。因芙蓉而為媒兮，憚褰裳而濡足。登高吾不說兮，入下吾不能。固朕形之不服兮，然容與而狐疑。

這八句表明，屈原心中清楚：在黑暗齷齪的官場羅網中，要想固位或晉升，必須屈身夤緣，同時拉攏小人；但他堅決不願意出賣人格、拋掉自尊，因此「然容與而狐疑」——只好遲疑且徘徊。

4. 煢煢南行（六句）

廣遂前畫兮，未改此度也。命則處幽吾將罷兮，願及白日之未莫。獨煢煢而南行兮，思彭咸之故也。

觀望結果，澈底失望，詩人只好煢煢南行。前文有「遵江夏以娛憂」句，此處又明言「南行」，似與〈哀郢〉的「遵江夏以流亡」、〈涉江〉的「旦余濟乎江湘」等相應，故可進一步斷定，本篇寫在懷王末年、頃襄王初年。

此詩的主題是：詩人思念懷王，但又不願改變初衷；觀望頃襄王，開始寄予希望，最後還是失望。總之，此詩表現出詩人在歷史轉捩點上的複雜的思想感情。

三、藝術特色

對於〈思美人〉一詩思想內容的解讀，二千多年來眾說紛紜，或曰「美人」爲懷王，或曰「美人」爲頃襄王，爭論激烈，莫衷一是。其原因在於此詩表達，不像屈子其他作品那樣直截了當、鋒芒畢露，而是隱隱約約，含含糊糊，言在此而意在彼。要想眞的看懂〈思美人〉一詩，必須澈底了解此詩所採用的獨特的表達方法。

〈思美人〉與其他詩篇相比，特別之處在於多用借喻。看不懂詩中借喻，就看不懂〈思美人〉一詩。所謂借喻，就是本體不出現，亦無比喻詞，只有喻體本身。如：「開春發歲兮，白日出之悠悠」一句，清人王夫之注得好，其云：「初春韶日，喻頃襄初立，且有更新之望。」

「指嶓冢之西隈兮，與纁黃以爲期」一句中，「嶓冢」即今日之秦嶺，乃秦國之腹地，詩人藉此比喻懷王被拘之地，此處指代懷王，即詩人此時十分懷念懷王。

「美人」一詞，在屈原作品中出現在四處，其他三處是：〈離騷〉中「恐美人之遲暮」，〈抽思〉中「矯以遺夫美人」、「與美人之抽思」。在這三處中，「美人」均喻指懷王。如前所述，〈思美人〉一詩前半篇中「美人」喻指懷王，後半篇中「美人」已改稱爲「南人」，喻指頃襄王。

「解萹薄與雜菜兮，備以爲交佩」一句，王夫之注曰：「惡草充佩則芳草萎而不用，眾佞盈廷則哲人懷芳不試。」

其他如「浮雲」、「豐隆」、「歸鳥」、「高辛」、「玄鳥」、「芳」、「澤」、「芳華」、「薜荔」、「芙蓉」等，似乎亦均有喻意。

〈思美人〉一詩的表達之所以如此隱晦曲折，因爲時處改朝換代是敏感時刻，詩人不能採用直截了當的方式來表達自己的思想感情。讀者對此應予理解。

大招[1]

屈原

青春受謝，白日昭只。[2]
春氣奮發，萬物遽只。[3]
冥凌浹行，魂無逃只。[4]
魂魄歸徠，無遠遙只。[5]

魂乎歸徠，無東無西，無南無北只！

東有大海，溺水浟浟只。[6]
螭龍並流，上下悠悠只。[7]
霧雨淫淫，白皓膠只。[8]
魂乎無東，湯谷寂只！[9]

魂乎無南！
南有炎火千里，蝮蛇蜒只。[10]
山林險隘，虎豹蜿只。[11]
鰅鱅短狐，王虺騫只。[12]

冬日已去春天到，陽光明媚氣候好。
東風和熙送溫暖，萬物復甦草木茂。
北方寒氣仍未消，吾王英魂莫亂跑。
靈魂形體都回來，不要遠遊去飄遙。

吾王英魂快回來，東南西北都不去！

東方天際有大海，波濤滾滾能淹人。
龍蛇隨水一起游，上竄下潛很可怕。
霧氣濛濛雨淋淋，天地之間白茫茫。
英魂不要去東方，那兒寂寞很無聊！

英魂也莫去南方！
千里之內似火燒，毒蛇蜿蜒遍地跑。
山高林深地勢險，虎豹猛獸到處擾。
怪魚鳴叫蜮傷人，巨蟒群聚舉頭望。

魂乎無南，蜮傷躬只！13
魂乎無西！
西方流沙，漭洋洋只。14
豕首縱目，被髮鬤只。15
長爪踞牙，誒笑狂只。16
魂乎無西，多害傷只！
魂乎無北！
北有寒山，逴龍赩只。17
伐水不可涉，深不可測只。18
天白顥顥，寒凝凝只。19
魂乎無往，盈北極只！20
魂魄歸來，閒以靜只。21
自恣荊楚，安以定只。22
逞志究欲，心意安只。23
窮身永樂，年壽延只。24
魂乎歸徠，樂不可言只！
五穀六仞，設菰粱只。25

英魂不要去南方，蜮鬼暗中要害人！
英魂也莫去西方！
西方大漠常揚沙，無邊無際像海洋。
有種野獸頭似豬，長髮披散怪眼睛。
鋸樣牙齒長爪子，遇人狂笑好陰森。
英魂不要去西方，那兒太多害人蟲！
英魂也莫去北方！
北方寒山有條龍，人面蛇身大紅色。
伐水滾滾不可渡，其深無底很難測。
天下大雪白茫茫，重重冰川太寒冷。
英魂千萬不要去，整個北方都如此！
英魂形體都歸來，心靜安樂無憂患。
身在楚國多隨意，沒有危險真安定。
快快樂樂縱情欲，心滿意足樂無憂。
終身長久有歡樂，延年益壽保平安。
魂啊魂啊快回來，歡樂之事說不完！
五穀豐登糧倉高，菰米煮飯更可口。

鼎臑盈望，和致芳只。[26]
內鶬鴿鵠，味豺羹只。[27]
魂乎歸徠，恣所嘗只！
鮮蠵甘雞，和楚酪只。[28]
醢豕苦狗，膾苴蓴只。[29]
吳酸蒿蔞，不沾薄只。[30]
魂兮歸徠，恣所擇只！
炙鴰烝鳧，煔鶉陳只。[31]
煎鰿臛雀，遽爽存只。[32]
魂乎歸徠，麗以先只！[33]
四酎并孰，不澀嗌只。[34]
清馨凍飲，不歠役只。[35]
吳醴白櫱，和楚瀝只。[36]
魂乎歸徠，不遽惕只！[37]
代秦鄭衛，鳴竽張只。[38]
伏戲〈駕辯〉，楚〈勞商〉只。[39]
謳和〈揚阿〉，趙簫倡只。[40]

鼎盛熟食滿桌子，加上作料多芬芳。
黃鶯鴿子和天鵝，加入狗肉湯更美。
魂啊魂啊快回來，諸多美食隨您吃！
新鮮大龜燉田雞，放點酸醋味更美。
豬肉丸子煮狗肉，澆上膽汁和薑花。
吳地酸菜拌蒿蔞，不濃不淡極爽口。
魂啊魂啊快回來，諸多美食任您選！
燒烤麋鴰蒸野鴨，滿桌還有鵪鶉湯。
油煎鯽魚黃雀羹，有滋有味很爽口。
魂啊魂啊快回來，美味佳餚先敬您！
四釀醇酒味甘美，飲之甜滑不澀喉。
冷飲清冽又芬芳，僕役人等不能飲。
吳地甜醴加酒麴，楚人清酒味尤美。
魂啊魂啊快回來，不必惶恐和懼怕！
代秦鄭衛四地歌，吹響竽笙眾音作。
既有伏戲〈駕辯〉曲，還有楚地〈勞商〉歌。
齊聲高歌〈揚阿〉曲，唱前先奏趙國簫。

魂乎歸徠，定空桑只！41
二八接舞，投詩賦只。42
叩鐘調磬，娛人亂只。43
四上競氣，極聲變只。44
魂乎歸徠，聽歌譔只！45

朱脣皓齒，嫭以姱只。46
比德好閒，習以都只。47
豐肉微骨，調以娛只。48
魂乎歸徠，安以舒只！49

嫮目宜笑，娥眉曼只。50
容則秀雅，稚朱顏只。51
魂乎歸徠，靜以安只！52

姱脩滂浩，麗以佳只。53
曾頰倚耳，曲眉規只。54
滂心綽態，姣麗施只。55
小腰秀頸，若鮮卑只。56
魂乎歸徠，思怨移只！57

魂啊魂啊快回來，留在楚國聽瑟樂！
二八佳人連翩舞，詩歌音樂相配合。
樂工敲鐘又擊磬，歌曲尾聲已奏響。
此起彼伏滿堂曲，樂聲響極又變化。
魂啊魂啊快回來，抒情樂曲隨您聽！

朱脣白齒真漂亮，眉目含情更美麗。
德行美好愛閒靜，風度高雅懂禮儀。
體態豐滿又嬌小，溫柔嫵媚愛煞人。
魂啊魂啊快回來，佳人慰你又解悶！

美目含笑真動人，眉毛彎彎細又長。
容貌秀麗又高雅，臉色紅潤還嬌嫩。
魂啊魂啊快回來，美女讓您心安靜！

佳人修長又大方，光豔美麗真絕倫。
面龐豐滿雙下巴，兩耳靠後眉半圓。
含情脈脈體態美，溫柔姣麗搖曳姿。
楊柳細腰脖頸美，彷彿胡姬束腰帶。
魂啊魂啊快回來，美女讓您樂忘憂！

易中利心，以動作只。58
粉白黛黑，施芳澤只。59
長袂拂面，善留客只。60
魂乎歸徠，以娛昔只！61
青色直眉，美目婳只。62
靨輔奇牙，宜笑嗎只。63
豐肉微骨，體便娟只。64
魂乎歸徠，恣所便只！65
夏屋廣大，沙堂秀只。66
南房小壇，觀絕霤只。67
曲屋步壛，宜擾畜只。68
騰駕步遊，獵春囿只。69
瓊轂錯衡，英華假只。70
茝蘭桂樹，鬱彌路只。71
魂乎歸徠，恣志慮只！72
孔雀盈園，畜鸞皇只。73
鵾鴻群晨，雜鶖鶬只。74

思維敏捷又聰慧，舉止動作很利索。
脂粉敷面黛畫眉，身上還要灑香水。
翩翩起舞袖拂面，魅力四射長留客。
魂啊魂啊快回來，佳人伴您樂終宵！
眉毛烏黑又平直，雙目流盼真可愛。
臉上兩個小酒窩，嫵媚一笑露美牙。
體態豐滿又嬌小，輕盈秀麗真動人。
魂啊魂啊快回來，喜歡哪個隨您便！
高殿峻屋很廣大，丹砂作畫真秀美。
南房前有小平臺，樓簷置管接雨水。
亭閣繞樓通長廊，適宜馴養小動物。
或者乘車或徒步，春天打獵到苑林。
玉飾車輪金飾衡，花紋美麗放光彩。
香茝蘭草桂花樹，鬱鬱蔥蔥滿道路。
魂啊魂啊快回來，痛痛快快玩個夠！
開屏孔雀滿園子，還有鸞鳥和鳳凰。
鵾雞晨鳴鴻夜啼，間有鶖鶬聲啾啾。

鴻鵠代遊，曼鷫鷞只。75
魂乎歸徠，鳳皇翔只！

曼澤怡面，血氣盛只。76
永宜厥身，保壽命只。77
室家盈廷，爵祿盛只。78
魂乎歸徠，居室定只！79

接徑千里，出若雲只。80
三圭重侯，聽類神只。81
察篤夭隱，孤寡存只。82
魂乎歸徠，正始昆只！83

田邑千畛，人阜昌只。84
美冒眾流，德澤章只。85
先威後文，善美明只。86
魂乎歸徠，賞罰當只！87

名聲若日，照四海只。88
德譽配天，萬民理只。89
北至幽陵，南交阯只。90

此起彼落天鵝翔，翩翩不斷有鷫鷞。
魂啊魂啊快回來，鳳凰翔舞伴您遊！

紅光滿面露喜色，神采奕奕身強壯。
身體經常保養好，壽命久長活百歲。
宗族興旺滿朝廷，官高祿厚好氣象。
魂啊魂啊快回來，王室有您就安定！

道途相連千里遠，人口芸芸多如雲。
爵有公侯伯子男，審案精細如神明。
民生疾苦勤察訪，鰥寡孤獨多慰問。
魂啊魂啊快回來，仁政先後請您定！

地廣城多路縱橫，人民富裕又殷實。
教化普及萬民中，德效恩澤很明顯。
治民先武后德撫，政策完美有實效。
魂啊魂啊快回來，賞罰得當全靠您！

德政名聲如日輝，天下百姓齊讚揚。
功德名譽可比天，萬民幸福天下寧。
北邊一直到幽州，南端延及五嶺外。

原文		譯文
西薄羊腸，東窮海只。	91	西面迫近羊腸山，東方直到大海邊。
魂乎歸徠，尚賢士只！	92	魂啊魂啊快回來，提拔賢士用人才！
發政獻行，禁苛暴只。	93	發號施令用仁義，禁絕苛刻暴虐事。
舉傑壓陛，誅譏罷只。	94	選拔俊傑居高位，責斥黜免庸俗人。
直贏在位，近禹麾只。	95	忠臣才子在顯位，輔助明君很可靠。
豪傑執政，流澤施只。	96	豪傑在位理政事，恩澤流布眾百姓。
魂乎歸徠，國家爲只！	97	魂啊魂啊快回來，國家肯定更穩固！
雄雄赫赫，天德明只。	98	朝廷威勢極盛大，配天之德如日明。
三公穆穆，登降堂只。	99	大臣團結又親近，出入朝廷議國政。
諸侯畢極，立九卿只。	100	天下諸侯都來朝，權力重新作分配。
昭質既設，大侯張只。	101	射靶分明豎起來，天子大靶也高掛。
執弓挾矢，揖辭讓只。	102	太平盛世興燕射，互相謙讓有禮儀。
魂乎歸徠，尚三王只！	103	魂啊魂啊快回來，治國效法夏商周！

【注釋】

1 大招：本是楚地民間的一種招魂形式。本詩是屈原在民間宗教文藝基礎上加工提煉而成的一首政治抒情詩。根據詩歌內容與歷史資料比配，可判斷本詩約寫於頃襄王二年、懷王被拘秦國又外逃不遂之時。主要內容是，透過招懷王生魂，抒發了詩人對懷王的深厚感情，同時表現了強烈的愛國思想和對理想政治的憧憬。根據詩歌內容推斷，〈大招〉當寫在〈招魂〉之前。

2 青春：指春天。受：承受。謝：去也，指冬天已經逝去。日：太陽。昭：明亮；光明。只：語氣助詞，相當於「啊」。句末用「只」，是本詩一大特點。

3 春氣：春風。王逸釋「春」爲「蠢」，非是。遽：競也；覺也。

4 冥：指玄冥，傳說中的北方之神。凌：冰凍也（用朱熹說）。浹：音ㄐㄧㄚˊ，寒冷之意（用王夫之說）。逃：亂跑，此句當爲對懷王生魂的勸戒之詞。《史記・楚世家》載：頃襄王二年，「楚懷王逃歸，秦覺之，遮楚道。懷王恐，乃從間道走趙以求歸……（趙），恐，不敢人楚王，楚王欲走魏，秦追之，遂與秦使復之秦。」

5 遙：「猶漂遙，放流貌也」（王逸語），即漂泊流浪。

6 溺：音ㄋㄧˋ，淹沒。溺水：能淹人之水。滺滺（ㄧㄡˊ）：流水之貌。

7 螭（ㄔ）龍：古代傳說中的無角之龍。悠悠：龍行之貌。

8 淫淫：霧雨久而不止。皓：一作「浩」，浩大無邊。膠：凝固，凝結。

9 無東：不要去東方。湯谷：古代傳說中的日出之地。寂寥：寂靜空曠。一本無「寥」字，朱熹評曰：「非是。」

10 炎火：火盛之貌，此處指南方炎熱似火燒。蝮（ㄈㄨˋ）蛇：一種毒蛇。蜒：音ㄧㄢˊ，毒蛇長曲行貌。

11 隘：音ㄞˋ，狹小而又危險之地。蜿：虎行貌。

12 鰅鱅：音ㄩˊ ㄩㄥˊ，古代傳說中的一種怪魚。短狐：即蜮，古代傳說中能含沙射人的動物。王虺（ㄏㄨㄟˇ）：大蛇，指巨蟒。蹇：音ㄐㄧㄢˇ，舉頭貌也。

13 躬：身體，代人。

14 流沙：指沙漠之地。漭：大海廣遠貌。洋洋：無邊無際貌。

15 豕：豬。縱目：豎目，指凶狠貌。被：同「披」。鬤：音ㄖㄤˊ，髮亂貌。

16 踞：同「鋸」。踞牙：即如鋸之牙。誒：音ㄒㄧ，通「嘻」。

17 逴（ㄔㄨㄛˋ）龍：即「燭龍」，傳說中一位人面蛇身而赤的仙神。赩：音ㄒㄧˋ，大紅色。

18 代水：水名。涉：渡。

19 顥顥（ㄏㄠˋ）：光貌，指冰雪映照，皚皚一片。凝凝：冰凍之貌。

20 盈：滿；遍；整個。北極：極北之地。

21 閒：指心情悠閒安樂。靜：清靜，無紛擾憂患之事。

22 **恣**：放縱，隨意。**荊楚**：楚國。

23 **逞**：快意；痛快。**究**：窮盡。

24 **窮身**：終身。**永樂**：長樂。**年壽延**：即延年益壽。

25 **五穀**：即稻、稷、麥、豆、麻。**仞**：七尺曰仞。**五穀六仞**：言穀物堆積很高。**設**：陳列。**菰**（ㄍㄨ）**粱**：即菰米，其飯香美可口。

26 **鼎**：銅鼎，古代炊具。**臑**：音ㄦˊ，熟也，指熟食。**盈**：滿。**盈望**：滿桌都是。**和**：調和，指加進（調料）。**致**：達到；引申為造成，形成。

27 **內**：內有。**鶬**：指黃鶯。**鵠**：音ㄏㄨˊ，俗名「天鵝」。**味**：猶「和」也，調和。**豺**：狗。**羹**：肉湯。

28 **蠵**：音ㄒㄧ，大龜，肉可食。**甘雞**：蛙類，又名田雞。**和**：加進，加入。**酪**：醋。

29 **醢**：音ㄏㄞˇ，肉醬。**豕**：豬。**醢豕**：豬肉丸子。**苦**：苦膽，用苦膽逼去腥味（用朱熹說）。**膾**：音ㄎㄨㄞˋ，切細之肉，此處可譯為細切。**苴蓴**：音ㄐㄩ ㄆㄛˊ，蘘荷，薑類。

30 **吳酸**：吳地酸菜。**蒿蔞**：兩種野菜。**沾**：多汁。**薄**：無味。

31 **炙**：音ㄓˋ，烤，燒烤。**鴰**：音ㄍㄨㄚ，一種水鳥，即麋鴰。**烝**：同「蒸」。**鳧**：音ㄈㄨˊ，水鳥名，俗稱「野鴨」。**煔**：音ㄑㄧㄢˊ，同「燖」，沉肉於湯內使之半熟。**鶉**：音ㄔㄨㄣˊ，鵪鶉。**陳**：陳列。

32 **鰿**：音ㄐㄧˊ，即鯽魚。**臛**：音ㄏㄨㄛˋ，肉羹。**雀**：黃雀。**遽爽**：極爽之味。**存**：猶在口中。

33 **麗**：華麗，華靡，此處指美味佳餚。

34 **酎**：音ㄓㄡˋ，醇酒。**四酎**：四次釀成的醇酒。**并**：俱；皆。**孰**：同「熟」。**并孰**：每次都釀熟，酒味極醇。**歰**：ㄙㄜˋ，同「澀」，苦澀。**嗌**：音ㄧˋ，咽喉。

35 **清**：清洌。**馨**：芬芳。**凍飲**：冷飲。**歠**：音ㄔㄨㄛˋ，飲，啜。**役**：僕役之人。

36 **吳**：地名。**醴**：音ㄌㄧˇ，甜酒。**白糱**（ㄋㄧㄝˋ）：酒麴。**瀝**：清酒。

37 **遽**：惶恐。**惕**：懼怕。

38 **代、秦、鄭、衛**：指此當時四個地區的音樂。**鳴**：響；吹響。**竽**：笙一類樂器。**張**：大，大作。

39 **伏戲**：上古傳說中的氏族首領。**駕辯**：曲名，相傳乃伏戲所作。**勞商**：楚地曲名。

40 **謳**：徒歌。**和**：伴唱。**揚阿**：楚地曲名。**倡**：同「唱」，此處泛指演奏。

41 **定**：留，止。**空桑**：瑟名。一說楚地名。

42 **二八**：一說指有美女十六人，一說指年方十六的佳人。

接：接連不斷。**投**：合：合節拍。**詩賦**：配樂之詩。

43 **叩**：擊，敲。**調**：與「叩」同義互用。**鐘**、**磬**：樂器。**娛人**：指樂工。**亂**：樂曲尾聲。

44 **四**：指代、秦、鄭、衛四國音樂。**四上**：指上述四國音樂之合奏。**極**：窮，盡。**極聲變**：至極之聲又成變調。

45 **譔**：陳述；引申為抒情達意。一說為「具也」。

46 **嫭**：音ㄏㄨˋ，美目貌（用王夫之說）。**姱**：音ㄎㄨㄚ，美好。

47 **比**：親近。**比德**：親近美德，崇尚美德，猶言德行美好。或言「比較」、「相同」等，非是。**好**：音ㄏㄠˋ，喜好。**閒**：閒靜。**習**：熟習，指懂得禮節（用王逸說）。**都**：雅，指風度優雅（用王夫之說）。

48 **豐**：豐滿。**微**：細小，此處指身材嬌小、苗條。**調**：和，指溫柔可愛。**娛**：歡娛，喜歡。

49 **安**：指心情寧靜、安定。**舒**：舒展，舒散，指舒愁解悶。

50 **嫮**：音ㄏㄨˋ，同「嫭」，見注46。**宜**：美也。**宜笑**：指笑容嫵媚動人。**娥眉**：指眉毛又細又彎。**曼**：長。

51 **容**：容貌。**則**：猶「而」，連詞。**稚**：幼；嫩。**朱顏**：紅潤的臉面。

52 **靜**：靜居。**安**：安神。

53 **姱**：美麗。**脩**：長。**滂浩**：指大方。

54 **曾**：音ㄘㄥˊ，通「層」，重疊。**曾頰**（ㄐㄧㄚˊ）：臉龐豐滿，俗稱「雙下巴」。**倚**：靠，靠近。**倚耳**：耳朵緊靠腦後（用王夫之說）。**曲**：彎曲。**規**：圓規。**曲眉規**：指眉彎又圓。

55 **滂**：大雨貌，此處為「多」意。**心**：情。**滂心**：多情。**綽**：綽約，形容女子體態柔美。**姣**：形容相貌美好。**施**：《說文》釋為「旗貌」，通「旎」，即「旖旎」，旗隨風飄舞貌，引申為柔美。

56 **小腰**：細腰。**鮮卑**：北方少數民族名，此指鮮卑族的寬腰帶，引申為用寬帶束腰。

57 **思怨**：即怨思，憂愁的思緒。**移**：去也。

58 **易**：變，變易，引申為靈活。**利**：靈巧，慧敏。**易中**、**利心**：同義連用，指思維敏捷、聰慧。**以**：通「於」，在。**於動作**：指表現在動作上。

59 **粉**：脂粉。**黛**：青黑色顏料，古代女子用以畫眉。**施**：加。**芳澤**：香水。

60 **袂**：音ㄇㄟˋ，衣袖。**留客**：留住客人，即吸引住客人。

61 **昔**：一作「夕」，夜也。

62 **青色**：黑色。**㛹**：音ㄇㄧㄢˊ，美目貌。

63 **靨**：音ㄧㄝˋ，小酒窩。**輔**：面頰。**奇牙**：美牙。**宜笑**：

笑容嫵媚可愛。**嘕**：音ㄒㄧㄢ，笑貌。

64 **便娟**：輕麗貌。

65 **恣**：任憑，隨意。

66 **夏**：通「廈」，高大的房屋。**沙**：丹砂，這裡用作動詞。**沙堂**：用丹砂塗飾大堂。

67 **小壇**：房前平臺。**觀**：音ㄍㄨㄢˋ，樓。**霤**：音ㄌㄧㄡˋ，屋上流下的水。**絕霤**：屋簷上設置水槽，使簷水別流，不滴於平臺。

68 **曲屋**：周閣，即環繞房屋周圍的樓閣。**步壛**（ㄧㄢˊ）：長廊。**擾**：馴養。**畜**：音ㄔㄨˋ，多指家養的禽獸。

69 **騰**：馳。**駕**：指車馬。**騰駕**：駕馬馳騁。**步**：徒步。**遊**：從容行走。**囿**：音ㄧㄡˋ，古代帝王畜養禽獸的園林。**獵春囿**：即獵於春囿，到春光明媚的苑林裡去打獵。

70 **瓊**：玉。**轂**：音ㄍㄨˇ，本指車輪中心的圓木，此處代指車輪。**錯**：用黃金裝飾衡木。**衡**：車轅前橫木。**英**、**華**：本來均指花朵，此處指車之裝飾美如花。**假**：大，此處即大放光彩之意。

71 **鬱**：草木繁盛貌。**彌**：滿。

72 **慮**：疑爲「虞」字之誤，通「娛」，歡娛。

73 **盈**：滿。**畜**：養。

74 **鶤**：音ㄩㄣˋ，鶤雞，古書中記載的一種鳥，晨鳴。**鴻**：鴻鶴，半夜啼叫。**晨**：旦鳴，即在早晨鳴叫（用朱熹說）。**鶖鶬**：音ㄑㄧㄡ ㄘㄤ，即鵚鶖，古書中記載的一種水鳥名。

75 **鴻鵠**：天鵝。**代遊**：交替飛翔，即往來飛舞。**曼**：曼衍，形容飛鳥眾多。**鷫鷞**：音ㄙㄨˋ ㄕㄨㄤ，俊鳥名。

76 **曼**：細膩。**澤**：光澤。**怡**：喜悅貌。**血氣盛**：血氣旺盛，指神采奕奕。

77 **永**：長久。**宜**：善。**厥**：其。

78 **室家**：宗族。**廷**：朝廷。**爵祿**：官爵俸祿。**盛**：指官高俸多。

79 **居室**：王室（用蔣驥說）。**定**：安定。

80 **徑**：路。**接徑**：指道路連接。**出若雲**：人行如雲，形容人口眾多。

81 **三圭**：指公、侯、伯三類貴族。**重侯**：即子、男，因其共一爵，故稱「重侯」。**聽**：聽訟，指受理案件。**類**：如，像。

82 **察**：訪。**篤**：厚，厚待。**夭**：早死。**隱**：疾痛。**存**：撫恤慰問。

83 **正**：定（用蔣驥說）。**昆**：後。**始昆**：即先後。

84 **田**：田野。**邑**：都邑，城市。**畛**：音ㄓㄣˇ，田間道路。

人：民。阜：繁盛。昌：熾，興旺。

85 美：美好，指美好的教化。冒：通「帽」，作動詞用，有「覆蓋」之意。眾流：眾人。德澤：指德政恩澤。章：通「彰」，明，明顯。

86 威：武力，威嚴。文：文德，教化。善美：指政策完美。明：明顯，此指成效顯著。

87 當：得當。

88 若日：如太陽的光輝。四海：指天下；天下百姓。

89 配：夠得上，比得上。理：一作「治」，安定，安寧。

90 幽陵：幽州。交阯：古地名，泛指五嶺以南。

91 薄：迫近。羊腸：山名，在今太原晉陽之西北。窮：盡；盡頭，邊際。

92 尙：任用，選拔。

93 發政：發號施令。獻：進也。獻行：進用仁義之行。禁：禁絕。苛暴：苛刻暴虐。

94 舉：選擇。壓：抑也。陛：殿階。壓陛：指身居高位。誅：責也。譏：非，指否定。罷：音ㄅㄚˋ，駑也，指無能之輩。

95 直：忠直；指人品忠直。羸：餘；指富有才幹。禹：此處指禹一樣的明君。麾：音ㄏㄨㄟ，旗幟，對最高統帥或將領的尊稱。

96 執：一作「理」。流澤：恩澤流行。施：加；給予（百姓）。

97 爲：治理；引申爲得到治理，即天下安定。

98 雄雄：威貌。赫赫：勇貌。雄雄赫赫：指朝廷威勢盛大，極有權威。天德：配天之德。

99 三公：時指太師、太傅、太保三位高官，此處泛指親信大臣。穆穆：和美貌，指團結親近。登：上；進。降：下；出。堂：玉堂，宮殿，指朝廷。

100 畢：都。極：最高地位。畢極：諸侯均以楚王爲至尊而來朝拜。立：設立。九卿：指九種高官。《周禮・考工記》云：「九分其國，以爲九分，九卿治之。」

101 昭：明。質：即椹（ㄓㄣ）；椹質，射靶也。大侯：天子所射大靶。張：指掛起來。

102 執：持。矢：箭。揖：舉手緩登。讓：垂手退避。辭：致語謙讓。

103 尙：崇尙。三王：夏禹、商湯、周文王。

一、寫作背景

《史記・楚世家》載曰：「（頃襄王二年）楚懷王逃歸，秦覺之，遮楚道，懷王恐，乃從間道走趙以歸……（趙）恐，不敢入楚王，楚王欲走魏，秦追之，遂與秦使復之秦。」❶〈大招〉開篇寫道：「青春受謝，白日昭只。春氣奮發，萬物遽只。冥凌浹行，魂無逃只。魂魄歸徠，無遠遙只。」開頭四句的春天景象，王夫之在解釋〈思美人〉時曾云：「初春韶日，喻頃襄初立，且有更新之望。」❷其後四句中的「冥」，王逸釋曰，「北方之神也」；「凌」，朱熹釋曰，「冰凍也」；「浹」，王逸釋曰，「遍也」。這四句是說，北方到處是冰天雪地，魂靈不要到處亂跑，趕快回來吧。一個「逃」字，明確寫出了所招對象的處境狀況。以上史料與作品互相呼應，非常吻合，當非偶然。此證明，〈大招〉當作於楚頃襄王二年楚懷王欲從秦國「逃歸」之後。屈原此時尚未被遷，仍在郢都，此詩的目的是在招懷王生魂。

關於招生魂問題，朱熹曾在《楚辭辯證》中有過考證。其云：「後世招魂之禮，有不專爲死人者，如杜子美〈彭衙行〉云：『暖湯濯我足，剪紙招我魂。』蓋當時關、陝間風俗，道路勞苦之餘，則皆爲此禮，以祓除而慰安之也。」近世高抑崇作《送終禮》云：「『越俗有暴死者，則亟使人遍于衢路以其姓名呼之，往往而蘇。』以此言之，又見古人于此誠有望其復生，非徒爲是文具而已也。」他還在〈招魂〉敘言中云：「荊楚之俗，乃或以是施之生人」「蓋猶冀其復生也」。

---

❶〔漢〕司馬遷，《史記》（五）[M]，北京：中華書局，一九八二：一七二九。

❷〔清〕王夫之，《楚辭通釋》／黃靈庚主編，《楚辭文獻叢刊》（第四十五冊）[M]，北京：中華書局，二〇一四：一九五。

二、層次分析

〈大招〉全篇二百二十句，可分三大層次。首先交代背景，然後外陳四方之惡，內崇楚國之美，思路十分清晰。

第一大層次　背景（八句）

> 青春受謝，白日昭只。春氣奮發，萬物遽只。
> 冥凌浹行，魂無逃只。魂魄歸徠，無遠遙只。

關於〈大招〉的寫作時間地點問題，歷來無確說。在我看來，此層次顯示了詩篇的寫作背景。如前文所證，〈大招〉當寫於頃襄王二年，是在招懷王生魂。

第二大層次　外陳四方之惡（三十八句）

本層次共三十八句。頭三句爲總提。

> 魂乎歸徠，無東無西，無南無北只！

這東、南、西、北四字，自然引起下文。以下三十五句爲分述，即歷述東、南、西、北四方，各有特點，但厭惡之情，貫穿始終，而且非常鮮明。

1. **東方（八句）**

東有大海，溺水浟浟只。螭龍並流，上下悠悠只。
霧雨淫淫，白皓膠只。魂乎無東，湯谷寂只！

海水滔滔，霧雨淫淫，寂寞無聊，怎能前往？

2. **南方（九句）**

魂乎無南！
南有炎火千里，蝮蛇蜒只。山林險隘，虎豹蜿只。
鰅鱅短狐，王虺騫只。魂乎無南，蜮傷躬只！

炎熱無比，毒蛇猛獸，如此猙獰，千萬別去！

3. **西方（九句）**

魂乎無西！
西方流沙，漭洋洋只。豕首縱目，被髮鬤只。
長爪踞牙，誒笑狂只。魂乎無西，多害傷只！

大漠流沙，野豬狂笑。驚悸人心，不可涉足！

4. 北方（九句）

魂乎無北！
北有寒山，逴龍赩只。代水不可涉，深不可測只。
天白顥顥，寒凝凝只。魂乎無往，盈北極只！

冰天雪地，河深難測，陰森可怕，哪能前往！

以上，從東南西北四個方面極寫境外之惡。

第三大層次　內崇楚國之美（一百七十四句）

本大層又可分兩個方面，一是生活美，二是政治美。

（一）生活美，共一百二十六句。

頭十句爲總提

魂魄歸來，閒以靜只。自恣荊楚，安以定只。
逞志究欲，心意安只。窮身永樂，年壽延只。
魂乎歸徠，樂不可言只！

這個引子有三點值得注意：(1)「魂魄歸來，閒以靜只。自恣荊楚，安以定只。」這四句詩點明，本詩所招對象此時不在楚國，連繫開頭八句，可以更加肯定，本詩所招對象就是懷王。(2)「窮身永樂，年壽延只」云云，明確告訴讀者，此詩乃在招懷王生魂，因爲如果懷王已死，還談得上什麼「年壽延只」？(3)「魂乎歸徠，樂不可言只」兩句，領起下文，即分別從飲食、歌舞、美女和宮苑等幾個方面來寫「樂不可言」。

以下分述，共一百零八句。

1. 飲食（三十句）

先寫美食（二十二句），極力鋪陳各種各樣的飯食、佳餚。看來先秦時飯食種類較少

> 五穀六仞，設菰粱只。

即只有稻、稷、麥、豆、麻及菰米。而佳餚則已豐富多樣

> 鼎臑盈望，和致芳只。內鶬鴿鵠，味豺羹只。
> 魂乎歸徠，恣所嘗只！
>
> 鮮蠵甘雞，和楚酪只。醢豕苦狗，膾苴蓴只。
> 吳酸蒿蔞，不沾薄只。魂兮歸來，恣所擇只！
>
> 炙鴰烝鳧，煔鶉陳只。煎鰿臛雀，遽爽存只。
> 魂乎歸徠，麗以先只！

這裡，山珍海味，飛禽走獸，品種繁多，表明戰國後期，先人的美食文化已經十分發達。

後寫飲料（八句）

四酎并孰，不歰嗌只。清馨凍飲，不歠役只。
吳醴白糵，和楚瀝只。魂乎歸徠，不遽惕只！

此從釀法、冷凍、勾兌三個角度來反映當時的酒文化。

2. 歌舞（十六句）

先寫歌（八句）

代秦鄭衛，鳴竽張只。伏戲〈駕辯〉，楚〈勞商〉只。
謳和〈揚阿〉，趙簫倡只。魂乎歸徠，定空桑只！

歌曲種類，從地域角度看，有代、秦、鄭、衛、楚、趙；從時間角度看，古有伏戲〈駕辯〉，今有楚歌〈勞商〉；從樂器角度看，有竽、簫、瑟等。

後寫舞（八句）

二八接舞，投詩賦只。叩鐘調磬，娛人亂只。
四上競氣，極聲變只。魂乎歸徠，聽歌譔只！

歌樂舞三位一體。舞姿美好，樂曲悠揚，歌聲動聽。

3. 美女（四十句）

此節甚長，詩人從女色的五個作用角度來分層描寫。這五小層的關鍵字均在每段最後，點明女色的五個作用分別是：能使人舒愁、靜安、移怨、娛夕、恣便。

(1)舒愁（八句）

朱脣皓齒，嫭以姱只。比德好閒，習以都只。
豐肉微骨，調以娛只。魂乎歸徠，安以舒只！

(2)靜安（六句）

嫮目宜笑，娥眉曼只。容則秀雅，稚朱顏只。
魂乎歸徠，靜以安只！

(3)移怨（十句）

姱脩滂浩，麗以佳只。曾頰倚耳，曲眉規只。
滂心綽態，姣麗施只。小腰秀頸，若鮮卑只。
魂乎歸徠，思怨移只！

(4)娛夕（八句）

易中利心，以動作只。粉白黛黑，施芳澤只。
長袂拂面，善留客只。魂乎歸徠，以娛昔只！

(5) 恣便（八句）

青色直眉，美目媔只。靨輔奇牙，宜笑嗎只。
豐肉微骨，體便娟只。魂乎歸徠，姿所便只！

此層詳寫五種美女，更加證明〈大招〉所招對象是懷王生魂。正如日本作家松本張清談到〈招魂〉時講的那樣：「眾所周知，在《楚辭》的〈招魂〉中所寫的正是告訴離開肉體的魂魄不要去鬼怪居住的幽都，要它快些回來，而畫中富麗堂皇的宮殿才是你居住之處，那裡有許多美女在等待你、服侍你，你可隨意挑選所喜歡的人，一旦厭惡還可以撤換。我認為這種想像構圖完全和出土的永泰公主墓壁畫以及懿德太子墓壁畫中的美人群像圖一樣……」❸此人所言有理。

4. **宮苑（二十二句）**

詩人從建築的壯麗、行遊的奢華及畜禽的眾多這三個角度來描寫楚國君王的宮苑。

(1) **建築（六句）**

夏屋廣大，沙堂秀只。
南房小壇，觀絕霤只。曲屋步壛，宜擾畜只。

頭兩句寫宮殿的闊大壯麗，後四句寫建築時的精心設計。

❸尹錫康、周發祥主編，《楚辭資料海外編》[M]，武漢：湖北人民出版社，一九八六：四三三～四三四。

(2) 行遊（八句）

騰駕步遊，獵春囿只。瓊轂錯衡，英華假只。

茝蘭桂樹，鬱彌路只。魂乎歸徠，恣志慮只！

先寫車駕華麗：玉飾車輪金衡木，花紋美麗放光彩。後寫環境優美：香茝蘭草桂花樹，鬱鬱蔥蔥滿道路。

(3) 畜禽（八句）

孔雀盈園，畜鸞皇只。鵾鴻群晨，雜鶖鶬只。

鴻鵠代遊，曼鷫鷞只。魂乎歸徠，鳳皇翔只！

這裡寫明當時苑林中至少有八種珍禽：孔雀、鸞鳥、鳳凰、鵾雞、鴻鶴、鶖鶬、天鵝、鷫鷞等等。

以下八句，總結生活美

曼澤怡面，血氣盛只。永宜厥身，保壽命只。

室家盈廷，爵祿盛只。魂乎歸徠，居室定只！

此八句，照應本層次（「生活美」）的開頭十句，更加有力地證明：〈大招〉招的是懷王生魂！如果懷王此時已經病死，還侈談什麼「曼澤怡面，血氣盛只」？又如何理解「永宜厥身，保壽命只」？又怎麼能「魂乎歸徠，居室定只」？本來古人就有招生魂之習俗。杜甫〈彭衙行〉詩中云：「延客已曛黑，張燈啓重門。暖湯濯我足，剪紙招我魂。」❹此詩可爲明證。朱熹在〈招魂〉集注之序中亦以爲，「荊楚之俗，乃或以是（招魂之禮）施之生人」❺。他在《楚辭辯證．招魂》中還舉實例以加證明。招魂之禮可「施之生人」，朱氏言之有理；然移之〈招魂〉，恐怕搞錯了對象，因爲〈大招〉才是招生魂，而〈招魂〉則是招亡魂，詳見拙文〈〈大招〉二論〉❻。至於蔣驥以爲此詩「故紀其歸葬之時而招之」，「既死而言壽，乃不忍死其君之意」❼云云，純屬強辭比附，斷不可從！

（二）政治美（四十八句）

本層次從治民、用賢、盛世這三個角度來寫政治清明、太平盛世，表明了詩人的政治理想及對懷王的殷切希望。

1. 治民（十六句）

作者從兩個角度來寫。

(1) 愛護百姓（八句）

接徑千里，出若雲只。三圭重侯，聽類神只。

察篤夭隱，孤寡存只。魂兮歸徠，正始昆只！

---

❹山東大學中文系古典文學教研室，《杜甫詩選》[M]，北京：人民文學出版社，一九八四：九六。

❺〔宋〕朱熹，《楚辭集注》[M]，上海：上海古籍出版社，一九七九：一三三。

❻周秉高，《楚辭解析》[M]，呼和浩特：內蒙古大學出版社，二〇〇三年版。

❼〔清〕蔣驥，《山帶閣注楚辭》[M]，上海：上海古籍出版社，一九五八：一七一～一七三。

此寫各級官吏斷案精細如神，能夠訪察民生疾苦，慰問鰥寡孤獨。這是詩人的政治理想，今天看來也是進步的思想觀點。

(2) 治民方略（八句）

田邑千畛，人阜昌只。美冒衆流，德澤章只。
先威後文，善美明只。魂乎歸徠，賞罰當只！

蔣驥云：此層「先以威武齊民，而後以文德綏之，故既善美而又精明也。」❽這個分析頗爲中肯。如何治理國家？如何管理百姓？這是最大的政治。屈原的「美政」理想，已從僅僅「舉賢授能」、「循法不頗」擴展到了更廣的範疇。屈子這裡強調「德澤」、「賞罰」，強調「先威後文」，即使今天看來也是比較進步的。那麼，如何將此政治理念付諸實踐呢？這就引起下文。

2. 用賢（二十句）

前十句與上層銜接緊密

名聲若日，照四海只。德譽配天，萬民理只。
北至幽陵，南交阯只。西薄羊腸，東窮海只。
魂乎歸徠，尚賢士只！

---

❽〔清〕蔣驥，《山帶閣注楚辭》[M]，上海：上海古籍出版社，一九五八：一七七。

治民有方，必然名聲若日，光照四海，德譽配天，萬民安寧。接著四句，北南西東，極寫德政影響之大。末兩句講「尚賢」，從而引起下文。

後十句具體敘寫用賢

> 發政獻行，禁苛暴只。舉傑壓陛，誅譏罷只。
> 直贏在位，近禹麾只。豪傑執政，流澤施只。
> 魂乎歸徠，國家為只！

舉賢用士，目的就是實行仁政，禁苛止暴，誅奸譏罷，澤被百姓，從而國家安定，天下太平。這樣，也就自然而然將全詩推向最高潮——也就是詩人的最高政治理想。

3. 盛世（十二句）

> 雄雄赫赫，天德明只。三公穆穆，登降堂只。
> 諸侯畢極，立九卿只。昭質既設，大侯張只。
> 執弓挾矢，揖辭讓只。魂乎歸徠，尚三王只！

詩人認爲，只要懷王回來，朝廷就有權威，大臣會更團結，諸侯全來朝拜，天下就會實現夏禹、商湯和周文王那樣的盛世！可惜，秦國不會讓楚國成爲霸主，懷王也因此不可能歸國，而詩人的呼喚，客觀上否定了頃襄王的權威和德政，因此厄運自然很快就要降臨到詩人頭上！

此詩主題：〈大招〉是在招懷王生魂，詩人希望懷王能早日返回楚國，關懷民生疾苦，重用賢士才幹，再創輝煌盛世。這既表明了屈原的政治理想，也客觀上否定了頃襄王的權威和施政方略。

三、藝術特色

（見下篇分析）

招魂[1]

屈原

朕幼清以廉潔兮，身服義而未沬。[2]
主此盛德兮，牽於俗而蕪穢。[3]
上無所考此盛德兮，長離殃而愁苦。[4]

帝告巫陽曰：[5]
有人在下，我欲輔之。[6]
魂魄離散，汝筮予之！[7]

巫陽對曰：[8]
掌夢，上帝其難從，[9]
若必筮予之，恐後之謝，
不能復用巫陽焉。[10]

乃下招曰：[11]
魂兮歸來！
去君之恆幹，何為四方些？[12]

從小清白又廉潔，親自行義未迷惑。
堅守如此好品德，反被誣陷變成壞。
君王不察此盛德，我受禍殃長憂愁。

似聞天帝告巫陽：
有人客死在地府，我還想要幫助他。
他的魂魄已離體，你來占卜還給他。

巫陽透過掌夢答：
天帝之命很難從，
如果卜後再還魂，怕誤時間軀體爛，
魂雖招來無作用。

巫陽於是招魂說：
魂啊魂啊快回來！
為何離開您軀體，流浪漂泊去四方？

舍君之樂處？而離彼不祥些。 13

魂兮歸來！東方不可以託些！
長人千仞，唯魂是索些。 14
十日代出，流金鑠石些。 15
彼皆習之，魂往必釋些。 16
歸來歸來，不可以託些！ 17

魂兮歸來！南方不可以止些！
雕題黑齒，得人肉而祀，以其骨爲醢些。 18
蝮蛇蓁蓁，封狐千里些。 19
雄虺九首，往來倏忽，吞人以益其心些。 20
歸來歸來，不可以久淫些！ 21

魂兮歸來！
西方之害，流沙千里些。 22
旋入雷淵，爢散而不可止些。 23
幸而得脫，其外曠宇些。 24
赤蟻若象，玄蜂若壺些。 25
五穀不生，藂菅是食些。 26
其土爛人，求水無所得些。 27

為何離開您故國？遭遇那些不祥物。

魂啊魂啊快回來！東方不可作寄託！
巨人高大有千尺，專門勾拿人靈魂。
十個太陽輪流升，晒化金屬毀石頭。
當地土著都習慣，您去必定被燒死。
回來回來快回來，東方不可作寄託！

魂啊魂啊快回來！南方不能作居處！
土著紋額黑牙齒，好用人肉來祭祀，搗碎骨頭做成醬。
毒蛇盤聚到處是，猛獸眾多遍地跑。
巨蟒蜿蜒九個頭，來來往往竄得快，吃人用以補身子。
回來回來快回來，南方不可長久往！

魂啊魂啊快回來！
西部地區更可怕，沙漠茫茫方千里。
飛沙捲您進西海，粉身碎骨仍不息。
萬一有幸能逃脫，野地空曠無人煙。
紅色螞蟻大如象，烏黑大蜂似葫蘆。
五穀雜糧都不長，人們只能吃茅草。
大漠酷熱使人焦，口渴找水無源泉。

彷徉無所倚，廣大無所極些。28
歸來歸來，恐自遺賊些！29
魂兮歸來！北方不可以止些！
增冰峨峨，飛雪千里些。30
歸來歸來，不可以久些！
魂兮歸來！君無上天些！31
虎豹九關，啄害下人些；32
一夫九首，拔木九千些；33
豺狼從目，往來侁侁些；34
懸人以嬉，投之深淵些。35
致命於帝，然後得瞑些。36
歸來歸來，往恐危身些！37
魂兮歸來！君無下此幽都些！38
土伯九約，其角觺觺些。39
敦脄血拇，逐人駓駓些。40
參目虎首，其身若牛些；41
此皆甘人。42
歸來歸來，恐自遺災些！43

彷徨不定無依靠，遼闊蒼茫無邊際。
回來回來快回來，去那恐怕要遭殃！
魂啊魂啊快回來！北方不能作居處！
層冰堆積高如山，大雪紛紛飄千里。
回來回來快回來，那裡怎能長久住！
魂啊魂啊快回來！您可千萬別上天！
重重天門虎豹守，專門要咬下界人；
一個巨人九個頭，拔起大樹無其數；
虎豹豺狼極凶惡，來來往往十分多；
把人倒拎玩遊戲，然後扔到深淵中。
去向天帝回報後，便可閉眼睡大覺。
回來回來快回來，上天恐要害自己！
魂啊魂啊快回來！您可不要下地府！
後土之伯九條尾，頭上犄角很銳利。
駝著脊背血爪子，追人跑得非常快。
三隻眼睛虎腦袋，身子肥大狀如牛；
此怪生性愛吃人。
回來回來快回來，下地恐怕要倒楣！

魂兮歸來！入修門些。 44
工祝招君，背行先些。 45
秦篝齊縷，鄭綿絡些。 46
招具該備，永嘯呼些。 47
魂兮歸來！反故居些。

天地四方，多賊姦些。 48
像設君室，靜閒安些。 49

高堂邃宇，檻層軒些。 50
層臺累榭，臨高山些。 51
網戶朱綴，刻方連些。 52
冬有突廈，夏室寒些。 53

川谷徑復，流潺湲些。 54
光風轉蕙，氾崇蘭些。 55

經堂入奧，朱塵筵些。 56
砥室翠翹，挂曲瓊些。 57
翡翠珠被，爛齊光些。 58

魂啊魂啊快回來！進入故國郢都門。
高明巫師引您走，背著走路作嚮導。
秦地竹籠齊地線，鄭地綿衣罩在外。
招魂用具已齊備，長聲清脆來呼喊。
魂啊魂啊快回來！趕快返回您故鄉。

東南西北天地間，太多險惡害人物。
於是為您備居室，清靜寬舒又安樂。

房屋高大又深邃，欄杆圍著層層廊。
層層亭臺座座榭，靠著高山聳入雲。
鏤空花門紅色綴，方格一個連一個。
高堂深屋冬天暖，夏天室中又涼快。

園中流水直又曲，汩汩潺潺急又清。
熙光微風拂蕙草，叢叢蘭花散芬芳。

經過廳堂進內室，頂棚紅色地鋪席。
牆砌砥石飾翠羽，掛衣之鉤玉做成。
翠羽珍珠飾被褥，光彩燦爛相輝映。

蒻阿拂壁，羅幬張些。59
纂組綺縞，結琦璜些。60
室中之觀，多珍怪些。61
蘭膏明燭，華容備些。62
二八侍宿，夕遞代些。63
九侯淑女，多迅眾些。64
盛鬋不同制，實滿宮些。65
容態好比，順彌代些。66
弱顏固植，謇其有意些。67
姱容脩態，絙洞房些。68
蛾眉曼睩，目騰光些。69
靡顏膩理，遺視矊些。70
離榭脩幕，侍君之閒些。71
翡帷翠幬，飾高堂些。72
紅壁沙版，玄玉之梁些。73
仰觀刻桷，畫龍蛇些。74

細軟繒綿作牆幃，絲綢帳子掛起來。
各色絲帶垂四角，條條末端繫美玉。
滿屋之中所見物，珍奇古玩無不備。
點燃香油明又亮，諸多美女都來到。
妙齡女子侍候睡，有了厭倦換新人。
她們高貴又美麗，多才敏捷勝眾人。
頭髮濃密型各異，成群結隊滿後宮。
姿容美好又熱情，絕代佳人真溫柔。
美女品質很堅貞，為人正直又多情。
容貌美好體苗條，來來往往臥室中。
蛾眉彎彎眼放光，明眸善睞傳情意。
皮膚細膩又光滑，含情脈脈送秋波。
離宮別墅大帳篷，專為君王閒時用。
翡翠之羽插帳幕，裝飾廳堂高高掛。
赤白牆壁丹砂板，屋梁黑漆光如玉。
抬頭觀看方椽子，上面刻著龍和蛇。

坐堂伏檻，臨曲池些。75
芙蓉始發，雜芰荷些。76
紫莖屏風，文緣波些。77
文異豹飾，侍陂陀些。78
軒輬既低，步騎羅些。79
蘭薄戶樹，瓊木籬些。80

魂兮歸來！何遠爲些？81

室家遂宗，食多方些。82

稻粢穱麥，挐黃粱些。83

大苦鹹酸，辛甘行些。84
肥牛之腱，臑若芳些。85
和酸若苦，陳吳羹些。86
臑鱉炮羔，有柘漿些。87
鵠酸臇鳧，煎鴻鶬些。88
露雞臛蠵，厲而不爽些。89
粔籹蜜餌，有餦餭些。90

坐在堂上倚欄杆，下臨紆曲一池水。
池中荷花才開放，雜於碧綠荷葉間。
水葵莖稈呈紫色，隨波蕩漾花紋現。
奇紋豹皮身上披，衛士站在山崗間。
君王車駕到達後，步騎士眾前後列。
叢叢蘭花門前種，珍貴樹木作籬牆。

魂啊魂啊快回來！為何遠去不歸返？

全家上下人口眾，食物烹飪多方法。

粳稻小米加新麥，摻雜黃粱做成飯。

苦鹹酸醋各種味，辛辣甘甜一起用。
肥牛蹄筋好好煮，又爛又香真可口。
酸味苦味樣樣有，那是吳地肉菜湯。
煮熟甲魚烤小羊，甘蔗糖汁再澆上。
醋烹天鵝燉野鴨，油煎大雁和鶬鶴。
烤雞外加龜肉羹，味道濃烈不傷胃。
油炸圓餅和甜糕，還有條條麥芽糖。

瑤漿蜜勺，實羽觴些。91
挫糟凍飲，酎清涼些。92
華酌既陳，有瓊漿些。93
歸來反故室，敬而無妨些。94

肴羞未通，女樂羅些。95
陳鍾按鼓，造新歌些。96
〈涉江〉〈采菱〉，發〈揚荷〉些。97

美人既醉，朱顏酡些。98
嬉光眇視，目曾波些。99
被文服纖，麗而不奇些。100
長髮曼鬋，豔陸離些。101

二八齊容，起鄭舞些。102
衽若交竿，撫案下些。103
竽瑟狂會，搷鳴鼓些。104
宮庭震驚，發〈激楚〉些。105
吳歈蔡謳，奏大呂些。106

士女雜坐，亂而不分些。107

美酒加蜜真好喝，斟滿一杯又一杯。
壓去酒糟用冰鎮，重釀醇酒好清涼。
華美酒杯桌上擺，瓊漿玉液來斟滿。
只要回到自己家，敬酒盡醉無妨礙。

葷菜食物未擺全，演員樂隊已上場。
用力撞鐘敲響鼓，不斷演奏新歌曲。
先是〈涉江〉和〈采菱〉，然後合唱〈揚荷〉曲。

美女喝酒已經醉，臉面泛紅更明顯。
含情脈脈來挑逗，目光蕩漾如水波。
身穿錦繡絲綢衣，華麗但卻不怪異。
長髮披肩黑又亮，光豔照人真可愛。

一樣服飾妙齡女，翩翩跳起鄭國舞。
舞時袖如交竹竿，舞後垂手退下場。
管樂弦樂一起奏，同時還要敲響鼓。
滿屋之人都激動，齊聲高唱〈激楚〉曲。
既唱吳蔡地方歌，又奏雅樂大呂曲。

男男女女隨便坐，恣意調戲無分別。

放陳組纓，班其相紛些。108
鄭衛妖玩，來雜陳些。109
〈激楚〉之結，獨秀先些！110

菎蔽象棋，有六簙些。111
分曹並進，遒相迫些。112
成梟而牟，呼五白些。113
晉制犀比，費白日些。114

鏗鐘搖虡，揳梓瑟些。115
娛酒不廢，沉日夜些。116
蘭膏明燭，華鐙錯些。117
結撰至思，蘭芳假些。118
人有所極，同心賦些。119
酎飲盡歡，樂先故些。120

魂兮歸來！反故居些！

亂曰：121
獻歲發春兮，汩吾南征。122
菉蘋齊葉兮白芷生，路貫廬江兮左長薄。

衣帶帽子到處扔，斑駁雜亂理不清。
鄭國衛國新節目，穿插表現在其中。
末尾〈激楚〉大合唱，其他樂曲怎能比！

美玉箸碼象牙棋，二人對弈來賭博。
兩兩相對各進子，彼此緊逼快節奏。
得了頭彩加倍贏，呼令五骰成一色，
晉製帶鉤作賭注，金光閃閃如太陽。

堂下敲鐘架子搖，左右奏瑟歌聲起。
飲酒作樂不停止，白天黑夜都在玩。
點燃香油明又亮，花形燈檯鑲金銀。
酒後精心吟詩賦，詞藻優美如蘭芳。
人人盡情展其才，意趣相投誦詩歌。
痛飲醇酒盡開顏，也讓先人得歡樂。

魂啊魂啊快回來！回到故土好居住！

尾聲說：
進入新年春氣揚，急急忙忙我向南。
綠蘋葉茂白芷生，穿過廬江出叢林，

倚沼畦瀛兮遙望博。123
青驪結駟兮齊千乘，懸火延起兮玄顏烝。124
步及驟處兮誘騁先，抑鶩若通兮引車右還。125
與王趨夢兮課後先，君王親發兮憚青兕。126
朱明承夜兮時不可以淹，皋蘭被徑兮斯路漸。127
湛湛江水兮上有楓，目極千里兮傷春心。128
魂兮歸來哀江南！129

滿目春水望無際。
當年馬車千輛多，篝火熊熊紅半天。
徒步衝到馬前頭，拉住轠繩向右轉。
雲夢打獵考優劣，君王親射大野牛。
日以繼夜時光快，眼前空留滿路水。
藍藍江上有楓樹，思前想後真傷心。
魂啊魂啊快回來，救救我這江南人！

【注釋】

1 **招魂**：古代民間的一種迷信習俗，荊楚尤甚。根據作品文本與歷史資料相比配，判斷〈招魂〉一詩，是屈原在頃襄王三年，懷王客死於秦、歸喪於楚，楚人憐之而咎子蘭，子蘭聞之大怒，「卒使上官大夫短屈原於頃襄王，頃襄王怒而遷之」之後所作。更確切些說，是作於頃襄王四年春天。其主題是：借招懷王亡魂，譴責頃襄王，抒寫自己蒙冤受屈之憤懣。

2 **朕**：我，詩人自指。**幼**：年輕時。**清**：清白。**身**：自己；親自。**服**：行。**沬**：音ㄇㄟˋ，通「昧」，昏暗，迷惑。

3 **主**：守；堅守。**此**：指以上兩句內容。**牽**：牽累。**牽於俗**：即「於俗牽」，大意是：被世俗小人誣諂。**蕪穢**：與上文清、廉、潔義相反，可引申爲壞人、罪犯。

4 **上**：君上，指頃襄王。**考**：考察。**長**：長期。**離**：通「罹」，遭受。**殃**：禍患，災難。

5 **帝**：指天帝。**巫陽**：招魂者。**五臣言之有理**：此句乃「假立天帝及巫陽以爲辭端。」

6 **有人**：指懷王。**下**：下界，地府。此句意謂懷王已客死秦國。**輔**：輔助；輔佐。**之**：他，指懷王。

7 **筮**：音ㄕˋ，占卜。**予**：給。

8 **對**：回答。

9 **掌夢**：掌夢之官，迷信傳說中的人物，似乎介於天帝與巫陽之間。**其**：表示推測、估摸的語氣詞。**從**：服從。

10 **後**：落後。**謝**：萎謝，引申爲腐爛。**後之謝**：即「後於之謝」。**復**：再。**用**：作用。

11 **焉**：語氣詞。**乃**：於是。**下招**：即招魂。以下二百二十八句即招魂詞。

12 **去**：離開。**君**：您，指懷王。**恆**：常也。**幹**：軀體。**何爲**：爲何。此後省略述語「之」，即漂流，前往。**些**：音ㄙㄨㄛˋ，語助詞。《夢溪筆談》云：「凡禁咒，句尾皆稱『些』，乃楚人舊俗。」每雙句末用「些」，是本詩特色。

13 **舍**：丟棄。**樂處**：快樂的地方，指楚國。**離**：通「罹」，遭遇。**不祥**：指不祥之物。

14 **長人**：巨人。**仞**：音ㄖㄣˋ，七尺，一說八尺。**唯**：只，引申爲專門。本句受詞前置，實爲「唯索魂」。**索**：搜索、勾拿。

15 **十日**：古代傳說天上有十個太陽。**代**：更替，輪換。**出**：升起。**流**：液體流動，此處爲使動用法。**流金**：使金流，即太陽熱度極高，使金屬鎔化流動。**鑠**：音ㄕㄨㄛˋ，銷毀。

16 **彼**：指代當地土著。**習**：習慣。**魂**：指君王之魂。**釋**：銷釋，熔化，指燒死。

17 **歸來歸來**：一本「歸來兮」。下同。

18 **雕**：刺花紋。**題**：額頭。**黑齒**：用漆把牙齒漆黑。**得**：用；拿。**祀**：祭祀。**醢**：音ㄏㄞˇ，肉醬。

19 **蝮**（ㄈㄨˋ）**蛇**：一種大毒蛇。**蓁蓁**（ㄓㄣ）：積聚之貌。**封**：大。**狐**：當泛指各種野獸。**千里**：原注爲「大狐，健走，千里求食。」此處引申爲「遍地亂跑」。

20 **雄**：大，巨大。**雄虺**（ㄏㄨㄟˇ）：大蛇，巨蟒。**倏**（ㄕㄨˋ）**忽**：行動十分迅速。**益**：補。**心**：身心。

21 **淫**：遊歷，引申爲淹留。

22 **害**：危險，可怕。**流沙**：沙漠。大風一起，流沙如水，故名。

23 **旋**：轉。**旋入**：捲進。**雷淵**：神話中水名，又稱「西海」。**麋**：音ㄇㄧˊ，爛，壞。**散**：粉碎。**止**：息。

24 **幸**：僥倖。**得**：能；能夠。**脫**：逃脫，脫身。**曠**：大。**宇**：野。

25 **蟻**：一本作「螘」。**玄**：黑色。**壺**：通「瓠」（ㄏㄨˋ），即葫蘆。

26 **叢**：一本作「蘽」。**菅**：音ㄐㄧㄢ，一種茅草。**食**：音ㄕˊ，吃。此句爲受詞前置句式，「叢菅是食」即「食叢菅」。

27 **爛**：焦爛。

28 **彷徉**：音ㄆㄤˊ ㄧㄤˊ，即彷徨。**倚**：依靠。**極**：盡，盡頭。

29 **遺**：音ㄨㄟˋ，給予，引申為遭遇，帶來。**賊**：災害。

30 **增**：通「層」。一說「積也」。**峨峨**：高貌。

31 **無**：通「毋」，不要。

32 **九關**：九重天門。**啄**：咬。**下人**：下界之人，即凡人。

33 **木**：樹。**九千**：泛指很多。

34 **從**：通「縱」。**從目**：豎直雙眼，即凶惡的樣子。**侁侁**（ㄕㄣ）：眾多貌；形容行走的聲音。

35 **懸人**：把人倒拎起來。**嬉**：嬉戲。

36 **致命**：覆命，回報。**瞑**：臥，睡覺。

37 **往**：指上天。**危**：危害。**身**：自己。

38 **幽**：黑暗。**幽都**：指地府。

39 **土伯**：后土之伯，指地府鬼王。**約**：尾也。**觺觺**（ㄧˊ）：犄角銳利貌。

40 **敦**：厚。**脄**：音ㄇㄟˊ，背。**敦脄**：指駝背。**拇**：音ㄇㄨˇ，手足大指。**血拇**：染血的指爪。**逐**：追趕。**駓駓**（ㄆㄧ）：跑的樣子。

41 **參**：同「三」，三。**參目**：長著三隻眼睛。

42 **此**：指土伯。**皆**：總是。**甘**：美。**甘人**：以吃人為美。

43 **遺**：音ㄨㄟˋ，給，送，可引申為遭到。

44 **修門**：郢都一個城門。

45 **工**：巧也，引申為高明。**祝**：巫師。**招**：引。**背行**：倒退著走。**先**：當先導。

46 **篝**：音ㄍㄡ，竹籠，招魂工具，產於秦地，故謂「秦篝」。**齊縷**：齊國所產的繩線，繫飾秦篝之物。**綿**：棉絮。**絡**：縛也，引申為編織。**綿絡**：以棉衣覆之（用胡文英說）。

47 **招具**：招魂用具。**該**：全也。**永**：長也。**嘯**：長而清脆之聲。

48 **賊**：害，指害人者。**姦**：惡，指險惡之人。

49 **像**：乃，於是。**君**：您。**室**：居室。**靜**：無聲。**閒**：空寬。**安**：安樂。

50 **邃**：音ㄙㄨㄟˋ，深。**宇**：屋。**檻**：音ㄎㄢˇ，欄杆，此處作動詞用，即用欄杆圍繞之意。**層**：重重。**軒**：走廊。

51 **層**、**累**：皆重也。**臺**：觀四方而高者。**榭**：音ㄒㄧㄝˋ，建在臺上的屋子。**臨**：對著，靠著。

52 **戶**：門。**網戶**：雕有網狀花格之門。**朱**：紅色。**綴**：音ㄓㄨㄟˋ，連結。**朱綴**：用朱砂裝飾那些交結之處。**刻**：雕刻。**方**：方格圖案。**連**：連接。

53 **突**：音ㄧㄠˇ，深。**廈**：大屋。**突廈**：結構重深的暖房。**寒**：指涼快。

54 **川**：支流，較淺。**谷**：主流，較深。**徑**：直。**復**：曲。**潺湲**：音ㄔㄢˊ ㄩㄢˊ，流水聲。

55 **光**：日光。**轉**：搖動。**蕙**：芳草名。**汜**：洋溢。**崇**：聚；叢。

56 **經**：經過。**堂**：廳堂。**奧**：內室。**塵**：承塵，即屋之頂棚。**筵**：竹席。

57 **砥**：音ㄉㄧˇ，石名，即磨平的石板。**砥室**：用砥石砌牆、鋪地的房間。**翠**：鳥名。**翹**：音ㄑㄧㄠˊ，鳥毛。**曲瓊**：玉鉤，用以掛衣。

58 **翡**、**翠**：兩種鳥名，形如燕，其羽可飾幃帳。**爛**：光彩燦爛。**齊**：同。**光**：光彩。

59 **蒻**：音ㄖㄨㄛˋ，同「弱」，蒲之柔弱者，此處引申爲細軟。**阿**：細繒也，即一種絲織品。**拂**：薄也，即迫近、附著之意。**羅**：又一種絲織品。**幬**：音ㄔㄡˊ，帳子別名。**張**：掛。

60 **纂**：音ㄗㄨㄢˇ，純紅絲帶。**組**：五色斑駁絲帶。**綺**：音ㄑㄧˇ，帶有花紋的絲帶。**縞**：音ㄍㄠˇ，白色絲帶。**結**：繫結。**琦**：音ㄑㄧˊ，玉名。**璜**：ㄏㄨㄤˊ，半圓形玉璧。

---

61 **觀**：此處作動詞用，即觀看到的東西。**珍**：珍貴，指金玉一類。**怪**：詭異。

62 **蘭膏**：即香油。**燭**：非蠟燭，《禮記・曲禮上》「燭不見跋」，孔穎達疏曰：「古者未有蠟燭，唯呼火炬爲燭也。」故此處「燭」當釋爲「照」。**蘭膏明燭**：指點燃香油，明光照亮。**華**：通「花」。**華容**：如花之貌，此處借代美人。**備**：齊全。

63 **二八**：當指二八佳人，即妙齡女子；非指十六人。**侍宿**：侍候過夜。**夕**：晚上，此處作副詞，即天天晚上。一作「射」（ㄕㄜˋ），不從。**遞代**：不斷輪換。

64 **九侯**：列侯，此指美女們出身高貴。**淑**：善，美。**多**：指才多。**迅**：疾，敏捷。**眾**：眾人。**多迅眾**：即「多迅於眾」，言這些美女多才、敏捷，超出眾人。

65 **盛**：多。**鬋**：音ㄐㄧㄢ，下垂的鬢髮，此處泛指頭髮。**制**：髮式。**實**：充實，指人數眾多。

66 **容**：容貌。**態**：姿態。**好**：美好。**比**：親熱。**順**：柔順，溫柔。**彌代**：絕代。

67 **弱顏**：柔嫩的面容，此處指代美女。**固**：堅固，堅貞。**植**：通「志」，志向，品質。**謇**：正直貌。**其**：表示推測、估摸的語氣詞。**有意**：指多情。

68 **姱**：音ㄎㄨㄚ，美好。**修**：長。**脩態**：指體態苗條。**絙**：

音ㄍㄥ，通「亙」，連貫，引申爲來往不斷。**洞房**：幽邃之房，指臥室。

69 **蛾眉**：喻指美女的眉毛又細又彎。**曼**：光澤。**睩**：音ㄌㄨˋ，視貌。**曼睩**：古謂「目色溜人」；今謂「顧盼有神」。**騰光**：炯炯有光。

70 **靡**：致也，即細密。**顏**：容貌。**膩**：光滑。**理**：指皮膚的紋理。**遺**：音ㄨㄟˋ，給；贈。**遺視**：即俗謂「暗送秋波」之意。**矊**：音ㄇㄧㄢˊ，含情而視貌，即「含情脈脈」之意。

71 **離榭**（ㄒㄧㄝˋ）：別墅。**脩**：長，高。**脩幕**：大帳篷。**閒**：閒暇之時。

72 **翡**、**翠**：鳥名，此指翡翠之羽。一說代翡翠之色，不從。**帷**、**帳**：帳幕。**翡帷翠幬**：指用翡翠之羽裝飾各種帳幕。「飾」字後省略介詞「於」。

73 **紅**：指赤白色。**壁**：牆壁。**沙**：丹砂。**版**：軒版，即樓板。**玄**：黑色。**玄玉梁**：當指黑漆如玉的棟梁。

74 **刻**：雕刻。**桷**：音ㄐㄩㄝˊ，方形椽子。**圓**：刻畫。

75 **檻**：欄杆。**曲**：紆曲。

76 **芙蓉**：蓮花之別名。**始**：才。**發**：開放。**芰**（ㄐㄧˋ）**荷**：荷葉。一說「菱」，不從。「雜」字後似省介詞「於」，因爲生活中荷池內常見的是葉多於花。

77 **屛風**：一種水草，又名「水葵」。**文**：同「紋」，即水葵莖上之紋。**緣**：固。（此句釋意用蔣驥悅。）

78 **文**：同「紋」，指豹皮上的花紋。**侍**：侍衛，衛士。**陂陀**：音ㄆㄛ ㄊㄨㄛˊ，高低不平的山坡。

79 **軒**：有篷之車。**輬**：音ㄌㄧㄤˊ，可臥之車。**低**：通「抵」，到達。**既低**：到達之後。**步**：徒步之人。**騎**：音ㄐㄧˋ，騎馬之人。**羅**：排列。

80 **蘭**：蘭花。**薄**：叢生。**戶**：門口。**樹**：種。**瓊木**：玉樹，泛指名貴樹木。**籬**：籬笆，此處用作動詞。

81 **遠**：指遠去。**爲**：語氣助詞，相當於「呢」。

82 **室家**：家庭，家族。**宗**：眾也。一說「尊也」，不從。**方**：方法。

83 **粢**：音ㄗ，小米。**穱**：音ㄐㄩㄝˊ，擇也。**穱麥**：新麥。**挐**：音ㄖㄨˊ，雜糅。**黃粱**：黃米。

84 **大苦**：極苦。**酸**：指醋。**辛**：辣。**甘**：甜。**行**：做，引申爲放、用。

85 **腱**：音ㄐㄧㄢˋ，筋。**臑**：音ㄦˊ，熟爛。**若**：及也。

86 **和**：調和。**若**：及；與。**陳**：陳列，擺出。**羹**：音ㄍㄥ，肉湯。此二句似爲倒裝，即擺出吳人肉菜湯，酸味苦味樣樣有。

87 **胹**：音ㄦˊ，煮。**鱉**：音ㄅㄧㄝ，甲魚，俗稱「王

八」。**炮**：一種燒烤方法。**羔**：小羊。**柘**：音ㄓㄜˋ，通「蔗」。**柘漿**：猶糖漿，糖汁。

88 **鵠**：音ㄏㄨˊ，天鵝。**酸**：用作動詞，即以醋烹煮。**鵠酸**：似爲「酸鵠」之倒置。**臇**：音ㄐㄩㄢˇ，一種烹飪方法，如今之「燉」。**鳧**：音ㄈㄨˊ，野鴨。**鴻**：大雁。**鶬**：音ㄘㄤ，一種水鳥，又名「鶬鶴」。

89 **露**：通「烙」（用高亨說），即烤。**臛**：音ㄏㄨㄛˋ，肉羹，此處作動詞用。**蠵**：音ㄒㄧ，大龜。**厲**：烈，指味道濃烈。**爽**：敗，指味道不好倒胃口。

90 **粔籹**：音ㄐㄩˋㄋㄩˇ，一種蜜糖和米麵油煎出來的餅子。**餌**：音ㄦˇ，糕餅。**蜜餌**：摻蜜的糕餅。**粻餭**：音ㄓㄤㄏㄨㄤˊ，即麥芽糖。

91 **瑤漿**：美酒。**勺**：通「酌」，即飲酒。**蜜勺**：飲時酒中加蜜。**實**：充滿，斟滿。**羽觴**（ㄕㄤ）：一種酒杯。

92 **挫**：擠壓。**糟**：酒糟。**凍飲**：冷飲，即冰鎮過的酒。**酎**：音ㄓㄡˋ，重釀的醇酒。

93 **華**：華美。**酌**：此處指酒杯。**華酌**：有華美雕飾的酒杯。**陳**：陳列。**瓊漿**：美酒。

94 **故室**：自己的老家。一本「歸」字下沒有「來」字。**敬**：當指敬酒。

95 **肴**：音ㄧㄠˊ，魚肉一類葷菜。**羞**：同「饈」（ㄒㄧㄡ），滋味美好的食物。**通**：整個；全部。**女**：美女，指演員。**樂**：樂隊。**羅**：羅列。

96 **陳**：用力。《爾雅．釋詁》云：「旅，陳也。」又云：「旅，力也。」**陳鍾**：指用力撞鐘。**按**：擊。**造**：製作，指演奏。

97 **〈涉江〉**、**〈採菱〉**、**〈揚荷〉**：均爲楚人歌曲名。**發**：齊聲發出，即大合唱。

98 **朱**：紅色。**酡**：音ㄊㄨㄛˊ，著，顯著；因飲酒而臉色泛紅。

99 **嬉**：音ㄒㄧ，嬉戲。嬉，一本作「娭」。**光**：目光。**嬉光**：挑逗的目光。**眇**（ㄇㄧㄠˇ）**視**：瞇眼看人。**曾**：通「層」。**目曾波**：兩眼汪汪，猶如水波不斷蕩漾。

100 **被**：同「披」。**文**：花紋，指繡著花紋的衣服。**服**：穿。**纖**：細，指綾羅一類絲織品。**被文**、**服纖**：互文見義。**麗**：指華麗。

101 **曼**：澤，指頭發細長有光澤。**鬋**：音ㄐㄧㄢ，下垂鬢髮。**豔**：光豔。**陸離**：美好貌。

102 **二八**：指十六歲的妙齡女子。**齊**：相同。**容**：容貌，指服飾打扮。**起**：跳起。**鄭舞**：鄭國之舞。

103 **衽**：音ㄖㄣˋ，衣袖。**若**：好像。**交**：交叉。**竿**：竹竿。**撫**：抑，雙手垂下。**案**：同「按」，接著拍子，即隨著音樂節奏。**下**：退場。

104 **竽**：音ㄩˊ，古代一種管樂器。**瑟**：古代一種弦樂器。**狂**：並也，猶言一起發作。**會**：合奏。**搷**：音ㄊㄧㄢˊ，擊。

105 **震驚**：指激動。〈**激楚**〉：楚國一種激昂有力的歌舞曲名。

106 **吳**、**蔡**：當時兩個地名。**歈**（ㄩˊ）、**謳**：均為歌之別稱。**吳歈蔡謳**：指地方音樂。**大呂**：指正統雅樂。

107 **士**：男子。**雜坐**：指隨便坐。

108 **放**：解下。**陳**：擺著。**組**：衣帶。**纓**：帽帶，指戴帽子。**班**：通「斑」，斑駁。**紛**：亂。一本「班」字下沒有「其」字。

109 **鄭**、**衛**：國名。**妖**：新奇。**玩**：觀賞，用作名詞，指觀賞的節目。**雜**：間雜，指穿插。**陳**：陳列，指表現。

110 **結**：尾聲。**獨**：只有。**秀**：優秀。**先**：先奏之樂曲。**秀先**：秀於先，結尾的楚聲合奏，強於先前所奏的其他樂曲。

111 **菎**：音ㄎㄨㄣ，通「琨」，美玉。**蔽**：下棋用的籌碼。**菎蔽**：美玉製成的籌碼。**象**：象牙。**象棋**：象牙製成的棋子。**六簙**（ㄅㄛˊ）：古代一種下棋賭博的遊戲。

112 **曹**：伴侶，對手。**進**：進子，即弈棋時運棋進攻。**遒**：音ㄑㄧㄡˊ，急迫，緊逼。**迫**：與「遒」同義。

113 **梟**：音ㄒㄧㄠ，頭彩。**牟**：音ㄇㄡˊ，加倍的勝利。**五白**：似為五個骰面都成一色，至此便獲最後勝利。

114 **犀比**：金子做成的腰帶之鉤，此處似作賭注。**費**：光貌，指帶鉤金光閃閃。

115 **鏗**：音ㄎㄥ，撞擊。**虡**：ㄐㄩˋ，鐘架。**揳**：音ㄒㄧㄝ，演奏。**梓瑟**：用梓木製成的瑟。

116 **娛**：娛樂。**娛酒**：以飲酒為樂。**廢**：止。**沉**：沉溺。

117 **華**：花，指花的形狀。**鐙**：金屬製成的插燭座，即燈檯。**華鐙**：花形燈檯。**錯**：塗上金銀。

118 **結**：結構，指構思謀篇。**撰**：撰述，指創作。**至**：盡，盡心，精心。**蘭芳**：蘭草之芬芳，此處形容詞藻優美。**假**：借，藉助。**蘭芳假**：即藉助優美的詞藻。

119 **極**：盡，指人人盡其情思。**賦**：朗誦。

120 **酎**：音ㄓㄡˋ，重釀的醇酒。**先故**：祖先故舊。

121 **亂**：古代樂歌中的尾聲，一般是大合唱。

122 **獻**：進。**獻歲**：進入新的一年。**發春**：春氣改動。**汩**：音ㄩˋ，疾也，急速行走之意。**南征**：向南走去。

123 **蘋**：水草名。**白芷**：香草名。**貫**：穿。**廬江**：水名，雲夢附近。**薄**：草木叢生之地。**長薄**：草木叢生的長林地帶，一說為地名。**倚**：立。**沼**：池塘。**畦**：音ㄒㄧ，水田。**瀛**：音ㄧㄥˊ，大水，池澤。**博**：曠野。

124 以下五句回憶懷王當年。**青驪**（ㄌㄧˊ）：黑馬。**結**：連。**結駟**：四匹黑馬同拉一車。**齊**：一齊出發。**乘**：音ㄕㄥˋ，一輛車。**懸火**：篝火。**延**：蔓延。**延起**：指火光沖天。**玄顏**：指天空黑裡透紅的顏色。**烝**：火焰升騰。

125 **步**：徒步。**及**：到。**驟**：馳馬。**驟處**：指君王馳馬之處。**誘**：誘導，此指嚮導。**騁先**：指馳馬到前頭。**抑**：止也，控制。**鶩**：馳也。**抑鶩**：拉住韁繩，控制馬跑。**通**：通暢。**還**：音ㄒㄩㄢˊ，轉。

126 **趨**：前往。**夢**：雲夢，楚國一大澤名。**課**：試驗，考核。**課後先**：校獵事之勤惰也。古人將打獵視爲習武，藉以明貴賤，辨等列，順少長，習威儀，猶如現代之軍事演習。**君王**：指懷王。**發**：射箭。**憚**：通「殫」（ㄉㄢ），即射殺。**青兕**（ㄙˋ）：一種青色野牛。

127 **朱**：紅色。**明**：陽光。**朱明**：指太陽升起。**承**：承接，連接。**淹**：久留。**皋**：音ㄍㄠ，水邊陸地。**被**：覆蓋。**徑**：小路。**斯**：這。**漸**：淹沒。

128 **湛湛**（ㄓㄢˋ）：江水深藍貌。**楓**：樹名。

129 **哀**：哀憐，引申爲拯救。**江南**：江南人，指詩人（此用胡文英說）。

一、寫作背景

在談〈招魂〉寫作背景之前，必須首先搞清此詩的著作權問題。關於〈招魂〉的著作權問題，歷史上有爭議。王叔師以為宋玉所作，其《招魂章句》序云：「〈招魂〉者，宋玉之所作也……宋玉憐哀屈原，忠而斥棄，愁懣山澤，魂魄放佚，厥命將落，故作〈招魂〉，欲復其精神，延其年壽……」❶由於宋玉的生卒年、任職朝代等等，至今說法種種，因此受此影響，〈招魂〉的作者、寫作背景和思想內容等也就混沌不清了。其實，叔師此說大誤，理由有三。

一是王逸之見與司馬遷之說不符。〈屈原列傳〉末尾太史公曰：「余讀〈離騷〉、〈天問〉、〈招魂〉、〈哀郢〉，悲其志。」❷這裡斬釘截鐵地宣稱〈招魂〉是屈原所著。司馬遷是歷史學家，其下結論，當有所據。王逸之見與之相悖，可信性就值得懷疑。但是當代有些學者（如胡念貽等）卻借用劉勰之語，以為〈招魂〉的主題僅僅是渲染「荒淫之意」、「思想性不高」，因此司馬遷「悲其志」的「其」不會是〈招魂〉而是〈大招〉。這個說法值得商榷。首先，〈招魂〉的主要內容是「外陳四方之惡，內崇楚國之美」，表現出的是強烈的愛國感情，怎麼能僅僅是渲染「荒淫之意」呢？又怎麼能說是「思想性不高」呢？其次，劉勰《文心雕龍．辨騷》只是從「異乎經典」這個角度來談〈招魂〉「士女雜坐，亂而不分」等的。胡氏等學者可能沒有看到劉勰此語之前還有一句，他還從「譎怪之談」角度來談〈天問〉的「康回傾地」、「夷羿射日」和〈招魂〉的「木（一）夫九首」、「土伯」、「三木」等等，可見，劉勰在此處只是在談〈招魂〉的藝術特色而並非在全面歸納〈招魂〉之「志」（主題）。因此，胡氏等將此與司馬遷的「悲其志」連繫起來是沒有道理的。胡氏等學者之見並非首創，而是古已有之。林雲銘在駁斥這類說法之後尖銳地批評道：「世儒眼如豆大，且看

❶〔宋〕洪興祖，《楚辭補注》[M]，北京：中華書局，一九八三：一九七。

❷〔漢〕司馬遷，《史記》（八）[M]，北京：中華書局，一九八二：二五〇三。

文義不明，宜有是說，可置之不論矣。」另外，胡氏等學者表面上是在爲司馬遷「圓場」，實際上內心裡是否定司馬遷的，證據是胡念貽隔幾頁後就直白地說：「不能認爲司馬遷說過的就一定可信」（胡著三三三頁）。看來，在他們的心目中，司馬遷的《史記》只要符合自己的心意那就是可靠的；一旦不符合，就不一定「可信」。如此治學，令人寒心！

二是王逸之見與史料不符。其《招魂章句》云：此詩的動機是「以諷諫懷王，冀其覺悟而還之也」。還說屈原在懷王朝時「忠而斥棄，愁懣山澤，魂魄放佚，厥命將落」。❸而劉向《新序》載曰：懷王十六年屈原自疏放流漢北，懷王十八年已能出使齊國並能面諫懷王，以後直至懷王三十年屈原仍在朝中並能面諫懷王，根本不是王逸所說的「厥命將落」。由此可見，叔師之見不能成立。

三是王逸之說與作品文本不符。〈招魂〉一詩的內容只適用於國君，而不會是作爲大夫級別的屈原。《禮記‧檀弓上》云：「復於小寢、大寢、大祖、小祖、庫門、四郊。」孔穎達疏曰：「此一節論人君禮。」❹所謂「四郊」，即東南西北四個方向。《周禮‧夏采》鄭玄注「夏采」職事云：「夏采，天子之官，故以冕服復于大祖，以乘車尋綏復于四郊，天子之禮也。」❺也就是說，只有國君才能往東西南北四郊招魂，它是國君喪禮中所特有的，因而不適用於一般的大夫。另外，孔穎達在「夏采」條下還注曰：「必于大祖、四郊者，欲死者復蘇故于平生有事之處皆復也。」又釋曰：「云求之王平生常所有之處者。」❻故古時招魂詞的內容一定是所招對象生前生活或到的地方。〈招魂〉中從正宮別墅、眾多美女、侍從警衛、飲食服飾、歡歌曼舞、博奕狂歡等幾個方面描寫了富麗堂皇的宮廷生活場面，可見此詩所招對象只能是君王級別的人，而非三閭

❸（宋）洪興祖，《楚辭補注》[M]，北京：中華書局，一九八三：一九七。

❹（漢）鄭元注，（唐）孔穎達疏，《禮記正義》／（清）阮元校刻，《十三經注疏》[M]，北京：中華書局，一九八〇：一二九三。

❺（漢）鄭元注，（唐）孔穎達疏，《周禮注疏》／（清）阮元校刻，《十三經注疏》[M]，北京：中華書局，一九八〇：六九四。

❻（漢）鄭元注，（唐）孔穎達疏，《周禮注疏》／（清）阮元校刻，《十三經注疏》[M]，北京：中華書局，一九八〇：六九四。

大夫一類官吏。

總之，王逸之說不能成立。

當代一些學者大概也覺得王逸之說有問題，但又不願拋棄「宋玉作」一說，因此就對王逸之說以修正，將〈招魂〉所招對象由屈原改爲楚頃襄王或其他楚王，但這也與史料和文本不相吻合（筆者有另文論述）。

至此，可以定讞：〈招魂〉的著作權屬於屈原，而非宋玉。

搞清了〈招魂〉的著作權問題，就可進一步討論此詩的寫作背景了。

〈楚世家〉載曰：「頃襄王三年，懷王卒于秦，秦歸其喪于楚。楚人皆憐之，如悲親戚。」❼〈屈原列傳〉載曰：「長子頃襄王立，以其弟子蘭爲令尹。楚人既咎子蘭以勸懷王入秦而不反也。屈平既嫉之……令尹子蘭聞之大怒，卒使上官大夫短屈原于頃襄王。頃襄王怒而遷之。」❽〈招魂〉開篇曰：「帝告巫陽曰：有人在下，我欲輔之。魂魄離散，汝筮予之。」此處「人」，暗指懷王；「下」指冥界；「魂魄離散」，指魂已離開軀幹，暗指此時懷王已經死去。又，〈招魂〉結尾寫道：「獻歲發春兮，汨吾南征。」「目極千里兮傷春心，魂兮歸來哀江南！」這幾句詩證明，〈招魂〉作於春天，而根據當時刑法，「頃襄王怒而遷之」的判決當在秋天，故更確切此說，〈招魂〉當作於頃襄王四年春天。詩人痛心疾首，大聲呼喊，滿腔希望懷王還魂來救救身處逆境的自己。

二、層次分析

〈招魂〉是屈原在頃襄王四年春天，被遷途中，於雲夢附近，觸景生情，追招懷王亡魂的一篇傑作，

❼（漢）司馬遷，《史記》（五）[M]，北京：中華書局，一九八二：一七二九。

❽（漢）司馬遷，《史記》（八）[M]，北京：中華書局，一九八二：二四八四～二四八五。

「窮工極態」（蔣驥語）、「豐蔚穠秀」（楊慎語），司馬公讀而悲其志。

〈招魂〉全篇二百六十六句，可分三大層次：自敘、設想和亂詞。

第一大層次　自敘（六句）

> 朕幼清以廉潔兮，身服義而未沬。主此盛德兮，牽於俗而蕪穢。
> 上無所考此盛德兮，長離殃而愁苦。

前四句大意是說，我從小清正廉潔，堅持正義，至今不變，但被奸臣誣陷，反而成了「壞人」。後兩句中，「上」，當指頃襄王，因爲當時懷王被扣秦國，「怒而遷」屈原的絕不會是懷王；而且，懷王離楚行秦前，屈原能當面直諫：「秦，虎狼之國，不可信；不如無行。」[9]足見其當時尚未被遷。「長離殃而愁苦」，意指被遷時間已經很長，詩人內心十分憂愁痛苦。總之，這六句詩表現了「令尹子蘭聞之大怒，卒使上官大夫短屈原于頃襄王怒而遷之」以後詩人的感情。

第二大層次　設想（二百四十四句）

此層爲全詩主體。《史記·楚世家》載曰：「頃襄王三年，懷王卒于秦，秦歸其喪于楚。楚人皆憐之，如悲親戚。」[10]此時屈原自然更加悲痛，因爲他對懷王一直很有感情。《史記》本傳記載，懷王早年信任屈原：「（屈平）入則與王國議國事，以出號令；出則接遇賓客，應對諸侯。王甚任之。」[11]後來，儘管由於上官大

---

[9] 〔漢〕司馬遷，《史記》（八）[M]，北京：中華書局，一九八二：二四八四。
[10] 〔漢〕司馬遷，《史記》（五）[M]，北京：中華書局，一九八二：一七二九。
[11] 〔漢〕司馬遷，《史記》（八）[M]，北京：中華書局，一九八二：二四八一。

夫「讒之」，懷王「怒而疏屈平」，但「兵挫藍田」之後，「懷王悔不用屈原之策以至於此，於是復用屈原。屈原使齊，還聞張儀已去，大爲王言張儀之罪，懷王使人追之，不及。」⑫直到懷王三十年，屈原仍可面見懷王並進諫。君臣關係二十年多左右，感情非同一般。他在〈離騷〉中反覆強調：「指九天以爲正兮，夫唯靈修之故也！」「乘騏驥以馳騁兮，來吾導夫先路。」懷王客死，屈子悲傷，他不願這是事實，再加自己被子蘭、上官等佞臣「短」於頃襄王，「頃襄王怒而遷之」，所以他衷心希望懷王能夠復活返回故國「得政行道」（胡文英語），從而譜寫了這曲充滿感情的招魂詞。

本層次可分兩個部分：前十句假想上帝與巫陽對話；後二百三十四句爲招魂詞。

甲、「對話」（十句）

帝告巫陽曰：

有人在下，我欲輔之。魂魄離散，汝筮予之！

巫陽對曰：

掌夢，上帝其難從，若必筮予之，恐後之謝，不能復用巫陽焉。

「帝告巫陽」一句當然是假想，是南方風俗所致。朱熹《楚辭辯證》載曰：

近世高抑崇作《送終禮》云：「越俗有暴死者，則亟使人偏以衢路以其姓名呼之，往往而蘇。」以

⑫盧元駿，《新序今注今譯》[M]，天津：天津古籍出版社，一九八七：二四〇～二四一。

> 此言之，觀古人于此誠有望其復生，非徒為是文具而已也。⓭

屈原本義很明確：懷王客死，他很悲痛，所以求助於天帝和神力，「誠有望其復生」。「有人」，指懷王。「下」，指下界、地獄，懷王當時已經客死，自然是「在下」了。胡念貽認爲「我欲輔之」一句說明懷王「並沒有死」⓮，理由不充分。從後兩句看，「有人」確實已死，但天帝不希望他死，還要輔助他，所以才要巫陽「汝筮予之」。爲什麼既已客死，還「欲輔之」？這正明顯地飽含著詩人對懷王的深厚感情，一定程度上也表現了當時楚國人民的感情。

「帝」與「巫陽」的對話還有一層意思，即表現出屈原希望懷王復活歸國行政的那種迫切之感，強烈之感。帝命巫陽「汝筮予之」，即先占卜，然後再招魂；但巫陽居然敢持異議：「掌夢，上帝其難從！」「掌夢」，是官職名，就是掌夢之官。古巫作法，均假借夢境、幻覺與天帝對話，並代天帝行事，所以巫陽才有這段話：「掌夢官啊，上帝的命令很難服從」，其理由是：「若必筮予之，恐後之謝，不能復用。」意思是說：如果一定要先占卜，再招魂，恐怕要耽誤時日，懷王遺體腐爛，魂魄即使招來也沒有作用了。正是這種感情，才使巫陽（詩人的化身）違抗天命，迫不及待地「下詔」。據此可知，〈招魂〉當作於頃襄王三年以後（確切此說，是頃襄王四年春）屈原被遷踏上遷途之際。

乙、「招魂詞」（二百三十四句）

這個部分最長。前六句爲過渡，其後可分兩層：一「外陳四方之惡」；二「內崇楚國之美」。

先是過渡（六句）

⓭（宋）朱熹，《楚辭集注》[M]，上海：上海古籍出版社，一九七九：二〇四。

⓮胡念貽，《先秦文學論集》[M]，北京：中國社會科學出版社，一九八一：三三七。

乃下招曰：魂兮歸來！
去君之恆幹，何為四方些？舍君之樂處，而離彼不祥些。

此層承上啓下。「巫陽下招」承上。後四句領起下邊兩大層。「四方」、「不祥」，總領「四方之惡」；「樂處」，歡樂的地方，暗指「楚國之美」。

（一）外陳四方之惡

此層八十句，有七個層次，先述東、南、西、北、天上、地下，後作小結。

1. 東方不可託（十句）

魂兮歸來！東方不可以託些！
長人千仞，唯魂是索些。十日代出，流金鑠石些。
彼皆習之，魂往必釋些。歸來歸來，不可以託些。

「長人」、「十日」等典，出自《山海經》、《莊子》。「唯魂是索」、「流金鑠石」、「魂往必釋」云云，乃屈子想像。

2. 南方不可止（十二句）

魂兮歸來！南方不可以止些！
雕題黑齒，得人肉以祀，以其骨為醢些。
蝮蛇蓁蓁，封狐千里些。

雄虺九首，往來倏忽，吞人以益其心些。
歸來歸來，不可以久淫些！

此層所寫，《禮記》、《山海經》等古籍中亦有記載。所謂南人野蠻，毒蛇猛獸，此皆古人誇張，屈子用以警告亡魂，勸其歸來。

3. 西方更危險（十七句）

魂兮歸來！西方之害，流沙千里些。
旋入雷淵，爢散不可止些。幸而得脱，其外曠宇些。
赤蟻若象，玄蜂若壺些。五穀不生，藂菅是食些。
其土爛人，求水無所得些。彷徉無所倚，廣大無所極些。
歸來歸來，恐自遺賊些！

這是一幅沙漠景象：流沙千里，蜂蟻奇特，五穀不生，酷熱無水。如此環境，誰能忍受？從目前所見資料看，屈原從未去過此處所寫的「西方」，大概亦是從《山海經》等古籍中得到某些知識並藉想像加以誇張而已。

4. 北方不可留（六句）

魂兮歸來！北方不可以止些！
增冰峨峨，飛雪千里些。

歸來歸來，不可以久些！

屈子楚人，不諳北國，只聞大概，寒冷而已，故此層極簡略。

5. 上天危險（十四句）

魂兮歸來！君無上天些！
虎豹九關，啄害下人些；一夫九首，拔木九千些；
豺狼從目，往來侁侁些；
懸人以嬉，投之深淵些。致命於帝，然後得瞑些。
歸來歸來，往恐危身些！

陳述東南西北，縱然不少想像，畢竟還有地域特色；描寫天上地下，則爲純粹虛構，更加陰森可怕。

6. 入地遭殃（十一句）

魂兮歸來！君無下此幽都些！
土伯九約，其角觺觺些。敦脄血拇，逐人駓駓些。
參目虎首，其身若牛些；此皆甘人。
歸來歸來，恐自遺災些！

陰曹地府，牛鬼蛇神，醜惡無比，凶殘至極，焉可前往，勸君速歸。

7. 小結（十句）

魂兮歸來！入修門些。工祝招君，背行先些。
秦篝齊縷，鄭綿絡些。招具該備，永嘯呼些。
魂兮歸來！反故居些。

此層敘述現實的招魂儀式，繪聲繪色，是前六層主旨所在。

（二）內崇楚國之美

此層一百四十八句，分五個層次，即從居室、飲食、歌舞、博弈、狂歡五個方面讚美楚國。所記豪華至極，分明君王生活，以此吸引亡魂，早日復生歸國。

1. 居室（六十八句）

此層描寫君王居室，既有正宮，還有別墅；美女侍候，環境幽雅，富麗輝煌，人間天堂。六十八句，層次如下。

開頭（四句）

天地四方，多賊姦些。像設君室，靜閒安些。

頭兩句承上，後兩句啓下。

先寫正宮（四十二句）。前二十四句繪建築之狀；後十八句寫侍女之美。

(1) **建築**（二十四句）

房屋軒敞（八句）

高堂邃宇，檻層軒些。層臺累榭，臨高山些。

網户朱綴，刻方連些。冬有突廈，夏室寒些。

環境幽雅（四句）

川谷徑復，流潺湲些。光風轉蕙，氾崇蘭些。

陳設華美（十二句）

經堂入奧，朱塵筵些。砥室翠翹，掛曲瓊些。

翡翠珠被，爛齊光些。蒻阿拂壁，羅幬張些。

纂組綺縞，結琦璜些。室中之觀，多珍怪些。

此層所寫，當非想像，而是眞實地反映了當時的社會經濟發展狀況和工藝水準之高。長沙馬王堆等考古成果可以證明這一點。

(2)侍女（十八句）。**從時間、地位、儀容、傳情四個角度來寫**

①遞代侍宿（四句）

蘭膏明燭，華容備些。二八侍宿，夕遞代些。

室內裝飾富麗堂皇，還有眾多妙齡女子陪睡，而且還是有了厭倦換新人，此儼然君王作派。

②淑女眾多（四句）

九侯淑女，多迅眾些。盛鬋不同制，實滿宮些。

上層講侍宿女子正處妙齡，此層是講這些女子的家世、身分高貴。有些學者堅持認為〈招魂〉是在招屈原之魂，試問，屈原是何身分能讓「九侯淑女」「侍宿」？不能為了固執己見就任意糟蹋屈原作品！

③儀態萬方（六句）

容態好比，順彌代些。弱顏固植，謇其有意些。

姱容修態，絙洞房些。

④眉目傳情（四句）

蛾眉曼睩，目騰光些。靡顏膩理，遺視矊些。

以上兩層描寫侍宿女子的嬌豔和風情，以此吸引亡魂快點回歸。次寫別墅（二十句）。從建築和環境兩個方面來寫。

(1) **建築**（八句）

離榭脩幕，侍君之閒些。翡帷翠幬，飾高堂些。

紅壁沙版，玄玉之梁些。仰觀刻桷，畫龍蛇些。

此層與上層之「建築」，除屋宇裝飾不同外，更主要的是作用不同：「侍君之閒些」。由此可斷定其為別墅。

(2) **環境**（十二句）

水面

坐堂伏檻，臨曲池些。
芙蓉始發，雜芰荷些。紫莖屏風，文緣波些。

此寫別墅內湖泊之美，給人幽靜、優美之感。

陸上

文異豹飾，侍陂陀些。軒輬既低，步騎羅些。
蘭薄戶樹，瓊木籬些。

此寫別墅之內警衛森嚴。主人居家，警衛能高處站崗護衛；主人行動，儀仗警衛前後列陣。此儼然君王派頭，屈原僅僅一個三閭大夫，焉能享此待遇？云〈招魂〉招屈原之魂者，恐怕未有細讀此詩文本。

「居室」一層之結尾（二句）

魂兮歸來！何遠為些？

以上，鋪寫居室之美，竭力招魂速歸。

2. 飲食（二十六句）

主要記寫各種佳餚、美酒，固然意在招魂，但客觀上反映了戰國時期社會生產力狀況，有相當高的認識價值。此二十六句，層次如下。

開頭（二句）

室家遂宗，食多方些。

「多方」二字，總領下文。

(1) 主食（二句）

稻粢穱麥，挐黃粱些。

粳稻小米加新麥，摻雜黃粱做成飯。此非想像，當時糧食作物之概況由此可見。

(2) 佳餚（十四句）

大苦鹹酸，辛甘行些。肥牛之腱，臑若芳些。

和酸若苦，陳吳羹些。胹鱉炮羔，有柘漿些。

鵠酸臇鳧，煎鴻鶬些。露雞臛蠵，厲而不爽些。

粔籹蜜餌，有粻餭些。

這裡，羅列了戰國時君王的一張菜單，山珍海味均有，烹飪技法高超，引人開胃，招魂回歸。

(3) **美酒**（六句）

瑤漿蜜勺，實羽觴些。挫糟凍飲，酎清涼些。
華酌既陳，有瓊漿些。

美酒加蜜，重釀冰鎮，如此工藝，至今依舊。

結尾（二句）

歸來反故室，敬而無妨些。

引誘亡魂：只要回到自己家，敬酒盡醉無妨礙。此句收束「飲食」一層。

3. **歌舞**（三十二句）

此層完整地記述了一次歌舞演出的場面。此三十二句，層次如下。

頭二句過渡

肴羞未通，女樂羅些。

葷菜食物未擺全，演員樂隊已登場。這個習慣沿襲至今。君不見，每每國宴等隆重場合，豈非亦是盛宴一開，歌舞登場，其樂融融。從結構角度說，上句承上，下句啓下。

(1) 名曲（四句）

陳鍾按鼓，造新歌些。〈涉江〉〈採菱〉，發〈揚荷〉些。

〈涉江〉、〈採菱〉、〈揚荷〉皆楚國歌名。

(2) 演員（八句）

美人既醉，朱顏酡些。嬉光眇視，目曾波些。
被文服纖，麗而不奇些。長髮曼鬋，豔陸離些。

(3) 表演（十句）

二八齊容，起鄭舞些。衽若交竿，撫案下些。
竽瑟狂會，搷鳴鼓些。宮庭震驚，發〈激楚〉些。
吳歈蔡謳，奏大呂些。

(4) 觀眾（六句）

士女雜坐，亂而不分些。放陳組纓，班其相紛些。
鄭衛妖玩，來雜陳些。

(5) 落幕（二句）

〈激楚〉之結，獨秀先些！

此上三十二句，生動地描寫了楚國宮中歌舞演出的場面。

4. 博弈（八句）

此層記載宴飲之後的賭博場面，歷述賭具和弈法。

菎蔽象棋，有六簙兮。分曹並進，遒相迫些。
成梟而牟，呼五白些。晉制犀比，費白日些。

5. 狂歡（十二句）

描寫酒酣謳歌，吟詩作賦的盛況。

鏗鐘搖虡，揳梓瑟些。娛酒不廢，沉日夜些。
蘭膏明燭，華鐙錯些。結撰至思，蘭芳假些。
人有所極，同心賦些。酎飲盡歡，樂先故些。

整個招魂詞的結尾（二句）

魂兮歸來！反故居些！

以上二百三十四句爲招魂詞。從作品本身說，是詩人的設想之詞，即借用民間招魂的形式，抒發希望懷王還魂歸國行政的心情。從客觀效果說，還有兩層意義：一是採用對比、誇張手法，表現了作者的愛國思想；二是反映了當時社會生產力的發展水準，今日仍有一定的認識價值。

第三大層次　亂詞（十六句）

此層照應開頭，可分三個層次。

1. 自敘來到江南（五句）

獻歲發春兮，汨吾南征。
菉蘋齊葉兮白芷生，路貫廬江兮左長薄，倚沼畦瀛兮遙望博。

頭兩句點明詩人被遷南行；後三句寫路上所見之景：菉蘋長葉，白芷初生；廬江邊上，草木叢生；春水滿澤，一望無際。他觸景生情，撫今思昔，更加懷念懷王，也就必然回憶起當年追隨懷王、於此附近（雲夢）夜獵的場景。

2. 回憶懷王當年（六句）

青驪結駟兮齊千乘，懸火延起兮玄顏烝。
步及驟處兮誘騁先，抑騖若通兮引車右還。

與王趨夢兮課後先，君王親發兮憚青兕。

此層所寫當非想像，而是事實。《戰國策・楚一》有載：「楚王遊於雲夢，結駟千乘，旌旗蔽日；野火之起也，若雲霓；兕虎嗥之聲，若雷霆。有狂兕牴車，依輪而至，王親引弓而射，壹發而殪。王抽旃旄而抑兕首，仰天而笑曰：『樂矣！今日之遊也，寡人萬歲千秋之後，誰與樂此矣？』」⑮儘管這記載的是楚共王時的事，但能夠反映後來歷代楚王夜獵的場景。頭兩句同上層「倚沼畦瀛兮遙望博」和下層「皋蘭被徑兮路斯漸」形成鮮明反差，顯示此層乃抒發眷戀、回憶之情。中三句的主詞是詩人自己，生動、活躍，不無自豪之意。末句活畫出一位英武君王的形象，與《戰國策》所載相似。詩人以當年追隨懷王、君臣親密的場面，反襯被頃襄遷謫江南的現實，用意十分明顯。

3. 再呼亡魂歸來（五句）

朱明承夜兮時不可淹，皋蘭被徑兮斯路漸。
湛湛江水兮上有楓，目極千里兮傷春心。
魂兮歸來哀江南！

第一句是說日以繼夜時光快，眼前空留滿路水，表明回憶結束。其後三句與「亂詞」第一層次遙相呼應。「皋蘭被徑」與「菉蘋齊葉兮白芷生」相應；「路斯漸」、「湛湛江水」與「倚沼畦瀛」和「廬江」相仿；「目極千里」與「遙望博」相合。前呼後應，表明詩人又回到現實中來。現實是淒涼的：花草長滿小路，

⑮〔漢〕高誘注，《戰國策》（卷十四）[M]，上海：上海書店，一九八七：一七～一八。

行人極其稀少；當年寬闊大路，而今水沒其道；江水湛湛，楓葉蕭蕭，滿目淒涼，春心傷悲，詩人感情推向最高潮：「魂兮歸來哀江南！」

結論：〈招魂〉前六句自述不幸遭遇；由此引起設想，透過帝與巫陽的對話，表現出迫切希望懷王復活歸國行政的心情，進而產生大段招魂詞，「外陳四方之惡，內崇楚國之美」；「亂詞」回到現實，目睹江南放地，撫今思昔，感情更加激盪，自然大聲疾呼：「君王啊，快回來吧，可憐可憐我這被遷江南的可憐人吧！」明是招懷王之亡魂，實是責頃襄之昏聵；而愛國思想，猶如一條紅線貫穿始終。全篇首尾圓合，渾然一體，確是「窮工極態」之作。

三、「二招」藝術特色

〈大招〉、〈招魂〉的藝術特色有相同之處，故一併分析。

（一）選材有虛有實，有眞有假，虛實相映，眞假並立

虛、假，是指「外陳四方之惡」，其中對東方、南方、西方、北方、天上、地下的描寫，如：「長人千仞，唯魂是索」、「十日代出，流金鑠石些」、「雕題黑齒，得人肉以祀，以其骨爲醢些」、「封狐千里」、「雄虺九首」、「赤蟻若象，玄蜂若壺些」、「虎豹九關，啄害下人些」、「一夫九首，拔木九千些」、「土伯九約，其角觺觺些」、「敦脄血拇，逐人駓駓些」、「參目虎首，其身若牛些，此皆甘人」等等，皆是古代神話中所寫，或詩人自己別開生面的遐思或誇張寫法，而非生活中的眞實。

眞、實，指「內崇楚國之美」，其中詳細描摹了楚王室宮殿、園囿、飲食、服飾、歌舞、博弈等狀貌。這些描寫都是屈原其他作品中所沒有的。而且這些敘寫爲人們了解和研究我國古代社會的經濟發展和生活方式提供了第一手資料。

（二）鋪陳多層排比，猶如「層巒疊嶂」

如：「招魂詞」，第一層，「外陳四方之惡，內崇楚國之美」；第二層，「外陳」下爲「東方、南方、西方、北方、天上、地下」六條排比；「內崇」下爲「居室、飲食、歌舞、博弈、狂歡」五條排比；可用下圖來表達。

這是主要層次，其實下邊還有細分。第三層，如：「居室」下有「正宮、別墅」兩條排比；第四層，如：「正宮」下有「建築、侍女」兩條排比；第五層，如：「建築」下有「房屋、環境、陳設」三條排比，「侍女」下有「時間、地位、儀容、傳情」五條排比；第六層，如：「儀容」。

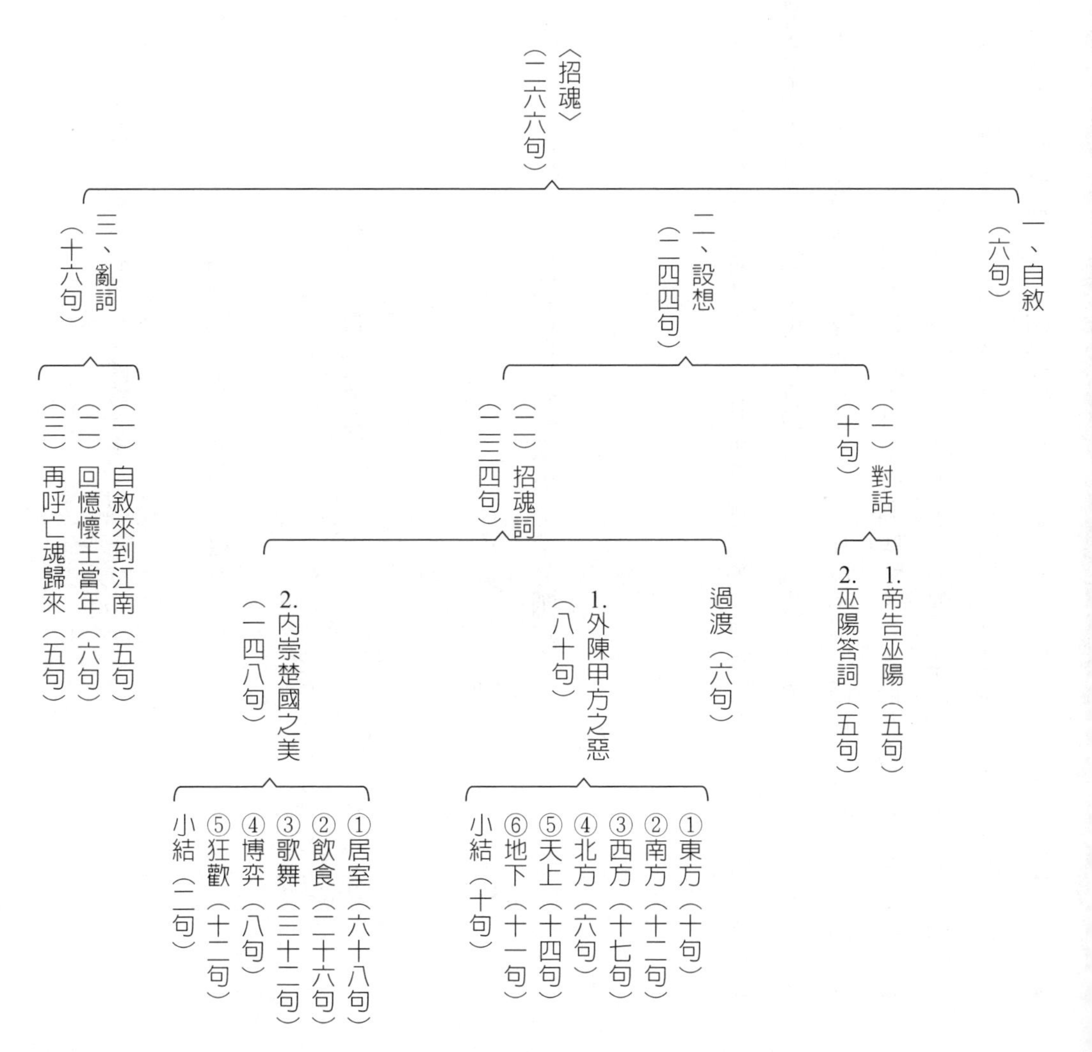

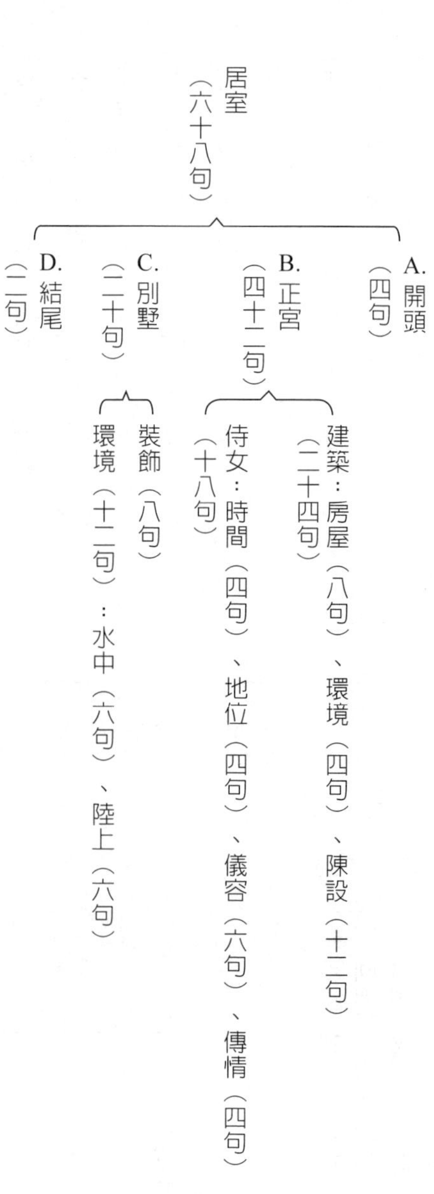

〈大招〉的排比與此相類。總之，「二招」在結構安排和語言運用上十分嫻熟。

（三）語言別致有創新

1. 感情色彩強烈

如「外陳四方之惡」一層中「炎火千里，蝮蛇蜒只」、「山林險隘，虎豹蜿只」、「豕首縱目，被髮鬤只。長爪踞牙，誒笑狂只」、「雕題黑齒，得人肉以祀，以其骨爲醢些」、「蝮蛇蓁蓁，封狐千里些」、「雄虺九首，往來倏忽，吞人以益其心些」、「赤蟻若象，玄蜂若壺些」、「五穀不生，叢菅是食些」、「虎豹九關，啄害下人些」、「一夫九首，拔木九千些」、「懸人以嬉，投之深淵些」、「土伯九約，其角觺觺些。敦脄血拇，逐人駓駓。參目虎首，其身若牛些，此皆甘人」等語，均給人驚心動魄、猙獰可怕之感。而「內崇楚國之美」一層中「五穀六仞，設菰粱只。鼎臑盈望，和致芳只」、「二八接舞，投詩賦只。叩鐘調磬，娛人亂只。四上競氣，極聲變只」、「朱脣皓齒，嫭以姱只。比德好閒，習以都只」、「川谷徑復，流潺湲些。光風轉蕙，氾崇蘭些」、「坐堂伏檻，臨曲池些。芙蓉始發，雜芰荷些。紫莖屏風，文緣波些」、「二八齊容，起鄭舞些。衽若交竿，撫案下些」等語，給人綺麗可愛、溫馨親切之感。

2. 個性化

如〈招魂〉的開頭、結尾乃作者自敘之語，抒情句尾用「兮」，而主體招魂詞各句尾用「些」。宋人《夢溪筆談》云：「今夔、峽、湖、湘及南北江獠人凡禁咒，句尾皆稱『些』，此乃楚人舊俗。」[16]或者說，句尾用「些」乃民間歌謠習慣，才與「招魂詞」性質相符。〈大招〉句尾用「只」亦是民間歌謠習慣，《詩經・鄘風・柏舟》中「母也天只，不諒人只」兩句可以證明這點，因爲〈柏舟〉是採自民間的歌謠。

3. 開始大量採用七言句式

屈原作品中除〈橘頌〉、〈天問〉主要採用四言句式外，其餘大多是雜言詩，其中有些詩句子是七言，但更多的則是雜言。〈招魂〉中不少句子若兩句合併，去掉句尾「些」字，便是七言句，如「天地四方，多賊姦些」、「像設君室，靜閒安些」這四句，去掉句尾「些」字，便是七言詩。〈招魂〉中大量使用這樣的七言句式。如招魂詞，（特別是「內崇楚國之美」一層）共二百三十四句，若每兩句合一，去掉「些」字，便是一百一十七個七言句式。如此大量採用七言句式，在先秦是罕見的。

---

[16] 張富祥譯注，《夢溪筆談》[M]，北京：中華書局，二〇一六：四八～四九。

卜居[1]

屈原

屈原既放三年，[2]不得復見。[3]
竭志盡忠，[4]而蔽障於讒；[5]
心煩慮亂，[6]不知所從。
乃往見太卜鄭詹尹，[7]曰：
余有所疑，[8]願因先生決之。[9]
詹尹乃端策拂龜，[10]曰：
君將何以教之？[11]

屈原曰：
吾寧悃悃款款朴以忠乎？[12]
將送往勞來斯無窮乎？[13]寧誅鋤草茅以力耕乎？[14]
將游大人以成名乎？[15]寧正言不諱以危身乎？[16]
將從俗富貴以媮生乎？[17]寧超然高舉以保眞乎？[18]
將哫訾慄斯喔咿嚅唲，以事婦人乎？[19]
寧廉潔正直以自清乎？[20]
將突梯滑稽如脂如韋以絜楹乎？[21]
寧昂昂若千里之駒乎，[22]將氾氾若水中之鳧乎，[23]

屈原被放已三年，不能再見楚國君。
竭盡智慧與忠誠，反被讒言所阻擋；
心頭煩悶思慮亂，不知如何才是好。
往見太卜鄭詹尹，
說我心中有疑惑，願請先生來裁決。
詹尹端策又拂龜，說
您有何事要提問？

屈原說：
我是忠誠質樸呢？
還是天天忙應酬？我是疾惡如仇呢？
還是阿諛求成名？我是直言惹禍殃？
還是隨俗苟且活？我是超然保天眞？
還是諂媚事女人？
我是廉潔又正直？
還是油滑保中庸？
我是志若千里馬，還是像隻野鴨子，

與波上下，[24]偷以全吾軀乎？[25]
寧與騏驥亢軛乎，[26]將隨駑馬之跡乎？[27]
寧與黃鵠比翼乎，[28]將與雞鶩爭食乎？[29]
此孰吉孰凶何去何從？[30]世溷濁而不清。[31]
蟬翼爲重，[32]千鈞爲輕；[33]
黃鐘毀棄，[34]瓦釜雷鳴；[35]
讒人高張，[36]賢士無名。[37]
吁嗟默默兮，[38]誰知吾之廉貞？[39]

詹尹乃釋策而謝曰：[40]
夫尺有所短，[41]寸有所長。[42]
物有所不足，智有所不明。
數有所不逮，[43]神有所不通。[44]
用君之心，行君之意[45]，龜策誠不能知此事。[46]

隨波逐流上下漂，苟且保全我性命？
我與騏驥並駕驅，還是跟著駑馬走？
我與黃鵠比翼飛，還是去爭雞鴨食？
孰吉孰凶何去從？人世混濁又不清。
蟬翼本輕反爲重，千鈞很重卻是輕；
黃鐘大器被毀棄，瓦盆反而如雷鳴；
讒佞小人居朝堂，賢明君子悄無名。
唉聲嘆氣默無言，誰知吾德廉貞潔？

詹尹放策辭謝說：
尺比寸長也有短，寸比尺短也可長。
萬物雖眾有不足，智者雖能有不明。
定數有時較難算，神明有時也不通。
用君之心行君意，龜策不知這些事。

【注釋】

1 **卜**：問卜，詢問。**居**：處，處世，此處指代處世之方。
卜居：詢問處世的方法、態度。

2 **既**：已經。**放**：放逐。

3 **復**：再。**不得復見**：不能再回朝中面見國君。

4 **竭**：盡，竭盡。**志**：通「智」，智慧。

5 **而**：反而。**蔽**：遮蔽，蒙蔽。**障**：礙，阻礙。**於**：被。
讒：讒言。

6 **煩**：煩悶，煩躁。**慮**：思慮，心思。

7 **太卜**：掌管卜筮的官。**鄭詹尹**：太卜的姓名。

8 **所疑**：疑惑的事情。

9 **因**：憑，通過，請。**決**：決定。

10 **乃**：於是。**端**：擺正。**筴**：蓍（ㄕ），古代占卜用的草。**拂**：拂拭，輕擦。**龜**：龜甲，占卜所用。

11 **君**：你，您。**教**：指教，客氣的說法，實際是指「問」、「提問」。

12 **寧**：寧可，寧願。下同。**悃悃款款**：忠誠坦率。款，一本作「欵」。**朴**：質樸。

13 **勞**：慰勞。**送往勞來**：即送往迎來，指應酬之事。**斯**：這，這樣。**無窮**：無窮盡，長時間，指天天。

14 **誅**：殺，砍，剪除。**草茅**：雜草，惡草，喻指邪惡勢力。**力**：盡力、努力。

15 **游**：交遊。**大人**：貴人。**游大人**：去同達官貴人交遊。**成名**：成就名聲。

16 **正言**：正直的話。**正言不諱**：即直言不諱。**危身**：危及自身。

17 **從俗**：隨俗，迎合世俗。**媮**：同「偷」。**偷生**：苟且地活著。

18 **高舉**：即退隱，隱逸。**保眞**：保全天眞。

19 **哫訾**：音ㄗㄨˊ ㄗ，求媚，阿諛逢迎。**慄斯**：小心謹慎，曲意奉承的樣子。**喔咿**：音ㄛ ㄧ，強顏歡笑的樣子。**嚅唲**：一作「儒兒」，與「喔咿」義同，亦爲「強笑之貌」。**事**：侍奉。

20 **清**：清白。**自清**：自己保持清白。

21 **突梯**：圓滑的樣子。**滑**：音ㄍㄨˇ。**滑稽**：一種酒器，轉注吐酒終日不已，此處比喻善於迎合，油嘴滑舌。**脂**：油，此處喻油滑。**韋**：熟牛皮，此處指柔軟，喻卑躬屈膝。**潔**：《文選》作「絜」，音ㄒㄩˋ，測量。**楹**：柱子。**絜楹**：測量圓柱。**如脂如韋以潔楹**：用柔軟的抹了油的熟牛皮測量圓柱，比喻說話油滑繞圈子。

22 **昂昂**：特出；高。此處指高遠特出的志向。

23 **氾氾**：隨波逐流的樣子。氾，一本作「泛」。**若**：如，像。**鳧**：音ㄈㄨˊ，野鴨子。一本「鳧」字後有「乎」字。

24 **與**：跟，隨。**上下**：指上下游動。

25 **偷**：苟且偷生。**全**：保全。**軀**：軀體，此指性命。

26 **騏驥**：良馬。**亢**：音ㄎㄤˋ，通「伉」，相對，並排。**軛**：音ㄜˋ，轅木。**亢軛**：並駕齊驅的意思。

27 **駑馬**：劣馬。**駑**：音ㄋㄨˊ。**跡**：足跡。

28 **鵠**：音ㄏㄨˊ。**黃鵠**：一種善飛的大鳥。**比**：挨著，靠著。**比翼**：翅膀挨著翅膀，齊飛之意。

29 **鷖**：音ㄨˋ，鴨子。

30 **此**：這，這些；指代上文八句。**孰**：哪，哪個；指哪種處世方法或態度。**去**：離。**從**：隨。此句實是前八問的小結。

31 **世**：人世。**溷濁**：同「混濁」。

32 **蟬**：一種昆蟲，俗稱「知了」，其翅膀極薄，極輕。**蟬翼**：比喻分量極輕的東西。**爲**：成爲。

33 **鈞**：古時三十斤爲一鈞。**千鈞**：喻指最重的分量。

34 **黃鐘**：古樂中十二律之一，基本音，此處代表音調最響亮最洪大的樂器。

35 **瓦釜**：瓦鍋子，不是樂器，只能敲擊發出最低沉最難聽的聲音。**雷鳴**：如雷鳴響。這裡指瓦釜發出的那種難聽的聲音爲世俗所好，居然像雷聲一樣，處處可以聽到。

36 **讒人**：進讒小人。**高張**：竊居要位，趾高氣揚。

37 **賢士**：賢德之人，有才之人。**無名**：沒有名位。

38 **吁嗟**：音ㄒㄩ ㄐㄧㄝ，嘆息聲。**默默**：默不作聲的樣子。

39 **廉**：廉潔。**貞**：貞潔，忠貞。

40 **乃**：於是。**釋**：放下。**謝**：辭謝，推辭。

41 **尺有所短**：尺比寸長，但用於量長物，故有時顯短。

42 **寸有所長**：寸比尺短，但用於量短物，故有時顯長。

43 **數**：卦數，卦術。**逮**：及，到。**不逮**：卜算不到。

44 **神**：神明。**通**：通曉。

45 **用**：同「由」，根據。**君**：您。**心**：思想，原則。**行**：實行，做。**意**：念，想。這兩句意思是：根據您的原則，做您想做的事情。

46 **龜策**：龜甲和蓍草，此指占卜。**誠**：確實。**知此事**：一本作「知事」。**知**：知曉，判別，判斷。**事**：指屈子指出的上述大是大非問題。

一、寫作背景

在談本篇寫作背景前有必要釐清此篇的著作權。關於此篇及〈漁父〉的「眞僞」問題，王逸以爲〈卜居〉、〈漁父〉均「屈原之所作也」。❶宋人洪興祖開始懷疑，其云：「〈卜居〉、〈漁父〉，皆假設問答以寄意耳。而太史公〈屈原傳〉、劉向《新序》、嵇康《高士傳》或採《楚辭》、《莊子》漁父之言以爲實錄。非也。」❷其後，明清二代否定者甚眾，當代不少騷學大家亦持否定之論。此類文字太多，在此不能過錄。實際上，這是一個僞命題。仔細吟讀王逸之序，其實此事叔師早已說清：「〈卜居〉者，屈原之所作也。」當然，這個「作」，並非後代書之竹帛或書於紙張的寫作方式，因爲造紙術、印刷術等是後代才有的。用清初王夫之注〈漁父〉的話說，〈卜居〉當是「屈原述所遇而賦之」❸。屈原自沉之後，「楚人思念屈原，因敘其辭以相傳也」❹。要之，兩篇之中應答之事屬實，「楚人」只是「敘其辭」而已，著作權仍應屬於屈原。猶如今之某些名家大佬會場發言或病榻口述，他人記錄成文，其著作權仍應屬於述者一樣。

關於此詩的寫作背景，此詩開篇寫道：「屈原既放三年，不得復見。」屈原第一次放逐是從懷王十六年秋開始，而懷王十八年他又能出使齊國，返回郢都後當面勸諫懷王，可見這次放逐不足三年，因此，〈卜居〉不可能作於懷王時代。〈屈原列傳〉載屈原於頃襄王三年被「頃襄王怒而遷之」，根據古代判決規定，當在是年秋天（「秋決」）。〈哀郢〉云「仲春而東遷」，可見，詩人是頃襄王四年離郢遊蕩江夏的。又，此詩開篇云「屈原既放三年」，因此〈卜居〉只能作於屈原第二次放逐期間、楚頃襄王七年屈原流蕩於江夏地區之時。

---

❶〔宋〕洪興祖，《楚辭補注》[M]，北京：中華書局，一九八三：一七六。

❷〔宋〕洪興祖，《楚辭補注》[M]，北京：中華書局，一九八三：一七九。

❸〔清〕王夫之，《楚辭通釋》/黃靈庚主編，《楚辭文獻叢刊》（第四十五冊）[M]，北京：國家圖書館出版社，二〇一四：二六三。

❹〔宋〕洪興祖，《楚辭補注》[M]，北京：中華書局，一九八三：一七九。

王逸〈卜居〉章句序文云：「屈原體忠貞之性，而見嫉妒。念讒佞之臣，承君順非，而蒙富貴；己執忠直而身放棄，心迷意惑，不知所爲。乃往至太卜之家，稽問神明，決之蓍龜，卜己居世何所宜行，冀聞異策，以定嫌疑。」❺王逸言之有理。

二、層次分析

朱熹《楚辭集注》云：「屈原哀憫當世之人習安邪佞違背正直，故陽爲不知二者之是非可否，而將假蓍龜以決之。遂爲此詞，發其取捨之端，以警世俗。」❻〈卜居〉記述的當是屈原向人訴說自己與太卜鄭詹尹的一次對話過程。全篇四十八句，可分三個層次。

第一層次　背景（十一句）

屈原既放三年，不得復見。

竭志盡忠，而蔽障於讒；心煩慮亂，不知所從。

乃往見太卜鄭詹尹，曰：

余有所疑，願因先生決之。

詹尹乃端筴拂龜，曰：

君將何以教之？

---

❺〔宋〕洪興祖，《楚辭補注》[M]，北京：中華書局，一九八三：一七六。

❻〔宋〕朱熹，《楚辭集注》[M]，上海：上海古籍出版社，一九七九：一一三。

前六句寫這場對話的背景，即屈原忠而被謗，「既放三年，不得復見。竭志盡忠，而蔽障於讒；心慮煩亂，不知所從。」此與〈哀郢〉所載相似：「過夏首而西浮兮，顧龍門而不見。心嬋媛而傷懷兮，眇不知其所蹠。順風波以從流兮，焉洋洋而爲客。凌陽侯之氾濫兮，忽翺翔之焉薄。心絓結而不解兮，思蹇產而不釋。」後五句敘述他向鄭詹尹問卜經過，簡明扼要，突出一個「疑」字，以引起下文。

第二層次　屈原問（二十八句）

屈原曰：

吾寧悃悃款款朴以忠乎？將送往勞來斯無窮乎？

寧誅鋤草茅以力耕乎？將游大人以成名乎？

寧正言不諱以危身乎？將從俗富貴以媮生乎？

寧超然高舉以保真乎？將哫訾慄斯喔咿嚅唲，以事婦人乎？

寧廉潔正直以自清乎？將突梯滑稽如脂如韋以絜楹乎？

寧昂昂若千里之駒乎？將氾氾若水中之鳧乎，與波上下，偷以全吾軀乎？

寧與騏驥亢軛乎，將隨駑馬之跡乎？

寧與黃鵠比翼乎，將與雞鶩爭食乎？

此孰吉孰凶何去何從？

世溷濁而不清。

蟬翼為重，千鈞為輕；

黃鐘毀棄，瓦釜雷鳴；

讒人高張，賢士無名。

吁嗟默默兮，誰知吾之廉貞？

此層「屈原曰」之下共二十六句。蔣驥等學者以為前十七句為一小層，「皆問卜之辭」；後九句為第二小層「皆憤激之辭也」❼。竊以為，這二十六句包括十問，全部是問卜之辭，也全部是憤激之辭；這兩點很難作為分層的根據。

從形式上考查，前八問句型大致相同，每問兩句；而第九、第十問的句型相差很大，第九問僅一句，第十問有九句。

從內容上考查，前八問是從個人品德角度詰問，表現了屈子不從俗、不諂媚、不油滑、不追風的高風亮節和處世態度，同時也是從側面揭露了當時楚國的黑暗現實。如果說，前一層次只是鋪墊、映襯，那麼，這個層次才是真正的屈原的聲音——「屈原之所作也」。〈卜居〉的價值，正在這二十八句上。儘管有人詆譏這段話「語義太膚淺」❽，或「思想深度不夠」❾，但事實上，這八個反詰句，猶如排炮，響徹雲霄，震撼千古。一個堂堂正正、頂天立地的偉丈夫形象，屹然矗立在千百年來的中華文明史上！那些只知搖頭擺尾咬文嚼字的腐儒，焉能與此並肩？而且這一連八個反詰句，不僅氣勢磅礡，力壓群奸，而且藝術性十分高超，當為文學史上之所罕見。此層第九問是對前八問的小結，明知故問，欲擒故縱，意境深化，引人深思。而第十問更是筆鋒犀利，形象生動，透過鮮明的對比，不但揭露了當時楚國黑暗的社會現實，而且具有很強的典型性，是歷朝歷代腐敗社會的生動寫照。

這段文字與〈離騷〉、〈哀郢〉和〈涉江〉諸篇的風格極其相似，可居然還有人說這不是屈原所作，眞是可笑至極！另外，文學批評講究「知人論世」——這也是「古訓」。那些否定論者硬說此篇非屈原所作，那麼

---

❼（清）蔣驥，《山帶閣注楚辭》[M]，上海：上海古籍出版社，一九五八：一五五。

❽（明）張京元，《刪注楚辭》/黃靈庚主編，《楚辭文獻叢刊》（第三十三冊）[M]，北京，國家圖書館出版社，二〇一四：四三九。

❾ 馬茂元，《楚辭注釋》[M]，武漢：湖北人民出版社，一九八五：四六四。

究竟是何人所作？他為什麼要這樣作？他有屈原那樣的慘痛遭遇和坎坷經歷嗎？即使有同樣的遭遇、經歷，但有屈子那樣的高風亮節和人格魅力嗎？能產生出如此感天動地強烈無比的激情嗎？有些學者不是為了欣賞作品之美，只是為了逞一時口舌之快或故作標新立異以否定屈原或貶低屈原。如此學風，著實令人不齒！

第三層次　太卜答（九句）

詹尹乃釋策而謝曰：
夫尺有所短，寸有所長。
物有所不足，智有所不明。
數有所不逮，神有所不通。
用君之心，行君之意，龜策誠不能知此事。

頭一句過渡。次六句由三組對比構成，是太卜的遁詞。最後三句才是正面回答，重點在「用君之心，行君之意」這八個字上，實際是同意屈原的立場。

此詩主題：通過屈原與太卜鄭詹尹的對話，表現出詩人不從俗、不諂媚的高風亮節和處世態度，同時尖銳地揭露出當時楚國的黑暗現實。

三、藝術特色

〈卜居〉全篇是對話式。屈原作品中有不少對話，如：〈漁父〉中屈原與漁父的對話，〈離騷〉中詩人分別與靈氛、巫咸的對話，〈招魂〉中帝與巫陽的對話等，因此，對話不是本篇的特色。與屈原其他作品相比，本篇在寫作上有兩個特色。

（一）反問句式

屈原之問，包括十個反問句，因爲屈原貌似在發問，實際根本不用回答，所以詹尹最後也不正面作答，而是說「用君之心，行君之意」。〈天問〉一詩有一百七十四問，其中有些也是反問，但不如〈卜居〉這樣明顯生動。

（二）比喻與對比、排比疊加使用

此詩中比喻與對比、排比疊加使用。比喻形象生動，對比鮮明有力，排比氣勢逼人。屈原之問有十個反問句，前八個句式相似，組成一大組排比；另外，實際每個反問都是一組鮮明的對比，給人印象十分深刻。而對比中又有不少比喻，且此詩中的比喻還很有特色。楚辭大量用比，如王逸所說，「善鳥香草以配忠貞，惡禽臭物以比讒佞，靈修美人以媲于君，宓妃佚女以譬賢臣，虯龍鸞鳳以托君子，飄風雲霓以爲小人」[10]。然而，這大多是靜態的比喻，〈卜居〉中則用了不少動態的比喻，如用「誅鋤草茅以力耕」來比喻疾惡如仇，用「突梯滑稽（一種酒器轉注吐酒終日不已）如脂如韋以絜楹（用柔軟的抹了油的熟牛皮測量圓柱）」來比喻油滑中庸，用「將氾氾若水中之鳧乎，與波上下」來比喻隨大流的生活態度，用「黃鐘毀棄」比喻賢臣被逐，用「瓦釜雷鳴」來比喻小人得志，等等。這種比喻十分形象生動，讀者猶如親眼目睹一樣。

---

[10] 〔宋〕洪興祖，《楚辭補注》[M]，北京：中華書局，一九八三：二～三。

哀郢[1]

屈原

皇天之不純命兮，何百姓之震愆？[2]
民離散而相失兮，仲春而東遷。[3]
去故鄉而就遠兮，[4]遵江夏以流亡。[5]

出國門而軫懷兮，[6]甲之鼂吾以行。[7]
發郢都而去閭兮，[8]怊荒忽其焉極？[9]
楫齊揚以容與兮，[10]哀見君而不再得。
望長楸而太息兮，[11]涕淫淫其若霰。[12]

過夏首而西浮兮，[13]顧龍門而不見。[14]
心嬋媛而傷懷兮，[15]眇不知其所蹠。[16]
順風波以從流兮，[17]焉洋洋而爲客。[18]
凌陽侯之氾濫兮，[19]忽翱翔之焉薄。[20]
心絓結而不解兮，[21]思蹇產而不釋。[22]
將運舟而下浮兮，[23]上洞庭而下江。[24]

老天發怒失常道，爲何百姓遭懲罰？
骨肉離散不相顧，仲春二月向東方。
我離郢都向遠走，循著江夏去流亡。

初離國門心中悲，甲日早晨我上路。
郢都門口離故里，遙遙何處是盡頭？
船槳並舉緩緩行，可哀見君再不能。
望著梓樹長嘆息，淚流滿面又冰涼。

浮過夏首向西去，回顧龍門已不見。
內心依戀多傷心，前途渺茫無目的。
順著風波沿江行，成爲漂泊流浪漢。
迎著波濤向前進，彷彿鳥兒無棲處。
內心鬱結不能解，思慮糾纏難開懷。
我乘船兒向下游，前往洞庭和長江。

去終古之所居兮，25 今逍遙而來東。26
羌靈魂之欲歸兮，27 何須臾而忘反！28
背夏浦而西思兮，29 哀故都之日遠。30

登大墳以遠望兮，31 聊以舒吾憂心。32
哀州土之平樂兮，33 悲江介之遺風。34
當陵陽之焉至兮，35 淼南渡之焉如？36
曾不知夏之爲丘兮，37 孰兩東門之可蕪！38

心不怡之長久兮，39 憂與愁其相接。
惟郢路之遼遠兮，40 江與夏之不可涉。41
忽若去不信兮，42 至今九年而不復！43
慘鬱鬱而不開兮，44 蹇侘傺而含慼。45

外承歡之汋約兮，46 諶荏弱而難持。47
忠湛湛而願進兮，48 妒被離而障之。49
堯舜之抗行兮，50 瞭杳杳而薄天。51
眾讒人之嫉妒兮，被以不慈之僞名。52
憎慍惀之修美兮，53 好夫人之慷慨。54
眾踥蹀而日進兮，55 美超遠而逾邁。56

離開祖先居住地，漂泊江湖今來東。
我的靈魂想回歸，哪有片刻忘郢都！
背對夏口思家鄉，哀念郢都愈遙遠。

登上大堤望遠方，姑且舒散我憂傷。
州土平樂眞可哀，江畔遺風實堪悲。
波濤不知將何來，浩渺南渡無去處？
不知大廈曾爲墟，郢都東門成荒地！

心中不快久未消，陣陣憂愁相連接。
回郢之路長無盡，漢江夏水不讓渡。
恍恍惚惚不可信，被放九年不能回！
內心煩悶無洩處，困苦抑鬱眞憂愁。

小人諂媚討君歡，實際脆弱無操守。
君子忠心想效勞，小人嫉妒設障礙。
堯舜行爲多高尚，光明磊落上達天。
讒佞小人好嫉妒，強加「不慈」荒唐言。
君王厭惡忠貞士，偏愛小人巧言語。
群小鑽營地位高，賢臣被棄更疏遠。

亂曰：

曼余目以流觀兮，[57] **冀壹反之何時？**[58]

鳥飛反故鄉兮，[59] **狐死必首丘。**[60]

信非吾罪而棄逐兮，[61] **何日夜而忘之！**[62]

尾聲唱道：

睜開眼睛四下望，希冀何時能返回？

鳥飛多遠總回鄉，狐狸死時頭朝家。

實非有罪被棄逐，何日何夜能忘鄉！

【注釋】

1 **哀**：哀思，哀念。**郢**：郢都，當時楚國的都城，屈原多年生活過的地方。詩篇不僅表達了詩人強烈的愛國思想，而且塑造了一位具有遠見卓識，並且憂國憂民的政治家形象。

2 **皇天**：天。**純**：常。**命**：命運，天道。**震**：懼怕，恐慌。**愆**：音ㄑㄧㄢ，罪，遭罪，此處指遭災荒。**震愆**：震懼於愆罪（用蔣驥說），即因遭災荒而驚惶失措。

3 **方**：正當。**仲春**：夏曆二月。**東遷**：往東遷移、流亡。

4 **去**：離開。**故鄉**：一本作「故都」。**就**：到，趨。**遠**：遠方。

5 **遵**：循、沿。**江夏**：水名，見〈思美人〉注32。

6 **國**：國都，郢都。**軫**：音ㄓㄣˇ，痛。**軫懷**：痛心。

7 **甲**：古代以干支紀日，此指甲日。**鼂**：早晨。**行**：出走。

8 **發**：出發。**發郢都**：從郢都出發。**閭**：音ㄌㄩˊ，此指故里。

9 **怊**：音ㄔㄠ，遠。一本無「怊」字。**荒忽**：形容遙遠無邊。**焉**：何。**極**：盡頭。

10 **楫**：船槳。**齊揚**：同時並舉。**容與**：緩緩前行的樣子。

11 **長楸**：高大的梓樹，故國的標誌。**楸**：音ㄑㄧㄡ，一種喬木。**太息**：長嘆。

12 **涕淫淫**：淚流不止的樣子。**霰**：音ㄒㄧㄢˋ，雪珠。

13 **夏首**：夏水與江交匯之口。酈道元《水經注》曰：「江津豫章口東有中夏口，是夏水之首，江之汜也。屈原所謂『過夏首而西浮兮，顧龍門而不見』也。」**西浮**：向西浮行。屈子行程，從總體上講是「東遷」，但江水彎曲，有時向西流轉，故有「西浮」之說。

14 **顧**：回頭看。**龍門**：郢都東門。

15 **嬋媛**：音ㄔㄢˊ ㄩㄢˊ，情思纏綿的樣子。**傷懷**：傷心。

16 **眇**：音ㄇㄧㄠˇ，遙遠，渺茫。**蹠**：音ㄓˊ，踐踏；止。

17 **從流**：順流。

18 **焉**：於是，從此。**洋洋**：飄泊不定的樣子。**客**：流浪者。

19 **淩**：乘。**陽侯**：波濤的代稱。**氾濫**：流水橫溢的樣子。

20 **忽**：通「惚」，恍惚，彷彿。**翶翔**：鳥飛的樣子。**焉**：何，哪裡。**薄**：近，止。

21 **絓結**：音ㄍㄨㄚˋ ㄐㄧㄝˊ，牽掛，懸念。

22 **思**：思慮，心思。**蹇**：音ㄐㄧㄢˇ。**蹇產**：心思曲折糾纏。**釋**：放開，解開。

23 **運舟**：駕船。**下浮**：向下游駛去。

24 **上**：逆水行。**下**：順水流。**上洞庭**：前往洞庭湖。因為洞庭湖之水自南向北注於長江，人由長江入洞庭，是逆水而上，故曰「上洞庭」。**下江**：順流去長江。江夏之水由西往東，匯入漢水，最後注入長江，屈原「遵江夏以流亡」，故曰「下江」。

25 **終古**：千古，世世代代。**所居**：居住的地方。

26 **逍遙**：此指飄泊、流浪。

27 **羌**：句首語氣詞，楚地方言。

28 **須臾**：片刻。**反**：同「返」，返回。

29 **背**：背對。**夏浦**：夏口，今之漢口。**西思**：思念西方的郢都。

30 **日**：一天天地。

31 **大墳**：水邊高大的堤岸。**遠望**：眺望遠方的郢都、家鄉。

32 **聊**：姑且。**舒**：舒散。

33 **州土平樂**：指江岸土地寬闊，人民生活安定。

34 **江介**：江畔。**遺風**：先代遺留下來的風俗。

35 **陵陽**：指大的波濤。一說地名，誤。陵，一本作「淩」。**焉至**：指波濤不知從何而至。全句意思是說，當一場大的波濤不知從何處湧來時，即使想躲避也無處可去。

36 **淼**：音ㄇㄧㄠˇ，形容水大無邊。**焉**：哪裡。**如**：往，去。**焉如**：往何處去。

37 **曾**：音ㄗㄥ，簡直，竟然。**夏**：通「廈」，高大的房屋。**丘**：廢墟。

38 **孰**：何，為何。**兩東門**：郢城東關二門。**蕪**：荒蕪。這兩句是借古諷今。《史記・楚世家》載：「（楚昭王）十年冬，吳王闔閭、伍子胥、伯嚭與唐、蔡兩國俱伐楚，楚大敗，吳兵遂入郢，辱平王之墓。」

39 **怡**：音ㄧˊ，愉快。

40 **惟**：句首語氣詞。**郢路**：回郢之路。

41 **江**：此指漢江。**夏**：夏水。《文選‧卷五九‧沈約‧齊故安陸昭王碑》有云：「涉夏逾漢，政成期月。」李善注引《楚辭》曰，「江與夏之不可涉」，又云：「夏，水名也。」江與夏，指回郢之路。**涉**：渡。

42 **忽**：通「惚」，恍惚。

43 **不復**：不能回故都。

44 **慘鬱鬱**：愁思鬱結的樣子。這裡指一種危機感，即郢都「夏之爲丘」、「東門可蕪」的危機感。

45 **蹇**：音ㄐㄧㄢˇ，困苦。**侘傺**：音ㄔㄚˋ ㄔˋ，抑鬱不得志的樣子。**慼**：悲戚，憂愁。

46 **外**：外貌。**承歡**：討得君王的歡心。**汋約**：音ㄓㄨㄛˊ ㄩㄝ，綽約，容態柔美，即媚態。

47 **諶**：音ㄔㄣˊ，誠然，的確，確實。**荏**：音ㄖㄣˇ。**荏弱**：懦弱，脆弱。**難持**：難以自持，沒有堅定的操守。

48 **忠**：忠貞之士。**湛湛**：音ㄓㄢˋ ㄓㄢˋ，厚重貌。**進**：進身，進身於君前，爲國效勞。

49 **妒**：此指嫉妒之人。**被離**：同「披離」，紛亂，紛紛。**障**：壅蔽，阻礙。

50 **抗**：通「亢」，高。**抗行**：高尚的品行。此句一本無「彼」字。

51 **瞭**：通「遼」。**杳杳**（ㄧㄠˇ）：幽遠貌，此指高遠的樣子。**薄**：迫近，接近。

52 **被**：音ㄅㄟˋ，加上。**不慈**：不愛其子，傳說中對堯舜的一種指責。**僞名**：捏造的罪名。

53 **憎**：厭惡。**慍惀**：音ㄩㄣ ㄌㄨㄣˇ，指忠心耿耿而口不能言的君子。**修美**：指品德美好。

54 **好**：音ㄏㄠˋ，喜歡。**夫**：那些。**慷慨**：此指口頭上說得天花亂墜，似乎十分激昂、積極。

55 **眾**：指群小。**踥蹀**：音ㄑㄧㄝˋ ㄉㄧㄝˊ，奔走鑽營的樣子。**日進**：地位一天天上升、提高。

56 **美**：指賢臣。**超遠**：指疏遠。**逾**：通「愈」。**邁**：遠。

57 **曼**：引；張開。**流觀**：四下裡眺望。

58 **冀**：希望。**壹**：同「一」。**反**：同「返」。**壹反**：回去一次。

59 **反**：同「返」。**故鄉**：此指飛禽之故林或故枝。

60 **首**：作動詞用，即頭朝著。**首丘**：頭朝著生養自己的山丘。

61 **信**：確實。**棄**：拋棄，疏廢。**逐**：放逐。

62 **之**：指故鄉、郢都。

一、寫作背景

要想搞清〈哀郢〉的寫作背景，首先必須確定屈原第二次放逐的時間。關於屈原第次放逐的時間，以往學者們曾有種種說法。其實，這件事在史書上有明確記載，沒有後人隨意推測的餘地。〈楚世家〉載曰：

> 頃襄王三年，懷王卒于秦。秦歸其喪于楚，楚人皆憐之，如悲親戚。❶

〈屈原列傳〉載曰：

> 楚人既咎子蘭以勸懷王入秦而不反也……令尹子蘭聞之大怒，卒使上官大夫短屈原于頃襄王。頃襄王怒而遷之。❷

這兩則史料合在一起，可以確定，是頃襄王三年時「怒而遷」屈原的。〈哀郢〉有云：「仲春而東遷」，而懷王卒於秦、秦歸其喪於楚、楚人皆憐之、楚人既咎子蘭、子蘭大怒卒使上官短屈原於頃襄王等一連串大事件在先秦時期是不可能在一個來月之內完成的，所以屈原也不可能在頃襄王三年的仲春離郢流亡江夏。另據典籍《禮記》所載，知古人判決有「罪」之人一般是在秋天，即後代朝廷所謂「秋決」，所以，「頃襄王怒而遷之」的時間也應當是在秋天。根據以上理由，可以進一步判定，屈原正式離郢流亡江夏的時間當在頃襄王四年春天。

❶〔漢〕司馬遷，《史記》（五）[M]，北京：中華書局，一九八二：一七二九。

❷〔漢〕司馬遷，《史記》（八）[M]，北京：中華書局，一九八二：二四八四～二四八五。

〈哀郢〉又有云：「忽若去不信兮，至今九年而不復……去終古之所居兮，今逍遙而來東……背夏浦而西思兮，哀故都之日遠。」何謂「夏浦」？清人蔣驥注曰：「浦，水涯也。夏水東逕沔陽入漢，兼流至武昌而會于江，謂之夏口。」❸明末清初王夫之有同樣注釋，並進而注曰：「而漢口亦夏口。」❹由此可知，〈哀郢〉當作於楚頃襄王十三年，地點在夏浦（今武漢漢口）。

二、層次分析

〈哀郢〉是楚頃襄王十三年時屈子流放到夏浦時寫作的一首悲歌。在此詩中，屈原首先回憶九年前離郢時的情況：適逢天災，人民流離失所，妻離子散，場面十分淒苦。然後又回憶自己流蕩江夏途中的經歷和心情。詩歌後半部分抒寫來到夏浦後的心情，即哀念郢都的內容。全詩六十六句，分三個層次。

第一層次　離郢經過（三十二句）

此層記寫從郢都啓程到達夏浦這一路上的經歷和心情。根據時間和空間的轉移，可以分成三個小層次。

1. 初離國門（十四句）

皇天之不純命兮，何百姓之震愆？民離散而相失兮，仲春而東遷。

去故鄉而就遠兮，遵江夏以流亡。

---

❸（清）蔣驥，《山帶閣注楚辭》[M]，上海：上海古籍出版社，一九五八：一一九。

❹（清）王夫之，《楚辭通釋》／黃靈庚主編，《楚辭文獻叢刊》（第四十五冊）[M]，北京：國家圖書館出版社，二〇一四：一六九。

出國門而軫懷兮，甲之鼂吾以行。發郢都而去閭兮，怊荒忽其焉極？
楫齊揚以容與兮，哀見君而不再得。望長楸而太息兮，涕淫淫其若霰。

前六句勾勒離郢時的背景。對此背景，諸多學者釋爲「兵災」，謬！因史籍記載，楚頃襄王三、四年間，郢都附近無戰爭。今從朱熹說。其云：「屈原被放時，適會凶荒，人民離散，而屈原亦在行中。閔其流離，因以自傷；無所歸咎，而歎息皇天之不純其命，不能福善禍淫，相協民居，使之當此和樂之時，而遭離散之苦也。」❺後八句抒寫心繫君王、惜別國都的「軫懷」。凄慘的眼前之景與痛苦的內心之情交融在一起，更加令人糾心。

2. 流亡生涯（十二句）

過夏首而西浮兮，顧龍門而不見。心嬋媛而傷懷兮，眇不知其所蹠。
順風波以從流兮，焉洋洋而為客。凌陽侯之氾濫兮，忽翺翔之焉薄。
心絓結而不解兮，思蹇產而不釋。將運舟而下浮兮，上洞庭而下江。

上層是初離國門，至少還可「望長楸」，那麼一過「夏首」，「顧龍門而不見」，流宕生涯才眞正開始。此層記寫從夏首到夏浦的旅途經歷和心情。作者的視角有三種，都伴隨著委曲和憂傷。前四句，「顧龍門而不見」有感，視角朝後。次四句視角時下時上，時而凝視波濤，時而悵望空中。末四句視角朝前（「將運舟而下浮兮，上洞庭而下江」）。詩人內心依戀，十分傷心，前途渺茫，毫無目的，沿江漂泊，到處流浪。他打

❺〔宋〕朱熹，《楚辭集注》[M]，上海：上海古籍出版社，一九七九：八一。

了個比方，說自己彷彿一隻小鳥在空中盤旋，沒有棲處。讀至此處，令人泣下。

3. 來到夏浦（六句）

去終古之所居兮，今逍遙而來東。
羌靈魂之欲歸兮，何須臾而忘反！背夏浦而西思兮，哀故都之日遠。

頭兩句過渡，「去」句承上，「今」句啓下；後四句抒懷。「背夏浦」句的意思，用朱熹之說，其云：「時未過夏浦也，故背之而回首西向以思郢也。」此四句拓開下層。

第二層次　哀念內容（二十八句）

上層次寫旅途經歷和心情，此層次寫在夏浦時哀念的內容，也可分成三個小層次。

1. 憂慮國運（八句）

登大墳以遠望兮，聊以舒吾憂心。哀州土之平樂兮，悲江介之遺風。
當陵陽之焉至兮，淼南渡之焉如？曾不知夏之為丘兮，孰兩東門之可蕪！

一般的楚辭版本都將這八句攔腰截斷分爲兩層，使得文義滯澀難通，很值得討論。這八句表達的是一組連繫非常緊密的意思。前四句講現實：爲了排解一路愁悶，詩人登高望遠，他看到的是楚國土地平展廣袤，人民生活平安歡樂；看到的是沿江一帶祖先遺留下來的風俗依舊。假如他是一位「以物喜」、「以己悲」的「遷客騷人」，就定會「心曠神怡，寵辱皆忘，把酒臨風，其喜洋洋者矣」（范仲淹〈岳陽樓記〉），但屈子居然感到「哀」和「悲」。爲什麼呢？次兩句講未來。原來，屈子頭腦中有一種危機感：在眼前這一派歌舞昇平、恬然安謐的田園生活背後，一陣狂風惡浪將不知從何而至；到那時，煙波浩渺，百姓南渡又將如何逃脫這場厄運？末兩句講歷史。詩人的危機感是從歷史的教訓中得來的，他想起了當年伍子胥率吳兵攻入郢都，使京城高房大廈變成一片廢墟，兩座東門化爲荒蕪之地的往事。面對現實，預測未來，依據的是歷史，因此這八句一氣呵成，十分精彩地表現了一位「先天下之憂而憂」的古代傑出政治家的眼光。歷史證明屈子當時的這種危機感（或者說預言）是準確的。也因此，不要把這八句詩強行分割開來。

解讀〈哀郢〉，涉及到屈原第二次放逐的路線問題，關鍵在對「陵陽」一詞的認知。關於「陵陽」一詞的解釋，清代以前，就有爭議。王逸以爲是「意欲騰馳，道安極也。」即認爲「陵陽」爲乘波之意。洪興祖有意補注爲地名，但閃爍其詞，不敢明言。❻朱熹乾脆只注兩個字：「未詳。」❼明人汪瑗贊同王逸之說，斥洪興祖「亦過求之弊也。」❽到清代，蔣驥、王夫之開始明確地力主「陵陽」爲地名說。其後附議者不少。當代學者爲此詞含意，爭論激烈。筆者參加過幾次有關此議題的高端學術會議。在筆者看來，經過多次激烈的辯論，「陵陽地名說」的漏洞愈來愈明顯。堅持「地名說」學者的最後一根稻草是〈鄂君啓節〉，但連力主「地名說」的湯炳正先生都說此節中「還有不少地名至今未得到解決」，「『松陽』在何處、『爰陽』跟『陵陽』有無關係，學術界尚無定論」，更何況此節僅僅是「當時官商通行的水（陸）路線」，❾顯然與被「遷」後的屈原無關，所以，「陵陽地名說」實際已經被駁倒。當然，隨著文化旅遊經濟的興起，一些地方的官員和學者，硬將一些歷史上的名人與本地掛起鉤來，完全不顧學術準則，生拉硬扯，強行比附，那就是另外一回事了。

---

❻（宋）洪興祖，《楚辭補注》[M]，北京：中華書局，一九八三：一三五。
❼（宋）朱熹，《楚辭集注》[M]，上海：上海古籍出版社，一九七九：八二。
❽（明）汪瑗，《楚辭集解》[M]，北京：北京古籍出版社，一九九四：一七七。
❾湯炳正，《屈賦新探》[M]，濟南：齊魯書社，一九八四：八二、六八、六六。

2. 懷戀故都（八句）

心不怡之長久矣，憂與愁其相接。惟郢路之遼遠兮，江與夏之不可涉。
忽若去不信兮，至今九年而不復！慘鬱鬱而不開兮，蹇侘傺而含慼。

頭兩句寫憂愁之深重。中四句分別寫憂的原因：回郢的路途斷絕，離郢的時間久長。末兩句寫憂極而成慘慼。此小層與上一小層之間爲遞進關係。正因爲有那種危機感，所以他才更想念郢都，更急於上達國君。但「至今九年而不復」，歸路已經斷絕，詩人慘慼之極就轉化爲對當時腐朽統治集團的憤怒譴責，這就是下一層次的內容。

「惟郢路之遼遠兮，江與夏之不可涉」二句當引起重視。這二句是說，屈原這次被「遷」離郢之後，將再也不能返回郢都。這才有了後來〈涉江〉一詩，即他後來渡過長江遠徙沅湘。這二句也有力地駁斥了「陵陽地名說」，因爲「陵陽」已在江南，如果〈哀郢〉是寫屈原流亡江夏之後就到了「陵陽」，那爲何後來又要「涉江」去沅湘？

3. 責斥奸佞（八句）

外承歡之汋約兮，諶荏弱而難持。忠湛湛而願進兮，妒被離而障之。
堯舜之抗行兮，瞭杳杳而薄天。眾讒人之嫉妒兮，被以不慈之偽名。

這一層次責斥的對象是奸臣。詩人痛斥群小諂媚懦弱，沒有骨氣，但是以誣陷忠良爲能事。讀者彷彿看見屈子咬牙切齒，義憤塡膺之狀。

憎慍惀之修美兮，好夫人之慷慨。眾踥蹀而日進兮，美超遠而逾邁。

4. 勸誡君王（四句）

此層勸誡頃襄王。前兩句客氣委婉地指出頃襄王之弊病，就是厭惡忠貞之士，偏愛小人讒言。後兩句講此弊病之惡果，就是群小鑽營，地位日高；賢臣被棄，更加疏遠。

第三層次　亂詞（六句）

亂曰：

曼余目以流觀兮，冀壹反之何時？鳥飛反故鄉兮，狐死必首丘。

信非吾罪而棄逐兮，何日夜而忘之！

上一層次是詩人面西佇立，凝神而望所激起的一陣陣感情狂濤；本層次是詩人由憂慮國家大事轉移到思念個人命運，照應第一層次最後的「羌靈魂之欲歸兮，何須臾而忘反」。前兩句強調何時能返，中兩句用鳥、狐思鄉之例作陪襯。這兩句言外之意是講，連禽獸都知道熱愛故土，那麼人類就更應該熱愛自己的家鄉和故國。這兩句很能體現屈子眞摯的愛國感情。末兩句指出由於無罪棄逐而更加日夜思歸，無奈與愁苦之情溢於言表。

總之，作品透過對流放途中所見所想的描寫和抒情，不僅表達了強烈的愛國主義思想感情，而且塑造了一位具有遠見卓識、憂國憂民的愛國政治家的高大形象。由〈哀郢〉，不由得不使人想起〈岳陽樓記〉裡的名句：

嗟夫！予嘗求古仁人之心……不以物喜，不以己悲；居廟堂之高則憂其民，處江湖之遠則憂其君。是進亦憂退亦憂，然則何時而樂耶？其必曰「先天下之憂而憂，後天下之樂而樂」乎！

長期漂泊流蕩於岳陽、洞庭、沅湘一帶的屈原，難道不正是范文正公所讚頌的「古仁人」之一嗎？

三、藝術特色

〈哀郢〉在表現手法和語言運用上當然也是十分成功的，如：敘事井然有序，議論剴切中肯等等，均可謂上乘之作，但要說這與他的其他篇章有什麼特別的地方，至少目前我還看不出。不過，從美學角度看，〈哀郢〉確有與眾不同之處，恐怕只有〈離騷〉等少數篇什才能與之相媲美。那就是〈哀郢〉塑造出了一位具有遠見卓識、憂國憂民的高大政治家形象，釀成了偉大、崇高的美學價值。

過去，許多學者一說到〈哀郢〉，往往用「悲」、「哀」、「淒婉」、「一字一淚」、「一慟千古」等詞語來表達自己讀後感想。在我看來，這是沒有眞正看懂〈哀郢〉，沒有能夠正確地評價屈原。是的，屈原在〈哀郢〉中有不少「太息」、「涕淫淫」、「心嬋媛」、「心不怡之長久，憂與愁其相接」、「慘鬱鬱而不開兮，蹇侘傺而含慼」等令人感傷的詞語，詩題爲〈哀郢〉，詩中還三處出現「哀」字，這些似乎確能令人感到「悲」、「哀」、「淒婉」。但請注意，他「哀」的是什麼呢？是「郢都」，是「見君而不再得」，是「故都之日遠」，是「州土之平樂」，悲的是「江介之遺風」，唯獨沒有自己，沒有自己的遭際。一位遷客逐臣，漂泊江湖，前途渺茫，但不以物喜，不以己悲，從風平浪靜中預見到暴風驟雨，從州土平樂的表象看透國都淪陷的未來。這是一個何等不平凡的政治家呀！俄羅斯十九世紀的著名美學家車爾尼雪夫斯基在闡述「崇高」這一美學定義時有一句名言：「只有被毀滅的現象本身的偉大，才能使它的毀滅成爲崇高。」❿我每每涵泳〈哀郢〉，都會不由自主地產生偉大、崇高之感，產生一種肅然起敬之感，越發有一種高山仰止景行止之感，而且還往往想起宋人范仲淹名篇〈岳陽樓記〉的一段話：「予嘗求古仁人之心，或異二者之爲，何哉？不以物喜，不以己悲，居廟堂之高，則憂其民；處江湖之遠，則憂其君。是進亦憂，退亦憂，然則何時而樂耶？其必曰，先天下之憂而憂，後天下之樂而樂與！噫，微斯人，吾誰與歸？」難道屈原不正是這樣的一位「古仁人」嗎？

❿〔俄〕車爾尼雪夫斯基，《生活與美學》[M]，北京：人民文學出版社，一九五七：一四。

涉江[1]

屈原

余幼好此奇服兮，[2]年既老而不衰。[3]
帶長鋏之陸離兮，[4]冠切雲之崔嵬，[5]
被明月兮珮寶璐。[6]
世溷濁而莫余知兮，吾方高馳而不顧。[7]
駕青虯兮驂白螭，[8]吾與重華遊兮瑤之圃。[9]
登崑崙兮食玉英，[10]與天地兮同壽，
與日月兮同光。
哀南夷之莫吾知兮，[11]旦余濟乎江湘。[12]
乘鄂渚而反顧兮，[13]欸秋冬之緒風。[14]
步余馬兮山皋，[15]邸余車兮方林。[16]
乘舲船余上沅兮，[17]齊吳榜以擊汰。[18]
船容與而不進兮，[19]淹回水而凝滯。[20]
朝發枉陼兮，[21]夕宿辰陽。[22]
苟余心其端直兮，[23]雖僻遠之何傷！[24]

從小喜歡此奇服，年紀雖老趣不衰。
腰間佩著長長劍，頭上戴著高高帽，
身披珍珠飾寶玉。
濁世無人理解我，高視闊步我不顧。
青龍駕車白龍驂，與舜同遊玉石園。
登上崑崙吃玉花，我與天地同高壽，
還和日月齊放光。
可嘆南夷不知我，早晨渡過江湘水。
登上鄂渚回頭看，可嘆秋冬殘餘風。
放馬走上小山丘，我車停在方林地。
乘著小船上沅江，船槳並舉划開浪。
小船緩慢不前進，漩渦當中停下來。
早晨出發於枉陼，晚上歇宿到辰陽。
只要我心是正直，放逐再遠又何妨！

入漵浦余儃佪兮，[25]迷不知吾之所如。[26]
深林杳以冥冥兮，[27]乃猿狖之所居。[28]
山峻高以蔽日兮，下幽晦以多雨。[29]
霰雪紛其無垠兮，[30]雲霏霏而承宇。[31]
哀吾生之無樂兮，[32]幽獨處乎山中。[33]
吾不能變心而從俗兮，[34]固將愁苦而終窮！[35]

接輿髡首兮，[36]桑扈臝行。[37]
忠不必用兮，賢不必以。[38]
伍子逢殃兮，[39]比干菹醢。[40]
與前世而皆然兮，[41]吾又何怨乎今之人！
余將董道而不豫兮，[42]固將重昏而終身！[43]

亂曰：
鸞鳥鳳皇，[44]日以遠兮；[45]
燕雀烏鵲，[46]巢堂壇兮。[47]
露申辛夷，[48]死林薄兮；[49]
腥臊並御，[50]芳不得薄兮。[51]
陰陽易位，[52]時不當兮；[53]
懷信侘傺，[54]忽乎吾將行兮！[55]

進入漵浦始徘徊，迷惑不知去何方。
深山老林太昏暗，獮猴黑猿居住地。
山勢高峻遮天日，谷底幽晦雨霏霏。
霰雪紛紛無邊際，烏雲密布滿天空。
可嘆我生無歡樂，孤獨寂寞住山中。
不能變心從世俗，哪怕愁苦到最終！

當年接輿剃光頭，桑扈裸體到處走。
忠臣不能爲世用，賢人未必受委任，
伍子進言遭禍殃，比干因諫剁成醬。
從古以來都這樣，我又爲何怨今人！
堅守正道不猶豫，哪怕蒙冤到最後！

尾聲唱道：
鸞鳥鳳凰日漸遠，
燕雀烏鵲居朝堂。
申椒辛夷死林中，
腥臊並用棄芳香。
陰差陽錯不逢時，
懷忠失意向遠方！

【注釋】

1 **江**：長江。**涉江**：渡過長江。頃襄王時期，屈原受讒被逐，在郢都至夏浦這段水路上漂泊流浪幾年之久，「九年而不復」，最後澈底絕望，渡過長江，前往湘西荒蕪人煙之處。此篇即記載渡江和其後行程及當時悲憤塡膺的情景。

2 **幼**：年少；此處作「從小」、「自幼」講。**好**：喜好，喜歡。**奇服**：奇異的服飾，即下文的長鋏、高冠等。

3 **既**：已經。**衰**：衰減，鬆懈。

4 **鋏**：音ㄐㄧㄚˊ，本義是劍柄。**長鋏**：以代長劍。**陸離**：曼長貌。

5 **冠**：戴。**切雲**：一種高形帽子。**崔嵬**：音ㄘㄨㄟ ㄨㄟˊ，高聳貌。

6 **被**：披。**明月**：指夜光珠。**寶璐**（ㄌㄨˋ）：美玉名。

7 **高馳**：迅速地遠遠地離去。**不顧**：不回頭看，不予理睬。

8 **虯**：音ㄑㄧㄡˊ，傳說中的有角龍。**駕青虯**：以青虯駕車。**螭**：音ㄔ，傳說中的無角龍。**驂**：音ㄘㄢ，左右兩邊拉車的馬。**驂白螭**：以白螭爲驂。

9 **重華**：舜。**瑤**：美玉。**圃**：園地。**瑤之圃**：玉石園。

10 **食**：吃。**玉英**：玉花，指玉的精華。

11 **南夷**：指楚國統治集團。清人戴震《屈原賦注》曰：「是以楚俗爲『夷』也。陰邪之類，讒害君子，變于夷也。」**莫吾知**：不理解我。

12 **旦**：早晨。**余**：我，指屈原。**濟**：渡過。**湘**：指洞庭湖。

13 **乘**：登上。**鄂渚**：音ㄜˋ ㄓㄨˇ，武昌西面的一個水洲。**反顧**：回頭看。

14 **欸**：音ㄞˇ，嘆息聲；嘆息。**緒風**：餘風。

15 **步**：緩行。**步余馬**：讓我的馬慢慢地走。**皋**：通「高」。**山皋**：山崗，山丘。

16 **邸**：音ㄉㄧˇ，通「抵」，止。**方林**：地名。

17 **舲**：音ㄌㄧㄥˊ。**舲船**：有窗的小船。**上**：逆水而行。**沅**：沅江。

18 **齊**：同時並舉。**吳榜**：船槳。**汰**：音ㄊㄞˋ，水波。

19 **容與**：徘徊不前的樣子。

20 **淹**：停留。**回水**：急湍洄流，即漩渦。**凝滯**：停滯不前。「凝」一本作「疑」。

21 **發**：出發。**枉陼**：地名，湖南常德市南。陼，一本作

「渚」。

22 **辰陽**：地名，湖南辰溪縣西。

23 **端直**：正直。

24 **僻遠**：偏僻荒遠。**傷**：妨害。

25 **漵**：音ㄒㄩˋ。**漵浦**：地名，今爲湖南省懷化市下轄縣，在湘西萬山之中。**儃佪**：音ㄔㄢˊ ㄏㄨㄟˊ，徘徊。

26 **迷**：迷惑。**如**：往。

27 **杳**：音ㄧㄠˇ，幽深。**冥冥**：昏暗。

28 **狖**：音ㄧㄡˋ，黑猿。此句一本無「乃」字。

29 **晦**：音ㄏㄨㄟˋ，昏暗。**以**：連詞。

30 **霰**：音ㄒㄧㄢˋ，雪珠。**垠**：音ㄧㄣˊ，邊際。

31 **霏霏**：雲氣濃重的樣子。**承**：接。**宇**：天宇。

32 **哀**：可嘆。**吾生**：我的一生。

33 **幽**：靜寂，寂寞。**獨處**：獨居。

34 **變心**：改變志向、節操。**從俗**：隨從世俗。

35 **終窮**：窮困到底，終生窮困。

36 **接輿**：人名，春秋時楚國的隱士。**髡**：音ㄎㄨㄣ，剃掉頭髮。

37 **桑扈**：人名，古代一位狂怪的隱士。**臝**：同「裸」。

38 **以**：用。

39 **伍子**：人名，即伍子胥，春秋時吳國的賢臣。

40 **比干**：人名，商紂王的大臣。**菹醢**：音ㄐㄩ ㄏㄞˇ，古代一種酷刑，將人剁成肉醬。

41 **與**：通「舉」，全。**前世**：指自古以來各個世代。**皆然**：都這樣。

42 **董道**：堅守正道。**不豫**：不猶豫。

43 **重**：重複，一再。**昏**：昏暗，指遭到障蔽、壓制，即今之所謂「蒙冤」。

44 **鸞鳥**、**鳳皇**：比喻賢人。

45 **日**：一天一天地。

46 **燕雀**、**烏鵲**：比喻小人。

47 **巢**：用作動詞，做窩。**堂**：殿堂。**壇**：祭壇。

48 **露申**、**辛夷**：均爲芳木名，比喻賢人。

49 **薄**：草木交錯。**林薄**：草木交錯的叢林。

50 **腥**、**臊**：臭惡的氣味，比喻奸邪小人。**禦**：用。

51 **芳**：比喻忠正之人。**薄**：此處指接近。

52 **陰陽易位**：陰差陽錯，比喻朝政腐敗混亂。

53 **時不當**：生不逢時。

54 **懷信**：懷抱忠信。**侘傺**：惆悵失意。

55 **忽**：通「惚」，恍惚。

一、寫作背景

頃襄王三年，頃襄王聽信讒言，「怒而遷」屈原。屈原因而「東遷」，漂泊江湖，直至夏浦，「九年」不復。前途無望，因此便從夏浦（今漢口）渡江，從武昌登上長江南岸。其後，他邸方林，上沅江，發枉陼，宿辰陽，最後入溆浦。屈原是在頃襄王十三年作了〈哀郢〉，因此，〈涉江〉當作於楚頃襄王十三年之後，即進入溆浦後所作。

溆浦在湘西，今屬湖南懷化地區。先秦時，溆浦尚未開發，到處是深山老林，光線昏暗，獼猴黑猿，到處出沒；山勢高峻，遮天蔽日。山頭之上，烏雲密布；山谷之底，雨雪霏霏。屈原無罪被逐，流放至此，怎能不憂愁痛苦至極？爲洩愁情，寫下此篇。

二、層次分析

〈涉江〉寫楚頃襄王時屈子被放後由鄂渚到溆浦這一路上的經歷和抵溆浦後的心情，尖銳地露了當時楚國政治的黑暗腐朽。詩題〈涉江〉須引起重視。涉，渡也。原意爲「履石渡水」，清人段玉裁注曰：「引申爲渡水之稱。」❶江，先秦時指長江。因此詩題確切無疑地告訴讀者，屈原是從長江北岸「涉江」登上南岸「鄂渚」的。長江北岸與鄂渚（今武昌江夏區）相對的，正是「夏浦」（今漢口）。總之，詩題將此詩與〈哀郢〉連接在了一起。〈涉江〉全詩六十句，可分五個層次。

---

❶〔清〕段玉裁，《說文解字注》[M]，上海：上海古籍出版社，一九八一：五五六。

第一層次　涉江原因（十四句）

1. **品格高潔莫余知（七句）**

余幼好此奇服兮，年既老而不衰。
帶長鋏之陸離兮，冠切雲之崔嵬，被明月兮珮寶璐。
世溷濁而莫余知兮，吾方高馳而不顧。

前五句用帶長鋏、冠切雲、被明月、珮寶璐這些「奇服」，來比喻高潔的品格。後兩句說，可惜「世溷濁而莫余知」，所以詩人才決定「高馳而不顧」。

2. **理想超俗人莫知（七句）**

駕青虯兮驂白螭，吾與重華遊兮瑤之圃。
登崑崙兮食玉英，與天地兮同壽，與日月兮同光。
哀南夷之莫吾知兮，旦余濟乎江湘。

前五句用駕青虯、驂白螭、遊瑤圃、登崑崙、食玉英以及與天地同壽、與日月同光來比喻理想的超俗。末兩句中，「南夷」指楚國統治集團。清人戴震《屈原賦注》曰：「是以楚俗為『夷』也，陰邪之類讒害君子，變于夷也。」❷君臣之交，最難得的是「知遇之恩」。因為「哀南夷之莫吾知」，所以詩人決定渡過長江、洞

❷〔清〕戴震，《屈原賦注》/黃靈庚主編，《楚辭文獻叢刊》（第六十二冊）[M]，北京：國家圖書館出版社，二〇一四：八九。

庭，遠去湘西。

以上十四句中，反覆申訴「莫余知」、「莫吾知」，表達了屈子強烈的難逢知己、壯志難酬的痛苦之情。既然如此，自己也只好涉江而去。

第二層次　途中經歷（十二句）

乘鄂渚而反顧兮，欸秋冬之緒風。步余馬兮山皋，邸余車兮方林。
乘舲船余上沅兮，齊吳榜以擊汰。船容與而不進兮，淹回水而凝滯。
朝發枉陼兮，夕宿辰陽。
苟余心其端直兮，雖僻遠之何傷！

前十句勾勒了詩人南行的軌跡：乘鄂渚、邸方林、上沅江、發枉陼、宿辰陽。末兩句表現自己的堅強自信：「苟余心其端直兮，雖僻遠之何傷！」此二句也說明，信仰的力量是強大無比的，即使再艱苦的環境和遭遇也是壓不垮人的。

第三層次　獨處深山（十二句）

入溆浦余儃佪兮，迷不知吾之所如。深林杳以冥冥兮，乃猿狖之所居。
山峻高以蔽日兮，下幽晦以多雨。霰雪紛其無垠兮，雲霏霏而承宇。
哀吾生之無樂兮，幽獨處乎山中。吾不能變心而從俗兮，固將愁苦而終窮！

頭兩句總提，交代來到溆浦，是對上層的小結，也領起下面內容。下面六句描繪流放地區的險惡環境：深林猿居、山高蔽日、幽晦多雨、霰雪霏霏。末四句表現自己的決心：即使自己被遷偏遠荒僻之地，孤獨無依，憂愁苦悶，但寧可愁苦終窮，也不變心從俗。

前三個層次之間爲連貫關係。

第四層次　以史爲鑑（十句）

接輿髡首兮，桑扈臝行。忠不必用兮，賢不必以。
伍子逢殃兮，比干菹醢。
與前世而皆然兮，吾又何怨乎今之人！余將董道而不豫兮，固將重昏而終身！

前六句敘述歷史事例：接輿、桑扈、伍子、比干。接輿、桑扈乃《論語》、《莊子》所載之隱士，伍子、比干爲著名賢臣，忠諫不納，反遭極刑。屈子以此類古人爲例，比喻自己遭際。後四句抒寫自己的想法：不怨今人，董道不豫。這種寧折不彎、剛強不屈的精神、毅力，著實嘆爲觀止，爲千古忠臣賢士之榜樣。

本層次與上一層次之間爲遞進關係。

第五層次　交代背景（亂詞，十二句）

亂曰：
鸞鳥鳳皇，日以遠兮；燕雀烏鵲，巢堂壇兮。
露申辛夷，死林薄兮；腥臊並御，芳不得薄兮。
陰陽易位，時不當兮；懷信侘傺，忽乎吾將行兮！

前八句以鸞鳥鳳凰、露申辛夷與燕雀烏鵲、腥臊之物作鮮明對比，尖銳地揭露當時楚國政治的黑暗腐朽。後四句講，在這「陰陽易位」的社會裡，詩人才懷忠失意要離開。這就表明，屈子的悲慘遭遇，並非個別現象，而是當時整個社會的縮影。「亂詞」照應開頭，也是對前邊四個層次的總結，同時深化了全詩主題。

全詩的主題是，透過被遷離郢遠涉沅湘途中的經歷和抵溆浦後的心情，尖銳地揭露當時黑暗的統治階層，抒發自己不為人知、壯志難酬的痛苦之情，表示自己不懼逆境、堅持信念的決心和意志。

三、藝術特色

（一）我國最早的遊記詩

一般說，遊記有三個要素：遊蹤、景物、感悟。〈涉江〉遊蹤清晰：登鄂渚、上沅江、發枉陼、宿辰陽、入溆浦。寫景細膩、生動：「深林杳以冥冥兮，乃猿狖之所居。山峻高以蔽日兮，下幽晦以多雨。霰雪紛其無垠兮，雲霏霏而承宇。」詩歌最後兩段作者大發感慨，即感悟，也是全詩的主旨所在。《詩經》三百零五篇，然無一篇完全具備這三個要素的，故曰〈涉江〉是我國最早的遊記詩。

（二）我國最早的山水詩

〈涉江〉詩中，有山有水。山水相映，本是自然美景，然因遷臣心境，反成一片蕭肅淒涼。寫山：「乘鄂渚而反顧兮，欸秋冬之緒風。步余馬兮山皋，邸余車兮方林」、「山峻高以蔽日兮，下幽晦以多雨」。試想一想，詩人獨立山頭，迎面秋冬緒風，周邊幽晦多雨，孤獨憂傷，悲憤不平之情溢於紙端。寫水：「乘舲船余上沅兮，齊吳榜以擊汰。船容與而不進兮，淹回水而凝滯。」沅水之景，原是美極，據《水經注》記載，從辰陽到枉陼，或「灣狀半月，清潭鏡澈，上則風簌空傳，下則泉響不斷」；或「綠蘿蒙冪，頹岩臨水……其迭響若鐘音，信爲神仙之所居」；柸陼附近，更是「修溪一百餘里，茂竹便娟，披溪蔭渚……」❸但詩人不寫這些，而是寫沅水急流迴旋，詩人一葉扁舟，欲進不前，前途渺茫，又思念舊鄉，那是多麼憂傷的情景啊！因此，說〈涉江〉是我國山水詩的鼻祖一點也不爲過。

（三）象徵貼切生動

詩歌開頭所寫的「奇服」——長鋏陸離、切雲崔嵬、被明月、珮寶璐，象徵品格的高潔，而駕青虬、驂白螭、遊瑤圃、登崑崙、食玉英以及與天地同壽、與日月爭光等則是象徵理想的超俗。亂詞中的鸞鳥鳳凰、露申辛夷象徵忠臣賢士，而燕雀、腥臊則代表佞臣小人，對照鮮明，十分形象。

❸〔北魏〕酈道元，《水經注》[M]，北京：中華書局，二〇一六：三一五。

九歌[1]

屈原

一、寫作背景

王逸〈九歌〉章句序文中有云：「昔楚國南郢之邑，沅湘之間，其俗信鬼而好祀。其祀，必作歌樂鼓舞以樂諸神。」❶屈原流放沅湘，頃襄王十三年後進入溆浦，因初到異地，「舉目殊俗」，目睹民間大量的祭祀活動，自然感到新奇，於是用〈九歌〉這組詩歌記述了那種生動清新、富有強烈地方色彩的群眾歌舞場面。

〈九歌〉是一組記述戰國後期湘西民間各種祭祀場面的敘事詩，而非歷史上長期被諸多學者誤指為屈原自述「冤結」之情和寄寓「諷諫」之意的抒情詩。

❶〔宋〕洪興祖，《楚辭補注》[M]，北京：中華書局，一九八三：五五。

二、各篇層次分析

東皇太一[2]

吉日兮辰良，穆將愉兮上皇。[3]
撫長劍兮玉珥，[4]璆鏘鳴兮琳琅。[5]
瑤席兮玉瑱，[6]盍將把兮瓊芳。[7]
蕙肴蒸兮蘭藉，[8]奠桂酒兮椒漿。[9]
揚枹兮拊鼓，[10]疏緩節兮安歌，[11]
陳竽瑟兮浩倡。[12]
靈偃蹇兮姣服，[13]芳菲菲兮滿堂。[14]
五音紛兮繁會，[15]君欣欣兮樂康。[16]

吉日良辰祭天神，畢恭畢敬樂上皇。
手握寶劍美玉環，腰間佩飾鏗鏘響。
瑤草爲席美玉鎮，成把成把白色花。
蕙草燻肉蘭草墊，桂酒椒漿纖手獻。
舉起玉槌鼓敲響，節拍緩慢歌聲揚，
竽瑟合奏大合唱。
神巫起舞服飾美，香氣撲鼻溢滿堂。
五音大作齊奏響，上皇快樂又安康。

【注釋】

1 〈九歌〉是屈原在頃襄王十三年後被遷離郢初到湘西時所作的一組敘事詩。讀者可以從中看到當時「歌樂鼓舞以樂諸神」那種隆重熱烈的場面。「九歌」，本古曲名。屈原此作包括十一首詩歌。

2 **太一**：星名，傳說中的天之尊神；祠在楚地東方，故稱東皇。此篇描寫了楚地民間祭祀太一天神的熱鬧場面。

3 **穆**：敬。**愉**：樂。**上皇**：東皇太一。

4 **撫**：持。**兮**：此處用如「的」。**珥**：一種環飾。

5 **璆**，音ㄑㄧㄡˊ。**鏘**：佩玉聲。**琳琅**：美玉名。

6 **瑤**：一種香草名，即靈芝草，江淹〈別賦〉云：「惜瑤草之徒芳」，典出《山海經》。王逸等釋爲玉石，似非，不從。**鎮**：壓也。「鎮」一本作「瑱」。

7 **盍**：音ㄏㄜˊ，合也（用蔣驥說）。**將**：帶，拿。**瓊芳**：玉色花。

8 **肴**：祭。**蒸**：進。**蕙肴蒸**：即「蒸蕙肴」，與下句「奠桂酒」相對。**藉**：襯墊。

9 **奠**：獻祭。**桂**：桂花。**椒**：花椒。**桂酒**、**椒漿**：泛指香物釀成的美酒。

10 **揚**：舉。**枹**：音ㄈㄨˊ，鼓槌。**拊**：敲擊。

11 **疏**：稀。**節**：節拍。**安**：徐，慢。

12 **陳**：列。**竽**、**瑟**：兩種樂器。**浩**：大。

13 **靈**：神巫。**偃蹇**：舞姿美好的樣子。**姣**：美好。**服**：服飾。

14 **芳菲菲**：香氣濃郁。

15 **五音**：即宮、商、角、徵、羽五種音調。**紛**：眾多。**繁會**：交響合奏。

16 **君**：即東皇太一神。**欣欣**：高興。**樂康**：快樂安康。

〈東皇太一〉描寫祭祀時迎接上皇駕臨時的隆重禮儀。群巫載歌載舞，場面十分熱烈。全詩十五句，分四個層次，各層次之間爲連貫關係。

第一層次　主祭升座（四句）

吉日兮辰良，穆將愉兮上皇。撫長劍兮玉珥，璆鏘鳴兮琳琅。

〈九歌〉描寫各種祭祀場面，各個場面中出現的主祭、群巫，實際都是民間的歌舞演員。〈東皇太一〉中的主祭扮演天帝的角色。這一層次是寫：扮演上皇的主祭恭恭敬敬、快快樂樂地升座，手握飾有美玉的寶劍，腰間佩玉鏗鏘作響。

第二層次　陳設祭品（四句）

瑤席兮玉瑱，盍將把兮瓊芳。蕙肴蒸兮蘭藉，奠桂酒兮椒漿。

上皇的寶座，鋪的是光潔的瑤草席，而且有美玉爲鎮，周圍簇擁著成把成把潔白芬芳的鮮花。女巫們的纖纖玉手，獻上用蘭草墊底、蕙草燻成的祭肉，以及甘美的桂酒和椒漿。

以上兩層是所見，見到的是端莊威嚴的上皇形象、女巫們虔誠恭敬的動作，以及富麗堂皇的祭堂景象。下一層是所聞，聽到的是悠揚的獨唱、激昂慷慨的合唱，以及動聽的樂曲。

第三層次　鼓樂喧闐（三句）

揚枹兮拊鼓，疏緩節兮安歌，陳竽瑟兮浩倡。

在陳設祭品的同時，樂師們舉槌擊鼓，節拍緩慢，歌聲悠揚。接著，竽瑟合奏，群巫大聲歌唱。「安歌」，五臣注為「安音清歌」❷，即清幽舒緩的獨唱。「浩倡」乃激昂慷慨的大聲合唱。

第四層次　主祭起舞（四句）

靈偃蹇兮姣服，芳菲菲兮滿堂。五音紛兮繁會，君欣欣兮樂康。

在這場禮儀的最後，主祭翩翩起舞，服飾美好，香氣滿堂。此時五音大作，交響齊奏，氣氛達到高潮，同時表現出上皇快樂而又安康的樣子。

雲中君[1]

浴蘭湯兮沐芳，[2]華采衣兮若英。[3]
君已沐浴蘭香水，身上彩衣像鮮花。

靈連蜷兮既留，[4]爛昭昭兮未央。[5]
舒曲迴環慢慢停，容光煥發顯生機。

蹇將憺兮壽宮，[6]與日月兮齊光。
安然快樂在神堂，光彩堪與日月同。

龍駕兮帝服，[7]聊翱遊兮周章。[8]
乘著龍車穿彩服，逍遙遨遊去周流。

靈皇皇兮既降，[9]猋遠舉兮雲中。[10]
容光煥發剛落下，一下遠揚到雲中。

---

❷〔宋〕洪興祖，《楚辭補注》[M]，北京：中華書局，一九八三：五六。

覽冀州兮有餘，[11]橫四海兮焉窮！[12]

思夫君兮太息，[13]極勞心兮忡忡。[14]

不僅看到中原地，還越四海至無窮！

想起雲神我嘆氣，心中煩勞多憂愁！

【注釋】

1 **雲中君**：雲神。此詩敘寫民間祭祀雲神的生動場面，表現了古代楚民對天上雲彩的想像和感情。

2 **蘭**：香草。**湯**：熱水。**蘭湯**：香水。**芳**：香芷，此亦指香水。

3 **華采衣**：華麗多彩的衣服。**英**：花。

4 **靈**：雲神，即扮演雲神的女巫。**連蜷**（ㄑㄩㄢˊ）：舒曲迴環的身姿。**既留**：停了下來。

5 **爛**：燦爛。**昭昭**：明亮。**未央**：無止，無極。

6 **蹇**：音ㄐㄧㄢˇ，發語詞。**憺**：音ㄉㄢˋ，安樂。**壽宮**：神堂。

7 **龍駕**：以龍引車，即龍車，此處作乘龍車解。**帝服**：穿著與五帝相同之服，即五彩之服。

8 **聊**：且。**翺**（ㄠˊ）**遊**：逍遙遨遊。**周章**：周流，到處瀏覽。

9 **皇皇**：即煌煌，光大的樣子。**降**：落下。

10 **猋**：音ㄅㄧㄠ，迅速。**遠舉**：遠飛高揚。**兮**：此處相當「於」。

11 **覽**：望。**冀州**：泛指中原。

12 **橫**：超越。**焉**：哪兒。

13 **夫**：句中助詞。**君**：雲神。**太息**：嘆息。

14 **勞**：煩勞，煩惱傷神。**極**：極多。**忡忡**（ㄔㄨㄥ）：心憂貌。

〈雲中君〉描寫祭祀雲神時的場面。這個場面似乎是由扮演雲神的女巫一人獨舞，而一個男巫在旁歌唱。「雲中君」即雲神。雲神不見得就是雲彩，而是居於雲中主宰雲彩的一位神仙。何劍熏以爲「雷神」❸。雷、雲相伴，似有連繫；但是話說太實，即非神話。

全詩十六句，分三個層次。

第一層次　神臨（六句）

浴蘭湯兮沐芳，華采衣兮若英。靈連蜷兮既留，爛昭昭兮未央。
蹇將憺兮壽宮，與日月兮齊光。

女巫表現雲神降臨。頭兩句寫女巫浴蘭湯，沐香水，穿著五彩衣服，好象身披鮮花一樣。次兩句寫女巫的身體舒曲迴環地蠕動，最後慢慢停止。這時的女巫容光煥發，充滿生機。末兩句彷彿一個特寫鏡頭：女巫亮相。她安然快樂地出現於神堂之上，光彩動人，堪與日月齊光。

第二層次　神去（六句）

龍駕兮帝服，聊翺遊兮周章。靈皇皇兮既降，猋遠舉兮雲中。
覽冀州兮有餘，橫四海兮焉窮！

女巫繼續表演。在短暫的亮相之後，她又乘著龍車，身穿彩服，逍遙遨遊，各處瀏覽。她神采奕奕地剛剛

❸何劍熏，《楚辭拾瀋》[M]，成都：四川人民出版社，一九八四：三〇。

落下，又一下遠揚，飛到高高的雲中。飛得那麼高、那麼遠，彷彿不僅能看到區區中原，還可越過四海遠望到無窮無盡的地方。

眾所周知，天上的雲彩不是固定凝滯的，而是隨風吹拂不斷變化，時而飄來，時而飄去。先民將此幻化成爲天上一位仙女，忽而來，忽而去。此詩即描寫湘民對天上雲彩的生動想像。

以上兩個層次之間爲並列關係。第三層次是對前邊兩個層次的總結。

第三層次　感嘆（二句）

思夫君兮太息，極勞心兮忡忡。

看了女巫出色的表演，想到雲彩的生動變化，男巫連連嘆息，心中激動，想得很多。蔣驥認爲「此篇皆貌雲之辭」❹，言之有理。末兩句「因神之急去而情未盡，故勞思而嘆息也。」

湘君[1]

君不行兮夷猶，[2]蹇誰留兮中洲？[3]　　湘君猶豫不前來，爲誰留在小島上？

美要眇兮宜修，[4]沛吾乘兮桂舟。[5]　　我把自己打扮好，駕起桂船前相迎。

---

❹〔清〕蔣驥，《山帶閣注楚辭》[M]，上海：上海古籍出版社，一九五八：五三。

令沅湘兮無波，使江水兮安流。
望夫君兮未來，吹參差兮誰思？[6]
駕飛龍兮北征，[7]邅吾道兮洞庭。[8]
薜荔拍兮蕙綢，[9]蓀橈兮蘭旌。[10]
望涔陽兮極浦，[11]橫大江兮揚靈。[12]
揚靈兮未極，[13]女嬋媛兮爲余太息。[14]
橫流涕兮潺湲，[15]隱思君兮陫側！[16]
桂櫂兮蘭枻，[17]斲冰兮積雪。[18]
采薜荔兮水中，搴芙蓉兮木末。[19]
心不同兮媒勞，[20]恩不甚兮輕絕。[21]
石瀨兮淺淺，[22]飛龍兮翩翩。[23]
交不忠兮怨長，[24]期不信兮告余以不閒。[25]
鼂騁騖兮江皋，[26]夕弭節兮北渚。[27]
鳥次兮屋上，[28]水周兮堂下。[29]
捐余玦兮江中，[30]遺余佩兮澧浦。[31]

沅水湘江別掀波，安安靜靜向前流。
我盼夫君君不來，吹起簫管思念誰？
乘著龍船往北走，扭轉航道向洞庭。
薜荔艙壁蕙草捆，蓀荃桅頂蘭草飄。
朝著涔陽遠水邊，橫渡大江顯精誠。
顯精誠啊未到達，侍女同情長嘆息。
眼淚汪汪往下流，痛切思念心憂傷！
桂板作槳木蘭舵，劈開航道雪浪翻，
薜荔緣木水中採，芙蓉在水樹梢找。
兩心不同媒徒勞，恩情不深容易掰。
石間溪水不斷流，龍船前行輕又快。
相交不忠使人怨，不守信約藉口忙。
早晨奔走在江邊，晚上停留於北渚。
群鳥棲息在屋上，流水環繞於堂下。
丟棄圓玦於江中，扔下玉珮至澧浦。

采芳洲兮杜若，[32]將以遺兮下女。
時不可兮再得，[33]聊逍遙兮容與。[34]

芳洲所採杜若草，隨手送給侍女們。
良緣一失不復返，姑且徘徊再等待。

【注釋】

1 **湘君**：指傳說中的舜（舜死於蒼梧），也可以看成一般的男性神靈。韓愈、蔣驥等人認爲乃「舜妃娥皇」，非是，不從。此篇主要描寫湘夫人追蹤和思念湘君的過程和情懷，讀者將題目讀成「湘君啊」，全篇意思就十分明瞭。

2 **君**：指湘君。**不行**：不走，不來。**夷猶**：猶豫。

3 **蹇**：語助詞。**兮**：在此處釋爲「於」。

4 **要眇**：容貌美好。眇，音ㄇㄧㄠˇ。**宜修**：打扮得恰到好處。

5 **沛**：音ㄆㄟˋ，急行貌。**吾**：當指湘夫人。**桂舟**：桂木船。

6 **參差**：音ㄘㄣ ㄘ，一種簫管。

7 **飛龍**：即龍船，與「桂舟」有異，故乘者當非一人。桂舟女乘，龍船男駕。

8 **邅**：音ㄓㄢ，回轉。**兮**：作介詞用，義同「向」。

9 **薜荔**：香草名。**拍**：飾壁。**綢**：束縛，捆紮。

10 **蓀**：音ㄙㄨㄣ，一作「荃」，香草名。**橈**：音ㄋㄠˊ，桅檣（用汪瑗說）。**旌**：旗。

11 **涔**：音ㄘㄣˊ。**涔陽**：地名。**極浦**：遙遠的水邊。

12 **橫**：橫渡。**揚**：播揚，顯示。**靈**：精誠。

13 **未極**：沒到來。**極**：至。

14 **女**：侍女。**嬋媛**：音ㄔㄢˊ ㄩㄢˊ，楚地方言，喘息之意。**余**：此處指湘夫人。**太息**：嘆氣。

15 **橫流涕**：眼淚汪汪。**潺湲**：水流貌。

16 **隱**：暗暗。**君**：指湘君。**悱側**：即憂傷之意。

17 **櫂**：音ㄓㄠˋ，同「棹」，船槳。**枻**：音ㄧˋ，船舵。

18 **斲**：音ㄓㄨㄛˊ，劈開。

19 **搴**：音ㄑㄧㄢ，拔取。**木末**：樹梢。

20 **心**：男女雙方之心。**媒**：媒人。**勞**：徒勞。

21 **甚**：通「深」。**絕**：斷。

22 **瀨**：音ㄌㄞˋ，沙石間流水。**淺淺**：音ㄐㄧㄢ ㄐㄧㄢ，水快流貌。

23 **飛龍**：龍船。**翩翩**：飛行輕快的樣子。
24 **交**：相交。**怨長**：長久怨恨。
25 **期**：約會。**不信**：不踐約。**不閒**：沒有閒空。
26 **鼂**：同「朝」，早晨。**騁騖**：音ㄔㄥˇ ㄨˋ，急跑。**江臯**：江邊。
27 **夕**：晚上。**弭**：音ㄇㄧˇ，停住。**弭節**：停車不前。**北渚**：北邊的小洲。
28 **次**：棲息。
29 **周**：周流，環繞。
30 **捐**：丟下。**玦**：音ㄐㄩㄝˊ，一種圓形玉器，似環但有缺口。
31 **遺**：扔下。**佩**：玉珮。**澧**：水名。**浦**：水邊。
32 **芳洲**：長有芳草的沙洲。**兮**：義同「的」。**杜若**：一種芳草。
33 **時**：時機，良機。
34 **聊**：姑且。**容與**：徘徊不前的樣子。

〈湘君〉描寫祭祀湘水男神的場面。這種祭祀和南楚民間傳說緊密結合在一起。上古傳說云：大舜南行，死於蒼梧；二妃追蹤，溺於湘水。這是一齣十分淒美而動人的愛情悲劇。這齣悲劇的特點是：情深而未聚。〈湘君〉、〈湘夫人〉正是形象地表現出了這個特點。〈湘君〉一詩，描寫湘夫人追蹤路上各種複雜的情懷和想像，猶如當代歌劇中的男女對唱加合唱表演。全詩三十八句，分七個層次。

第一層次　往迎（八句）

君不行兮夷猶，蹇誰留兮中洲？美要眇兮宜修，沛吾乘兮桂舟。
令沅湘兮無波，使江水兮安流。望夫君兮未來，吹參差兮誰思？

女巫獨唱。主巫飾演，表現湘夫人的心理活動，即對湘君熱烈的等待和期望：湘君啊，你猶豫不來，究竟爲誰還逗留在那小島之上？等待不到，她便立即前往迎接：我把自己的容貌打扮得十分俊俏，駕起桂船前往相迎。請沅水湘江不要掀起波瀾，讓江水安安靜靜地流淌。湘君，我盼望你啊，你卻不來，我吹起幽咽的簫管，又能思念誰呢？

第二層次　北征（六句）

駕飛龍兮北征，邅吾道兮洞庭。薜荔柏兮蕙綢，蓀橈兮蘭旌。

望涔陽兮極浦，橫大江兮揚靈。

男巫獨唱。「飛龍」與「桂舟」有異，乘者似非一人：龍船男駕，桂舟女乘。大舜南行，二妃追蹤，因此「北征」一詞只能適用於湘君：（聽說你倆跟來的消息，我立即）乘著龍船往北行駛，改變航道駛向洞庭；薜荔艙壁蕙草捆，蓀荃桅頂蘭草飄；朝著涔陽遠水邊，橫渡大江顯精誠。有的研究者認爲此層「是湘夫人的想像之詞」，但「吾道」之「吾」，不像是湘夫人的語氣。

第三層次　相思（四句）

揚靈兮未極，女嬋媛兮為余太息。橫流涕兮潺湲，隱思君兮陫側！

女巫獨唱。表現湘夫人一路上對湘君的刻骨相思。頭兩句寫思念之深，精誠十足，但路遠未達，引得侍女同情，長聲嘆息。後兩句寫未見親人的憂傷，眼淚汪汪，痛切思念。

第四層次　議論（六句）

桂櫂兮蘭枻，斲冰兮積雪。采薜荔兮水中，搴芙蓉兮木末。

心不同兮媒勞，恩不甚兮輕絕。

眾巫在旁合唱。此層情調比較冷峻，與湘夫人火熱的愛情不大相容。另外從行文看，與上下層次不能一氣呵成。因此，本層不是湘夫人的心理，而很像旁觀者的議論。頭兩句形容湘夫人一路上的辛苦；中兩句是比喻：薜荔緣木，但人們卻去水中採摘；芙蓉在水，但人們卻去樹梢尋找。言外之意，說這是沒有結果的愛情。末兩句指出：兩心不同，媒人徒勞；恩情不深，容易斷裂。

第五層次　怨恨（四句）

石瀨兮淺淺，飛龍兮翩翩。交不忠兮怨長，期不信兮告余以不閒。

女巫獨唱。表現湘夫人久追不及的怨恨。頭兩句寫對湘君的想像：石間溪水不斷流，（湘君所乘的）龍船前行輕又快，言外之意，她懷疑對方忽視自己，在外遊蕩。後兩句寫湘夫人的怨恨：你跟我交往不夠誠心，不守信用卻藉口繁忙。

第六層次　抵達（四句）

鼂騁騖兮江皋，夕弭節兮北渚。鳥次兮屋上，水周兮堂下。

眾巫在旁合唱。敘述湘夫人一路辛苦，趕到預定的會面場所，不見情人，只見一片寥落清冷之景：群鳥棲息在屋頂之上，溪水環流在堂屋四周。

第七層次　矛盾（六句）

捐余玦兮江中，遺余佩兮澧浦。采芳洲兮杜若，將以遺兮下女。
時不可兮再得，聊逍遙兮容與。

女巫獨唱。湘夫人面對眼前這片清冷之景，滿腔絕望，用行動表現出自己的決絕之情：把過去湘君送給她的玉玦、玉珮統統扔到水中，把原準備送給湘君的芳草隨手送給侍女。但這種激烈的行動正表現了刻骨相思的逆反心理，所以到底不能決然離去，而是逡巡徘徊，仍有所待。

湘夫人[1]

帝子降兮北渚，[2]目眇眇兮愁余。[3]
夫人已降北渚上，望而不見我憂愁。

嫋嫋兮秋風，[4]洞庭波兮木葉下。
秋風吹啊陣陣涼，洞庭波湧樹葉落。

登白薠兮騁望，[5]與佳期兮夕張。[6]
白薠地上朝遠望，相約黃昏把帷張。

鳥何萃兮蘋中？[7]罾何爲兮木上？[8]
小鳥爲何進水草？魚網爲何掛樹梢？

沅有芷兮澧有蘭，[9]思公子兮未敢言。[10]
沅江香茝澧水蘭，我愛你啊不敢言。

慌惚兮遠望，[11]觀流水兮潺湲。[12]
恍恍惚惚朝遠望，只見流水漫漫淌。

麋何食兮庭中？[13] 蛟何爲兮水裔？[14]
朝馳余馬兮江皋，[15] 夕濟兮西澨。[16]
聞佳人兮召予，[17] 將騰駕兮偕逝。[18]

築室兮水中，葺之兮荷蓋；[19]
蓀壁兮紫壇，[20] 匊芳椒兮盈堂；[21]
桂棟兮蘭橑，[22] 辛夷楣兮藥房。[23]
罔薜荔兮爲帷，[24] 擗蕙櫋兮既張；[25]
白玉兮爲鎮，[26] 疏石蘭兮爲芳。[27]
芷葺兮荷屋，繚之兮杜衡；[28]
合百草兮實庭，[29] 建芳馨兮廡門。[30]
九嶷繽兮並迎，[31] 靈之來兮如雲。[32]
捐余袂兮江中，[33] 遺余褋兮澧浦。[34]
搴汀洲兮杜若，[35] 將以遺兮遠者。[36]
時不可兮驟得，[37] 聊逍遙兮容與。[38]

麋鹿爲何食院中？蛟龍爲何現水邊？
早晨策馬馳江濱，傍晚渡水到西岸。
似聽夫人召喚我，速拉來使一起走。

洞庭湖中把屋造，採來荷葉作房頂；
蓀草飾壁貝鋪院，布撒香椒滿中堂；
桂木作棟木蘭椽，辛夷門楣芷飾房。
編織薜荔作帷帳，蕙草隔扇分列開；
潔白玉石作鎮席，遍撒石蘭播芬芳。
荷葉屋頂加香芷，四周再繞杜衡草；
各種香草滿院栽，芬芳四溢廊門外。
九嶷仙女齊出迎，多如彩雲滿天飄。
丟棄短襖於江中，扔下汗衫在澧浦。
汀洲採的杜若花，隨手送給客人們。
良機不能很快來，姑且徘徊再等待。

【注釋】

1 **湘夫人**：指傳說中的娥皇、女英，也可看成一般的女性神靈。此篇爲湘君想念湘夫人的語氣，題目可讀作「湘夫人啊」。

2 **帝子**：指湘夫人。**渚**：音ㄓㄨˇ，水邊沙灘或水中小洲。

3 **眇眇**：音ㄇㄧㄠˇ ㄇㄧㄠˇ，望而不見的樣子。**愁余**：使我（湘君）愁。

4 **嫋嫋**：徐徐吹拂。

5 **白薠**（ㄈㄢˊ）：一種草名。**騁望**：縱目遠望。一本無「登」字。

6 **佳**：佳人，即湘夫人。**期**：期約，約會。**夕**：黃昏。**張**：陳設，張施帷幄。

7 **萃**：音ㄘㄨㄟˋ，聚集。**蘋**：一神水草名。一本無「何」字。

8 **罾**：音ㄗㄥ，魚網。**木**：樹。

9 **沅**、**澧**：兩條河名。**茝**：音ㄔㄞˇ，香草名。**澧**：一作「醴」，非是。

10 **公子**：指湘夫人（用王逸說）。

11 **慌惚**：同「恍惚」。

12 **潺湲**：音ㄔㄢˊ ㄩㄢˊ，水慢慢流動樣。

13 **麋**：音ㄇㄧˊ，鹿的一種。**庭**：院中。

14 **蛟**：傳說爲無角之龍。**水裔**（ㄧˋ）：水邊。

15 **朝**：早晨。**江皋**：江邊，江岸。

16 **濟**：渡水。**澨**：音ㄕˋ，水邊。

17 **佳人**：指湘夫人。

18 **騰駕**：急忙趕車。**偕逝**：一起走。

---

19 **葺**：音ㄑㄧˋ，蓋房頂。

20 **蓀**：音ㄙㄨㄣ，一種香草。**壇**：音ㄊㄢˊ，庭院。《淮南子》「腐鼠在壇」注云：「楚人謂中庭爲壇。」

21 **匊**：古「播」字，布散。**盈**：通「整」。**盈堂**：滿中堂。

22 **橑**：音ㄌㄠˇ，即椽子。

23 **辛夷**：一種香木。**楣**：門上橫梁。**藥**：一種香草，即白芷。

24 **罔**：編結。

25 **擗**：音ㄆㄧˋ，分開。**櫋**：音ㄇㄧㄢˊ，室內隔扇。**張**：陳設，陳列。

26 **鎮**：壓坐席之物。

27 **疏**：布陳。**石蘭**：一種香草。

28 **繚**：束縛，捆綁。**杜衡**：一種香草。

29 **合**：彙集。**百草**：各種香草。**實**：充滿。

30 **廡**：音ㄨˇ，廂房，廊屋。

31 **九疑**：山名，此處指九嶷山神。**繽**：眾多。**並迎**：一齊出迎。

32 **靈**：神。

33 **捐**：丟棄。**袂**：音ㄇㄟˋ，短襖。

34 **遺**：扔下。**褋**：音ㄉㄧㄝˊ，汗衫一類。**澧**：水名。**浦**：水

邊。

35 搴：音ㄑㄧㄢ，拔取，採集。汀洲：水中小島。杜若：一種香草。

36 遺：音ㄨㄟˋ，送給。遠者：客人們。

37 時：時機，良機。驟：快。

38 聊：姑且。容與：徘徊不前的樣子。

〈湘夫人〉描寫祭祀湘水女神的場面，與〈湘君〉相配，表現湘君等待湘夫人到達時的種種複雜情懷，像是扮演湘君的男巫獨唱曲。全詩四十句，分六個層次。

第一層次　憂愁（四句）

帝子降兮北渚，目眇眇兮愁余。嫋嫋兮秋風，洞庭波兮木葉下。

此層與〈湘君〉銜接得很緊。〈湘君〉中寫湘夫人「夕弭節兮北渚」，此詩開頭便唱「帝子降兮北渚」。但是湘君望而不見，十分憂愁，只覺得秋風吹來陣陣涼意，洞庭波湧一片渺茫，樹葉紛飛愁緒纏綿。此二句歷來被人稱讚，錢鍾書譬之爲「絕好一幅〈秋風圖〉」❺。

第二層次　怨恨（四句）

登白薠兮騁望，與佳期兮夕張。鳥何萃兮蘋中？罾何為兮木上？

由於望而不見，等而不到，湘君十分煩躁，站在白薠地上朝遠眺望，想起曾經相約黃昏把帳幔掛起，現在

❺ 錢鍾書，《管錐篇》（第二冊）[M]，北京：中華書局，一九八五：六一三。

空等一場，事與願違，簡直像小鳥飛進水草中、魚網掛到樹梢上！

第三層次　絕望（四句）

沅有芷兮澧有蘭，思公子兮未敢言。慌惚兮遠望，觀流水兮潺湲。

王逸曰：「公子，謂湘夫人。重以卑說尊，故變言公子也。」沅江香芷，澧水蘭花，均爲芳香之物，此處用來形容湘夫人，表明湘君愛戀湘夫人，但是不能說出口來，淚眼迷茫，恍惚遠望，只見一片空曠的水面，無絲毫人影。故蔣驥云：「思而不敢言，幾絕望矣。」

第四層次　希望（六句）

麋何食兮庭中？蛟何為兮水裔？朝馳余馬兮江皋，夕濟兮西澨。

聞佳人兮召予，將騰駕兮偕逝。

麋鹿爲何到院中吃食？蛟龍爲何在水邊出現？難道是個美好的徵兆嗎？難道是夫人的使者嗎？湘君絕望深處產生希望，於是早晨策馬馳往江邊，傍晚渡水到達西岸，彷彿聽到夫人在召喚，急忙拉上使者一起走。

第五層次　想像（十六句）

築室兮水中，葺之兮荷蓋；蓀壁兮紫壇，匊芳椒兮盈堂；

桂棟兮蘭橑，辛夷楣兮藥房。罔薜荔兮為帷，擗蕙櫋兮既張；

白玉兮為鎮，疏石蘭兮為芳。芷葺兮荷屋，繚之兮杜衡；

合百草兮實庭，建芳馨兮廡門。九疑繽兮並迎，靈之來兮如雲。

鹿、龍的出現，帶來了希望，當然也帶來了想像。湘君滿腔熱情地設計著未來的美好生活。頭六句寫築室材料，次四句寫室中所陳，再四句寫上下內外的裝飾布置，末兩句寫眾神的歡迎隊伍。何等芬芳！何等美好！何等熱烈！

第六層次　矛盾（六句）

捐余袂兮江中，遺余褋兮澧浦。搴汀洲兮杜若，將以遺兮遠者。
時不可兮驟得，聊逍遙兮容與。

想像多麼美好，但夢醒了，眼前仍然是嫋嫋秋風，洞庭落葉。於是湘君把夫人過去送給他的短襖、汗衫統統扔到水裡，把原準備贈給夫人的香花香草隨手交給客人們，以表示決絕之情。但這種激烈的行動也是刻骨相思的逆反心理。所以末兩句寫不願絕情，而是自我安慰：良機不能很快來，姑且徘徊再等待。這種動作舉止、心理狀態，和〈湘君〉的結尾完全一樣，眞實、生動地刻畫出了熱戀中的青年男女在愛情偶遭挫折時的複雜情狀。

大司命[1]

廣開兮天門，[2]紛吾乘兮玄雲。[3]
令飄風兮先驅，使凍雨兮灑塵。[4]

君回翔兮以下，[5]踰空桑兮從女。[6]

紛總總兮九州，[7]何壽夭兮在予！
高飛兮安翔，乘清氣兮御陰陽。[8]

吾與君兮齋速，[9]道帝之兮九阬。[10]
靈衣兮披披，[11]玉佩兮陸離。[12]

壹陰兮壹陽，[13]眾莫知兮余所爲。

折疏麻兮瑤華，[14]將以遺兮離居。[15]
老冉冉兮既極，[16]不寖近兮愈疏。[17]

天帝宮門大打開，我乘黑雲下凡來。
命令旋風先開路，再讓暴雨掃塵埃。

見你盤旋從天下，越過空桑追求你。

九州之內人眾多，多少壽夭盡在我！
高空飛翔心舒暢，陰陽協調空氣好。

整齊迅速與君行，傳達帝命到九州。
曼長雲衣舞翩翩，玉飾參差光彩美。

一女一男在一起，眾人不知我所爲。

折取神麻白色花，鄭重送給離別人。
光陰冉冉年將老，不多親近更疏遠。

乘龍兮轔轔，[18]**高駝兮沖天。**

我乘龍車轔轔響，馳向高空入雲天。

結桂枝兮延佇，[19]**羌愈思兮愁人。**[20]

手拿桂枝佇立望，愈思愈想心愈煩。

愁人兮奈何，願若今兮無虧。[21]

內心愁悶無奈何，願他康健像現在。

固人命兮有當，[22]**孰離合兮可為？**[23]

本來人生有常規，離合悲歡誰能免？

【注釋】

1 **司**：主持。《禮記．曲禮》注引干寶語云：「凡言司者，總其領也。」**命**：人之壽命。**大司命**：本為「主壽」之星名，後來衍生為壽命之神祇，年年得到祭祀，祭巫中也漸有「司命」一職。此篇記敘祭祀司命之神的場面，表現楚人對生命問題的某種推測、想像，同時演化成一出人神戀愛的悲劇。

2 **廣開**：大開。**天門**：天帝宮門。

3 **紛**：眾多。**玄雲**：黑色雲。

4 **凍**（ㄉㄨㄥˋ）**雨**：暴雨。

5 **回翔**：盤旋。**下**：從天而下。

6 **踰**：超越。**空桑**：山名。

7 **總總**：眾多的樣子。

8 **清氣**：清新之氣。**御**：駕馭，協調。**陰陽**：陰陽二氣。

9 **吾**：此處指人間女子。**君**：指大司命。**齋速**：整齊迅速。「齋」，一本作「齊」，非是。

10 **道**：通達，宣布。**帝**：天帝，天帝之命。**之**：此處是動詞，到，往。**九阬**：九洲之山，代九洲。

11 **靈衣**：雲衣。**披披**：音ㄆㄧ ㄆㄧ，即翩翩。

12 **玉佩**：玉飾。**陸離**：參差不齊，光彩美好。

13 **陰**：女性。**陽**：指男性。

14 **疏麻**：神麻。**瑤華**：白色花。

15 **遺**：音ㄨㄟˋ，送給。**離居**：離居之人。

16 **冉冉**：音ㄖㄢˇ ㄖㄢˇ，慢慢。**極**：到，至。

17 **寖**：一作「侵」，漸。**疏**：遠。

18 **龍**：龍車。**轔轔**：車輪滾動之聲。

19 **結桂枝**：手拿桂枝。**延佇**：久立。

20 羌：發語助詞。

21 若：像。虧：損。

22 固：本來。人命：人生，人的命運。當：常規。

〈大司命〉是描寫祭祀壽命之神的場面。詩中有兩個角色。對於這點，古今學者見解頗爲一致。而此二角色之面目及關係，則說法不一。玉逸以爲君臣關係，朱熹、蔣驥以爲君尊女親，汪瑗以爲乃大小司命「彼此贈答之詞」❻。近代有的學者以爲人神戀愛悲劇。反覆涵泳，似乎是一男巫和一女巫通過對唱再現人神戀愛悲劇的簡要過程。全詩爲男女對唱，二十八句，分八個層次。

第一層次　司命下凡（四句）

廣開兮天門，紛吾乘兮玄雲。令飄風兮先驅，使涷雨兮灑塵。

男巫獨唱。表現大司命下凡時的威風與氣勢：旋風開路，暴雨灑塵。

第二層次　凡女追從（二句）

君回翔兮以下，踰空桑兮從女。

女巫獨唱。表現凡女看見大司命下凡後的心理：見你盤旋而下，我趕忙前去追隨。

❻〔明〕汪瑗，《楚辭集解》[M]，北京：北京古籍出版社，一九九四：一二三。

第三層次　司命自負（四句）

紛總總兮九州，何壽夭兮在予！高飛兮安翔，乘清氣兮御陰陽。

男巫獨唱。表現大司命執行任務時躊躇滿志的神情。他認爲九州之內人民眾多，但是生老病死全由自己決定，因此他很得意，在高空飛翔，心情舒暢，感覺陰陽協調，空氣清新。

第四層次　人神同行（四句）

吾與君兮齋速，道帝之兮九阬。靈衣兮披披，玉佩兮陸離。

女巫獨唱。抒寫與戀人同行起舞的歡快心情。瞧，長長的雲衣隨著舞蹈動作翩翩飄蕩，身上的各種玉飾參差懸掛，光彩奪目。

第五層次　司命膽怯（二句）

壹陰兮壹陽，眾莫知兮余所為。

男巫獨唱。在兩人熱戀之際，大司命卻開始膽怯與疑懼。他說一男一女親熱同行，怕人們議論他倆做了什麼，因此似乎不願意再與凡女同行。

第六層次　凡女言情（四句）

折疏麻兮瑤華，將以遺兮離居。老冉冉兮既極，不寖近兮愈疏。

女巫獨唱。此時凡女並未退縮、猶豫，更加顯示出她對愛情的深沉、執著。頭兩句與〈國風〉中贈花定情的場面何等相似！只是沒有溱洧之濱的歡樂與輕鬆。後兩句寫凡女渴望愛情的心理，又與〈山鬼〉極爲相同。

第七層次　司命高馳（二句）

乘龍兮轔轔，高駝兮沖天。

男巫獨唱。敘寫司命情意淡薄，乘著龍車駛向高空迅速離去的景象。其膽怯畏葸、臨陣逃跑的負心漢形象畢現。

第八層次　凡女憂怨（六句）

結桂枝兮延佇，羌愈思兮愁人。
愁人兮奈何，願若今兮無虧。固人命兮有當，孰離合兮可為？

女巫獨唱。頭兩句表現凡女手拿桂枝，佇立凝望，愈思愈想，心裡愈煩。後四句寫凡女被棄後萬般無奈，自我安慰，以爲人生本來有常規，離合悲歡誰都難免；同時她又祝願心上人身體健康，快快樂樂。

在這齣戀愛悲劇中，負心男子膽怯畏葸，令人厭惡；而痴情女子，大膽潑辣，專注執著，令人欽敬，又令人同情。

少司命[1]

秋蘭兮麋蕪，羅生兮堂下。[2]
綠葉兮素華，[3]芳菲菲兮襲予。[4]
夫人兮自有美子，[5]蓀何以兮愁苦？[6]
秋蘭兮青青，綠葉兮紫莖。
滿堂兮美人，忽獨與余兮目成。[7]
入不言兮出不辭，乘回風兮載雲旗。
悲莫悲兮生別離，樂莫樂兮新相知。
荷衣兮蕙帶，[8]儵而來兮忽而逝。[9]
夕宿兮帝郊，[10]君誰須兮雲之際？[11]
與女遊兮九河，衝風至兮水揚波（古本無此二句）
與女沐兮咸池，[12]晞女髮兮陽之阿。[13]
望美人兮未來，[14]臨風怳兮浩歌。[15]

秋日蘭花香麋蕪，四處分布生堂下。
綠色葉子素色花，香氣菲菲撲我鼻。
人們自有好子女，司命爲何多愁苦？
秋日蘭草真茂盛，綠色葉子紫色莖。
濟濟一堂盡美人，忽然向我拋飛眼。
進門無話出不辭，乘駕旋風飄雲旗。
悲中最悲生別離，樂中最樂新相知。
荷花爲衣蕙草帶，倏忽而來倏忽去。
傍晚宿在帝城郊，你在雲端等待誰？
想在咸池洗你頭，想在山頭晒你髮。
眼望美人卻未來，只好臨風大聲唱。

孔蓋兮翠旌，[16]登九天兮撫彗星。[17]
竦長劍兮擁幼艾，[18]荃獨宜兮爲民正。[19]

孔雀車蓋翡翠旗，登上九天持彗星。
高舉寶劍護兒童，司命宜作民主宰。

【注釋】

1 **少司命**：本爲傳說中送子護子的女神，年年得到祭祀；實乃社會生產力處於不發達狀態時人們對於延續子嗣的一種美好想像，與後代的「送子觀音」相仿，而屈原又改寫成一場人神戀愛悲劇。**麋蕪**：白芷，一種香草。

2 **羅**：羅列，分布。

3 **素華**：華，一本作「枝」。素華，白色花。

4 **芳菲菲**：香氣撲鼻。**襲**：侵及。**予**：我，指男巫。

5 **夫**：發語助詞。**人**：人們。**美子**：美好的子女。此句王逸本爲「夫人自有兮美子」，今從朱熹說。

6 **蓀**：一種香草，此處比喻少司命。

7 **余**：我，此處指祭者。**目成**：眉目傳情。

8 **荷衣**：以荷爲衣。**蕙帶**：以蕙草爲帶子。

9 **倏**：音ㄕㄨˋ，急速。**逝**：離去。

10 **帝郊**：帝城之郊。

11 **君**：指少司命。**須**：等待。**雲之際**：雲端裡。

12 **女**：汝，指少司命。**咸池**：神話中一水名。

13 **晞**：音ㄒㄧ，晒。**阿**：山。**陽之阿**：太陽升起的地方。此二句前，一本另有兩句：「與女遊兮九河，沖風至兮水揚波。」古本無此二句，王逸亦無注。洪興祖指出：「此二句，〈河伯〉章中語也。」朱熹認爲「當刪去」。

14 **美人**：指少司命。**未來**：指沒有來到。

15 **怳**：同「恍」。**浩歌**：大聲歌唱。

16 **蓋**：車蓋。**孔蓋**：以孔雀尾作車蓋。**翠**：翡翠。**旌**：一本作「旍」。

17 **撫**：持。

18 **竦**：音ㄙㄨㄥˇ，挺出，舉起。**擁**：保護。**幼艾**：小孩子。

19 **宜**：適宜。**正**：主宰。

〈少司命〉是敘寫楚地民間祭祀送子女神場面的詩歌，也是一曲對送子女神的讚歌。通篇爲男巫獨唱。似乎祭祀時少司命由一女巫扮演，由靜而動，翩翩起舞，而男巫則在一旁深情歌唱，抒發他對送子護子女神的各種感情。實際上，此詩表現了人世間失意男子的複雜情懷。全詩二十六句，分五個層次。

第一層次　關心（六句）

秋蘭兮麋蕪，羅生兮堂下。綠葉兮素華，芳菲菲兮襲予。
夫人兮自有美子，蓀何以兮愁苦？

開頭四句描寫少司命周圍的環境。王逸對這四句詩注得不錯，其云：「言己供神之室，空閒清靜，眾香之草，又環其堂下，羅列而生。」❼後兩句寫在這芳草鮮花的簇擁之中，送子護子女神似乎正想著自己的職守，秀眉微蹙，默默無語，所以男巫十分關心：人們自有好子女，你為何這般愁苦？

第二層次　愛慕（四句）

秋蘭兮青青，綠葉兮紫莖。滿堂兮美人，忽獨與余兮目成。

頭兩句起興。後兩句寫男巫以為女巫給他拋了一個媚眼，他十分激動，立即萌發強烈的愛慕之情。這兩句詩頗為傳神，儘管這是單相思。王逸注曰：「言萬民眾多，美人並會，盈滿於堂，而司命獨與我睨而相視，成為親親也。」

❼〔宋〕洪興祖，《楚辭補注》[M]，北京：中華書局，一九八三：七一～七三，此詩以下引文盡出於此。

第三層次　傷別（四句）

入不言兮出不辭，乘回風兮載雲旗。悲莫悲兮生別離，樂莫樂兮新相知。

頭兩句敘述女神來去匆匆，「入不語言，出不訣辭，其態難知」（王逸語）。作品字裡行間，洋溢著感傷、幽怨之情。後兩句直抒其情，道出了人世間男女之間的悲歡離合之情。王逸注曰：「人居世間，悲哀莫痛與妻子別離」、「天下之樂，莫大于男女始相知之時」。當然，這兩句詩的重點在傷離別，即男巫感到了女巫即將離去，所以顯然有著一種哀傷的情調。

第四層次　苦惱（八句）

荷衣兮蕙帶，倏而來兮忽而逝。夕宿兮帝郊，君誰須兮雲之際？

與女遊兮九河，衝風至兮揚波。

與女沐兮咸池，晞女髮兮陽之阿。望美人兮未來，臨風怳兮浩歌。

頭兩句寫女神的穿著和行爲。在男巫的心目中，女神是那樣的美麗香潔，但是突然而來，又突然而去，男巫心中十分惆悵。後六句寫男巫的複雜心理，他先是想像女神離開後夜宿天帝之郊，天際空曠，多麼寂寞，他希望女神這時能夠想起他。接著他又想像自己能陪女神到天池，爲她在天池中洗頭髮。他想得多麼美好，但這畢竟只是一廂情願，最終女神也未出現。男巫失望地面對疾風大聲歌唱，盼望女神能聽到而降臨。痴心男子的心理表現得十分生動。「與女遊兮九河，衝風至兮揚波」，古本有此兩句，然王逸《章句》已刪節。

第五層次　讚頌（四句）

孔蓋兮翠旌，登九天兮撫彗星。竦長劍兮擁幼艾，荃獨宜兮為民正。

男巫強壓下個人心頭失戀的苦惱，大聲謳歌少司命崇高的使命。前兩句讚其「誅惡」；「言司命以孔雀之翅爲車蓋，翡翠之羽爲旗旍。」後兩句頌其「護善」。「幼」，少也，當譯爲幼兒。「艾」，洪興祖引《孟子》、《戰國策》語爲例，補注曰：「美女謂之艾。」此兩句說女神手執長劍，誅凶懲惡，保護兒童婦女，是人間正義的化身。

儘管此詩寫的是一位男巫的單相思，但他眼中的少司命是一位神性與人性相結合的十分動人優美的女性。在詩人眼裡，少司命的美貌和個性與周圍環境融爲一體，而「何以兮愁苦」、「忽獨與余兮目成」等敘寫，又傳神地刻畫出了少司命多愁多情的個性。這是一個具有很強藝術魅力的文學形象。

東君[1]

暾將出兮東方，照吾檻兮扶桑。[2]
旭日將升在東方，照我門檻耀扶桑。

撫余馬兮安驅，[3]夜皎皎兮既明。[4]
我騎馬兒慢慢走，黑夜已逝天下白。

駕龍輈兮乘雷，[5]載雲旗兮委蛇。[6]
駕起龍車聲如雷，雲旗飄飄迎風展。

長太息兮將上，[7]心低佪兮顧懷。[8]
感慨嘆息往上升，似戀故居心徘徊。

羌聲色兮娛人，[9]觀者憺兮忘歸。[10]
緪瑟兮交鼓，[11]簫鍾兮瑤簴。[12]
鳴篪兮吹竽，[13]思靈保兮賢姱。[14]
翾飛兮翠曾，[15]展詩兮會舞。[16]
應律兮合節，[17]靈之來兮蔽日。[18]
青雲衣兮白霓裳，舉長矢兮射天狼。[19]
操余弧兮反淪降，[20]援北斗兮酌桂漿。[21]
撰余轡兮高駝翔，[22]杳冥冥兮以東行。[23]

有聲有色眞娛人，眾人安樂忘了回。
疾速彈瑟對擊鼓，用力敲鐘晃動架。
既吹竹篪又吹竽，想想眾巫多美好。
像群鳥兒輕輕飛，縱情歌唱集體舞。
歌諧音律舞合拍，眾神齊來擁日神。
青色雲衣白霓裳，舉起長箭射天狼。
拿著木弓落西山，端起北斗盛酒漿。
抓住轡繩向高馳，幽暗之中朝東行。

【注釋】

1 **東君**：傳說中的日神。先人崇拜太陽，尊爲神祇，年年祭祀，漸成風俗。本篇是屈原敘寫民間祭祀日神場面的詩歌，也是一曲熱情洋溢的太陽頌。

2 **暾**：音ㄊㄨㄣ，初升的太陽。**吾**：指主祭者。**檻**：音ㄎㄢˇ，門檻。或音ㄐㄧㄢˋ，欄杆。**扶桑**：傳說中的神樹。

3 **撫**：通「拊」，拍、擊。**安驅**：慢慢地走。

4 **皎皎**：明亮的樣子。**皎**：一作「晈」。

5 **輈**：音ㄓㄡ，車轅，借代車。**龍輈**：龍車。**雷**：車聲如雷。

6 **載**：插，設置。**委蛇**：音ㄨㄟ ㄧˊ，飄動舒捲的樣子。

7 **太息**：嘆息。**上**：升起。

8 **低佪**：徘徊，留戀。**顧懷**：回顧思念。

9 **羌**：助詞。**娛人**：使人快樂。

10 **憺**：音ㄉㄢˋ，安樂。

11 **緪**：音ㄍㄥ，一作「縆」，緊，急，此處指急促地彈奏。**交**：交互，對擊。

12 **簫**：通「㩋」，敲擊。**瑤**：通「搖」，搖動；震動。

虡：音ㄐㄩˋ，懸鐘的架。

13 **篪**：音ㄔˊ，一作「䶵」，古代樂器，竹笛一類。

14 **靈保**：指眾巫。**姱**：音ㄎㄨㄚ，美好。

15 **翾**：音ㄒㄩㄢ，輕輕地飛。**翠**：翡翠鳥。**曾**：通「翻」，舉也，飛也。

16 **展**：放開。**詩**：歌。**會**：會合。

17 **應律**：歌協音律。**合節**：舞合節拍。

18 **靈**：指眾神。

19 **天狼**：天狼星。

20 **弧**：木弓。**反**：同「返」。**淪降**：日西沉。

21 **北斗**：北斗星。**桂漿**：桂花酒。

22 **撰**：抓住。**轡**：轡繩。**高駝翔**：向高處馳騁。駝，一作「馳」。

23 **杳**：音ㄧㄠˇ。**杳冥冥**：幽暗之中。

〈東君〉是敘寫民間祭祀太陽神場面的詩歌，也是對太陽神的一曲頌歌。要理清此詩層次，必須首先解決人稱問題。古人王逸、近人馬茂元等，以爲詩中「吾」、「余」都是日神自稱，那麼詩中不少對日神自身形象描摹的語言在寫作上就頗難解釋。有的學者以爲「祭時可能由男巫扮東君，由女巫迎神」，有此可能，但未將問題說透。朱熹、蔣驥以爲，「吾，主祭者自吾也」❽，此說甚妥。當時的祭祀場面，似乎是眾巫簇擁一位飾演日神之巫，頻頻舞蹈，而主祭女巫在旁獨自高歌，表現對日神——一位健美男性的熱愛之情。〈東君〉即此歌詞。全詩二十四句，分三個層次。

第一層次　旭日東升（八句）

暾將出兮東方，照吾檻兮扶桑。撫余馬兮安驅，夜皎皎兮既明。

❽〔宋〕朱熹，《楚辭集注》[M]，上海：上海古籍出版社，一九七九：四一。

駕龍輈兮乘雷，載雲旗兮委蛇。長太息兮將上，心低佪兮顧懷。

前四句似屬代言體，即代日神說話，透過日神的心理，描寫太陽升起時的情景，後四句爲敘述體，即主祭女巫的歌唱，形象地描寫旭日東升時的聲勢容姿，使用比擬手法，尤其生動感人。瞧，日神駕起龍車，響聲如雷，雲旗招展，祂似乎一邊嘆息一邊上升，彷彿留戀故居，徘徊猶豫。

第二層次　萬眾歡騰（八句）

羌聲色兮娛人，觀者憺兮忘歸。緪瑟兮交鼓，簫鍾兮瑤虡。
鳴篪兮吹竽，思靈保兮賢姱。翾飛兮翠曾，展詩兮會舞。

頭兩句總領。洪興祖補注曰：「東方既明，萬類皆作，聲者以聲聞，有色者以色見，耳目之娛，各自適焉。」[9]從而領起以下歡騰的場面：群巫疾速地彈瑟擊鼓，用力地敲鐘乃至晃動了鐘架；大家既吹竹篪又吹竽，象群鳥兒輕快地飛翔，縱情歌唱集體起舞。這是一個多麼熱烈生動的場面！

第三層次　太陽勛勞（八句）

應律兮合節，靈之來兮蔽日。青雲衣兮白霓裳，舉長矢兮射天狼。
操余弧兮反淪降，援北斗兮酌桂漿。撰余轡兮高駝翔，杳冥冥兮以東行。

[9]〔宋〕洪興祖，《楚辭補注》[M]，北京：中華書局，一九八三：七五。

前四句寫太陽除暴滅害。在萬眾熱烈的簇擁中，日神昂然挺起，大顯神威：青色雲衣白色霓裳，舉起長箭射中天狼。天狼星代表侵略者，因此日神又是一位反侵略的民族英雄。後四句寫日神除暴之後，拿著木弓落入西山；端起北斗盛滿酒漿來喝。這是何等偉大的氣魄！而英雄凱旋，並未消停，他又不辭辛勞，揚鞭急馳，爲著明日的事業而不斷奮進！

河伯[1]

與女遊兮九河，衝風起兮水橫波。[2]
乘水車兮荷蓋，駕兩龍兮驂螭。[3]
登崑崙兮四望，心飛揚兮浩蕩。
日將暮兮悵忘歸，[4]惟極浦兮寤懷。[5]
魚鱗屋兮龍堂，[6]紫貝闕兮朱宮，[7]
靈何爲兮水中？[8]
乘白黿兮逐文魚，[9]與女遊兮河之渚，[10]
流澌紛兮將來下。[11]

與你同遊在九河，旋風吹來起大波。
乘坐水車荷葉蓋，兩龍駕轅螭作驂。
登上崑崙望四方，心意飛揚胸襟暢。
日落心安忘回歸，長天遠水在胸膛。
魚鱗蓋屋龍紋堂，紫貝作闕朱丹宮，
神屋爲何在水中？
乘著白黿追鯉魚，與你同遊河中島，
河水盛大滾滾流。

子交手兮東行，[12]送美人兮南浦。[13]
波滔滔兮來迎，魚鱗鱗兮媵予。[14]

與你攜手向東行，殷勤道別在南浦。
江濤滾滾來相迎，魚兒連連伴送我。

【注釋】

1 **河**：先秦專指黃河。**伯**：一種尊稱。**河伯**：指黃河之神。據一些古籍記載，楚懷王時，楚人對河伯之祭祀已成風俗習慣。而此篇是透過祭祀河伯這個場面的描寫，表現了一段短暫而動人的愛情故事，早與祭祀本義沒有多少關係，而這正是民歌的本色。

2 **女**：通「汝」，指河伯。**九河**：黃河下游眾多的支流。**衝風**：旋風。**橫波**：大波。

3 **駕兩龍**：兩龍駕轅。**驂螭**：音ㄘㄢ ㄔ，以螭為驂。**驂**：轅馬兩旁的馬叫驂。**螭**：傳說中的無角龍。

4 **悵**：似應作「憺」，寧靜，悠然之意。詳見下文分析。

5 **惟**：只有。**極浦**：遙遠的水邊。**寤**：通「悟」，明白，明瞭。**寤懷**：了然於胸。

6 **魚鱗屋**：魚鱗蓋屋。**龍堂**：用龍的圖案花紋裝飾廳堂。

7 **紫貝闕**：紫貝作闕。**朱宮**：紅色宮殿。

8 **靈**：神。

9 **黿**：音ㄩㄢˊ，大鱉。**文魚**：鯉魚。

10 **渚**：音ㄓㄨˇ，水中小島。

11 **流澌**：流水。**紛**：多、大。**將**：助詞。**下**：湧下。

12 **子**：你。**交手**：手拉手。一本「子」字上有「與」字。

13 **美人**：情人。**兮**：作「於」講。**浦**：水邊。**南浦**：亦作地名解。

14 **鱗鱗**：一個接一個。**媵**：音ㄧㄥˋ，此處作伴送講。

〈河伯〉是記敘民間祭祀黃河神的場面。關於楚人是否祀河一事，史學界曾有爭議。一些學者藉口《左傳・哀公六年》曾載楚昭公有云「祭不越望」，故否定楚人會祀河。其實，楚人祀河，史有記載。《左傳・宣公十二年》晉楚大戰，晉師敗績，爲示勝利，楚師「祀於河作先君宮。告成事而還。」❿又，董說《七國考》載曰：「陸璣《要覽》，楚懷王於國東偏起沉馬祠，名饗楚邦河神，欲崇祭祀拒秦師。」⓫史料鑿鑿，不容置疑。對本詩的內容，說法種種。朱熹以爲乃主祭女巫與飾演河伯男巫同遊，較他說更合情理。通篇爲女巫獨唱。全詩十八句，分兩個大的層次。

第一層次　同遊（十四句）

透過主祭女巫與河伯同遊的想像，描繪黃河下游、源頭、水底及河面的奇麗景象。

1. 下游（四句）

與女遊兮九河，衝風起兮橫波。乘水車兮荷蓋，駕兩龍兮驂螭。

九河，指黃河下游衆多的支流。頭一句交代人物、地點及事由。此句主詞當然是主祭女巫，地點在黃河下游，事由爲二人同遊。後兩句寫黃河下游的景致：旋風一起，大波洶湧。此兩句寫出遊的方式，即「以水爲車，驂駕螭龍」（王逸語），戲遊出行。

2. 源頭（四句）

登崑崙兮四望，心飛揚兮浩蕩。日將暮兮悵忘歸，惟極浦兮寤懷。

---

❿〔晉〕杜預注，〔唐〕孔穎達疏，《春秋左傳正義》／〔清〕阮元校刻，《十三經注疏》[M]，北京：中華書局，一九八〇：一八八三。

⓫〔清〕《欽定四庫全書・史部・政書類・通制之屬・七國考》卷九。

崑崙乃黃河源頭。頭兩句寫同遊至源頭崑崙山時的心情，王逸注曰：「言己設與河伯俱游西北，登崑崙萬里之山，周望四方，心意飛揚，志欲升天，思念浩蕩。」此兩句映襯出崑崙山的奇麗高峻。正因如此，王逸注後兩句曰：「……觀而視之，不知日暮，言己心樂志說（悅），忽忘還歸也。」另外，「日將暮兮悵忘歸」一句與〈山鬼〉中「留靈修兮憺忘歸」一句相似。根據此詩上下文意及王逸的注釋，再加與〈山鬼〉一詩比較，此「悵」似爲「憺」之誤，「憺」有寧靜、悠然之意。後兩句意爲：日落西山，兩人心意悠然，忘記歸途，長天遠水，一覽在胸。

3. **水底（三句）**

> 魚鱗屋兮龍堂，紫貝闕兮朱宮，靈何為兮水中？

寫女巫對黃河水下深淵的想像和驚異：魚鱗蓋屋，滿堂紋龍，紫貝作闕，朱丹堊殿。並進而發問：神屋爲什麼蓋在水中呢？

4. **河面（三句）**

> 乘白黿兮逐文魚，與女遊兮河之渚，流澌紛兮將來下。

寫黃河水面的魚類及水勢。黃河水中，既有巨大的白黿能乘，又有機靈的鯉魚可逐，急湍洶湧，滾滾東流。

從下游到源頭，喻黃河縱橫綿長；從水底到河面，寫黃河淵深富饒。屈子在這首詩中爲人們勾勒了一幅立體的黃河印象圖。

第二層次　送別（四句）

子交手兮東行，送美人兮南浦。波滔滔兮來迎，魚鱗鱗兮媵予。

兩人依依惜別，情深意長。主祭女巫與飾演河伯的男巫手拉著手，東行回到黃河下游。想像男巫送女巫至南方水邊，江水滔滔來迎，河伯派遣魚兒伴送。

女聲獨唱，到此結束，但餘音嫋嫋，引人深思。此詩寫一對正在戀愛的男女同遊黃河，景象生動，情意綿綿，顯然是古代一首優秀的情歌。

山鬼[1]

若有人兮山之阿，[2]被薜荔兮帶女蘿。[3]
既含睇兮又宜笑，[4]子慕予兮善窈窕。[5]
乘赤豹兮從文狸，[6]辛夷車兮結桂旗。[7]
被石蘭兮帶杜蘅，折芳馨兮遺所思。[8]
余處幽篁兮終不見天，[9]路險難兮獨後來。
表獨立兮山之上，[10]雲容容兮而在下。[11]

好像那位在山坳，身披薜荔和女蘿。
雙目含情微微笑，容貌美好又愛我。
我駕赤豹帶花貓，辛夷香車桂花旗。
身披石蘭杜蘅帶，折朵鮮花送情人。
我在竹林不見天，道路艱險才遲到。
孤單一人立山頭，雲絮紛紛飄腳下。

杳冥冥兮羌晝晦，[12] 東風飄兮神靈雨。[13]
留靈修兮憺忘歸，[14] 歲既晏兮孰華予。[15]
采三秀兮於山間，[16] 石磊磊兮葛蔓蔓。[17]
怨公子兮悵忘歸，[18] 君思我兮不得閒。
山中人兮芳杜若，[19] 飲石泉兮蔭松柏。[20]
君思我兮然疑作。[21]
雷填填兮雨冥冥，[22] 猨啾啾兮狖夜鳴。[23]
風颯颯兮木蕭蕭，[24] 思公子兮徒離憂。[25]

白日幽暗霧茫茫，東風輕拂細雨絲。
欲留情人樂忘歸，時光流逝誰愛我。
採朵靈芝巫山間，亂石堆積蔓草長。
心怨公子忘回歸，公子想我不得空。
山中人香如杜若，常飲石泉靠松柏。
公子想我又猶豫。
雷聲陣陣雨綿綿，猿聲啾啾狖夜鳴。
風聲颯颯落葉下，思念公子空傷心。

【注釋】

1 **山鬼**：即山神，此處專指山中女神。山，綿亙無窮，巍峨聳立，在社會生產力十分低下的歷史階段，給先人以神祕莫測之感，故《荀子》有「積土成山，風雨興焉」之說。祭祀山神，歷代帝王最爲推崇、隆重，《漢書·郊祀志》中記載頗多。但民間祭山，恐怕並不那麼神聖莊嚴，而往往寄託著民眾對社會、對生活的某種希冀或想像。此篇即是屈原記述湘西民間祭祀山神場面的一首敘事詩，表達了先人對叢山茂林的想像，轉述著楚地先民關於山中神女的傳說。從具體內容看，則是在敘寫巫山神女孤單失戀的痛苦情狀。學者們認爲此詩中也流露出了詩人自己的某種思想感情。

2 **若**：好像。**兮**：有「在」意。**山之阿**：大山曲深之處。

3 **被**：同「披」。**帶女蘿**：以女蘿爲衣帶。**女蘿**：又稱菟絲，同薜荔一樣，均爲蔓生植物。

4 **含睇**：含情微視。**宜笑**：笑得好看。

5 **子**：山鬼對情人的稱。**予**：山鬼自稱。**善**：美好。**窈窕**：嫻靜美好的姿態。

6 **乘赤豹**：使赤豹駕猿拉車。**文**：同「紋」。**從文狸**：帶著有花紋的貓。

7 **辛夷**：一種香木。**結**：編織。**桂旗**：桂葉桂花編成的旗。

8 **石蘭**：蘭之一種。**杜蘅**：一種香草。**芳馨**：芳香，此處指香花香草之類。**遺**：音ㄨㄟˋ，贈送。**所思**：思念的人，情人。

9 **幽篁**：幽深的竹林。**篁**：音ㄏㄨㄤˊ。**終**：始終。

10 **表**：特出地。

11 **容容**：同「溶溶」，流水盛大貌，此處比喻雲絮飄流。

12 **杳**：音ㄧㄠˇ，幽深。**冥冥**：昏暗不明。**羌**：方言，語助詞。**晝**：白日。**晦**：昏暗。

13 **神靈**：指雨神。

14 **留**：挽留。**靈修**：山鬼對情人的稱呼。**憺**：音ㄉㄢˋ，安樂。

15 **既晏**：已晚。**華**：光華，引申爲關照、寵愛。**予**：我，山鬼自稱。

16 **三秀**：靈芝。**兮**：義同「在」。**於**：音ㄨ。**於山**：即巫山。

17 **磊磊**：亂石堆疊貌。**蔓蔓**：蔓延綿長貌。

18 **公子**：山鬼對情人的稱呼。**悵**：失意，煩惱。

19 **山中人**：山鬼自指。**芳杜若**：香如杜若。

20 **蔭松柏**：以松柏爲庇蔭，可解爲倚靠松柏。

21 **然**：不疑也。**然疑作**：猶豫不決。

22 **塡塡**：雷聲。**冥冥**：雨貌。

23 **啾啾**：猿聲。**狖**：音ㄧㄡˋ，似猿。**狖**：一本作「又」。

24 **颯颯**：風聲。**蕭蕭**：風吹落葉聲。

25 **徒**：白白。**離**：通「罹」，遭到。

〈山鬼〉是敘寫民間祭祀山神場面的詩歌。通篇由飾演山鬼（「巫山神女」）的女巫獨唱。作品細膩深刻地描寫了一位神女由熱戀到等待，由等待而懷疑、而失望，直至絕望的過程。全詩二十七句，分七個層次。

第一層次　想像（四句）

若有人兮山之阿，被薜荔兮帶女蘿。既含睇兮又宜笑，子慕予兮善窈窕。

此處「人」，非山鬼自身，而是山鬼心目中的情人。否則，「被薜荔兮帶女蘿」一句與下文中「被石蘭兮帶杜蘅」之間的矛盾就無法解釋；且「子慕予兮善窕窕」一句也無法解釋 。此層次是山鬼想像自己的情人正出現在山的拐彎處，服飾芬芳美麗，而且遙對自己，含情脈脈。這些想像，表現了山鬼喜悅、激動的感情，也必然引起下文的迎接場面。

第二層次　迎接（四句）

乘赤豹兮從文狸，辛夷車兮結桂旗。被石蘭兮帶杜蘅，折芳馨兮遺所思。

因為確信情人正向自己走來，所以山鬼欣然前往迎接。她駕著赤豹，帶著花貓，坐著香車，插著桂旗，披著石蘭，繫著杜蘅，手中還折取一朵芬芳的鮮花，其激越亢奮之情溢於言表。

第三層次　懺悔（四句）

余處幽篁兮終不見天，路險難兮獨後來。表獨立兮山之上，雲容容兮而在下。

到達目的地後，山鬼沒有見到情人。她以為自己因為身處茂密的竹林之中，不見天日、無法掌握好時間，再加道路艱難而遲到，錯過了見面的機會，因此，一個人落寞地獨立山頭，腳下團團雲霧飄過，心中迷惘，十分難過。

第四層次　等待（四句）

杳冥冥兮羌晝晦，東風飄兮神靈雨。留靈修兮憺忘歸，歲既晏兮孰華予。

儘管天色昏暗，雨絲風片，但山鬼執著地等待著。她希望心上的人能如願到來，然後設法留住他，樂而忘歸。因爲年華老大，別人誰還把她當作花一樣美麗的年輕人呢！

第五層次　猜測（四句）

采三秀兮於山間，石磊磊兮葛蔓蔓。怨公子兮悵忘歸，君思我兮不得閒。

「巫山神女」的傳說中包含著纏綿眞摰的愛情佳話。「采三秀兮於（通「巫」）山間」，是說山鬼要採一株靈芝，準備送給心上人。此句表現了她對愛情的熱烈追求。但報答她的卻只是荒涼的「石磊磊兮葛蔓蔓」。這是觸景生情，因爲此時山鬼因爲久等心上人不至，其沉重纏綿的心情也正像「石磊磊」、「葛蔓蔓」。在埋怨和煩惱之際，她還存有一線希望，猜測心上人是想念自己的，只是不得空閒而已。

第六層次　失望（三句）

山中人兮芳杜若，飲石泉兮蔭松柏。君思我兮然疑作。

山鬼自許很高，說自己平日裡「飲石泉之水，蔭松柏之木，飲食居處，動以香潔自修飾也」（王逸注語）。但為什麼情人總不見來呢？難道他真的對自己半信半疑嗎？山鬼的心裡開始涼了。

第七層次　絕望（四句）

雷填填兮雨冥冥，猨啾啾兮狖夜鳴。風颯颯兮木蕭蕭，思公子兮徒離憂。

雷聲大作，暴雨傾盆，猿猴啼泣，秋風蕭瑟，落葉紛飛，夜幕降臨。心上人絕不會來了，再想他也不過是白白的憂傷！山鬼徹底絕望了。

不少學者說詩中失敗的戀愛亦可用來比喻君臣關係，還認為讀者似乎可以從山生鬼身上看到詩人自己的影子。不管學者們如何從政治角度解讀、演義，竊以為〈山鬼〉是一首淒美的情歌，細膩、生動地描摹了一個失戀女子的心理狀態。

國殤[1]

操吳戈兮被犀甲，[2]車錯轂兮短兵接。[3]　　手拿吳戈身披甲，車軸交錯刀劍接。

旌蔽日兮敵若雲，[4]矢交墜兮士爭先。[5]　　戰旗蔽日敵如雲，亂箭紛紛士爭先。

凌余陣兮躐余行，[6]左驂殪兮右刃傷。[7]　　敵人衝入我陣地，左馬已死右馬傷。

霾兩輪兮縶四馬，[8]**援玉枹兮擊鳴鼓。**[9]

兩輪陷坑絆住馬，仍掄玉槌猛敲鼓。

天時墜兮威靈怒，[10]**嚴殺盡兮棄原野。**[11]

老天怨憤神靈怒，士兵捐軀棄原野。

出不入兮往不反，[12]**平原忽兮路超遠。**[13]

義無反顧壯士心，征途茫茫路遙遠。

帶長劍兮挾秦弓，[14]**首雖離兮心不懲。**[15]

帶劍持弓英勇死，首身分離神無懼。

誠既勇兮又以武，[16]**終剛強兮不可凌。**

確實勇敢又威武，剛強之氣不可侮。

身既死兮神以靈，[17]**子魂魄兮爲鬼雄！**[18]

肉體雖死精神存，忠魂義魄爲鬼雄！

【注釋】

1 **殤**：音ㄕㄤ，原指未成年而死的人。**國殤**：爲國捐軀的將士。此詩敘寫祭祀爲國捐軀楚軍將士的場面。〈九歌〉其他十篇都顯示著濃烈的浪漫主義色彩，唯獨此篇似乎寫實的成分很重。據《史記．楚世家》載：「（懷王）十七年春，與秦戰丹陽。秦大敗我軍，斬甲士八萬，虜我大將軍屈丐、裨將軍逢侯醜等七十餘人，遂取漢中郡。」「二十九年，秦復攻楚，大破楚，楚軍死者二萬，殺我將軍景缺。」〈國殤〉一詩即反映了這些戰爭中楚軍將士的戰鬥情況及精神狀態，洋溢著強烈的愛國主義和英雄主義精神。

2 **操**：持，拿。**吳戈**：吳地所產之戈，泛指武器。**被**：同「披」。**犀甲**：犀牛皮製成的戰衣。

3 **錯**：交錯。**轂**：音ㄍㄨˇ，車軸頭。**兵**：武器。**短兵**：指刀劍一類。

4 **旌**：戰旗。**若雲**：像烏雲一樣壓來。

5 **交**：交互。**墜**：射落，落下。

6 **淩**：侵犯。**余陣**：我們的陣地。**躐**：音ㄌㄧㄝˋ，踐踏。**行**：音ㄏㄤˊ，行列，隊伍。

7 **驂**：音ㄘㄢ，古時戰車，四馬駕轅，中間兩匹叫「服」，外邊兩匹叫「驂」。**殪**：音ㄧˋ，倒地而死。**右**：指右驂。**刃傷**：爲兵刃所砍傷。

8 **霾**：音ㄇㄞˊ，通「埋」。**縶**：音ㄓˊ，絆住。

9 **援**：拿著。**枹**：音ㄈㄨˊ，鼓槌。**玉枹**：飾玉的鼓槌。**鳴鼓**：響亮的鼓聲。

10 **天時**：原指日月星辰按時運行，此代日月星辰。**天時墜**：日月星辰彷彿落了下來，意指天昏地暗，日月無光。**威靈**：威嚴的神靈。

11 **嚴殺**：嚴酷的廝殺。**盡**：盡皆戰死。**棄原野**：屍骨棄於原野。

12 **反**：通「返」。**出不入、往不反**：互文，是說將士們出征前抱著拚死的決心走向前線。

13 **忽**：通「惚」，形容原野上風塵彌漫，視野模糊。**超遠**：遙遠。

14 **挾**：音ㄒㄧㄝˊ，腋下所夾。**秦弓**：秦地所生產之弓，泛指良弓。

15 **懲**：恐懼、悔恨。

16 **誠**：確實。**武**：武力，威武。

17 **神**：精神。**以**：連詞。**靈**：不死。

18 **朱熹本爲**：「魂魄毅兮爲鬼雄」。

〈國殤〉是一首敘寫民間祭祀爲國捐軀者場面的詩歌，也是一曲頌揚爲國捐軀者的讚歌。作品描寫了將士們出征時的慷慨激昂、苦戰失利時的英勇頑強，以及捐軀時的悲憤壯烈，也表現了詩人對烈士們的激情讚頌，洋溢著強烈的愛國主義和英雄主義精神。全詩十八句，分兩個大層次。

第一層次　敘事（十句）

此層當爲眾男巫的大合唱。敘述楚軍與敵人一次壯烈的戰鬥過程，有始有終，有聲有色；既有大場面的鳥瞰，也有小環節的雕刻，生動傳神，嘆爲觀止。根據事態發展，可分爲三個小層次。

1. **激戰（四句）**

操吳戈兮被犀甲，車錯轂兮短兵接。旌蔽日兮敵若雲，矢交墜兮士爭先。

當由飾演國殤的主祭男巫獨唱，臺上另有群巫踏足勁舞。描寫士兵們手拿吳戈，身披犀甲；激戰開始，雙方輪轂交錯，長兵器施展不開，只能用刀劍相擊；旌旗蔽天，敵眾如雲，箭流似雨。面對黑壓壓一片蜂擁而來的敵人，士兵們毫不氣餒，在箭雨之中舉刀揮劍，奮勇爭先。

2. **堅持（四句）**

凌余陣兮躐余行，左驂殪兮右刃傷。霾兩輪兮縶四馬，援玉枹兮擊鳴鼓。

在一陣劇烈的舞蹈動作之後，仍由主祭男巫獨唱。描寫強大的敵人衝亂了自己的陣地，驂馬死傷，戰車陷坑，但主將仍然掄槌擊鼓，指揮戰鬥，何等英勇頑強！但畢竟寡不敵眾，士兵傷亡慘重。

3. **捐軀（二句）**

天時墜兮威靈怒，嚴殺盡兮棄原野。

以少敵眾，拚死決戰；天昏地暗，日月無光；上蒼震驚，神鬼發怒；最終，寡不敵眾，全軍覆沒；壯士捐軀，屍陳原野。這是一幅何等悲痛壯烈的圖畫！

第二層次　讚頌（八句）

本層以時間先後為序安排層次，即昔日、眼前、將來（禮讚），共三個小層次。在表現手法上，先敘述描寫，後議論抒情。

1. 昔日（二句）

出不入兮往不反，平原忽兮路超遠。

此時祭祀舞蹈的動作漸慢，最後定格、造型。當由另一男巫獨唱，歌聲緩慢、凝重，目光移向遠方，彷彿陷入回憶——那是將士們離開家鄉奔赴前線時的悲壯情景：儘管征途遙遠，前程渺茫，但毅然出征，保家衛國，絕不僥倖偷生，無功而返！他們甘願從軍拚命，決心為國捐軀，這是多麼堅強的意志！明人汪瑗注得對：「出不入往不返，『易水之歌』其意蓋如此。此句表壯士從軍之初心，自誓之志便若是也。」[12]

2. 眼前（二句）

帶長劍兮挾秦弓，首身離兮心不懲。

男巫收回目光，低頭俯視腳下，歌聲激越，雙手造型，彷彿表現烈士們遺容的一個特寫鏡頭：茫茫原野之上，烈士們身首分離，但仍然帶劍持弓，毫無恐懼的表情．顯示出他們英勇戰鬥到最後一息，悲憤壯烈，雖死猶生！

---

[12]〔明〕汪瑗，《楚辭集解》[M]，北京：北京古籍出版社，一九九四：一四三。

3. **禮讚（四句）**

誠既勇兮又以武，終剛強兮不可凌。身既死兮神以靈，子魂魄兮為鬼雄！

群巫齊聲高唱，讚頌死難將士英勇剛強，忠魂義魄，永不泯滅！

〈國殤〉，中國文學史上一曲愛國主義的絕唱，影響了代代炎黃子孫。李易安「生當作人傑，死亦爲鬼雄」句，脫化於此；聞一多最後的演講中「早晨出門，晚上就不準備回家了」，亦源於此……這組爲國捐軀的群雕，必將永遠矗立於中華民族的思想發展史上！

禮魂[1]

盛禮兮會鼓，[2]傳芭兮代舞，[3]
姱女倡兮容與。[4]

春蘭兮秋菊，長無絕兮終古。[5]

鼓聲大作祭禮成，手拿鮮花交替舞，
美女歌唱態從容。

春天蘭花秋天菊，祭祀永遠不會斷。

【注釋】

1 **魂**：神。**禮魂**：送神的禮節。此歌乃全劇的尾聲，所以場面十分熱烈、歡樂。

2 **盛禮**：完成祭禮。**會鼓**：集中擊鼓，即鼓聲大作。

3 **傳**：執，拿著，握著。《孟子．萬章下》「庶人不傳質為匠」句注曰：「傳，執也。」**芭**：通「葩」，鮮花。**代**：更替，交替。

4 **姱**：音ㄎㄨㄚ，美好。**倡**：通「唱」。**容與**：指舞姿徐舒從容。

5 **長**：永遠。**無絕**：祭祀不斷。**終古**：千古，千年萬代。

〈禮魂〉是〈九歌〉這出大型歌舞劇的尾聲，當為描寫眾巫大合唱場面的詩歌。五句詩可分為二個層次。

第一層次　禮成（三句）

> 盛禮兮會鼓，傳芭兮代舞，姱女倡兮容與。

祭禮成功，鼓聲大作，姑娘們手拿鮮花，輪番起舞，婀娜多姿，歌聲宛轉。這是一個多麼熱烈、繽紛的場面。

第二層次　希望（二句）

> 春蘭兮秋菊，長無絕兮終古。

詩人用春蘭、秋菊來形容季節歲月的更替，兼寓時光的美好以及心願的純潔，還表現出希望祭禮永不間斷的強烈感情。

三、〈九歌〉的藝術特色

二千多年來，眾多學者以爲〈九歌〉是一組抒情詩，這個觀點與〈九歌〉實際情況不符。〈九歌〉是記述戰國後期湘西地區民間祭祀各種不同場面的一組敘事詩。這組詩歌與〈離騷〉、〈天問〉和〈九章〉諸篇在寫作上有著明顯的不同，在寫人記事上有著很高的藝術成就。

（一）人物描寫特點鮮明，心理刻畫細膩生動

黑格爾《美學》一書中專有一節講「美的個性」，他認爲藝術的理想就是要在「外在形象裡顯現爲活的個性」⓭。他還在「活的個性」四個字上打了著重號。魯迅也強調敘事作品「要極省儉的畫出一個人的特點」⓮。〈九歌〉所寫諸神，身分各異，特點亦各不同。這點足以證明〈九歌〉的藝術成就之高。

如寫東皇太一，顯其威嚴：「吉日兮辰良，穆將愉兮上皇。撫長劍兮玉珥，璆鏘鳴兮琳琅。」瞧，這位「上皇」，恭恭敬敬、快快樂樂地升座，手握飾有美玉的寶劍，腰間佩玉鏗鏘作響。你看他有多威風！

如寫雲中君，一位美麗的雲中女神，顯其豔美：「浴蘭湯兮沐芳，華采衣兮若英。靈連蜷兮既留，爛昭昭兮未央。」這位女神，浴蘭湯，沐香水，穿著五彩衣服，好象身披鮮花一樣。她的身體舒曲迴環不斷蠕動，最後慢慢停止。這時的女神容光煥發，充滿生機，安然快樂地出現於神堂之上，光彩動人，堪與日月齊光。

如寫少司命，顯其崇高：「孔蓋兮翠旍，登九天兮撫彗星。竦長劍兮擁幼艾，荃獨宜兮爲民正。」這位護子女神，乘坐著用孔雀尾巴作車蓋、上插飾有翡翠的旗幟的車子，登上高高的九天擒住妖星。她高舉寶劍，立誓保護天下的兒童。這是一個何等崇高的文學形象，絕不遜於後代人們心目中的「送子觀音」！

⓭〔德〕黑格爾，《美學》[M]，北京：人民文學出版社，一九五八：一九六。

⓮魯迅，〈我怎麼做起小說來〉／《南腔北調集》[M]，北京：人民文學出版社，一九五四：一一一。

如寫東君，顯其英雄：「應律兮合節，靈之來兮蔽日。青雲衣兮白霓裳，舉長矢兮射天狼。操余弧兮反淪降，援北斗兮酌桂漿。撰余轡兮高駝翔，杳冥冥兮以東行。」這當是中國文學史上出現的第一個頂天立地的民族英雄形象。

如寫國殤，顯其壯烈：「帶長劍兮挾秦弓，首身離兮心不懲。」這是一個特寫鏡頭：茫茫原野之上，烈士們身首分離，但手中仍然握劍持弓，臉上毫無恐懼的表情，顯示出他們是英勇戰鬥到最後一息，悲憤壯烈，雖死猶生！

總之，〈九歌〉對於不同的人物，有不同的描寫，顯示出各個形象不同的特點，栩栩如生，令人印象深刻。

另外，〈九歌〉對於人物的心理描寫也十分成功。

如〈山鬼〉一詩，描寫一位女神由熱戀到等待，由等待而懷疑、而失望、直至絕望的全過程，細膩生動，堪稱經典。詩歌先寫其想像——

若有人兮山之阿，被薜荔兮帶女蘿。既含睇兮又宜笑，子慕予兮善窈窕。

此層次是山鬼想像自己的情人正出現在山的拐彎處，服飾芬芳美麗，而且遙對自己，含情脈脈。這些想像，表現了山鬼喜悅、激動的感情，也必然引起下文的迎接場面。

再寫其迎接心中情人的亢奮、激動之情——

乘赤豹兮從文狸，辛夷車兮結桂旗。被石蘭兮帶杜蘅，折芳馨兮遺所思。

因爲確信情人正向自己走來，所以山鬼欣然前往迎接。她駕著赤豹，帶著花貓，坐著香車，插著桂旗，披著石蘭，繫著杜蘅，手中還折取一朵芬芳的鮮花，其激越亢奮之情溢於言表。

到達目的地後，山鬼沒有見到情人。她以為自己沒有掌握好時間，再加道路艱難而遲到了，錯過了見面的機會，因此，一個人落寞地獨立山頭，心中十分難過，內心產生了懺悔之情——

余處幽篁兮終不見天，路險難兮獨後來。表獨立兮山之上，雲容容兮而在下。

因為她以為責任在自己，所以，儘管天色昏暗，雨絲風片，但山鬼執著地等待著。她希望心上的人能如願到來，然後設法留住他，樂而忘歸。因為年華老大，別人誰還把她當作花一樣美麗的年輕人呢！詩歌這樣寫道——

杳冥冥兮羌晝晦，東風飄兮神靈雨。留靈修兮憺忘歸，歲既晏兮孰華予。

久等不見心上人，山鬼內心猜測——

怨公子兮悵忘歸，君思我兮不得閒。

在埋怨和煩惱之際，她還存有一線希望，猜測心上人是想念自己的，只是不得空閒而已。等啊等，還是一直不見心上之人到來，山鬼開始失望，心想，難道他真的對自己半信半疑嗎？

山中人兮芳杜若，飲石泉兮蔭松柏。君思我兮然疑作。

山鬼自許很高，但爲什麼情人總不見來呢？難道他眞的對自己半信半疑嗎？此時詩歌描寫周圍環境——

雷填填兮雨冥冥，猿啾啾兮狖夜鳴。風颯颯兮木蕭蕭，思公子兮徒離憂。

雷聲大作，暴雨傾盆，猿猴啼泣，秋風蕭瑟，落葉紛飛，夜幕降臨。心上人絕不會來了，再想他也不過是白白的憂傷！山鬼澈底絕望了。如用今日電影電視鏡頭來表現，此時情景交融，內外合一，眞摯生動，撼人心魄。

〈山鬼〉就是這樣將一個失戀女子複雜多變的心理活動維妙維肖地表現了出來。這樣的描寫在〈湘夫人〉中也同樣十分成功。〈湘夫人〉一詩具體刻畫出湘君在久候情人不至時那種憂愁—怨恨—絕望—希望—想像—矛盾的整個心理過程，也是十分細膩生動。〈九歌〉證明，有些「文學批評家」認爲心理描寫的寫法「最早」成熟於西方的說法，實在可笑、無知！

（二）〈九歌〉中的環境描寫總是融貫著詩歌所要表現的思想感情，或者烘托出某種氣氛

如〈湘夫人〉爲了表現湘君思念情人久候不至的愁情，特意描寫了一個典型的自然環境——

嫋嫋兮秋風，洞庭波兮木葉下。

秋風陣陣，洞庭波湧，落葉紛飛，正好烘托出了那種纏綿之情。

還如〈少司命〉，爲了表現男巫獲得女巫拋給他一個飛眼後充滿希望的心情，詩歌描寫周圍的環境是——

秋蘭兮青青，綠葉兮紫莖。

看到這個環境，難道不給人一個生機勃勃的感覺嗎？

還如〈山鬼〉一詩的最後，爲了表現少女對情人澈底絕望的心情，特別刻畫了一個生動的景物描寫：雷聲大作，暴雨傾盆，猿猴啼泣，秋風蕭瑟，落葉紛飛，夜幕降臨。此眞可謂情景交融，意境深遠。

在〈九歌〉中，不僅有生動的景物描寫，而且還有成功的場面描寫。〈九歌〉中的場面描寫，往往動靜結合，有聲有色。〈東皇太一〉就是一個很好的例子——

吉日兮辰良，穆將愉兮上皇。撫長劍兮玉珥，璆鏘鳴兮琳琅。

瑤席兮玉鎮，盍將把兮瓊芳。蕙肴蒸兮蘭藉，奠桂酒兮椒漿。

揚枹兮拊鼓，疏緩節兮安歌，陳竽瑟兮浩倡。

靈偃蹇兮姣服，芳菲菲兮滿堂。五音紛兮繁會，君欣欣兮樂康。

在這首詩裡，有靜態的描寫：上皇寶座上鋪的是光潔的瑤草席，四周有美玉爲鎭，周圍簇擁著成把成把潔白的鮮花。同時還有動態描寫：女巫們獻上用蘭草墊底、蕙草燻成的祭肉以及甘美的桂酒和椒漿，神態恭敬，舞姿優美；在陳設祭品的同時，樂師們激動地舉槌擊鼓，節拍緩慢，歌聲悠揚；接著竽瑟合奏，群巫大聲歌唱。在禮儀最後，主祭翩翩起舞，服飾美好，香氣滿堂。此時五音大作，交響齊奏，十分熱鬧。有動有靜，有聲有色，彷彿今世之錄影一樣。

〈東君〉中的祭祀場面也很生動——

羌聲色兮娛人，觀者憺兮忘歸。緪瑟兮交鼓，簫鍾兮瑤簴。
鳴篪兮吹竽，思靈保兮賢姱。翾飛兮翠曾，展詩兮會舞。

這是一個多麼歡騰的場面：群巫疾速地彈瑟擊鼓，用力地敲鐘乃至震動了鐘架；大家既吹竹篪又吹竽，像群鳥兒輕快地飛翔，縱情歌唱集體起舞。在這個歡騰的場面之後，又一個高潮出現了——

應律兮合節，靈之來兮蔽日。青雲衣兮白霓裳，舉長矢兮射天狼。
操余弧兮反淪降，援北斗兮酌桂漿。撰余轡兮高駝翔，杳冥冥兮以東行。

在萬眾熱烈的簇擁中，飾演日神的男巫昂然挺起，大顯神威：青色雲衣白色霓裳，舉起長箭射中天狼。天狼星代表侵略者，因此日神又是一位反侵略的民族英雄。日神除暴之後，拿著木弓落入西山，他端起北斗盛滿酒漿來喝。這是何等偉大的氣魄！而英雄凱旋，並未消停，他又不辭辛勞，揚鞭急馳，爲著明日的事業而不斷奮進！

〈國殤〉中的戰爭場面極爲壯觀——

操吳戈兮被犀甲，車錯轂兮短兵接。旌蔽日兮敵若雲，矢交墜兮士爭先。
凌余陣兮躐余行，左驂殪兮右刃傷。霾兩輪兮縶四馬，援玉枹兮擊鳴鼓。
天時墜兮威靈怒，嚴殺盡兮棄原野。

試想一下：一群群手拿吳戈、身披犀甲的楚國將士，面對黑壓壓一片蜂擁而來的敵人，毫不氣餒，在箭雨之中舉刀揮劍，奮勇爭先。當強大的敵人衝亂了自己的陣地，驂馬死傷，戰車陷坑，但主將仍然掄槌擊鼓，指揮戰鬥，這又是何等英勇頑強！但畢竟寡不敵眾，士兵傷亡慘重。天昏地暗，日月無光；上蒼震驚，神鬼發怒；最終，寡不敵眾，全軍覆沒；壯士捐軀，屍陳原野。這是一幅何等悲痛壯烈的畫圖！能用簡練的語言刻畫出如此壯觀生動的場面，屈原，眞詩人也！

（三）〈九歌〉在總體結構上可謂匠心獨運

〈九歌〉十一首詩歌，彷彿是一場歌舞晚會，在節目次序的安排上考慮十分周到，冷熱結合，張弛有度。請看下列表格：

〈東皇太一〉	主角為男巫，演出時，男巫獨舞，一群女巫在旁合唱。
〈雲中君〉	主角為女巫，演出時，女巫獨舞，一群男巫在旁合唱。
〈湘君〉	男女兩巫，輪流獨舞，旁邊男女群巫時而對唱，時而合唱。
〈湘夫人〉	全篇男巫獨唱。
〈大司命〉	男女二巫對唱。
〈少司命〉	女巫獨舞，男巫獨唱。
〈東君〉	群巫頻舞，女巫獨唱。
〈河伯〉	男女對舞，群巫合唱。
〈山鬼〉	通篇女巫獨唱。
〈國殤〉	男巫群舞、合唱。
〈禮魂〉	女巫群舞、合唱。

這是從角色的變化來設計的。另外，十一首詩歌的藝術效果，即給讀者的感覺、印象，也是參差多變，讓人只覺得美不勝收，絕無審美疲勞之感。請看下列表格：

〈東皇太一〉	隆重熱烈。
〈雲中君〉	眼花繚亂。
〈湘君〉	糾結淒涼。
〈湘夫人〉	淒涼糾結。
〈大司命〉	冷熱交織。
〈少司命〉	悲樂相參。
〈東君〉	群情振奮。
〈河伯〉	情意纏綿。
〈山鬼〉	愁苦絕望。
〈國殤〉	悲憤壯烈。
〈禮魂〉	熱烈繽紛。

這是對〈九歌〉十一首詩歌反覆誦讀、分析之後得出的結論。因此，汪瑗所謂〈禮魂〉「乃前十篇之亂詞」的說法是錯誤的。試問，熱烈繽紛的〈禮魂〉怎能與愁苦絕望的〈山鬼〉、糾結淒涼的〈湘君〉等詩歌「配」在一起？

能在角色和效果的配置上考慮得如此周密、精細，即使在今天，屈原也可稱得上是一位合格的大型晚會的總導演！

〈九歌〉在想像、語言諸方面也多有造詣，但他人已說得不少，本人就不再贅言了。

天問

屈原

曰：[1]

遂古之初，[2]誰傳道之？[3]
上下未形，[4]何由考之？[5]
冥昭瞢闇，[6]誰能極之？[7]
馮翼惟像，[8]何以識之？[9]
明明闇闇，[10]惟時何爲？[11]
陰陽三合，[12]何本何化？[13]

圜則九重，[14]孰營度之？[15]
惟茲何功，[16]孰初作之？[17]
斡維焉繫？[18]天極焉加？[19]
八柱何當？[20]東南何虧？[21]
九天之際，[22]安放安屬？[23]
隅隈多有？[24]誰知其數？
天何所沓？[25]十二焉分？[26]

請問：

遙遠古代開始事，是誰能夠傳述之？
當時天地未分開，根據什麼來考定？
晝夜之分不清楚，誰能窮極其本源？
大氣茫茫無形狀，何以識知其眞相？
光明黑暗不斷變，究竟這是爲什麼？
陰陽合天成宇宙，何爲本源何曼衍？

世傳天圓有九重，是誰經營測量過？
這是何等大工程，是誰最早興建成？
極星之繩拴何處？南北之極裝哪裡？
八根天柱如何頂？東南天角爲何陷？
傳說九天有邊緣，各到何處怎相連？
隅角彎彎有多少？又有誰能算清楚？
天地何處能相合？十二時辰如何分？

日月安屬？[27]列星安陳？[28]
出自湯谷，[29]次于蒙汜；[30]
自明及晦，[31]所行幾里？
夜光何德？[32]死則又育？[33]
厥利維何？[34]而顧菟在腹？[35]
女歧無合，[36]夫焉取九子？[37]
伯強何處？[38]惠氣安在？[39]
何闔而晦？[40]何開而明？
角宿未旦，[41]曜靈安藏？[42]

不任汨鴻，[43]師何以尚之？[44]
僉荅何憂，[45]何不課而行之？[46]
鴟龜曳銜，[47]鯀何聽焉？[48]
順欲成功，[49]帝何刑焉？[50]
永遏在羽山，[51]夫何三年不施？[52]

伯禹腹鯀，[53]夫何以變化？[54]
纂就前緒，[55]遂成考功；[56]
何續初繼業，[57]而厥謀不同？[58]
洪泉極深，[59]何以寘之？
地方九則，[60]何以墳之？[61]

太陽月亮附何處？群星又是放哪裡？
太陽早晨出湯谷，晚上停宿在蒙汜；
從早一直走到晚，每天行程多少里？
皎皎月亮有何德？爲何缺了又能圓？
月中黑影是什麼？眞是養兔在腹中？
神女既然無丈夫，怎麼生了九個兒？
伯強之神住哪兒？祥瑞之氣在何方？
蒼天爲何閉而暗？爲何雲開又變明？
東方天際未明時，太陽到底藏在哪？

鯀才不任治洪水，眾人爲何推舉他？
大家都說憂什麼，爲何不先試一下？
鴟龜曳尾銜物行，對鯀爲何有啓發？
順眾之意或許成，舜帝爲何要刑鯀？
把鯀長期囚羽山，爲何多年不放他？

伯禹生於鯀腹中，性格爲何有變化？
禹能繼承父遺業，終於完成其功績；
爲何同樣治洪水，他們辦法卻不同？
洪水淵泉非常深，如何能夠填平它？
大地等比成九塊，禹又怎樣劃分它？

應龍何畫？[62] 河海何歷？[63]
鯀何所營？[64] 禹何所成？[65]
康回馮怒，[66] 地何故以東南傾？[67]
九州何錯？[68] 川谷何洿？[69]
東流不溢，[70] 孰知其故？
東西南北，其修孰多？[71]
南北順橢，[72] 其衍幾何？[73]
崑崙縣圃，[74] 其居安在？[75]
增城九重，[76] 其高幾里？
四方之門，[77] 其誰從焉？[78]
西北闢啓，[79] 何氣通焉？[80]
日安不到？[81] 燭龍何照？[82]
羲和之未揚，[83] 若華何光？[84]
何所冬暖？[85] 何所夏寒？
焉有石林？[86] 何獸能言？

應龍之尾畫在哪？河海如何隨之流？
鯀治洪水做些啥？禹的成就是什麼？
爲何共工一發怒，大地東南就傾斜？
九州如何作布置？河谷爲何那樣深？
大水東流海不滿，誰人知道其原因？
大地東西又南北，它們邊長誰更多？
地形南北狹而長，它的廣差有多少？
說有崑崙和縣圃，它們究竟在哪裡？
山上增城有九重，它的高度有幾里？
崑崙四方都有門，誰人從此出與入？
西北天門大開放，何風能從裡邊過？
陽光哪兒射不到？爲何還要燭龍照？
日神車夫未揚鞭，若木之花怎發光？
什麼地方冬天暖？什麼地方夏天冷？
哪裡能有石樹林？什麼野獸能說話？

焉有虬龍，[87] 負熊以遊？[88]
雄虺九首，[89] 倏忽焉在？[90]
何所不死？[91] 長人何守？[92]

靡萍九衢，[93] 枲華安居？[94]
靈蛇吞象，[95] 厥大何如？[96]
黑水玄趾，[97] 三危安在？[98]
延年不死，[99] 壽何所止？
鯪魚何所？[100] 鬿堆焉處？[101]
羿焉彃日，[102] 烏焉解羽？[103]

禹之力獻功，[104] 降省下土四方。[105]
焉得彼嵞山女，[106] 而通之于台桑？[107]
閔妃匹合，[108] 厥身是繼，[109]
胡爲嗜欲不同味，[110] 而快鼂飽？[111]

啓代益作后，[112] 卒然離蠥。[113]
何啓惟憂，[114] 而能拘是達？[115]
皆歸射鞫，[116] 而無害厥躬。[117]
何后益作革，[118] 而禹播降？[119]
啓棘賓商，[120] 〈九辯〉〈九歌〉。[121]

哪裡能有無角龍，身背狗熊海裡游？
傳說雄蛇有九頭，忽來忽去在哪裡？
什麼地方不死人？長人究竟守在哪？

據說靡萍有九叉，麻花開在哪枝上？
一蛇能吞一隻象，身子究竟有多大？
說有黑水和玄趾，還有三危在哪裡？
人若長年都不死，壽歲還能有窮盡？
鯪魚出產在哪裡？鬿雀又是在何處？
后羿怎樣射太陽？烏鴉如何散羽毛？

大禹勤勞治洪水，到處奔波去考察。
怎麼能和塗山女，兩人結婚在臺桑？
大禹考慮婚姻事，是怕身後無繼嗣，
爲何與人興趣異，只是飽快一朝情？

啓想代益作國君，突然之間遭憂患。
爲何既已遭憂患，最後能脫拘囚難？
益部繳械都潰退，未能傷害啓本人。
爲何益君被推翻，禹之後嗣卻興隆？
啓能陳列宮商樂，演奏〈九辯〉與〈九歌〉。

何勤子屠母，[122] 而死分竟墬？[123]
帝降夷羿，[124] 革孽夏民。[125]
胡羿射夫河伯，[126] 而妻彼雒嬪？[127]
馮珧利決，[128] 封豨是射。[129]
何獻蒸肉之膏，[130] 而后帝不若？[131]
浞娶純狐，[132] 眩妻爰謀。[133]
何羿之射革，[134] 而交吞揆之？[135]

阻窮西征，[136] 巖何越焉？[137]
化爲黃熊，[138] 巫何活焉？[139]
咸播秬黍，[140] 莆雚是營。[141]
何由并投，[142] 而鯀疾修盈？[143]

白蜺嬰茀，[144] 胡爲此堂？[145]
安得夫良藥，[146] 不能固臧？[147]
天式從橫，[148] 陽離爰死。[149]
大鳥何鳴，[150] 夫焉喪厥體？[151]
萍號起雨，[152] 何以興之？
撰體協脅，[153] 鹿何膺之？[154]
鼇戴山抃，[155] 何以安之？[156]

爲何其母已化石，軀體粉碎生下啓？
天帝生下夷羿氏，篡奪消滅夏家人。
爲何又要射河伯，霸占其妻洛神女？
套上扳指拉滿弓，射殺那些大野豬。
野豬肉膏作祭品，爲何天帝不歡喜？
寒浞私通后羿妻，同她商量殺害羿。
爲何后羿能貫革，浞狐卻能算計他？

鯀在有窮往西行，道途險峻如何越？
鯀死之後化黃熊，巫者怎能使他活？
人家都已種黑黍，鯀卻弄蒲植蘆葦。
爲何兩人一起放，修己生子鯀卻病？

白霓嬰茀嫦娥妝，爲何富麗又堂皇？
怎麼偷得長生藥，反倒不能善其身？
天道縱橫即陰陽，陽氣離去就死亡。
日中大鳥多肥大，牠們形體又在哪？
雨師呼號能降雨，它用什麼來興起？
軟體駢肩如鹿身，風神如何來回應？
巨龜負山動四肢，怎樣能使山安穩？

釋舟陵行，157 何以遷之？158
惟澆在戶，159 何求于嫂？160
何少康逐犬，161 而顛隕厥首？162
女歧縫裳，163 而館同爰止。164
何顛易厥首，165 而親以逢殆？166
湯謀易旅，167 何以厚之？168
覆舟斟尋，169 何道取之？170
桀伐蒙山，171 何所得焉？
妹嬉何肆？172 湯何殛焉？173
舜閔在家，174 父何以鱞？175
堯不姚告，176 二女何親？177
厥萌在初，178 何所意焉？179
璜臺十成，180 誰所極焉？181
登立爲帝，182 孰道尚之？183
女媧有體，184 孰制匠之？185
舜服厥弟，186 終然爲害；187
何肆犬體，188 而厥身不危敗？189

過澆推舟在陸上，是用何力移動它？
過澆居住在家中，向他嫂子求什麼？
少康田獵放凶狗，爲何咬落過澆頭？
女歧爲澆縫衣裳，於是共舍又同居。
爲何少康誤砍頭，女歧反倒遇危險？
佯裝田獵來打仗，又憑什麼增實力？
澆覆其舟滅斟尋，少康怎能取勝他？
夏桀當年攻蒙山，究竟能夠得什麼？
妹喜爲何太放蕩？商湯爲何要殺桀？
舜的憂患在家中，爲何三十不娶妻？
堯未告訴舜之父，爲何嫁女作舜妻？
事物萌芽剛開始，誰能臆測其將來？
商紂玉臺十層高，是誰早就看透了？
女媧登位成爲帝，是誰引道尊奉她？
女媧一天七十變，誰能製造誰能畫？
舜對弟弟十分好，然而總是受其害；
爲何豬狗一樣人，其身反而不危敗？

吳獲迄古，[190] 南嶽是止；[191]
孰期去斯，[192] 得兩男子？[193]

緣鵠飾玉，[194] 后帝是饗；[195]
何承謀夏桀，[196] 終以滅喪？[197]
帝乃降觀，[198] 下逢伊摯；[199]
何條放致罰，[200] 而黎伏大說？[201]

簡狄在臺嚳何宜？[202] 玄鳥致貽女何喜？[203]

該秉季德，[204] 厥父是臧；[205]
胡終弊于有扈，[206] 牧夫牛羊？[207]
干協時舞，[208] 何以懷之？[209]
平脅曼膚，[210] 何以肥之？[211]
有扈牧豎，[212] 云何而逢？[213]
擊床先出，[214] 其命何從？[215]
恆秉季德，[216] 焉得夫朴牛？[217]
何往營班祿，[218] 不但還來？[219]
昏微循跡，[220] 有狄不寧；[221]

吳國得以長久存，建立政權在南方；
泰伯仲雍離開岐，誰料吳國得兩賢？

玉鼎鵠羹獻上前，殷湯悅之以爲相；
爲何伊尹事夏桀，最後又要滅掉他？
商湯巡視到東方，沒想碰上那伊尹；
爲何條地打敗桀，天下百姓都大悅？

簡狄在臺嚳求啥？見蛋簡狄有何喜？

王亥秉承其父德，王季曾經稱讚他；
爲何最終被蒙蔽，有扈國中放牛羊？
干羽協和翩翩舞，怎能引誘有易女？
胸部豐滿皮膚潤，怎能與她相匹配？
寄居有易一牧人，怎能私通有易女？
他人擊床亥先出，亥命如何能保全？
王恆秉承父親德，怎樣追得其兒牛？
前往何處作準備，高奏凱歌不空歸？
甲微循其先人跡，有扈從此不安寧；

何繁鳥萃棘，[222] 負子肆情？[223]
眩弟並淫，[224] 危害厥兄；[225]
何變化以作詐，[226] 而後嗣逢長？[227]

成湯東巡，[228] 有莘爰極；[229]
何乞彼小臣，[230] 而吉妃是得？[231]
水濱之木，[232] 得彼小子；[233]
夫何惡之，[234] 媵有莘之婦？[235]

湯出重泉，[236] 夫何片罪尤？[237]
不勝心伐帝，[238] 夫誰使挑之？[239]

會鼂爭盟，[240] 何踐吾期？[241]
蒼鳥群飛，[242] 孰使萃之？[243]
列擊紂躬，[244] 叔旦不嘉；[245]
何親揆發，[246] 定周之命以咨嗟？[247]
授殷天下，[248] 其位安施？[249]
反成乃亡，[250] 其罪伊何？[251]
爭遣伐器，[252] 何以行之？[253]
並驅擊翼，[254] 何以將之？[255]

爲何眾鳥集棘樹，父子同樣縱情欲？
弟弟昏亂爲淫虐，更加危害其兄長；
變化奸詐眾小人，爲何後嗣反隆昌？

成湯當年去巡視，到達東方有莘國；
何以乞求那伊尹，反還得到一美妃？
有莘水邊桑樹中，國君得到那小孩；
爲何又要厭惡他，讓他充當陪嫁奴？

重泉牢裡商湯出，究竟犯了什麼罪？
不忍侮辱而伐桀，究竟是誰在挑撥？

諸侯朝會齊盟誓，爲何能夠如期來？
士兵猶如群鷹飛，誰使他們同心會？
武王斬下商紂頭，周公曾經不滿意；
助王謀劃定朝綱，周公爲何要嘆息？
天下曾經屬殷商，王位怎能換他人？
開始成功後滅亡，紂的罪過是什麼？
諸侯爭先拿武器，武王怎樣來發動？
眾人齊驅攻兩翼，武王怎樣作指揮？

昭后成遊，[256]南土爰底；[257]
厥利惟何，[258]逢彼白雉？[259]
穆王巧挴，[260]夫何周流？[261]
環理天下，[262]夫何索求？[263]
妖夫曳衒，[264]何號于市？[265]
周幽誰誅，[266]焉得夫褒姒？[267]
天命反側，[268]何罰何佑？[269]
齊桓九會，[270]卒然身殺！[271]
彼王紂之躬，[272]孰使亂惑？[273]
何惡輔弼，[274]讒諂是服？[275]
比干何逆，[276]而抑沉之？[277]
雷開阿順，[278]而賜封之？[279]
何聖人之一德，[280]卒其異方？[281]
梅伯受醢，[282]箕子佯狂。[283]
稷維元子，[284]帝何篤之？[285]
投之於冰上，鳥何燠之？[286]

昭王盛兵去出征，一直打到南國地；
他想得到何利益，就爲接受那白雉？
穆王善於駕馭車，爲何到處去周遊？
步履環繞遍天下，究竟尋求何寶貝？
妖人攜物作買賣，爲何沿街高聲叫？
幽王究竟討伐誰，如何得到褒姒女？
天命反覆又無常，罰佑究竟屬何人？
九合諸侯齊桓公，最後竟然遇慘害！
商朝末年是紂王，誰人使他昏又惑？
爲何厭惡忠貞臣，卻去聽信讒諂人？
比干究竟有何罪，反遭打擊被殺害？
雷開做過什麼事，反而賜官又封爵？
聖人品德都一樣，爲何結局卻不同？
梅伯被剁成肉醬，箕子只好裝瘋狂。
后稷既然是長子，帝嚳爲何要害他？
把他棄在冰灘上，群鳥爲何來暖他？

何馮弓挾矢，[287]殊能將之？[288]
既驚帝切激，[289]何逢長之？[290]

伯昌號衰，[291]秉鞭作牧；[292]
何令徹彼岐社，[293]命有殷之國？[294]
遷藏就岐，何能依？[295]
殷有惑婦，何所譏？[296]
受賜茲醢，[297]西伯上告。[298]
何親就上帝罰，[299]殷之命以不救？[300]
師望在肆，昌何志？[301]
鼓刀揚聲，后何喜？[302]
武發殺殷，何所悒？[303]
載尸集戰，何所急？[304]
伯林雉經，[305]維其何故？[306]
何感天抑墜，[307]夫誰畏懼？

皇天集命，[308]惟何戒之？[309]
受禮天下，[310]又使至代之？[311]

初湯臣摯，[312]後茲承輔；[313]
何卒官湯，[314]尊食宗緒？[315]

爲何后稷愛玩箭，卓然殊異有將才？
震驚帝嚳既遭棄，爲何所逢皆護育？

文王號令於殷末，統帥諸侯爲牧長；
爲何武王毀歧社，接受天命占殷商？
太王遷部到岐山，百姓何以能相從？
殷紂曾被妲己惑，能有何人相諫勸？
紂王賜給人肉醬，文王接過告上蒼。
何以紂受上帝罰，殷朝命運必敗亡？
呂望曾在市場上，文王怎麼認識他？
呂望耍刀又叫賣，文王爲何就欣賞？
武王殺死商紂王，爲何如此不快活？
裝著文王木牌位，聚兵而戰急什麼？
紂王吊死柏林中，到底是爲什麼事？
改朝換代變天地，是誰害怕這局面？

天把大權交給商，爲何不常懲戒他？
既讓紂理天下事，爲何讓周代替他？

成湯開始用伊尹，後來薦他輔夏桀；
爲何伊尹又相湯，死後配祭受尊重？

勳闔夢生，[316] 少離散亡；[317]
何壯武厲，[318] 能流厥嚴？[319]

彭鏗斟雉，帝何饗？[320]
受壽永多，夫何久長？[321]
中央共牧，后何怒？[322]
蜂蟻微命，力何固？[323]

驚女采薇，鹿何祐？[324]
北至回水，萃何喜？[325]
兄有噬犬，弟何欲？[326]
易之以百兩，卒無祿。[327]

薄暮雷電，歸何憂？[328]
厥嚴不奉，帝何求？[329]
伏匿穴處，爰何云？[330]
荊勳作師，夫何長先？[331]
悟過改更，[332] 我又何言？
吳光爭國，[333] 久余是勝。[334]

闔廬曾是壽夢孫，少時遭難而流亡；
爲何長大能奮發，破楚殘越威名揚？

彭祖烹調野雞羹，帝堯爲何愛品嘗？
彭祖長壽八百歲，爲何又恨不久長？
中央政權共伯掌，厲王爲何作鬼祟？
小小蜂蟻命極短，爲何力量那麼強？

夷齊採薇女子諷，神鹿爲何來相佑？
向北前往首陽山，至此又有什麼喜？
秦國景公有猛犬，鍼弟爲何一定要？
百輛車乘沒換到，還把祿位丟棄掉。

雷電交加傍晚時，我回家去何必憂？
國君威嚴已不保，爲何還要問天帝？
我已藏身在山洞，還有何話好申訴？
楚國興兵常打仗，立國怎麼能久長？
君王如能改過錯，我又何必來多言？
吳國公子得君位，反倒常能勝我國。

何環穿自閭社丘陵，[335]**爰出子文？**[336]
吾告堵敖以不長。[337]
何試上自予，忠名彌彰？[338]

鄖女野外與人通，竟然生出一子文？
臨行告別堵敖兄，國運將衰已不長。
怎敢譏諷我國君，自求忠名後世彰？

【注釋】

1 **天**：此處名詞用作副詞，可譯為「向天」、「對天」。**問**：詰問，發問。**天問**：向天發問。

2 **遂**：「邃」，遠。**遂古**：遠古。**初**：開始。

3 **傳道**：傳說，傳述。**之**：代遠古之事。

4 **上下**：指天地。**形**：形成。

5 **由**：根據。**何由**：即「由何」，根據什麼。**考**：考查，考核，考定。

6 **冥**：幽暗，指夜晚。**昭**：明亮，指白天。**瞢**：音ㄇㄥˊ，昏暗，模糊不清。

7 **極**：窮究。

8 **馮**：音ㄆㄧㄥˊ。**馮翼**：大氣形狀。**惟**：為。**像**：景象。

9 **何以**：用什麼。**識**：辨認，知道。

10 **明**：光明，亦可指白天。**闇**：黑暗，亦可指黑夜。**明明闇闇**：是說光明黑暗，不斷更替變化。

11 **惟**：語助詞。**時**：通「是」，指示代詞，這，這個。**何為**：為何，為什麼。

12 **三**：通「參」，參合，交互，交錯。**陰陽三合**：陰陽參互，形成宇宙。

13 **本**：本源，起源。**化**：變化，演化。

14 **圜**：此指天體。**九重**：九層，古人認為天是圓的，上下共九層。

15 **營**：經營。**度**：測量。

16 **惟**：語助詞。**茲**：這。**功**：功績；工程。

17 **作**：興建，建造。

18 **斡**：一作「筦」，音ㄍㄨㄢˇ，通「管」，旋轉的樞紐。**維**：綱，繩。**焉**：哪裡。**繫**：音ㄐㄧˋ，拴結。

19 **天極**：天的極邊，天的頂端。**加**：安放。

20 **八柱**：八根擎天柱。古代傳說有八座山做支撐天空的大柱子。**當**：承擔。

21 **虧**：缺損，缺陷，此指低下、塌陷。

22 **九天**：與「九重」有別，此指九個方位，即天的中央和八方。**際**：邊界。
23 **安**：怎麼，哪裡。**放**：擱，置。**屬**：音ㄓㄨˇ，連接，相連。
24 **隅**：音ㄩˊ，角落。**隈**：音ㄨㄟ，彎曲之處。**多有**：有多少。
25 **沓**：音ㄊㄚˋ，會合，重疊。
26 **十二**：十二時辰，即日月在黃道上的十二個會合點（子、丑、寅、卯、辰、巳、午、未、申、酉、戌、亥）。
27 **屬**：音ㄕㄨˇ，繫附，懸掛。
28 **列星**：眾星。**陳**：陳列。
29 **湯**：音ㄊㄤ。**湯谷**：即暘谷，又作陽谷，古代傳說太陽升起的地方。
30 **次**：停宿，止息。**蒙**：古代傳說中的水名。**汜**：音ㄙˋ，水涯。**蒙汜**：古代傳說太陽墜落之處。
31 **明**：天亮，白日。**及**：到。**晦**：天黑，夜晚。
32 **夜光**：月亮。**德**：本領，本性。
33 **死**：指月缺之時。**育**：指月圓之時。
34 **厥**：其，代月亮。**利**：通「黎」，指月中黑影。**維**：繫，是。

35 **顧**：撫育。**菟**：即兔。
36 **女歧**：神女，傳說無夫而生九子。**合**：匹配，此指丈夫。
37 **夫**：發語詞。**焉**：怎麼。**取**：得，生。
38 **伯強**：風神名。**何處**：住哪裡。
39 **惠氣**：和氣，喜氣，瑞氣。
40 **闔**：ㄏㄜˊ，關閉。**晦**：昏黑。
41 **宿**：音ㄒㄧㄡˋ。**角宿**：星座名，二十八宿之一，夜間出現在東方，故此處代表東方。**旦**：天明。
42 **曜**：音ㄧㄠˋ。**曜靈**：太陽。**藏**：一本作「臧」。
43 **任**：勝任。**汩**：音ㄩˋ，治理，疏通。**鴻**：通「洪」，大水。此句主詞爲鯀。
44 **師**：眾人。**何以**：爲什麼。**尚**：推崇，舉薦。**之**：指鯀。
45 **僉**：音ㄑㄧㄢ，眾；皆。
46 **課**：音ㄎㄜˋ，考核，試驗。**課而行之**：試驗一下。
47 **鴟**：音ㄔ，一種猛禽。一說鴟龜爲一物。**曳**：音ㄧˋ，拖，此指拖尾而行。**銜**：嘴中含物。
48 **鯀**：音ㄍㄨㄣˇ，古代神話中的人物，禹之父，曾治水，失敗後爲舜所殺。**聽**：從。**焉**：於此。**聽焉**：受到啓發的意思。

49 **欲**：願望，想法。是誰之「欲」？說法眾多，可按王逸注「眾人之欲」解。「順」的主詞是鯀。

50 **帝**：舜。**刑**：此指處以極刑。

51 **永**：長期。**遏**：音ㄜˋ，囚禁。**羽山**：神話中的山名。

52 **夫**：發語詞。**施**：通「弛」，釋放。

53 **伯禹**：即禹，禹稱帝前曾封為夏伯，故稱伯禹。**伯禹腹鯀**：即「鯀腹生禹」的傳說。

54 **變化**：禹的性格與鯀不同，有變化。

55 **纂**：音ㄗㄨㄢˇ，通「纘」，繼承。**纂就**：繼承。**緒**：餘事。**前緒**：前人未竟之業。

56 **遂**：終於。**成**：完成。**考**：對已故父親的尊稱。**功**：功業。

57 **續初繼業**：亦即「繼續初業」。初業即治理洪水。

58 **厥**：其，他們。**謀**：謀劃，方法。

59 **洪泉**：洪水的淵泉。

60 **方**：並，並列；可引申為分列。**九則**：九等，九塊。

61 **墳**：分。

62 **應龍**：古代代傳說中有翅膀的龍，它以尾畫地，形成線路，禹依此開河疏導洪水。**何畫**：（應龍之尾）畫在哪裡。

63 **歷**：經歷，經過。一本此二句為「河海應龍，何盡何歷？」

64 **營**：經營，做。**何所營**：做了什麼？

65 **成**：成就。

66 **康回**：共工，神話傳說中的水神。**馮**：盛，大。

67 **傾**：傾斜，塌陷。

68 **錯**：通「厝」，安置，布置。

69 **洿**：音ㄨ，深。

70 **東流**：指百水東流。**不溢**：大海不滿。

71 **修**：長，指大地東南西北的邊長。

72 **順**：沿。**橢**：音ㄊㄨㄛˇ，狹而長。

73 **其**：指南北與東西。**衍**：廣差。

74 **崑崙**：高山名，古代傳說中認為是神山。**縣**（ㄒㄩㄢˊ）圃：神話中地名，據說是崑崙之巔。

75 **居**：同「尻」，音ㄎㄠ。

76 **增城**：神話傳說中的地名。**九重**：九層。

77 **四方之門**：崑崙山四面的門。

78 **其**：語助詞。**從焉**：由此進出。

79 **西北**：西北之門。**闢啓**：打開，開放。

80 **氣**：風。

81 **安**：哪裡。

82 **燭龍**：傳說中的一個神。

83 **羲和**：神話傳說中替太陽駕車的神。**未揚**：未揚鞭，未開車。全句意思是指太陽未升起。

84 **若華**：神話中的若木之花。若：神話中的一種樹名。光：放光。

85 **所**：處，地方。

86 **焉**：哪裡。**石林**：神話傳說中的石樹之林。

87 **虯**：音ㄑㄧㄡˊ，傳說中一種沒有角的龍。

88 **負**：背著。

89 **虺**：音ㄏㄨㄟˇ，傳說中的一種毒蛇。

90 **儵忽**：迅疾，忽然，飄忽不定。**儵**：音ㄕㄨˋ。**焉在**：在哪裡。

91 **不死**：古代傳說中有不死之國。

92 **長人**：指防風氏，據說身長三丈，曾守衛封、嵎二山。

93 **靡**：蔓延。**蓱**：浮萍。**衢**：音ㄑㄩˊ，本義是四通八達的道路，此處比喻枝葉的分叉。

94 **枲**：音ㄒㄧˇ，一種有子的麻。**華**：花。

95 **靈蛇吞象**：《山海經》中有巴蛇吞象的傳說。

96 **厥**：其，代蛇身。

97 **黑水**：古書中的一個水名。**玄趾**：古書的一個山名。

98 **三危**：山名。

99 **延年不死**：傳說黑水邊上的木禾，人吃了可以延年益壽。

100 **鯪魚**：傳說中的一種怪魚。**鯪**：音ㄌㄧㄥˊ。**所**：在。

101 **鬿**：音ㄑㄧˊ。**鬿堆**：傳說中的一種怪鳥。

102 **羿**：音ㄧˋ，神話中善射之人。**彈**：音ㄅㄧˋ，射。

103 **烏**：烏鴉，指神話中太陽裡的「三足烏」。**解羽**：指烏鴉羽毛散落下來，即被羿射中而死。

104 **之**：助詞。**力**：用力。**獻**：貢獻。**功**：指治水功績。

105 **降**：下降，下來。在詩人看來，伯禹地位高貴，而治水時需離開住地到處奔波。這是下降，下來。**省**：音ㄒㄧㄥˇ，察看。**下土四方**：指天下。

106 **嵞山**：地名，相傳為夏禹娶塗山氏之女為妻的地方。

107 **通**：通婚。**台桑**：地名。

108 **閔**：憂愁，考慮。**妃**：配偶，妻子。**匹合**：婚配。此句主詞是夏禹。

109 **厥**：其：指代夏禹。**繼**：繼承，嗣續。**是**：受詞前置的標誌。

110 **為**：一本作「維」。**胡**：何。**胡為**：為何。**嗜**：愛好。

111 **快**：快意。**朝**：音ㄓㄠ，一朝，形容短時間。**鼂飽**：性欲之飽，比喻男女情欲。

嗜不同味：興趣與人不同。

112 **啓**：相傳是禹之子。**益**：相傳是夏禹的賢臣，禹死曾傳位給益。啓陰謀奪帝位，被益拘禁，後來逃脫，殺益而得天下。以下八句即述此事。**后**：君主。

113 **卒**：音ㄘㄨˋ，通「猝」。**卒然**：忽然。**離**：通「罹」，遭受。**孽**：一作「蠥」，災禍，即指被益所拘之事。

114 **惟**：通「罹」，遭受。**惟憂**：義同上文「離孽」。

115 **拘**：拘禁。**達**：同「韃」，逃脫。**拘是達**：即逃脫拘禁。

116 **歸**：同「饋」，贈送，送給。**射**：指弓箭。**鞠**：盛箭之器。**射鞠**：泛指武器。**歸射鞠**：交出武器，即繳械。此句主詞是益的部隊。

117 **厥**：其，指代啓。**躬**：身。

118 **后**：古指君主。**后益**：即益。**作**：通「祚」，君位。**革**：變革，更代，革除。

119 **禹**：此指禹的後嗣。**播**：通「蕃」，蕃衍。**降**：通「隆」，興盛。

120 **棘**：陳也。**賓**：列也。**商**：古時五音之一，此處代樂曲。

121 〈**九辯**〉、〈**九歌**〉：古樂曲名。

122 **勤子**：指啓。**屠母**：指塗山女化石後，石破北方而生啓。

123 **死**：通「屍」，屍體。**死分竟墜**：其屍體分散遍地。此講啓出生時，其母體粉碎，四散於地。

124 **帝**：天帝。**降**：降下，派下。**夷羿**：夏時一東夷族國君，名「羿」，以善射著名。

125 **革**：革除。**孽**：通「蘖」，絕，斬。**革孽**：篡奪剪除。**民**：人。**夏民**：夏朝人。

126 **胡**：何；爲什麼。**夫**：那。**河伯**：黃河水神之名。傳說河伯左眼曾被羿射瞎。

127 **妻**：用作動詞，娶爲妻。**洛嬪**：洛水女神宓妃，據說原是河伯之妻。

128 **馮**：音ㄆㄧㄥˊ，滿，引滿，拉滿。**珧**：音ㄧㄠˊ，弓名。**利**：便利，便於使用。**決**：扳指。**利決**：使用扳指，套上扳指。

129 **封**：大。**豨**：音ㄒㄧ，野豬。**是**：受詞前置的標誌。

130 **蒸**：冬祭。**蒸肉**：祭祀用的肉。**膏**：肥厚的肉；油脂。

131 **后帝**：天帝。**若**：順悅。

132 **浞**：音ㄓㄨㄛˊ，人名，即寒浞。據說浞本工讒之徒，曾爲羿相，後趁羿田獵之機，將羿殺死，自立爲王。**純狐**：本爲后羿之妻，浞與她私通，並密謀殺羿，後娶她爲妻。

133 **眩**：迷惑；惑亂。**眩妻**：寒浞迷惑羿妻，即指寒浞與純狐私通之事。**爰**：於是。**謀**：謀劃。**爰謀**：於是合謀

（殺羿）。

134 **革**：皮革。**射革**：傳說羿多力善射，能射穿七層皮革。

135 **交**：指寒浞與純狐等人同謀合力。**呑**：呑滅，消滅。**揆**：音ㄎㄨㄟˊ，謀劃，引申爲算計。

136 **阻**：通「徂」，往也。**窮**：國名，有窮國。**西征**：西行。此句講：鯀被流放到東方，後又向西行進。

137 **巖**：同「岩」，古代即「險」字，險峰。

138 **化爲黃熊**：神話中說鯀死後變作黃熊。

139 **活**：使之活。

140 **咸**：都。**秬**：音ㄐㄩˋ，黑黍。**咸播秬黍**：是說當時中原人都播種黑黍等莊稼。

141 **莆**：同「蒲」，水生植物。**營**：耕耘。

142 **何由**：由何，爲什麼。**並**：一起。**投**：投奔，即流放。**并投**：指鯀與其妻修己一起被流放到東方。

143 **疾**：病。**修**：人名，鯀妻修己。**盈**：滿，似指修己懷孕之事。清人徐文靖《管城碩記》引《禮緯》曰：「鯀妻修己，呑薏苡而生禹，因姓姒氏。」〈帝王世紀〉曰：「鯀妻修己，見流星貫昴，夢接意感，胸拆而生禹。」徐氏據此釋曰：「或當日鯀投羽山，修己從之，何由並投於此？鯀乃疾病，修獨克盈乎？」周按：此乃神話，與〈天問〉全篇風格相同，故從此說。

144 **白蜺**：白虹，此指嫦娥以白虹爲衣（所謂霓裳羽衣）。**嬰**：頸上裝飾，項鍊一類。**茀**：音ㄈㄨˊ，通「髴」，頭髮的一種裝飾。

145 **堂**：猶「堂堂」、「堂皇」，也有容貌之意。此處指嫦娥裝飾富麗堂皇。

146 **安**：何，哪裡，從哪裡。**夫**：助詞。**良藥**：指長生不死之藥。古代傳說嫦娥竊長生不死之藥服之，後奔月而去。

147 **臧**：善。**不能固臧**：不能自固以善其身。

148 **天式**：天道。**從橫**：即縱橫，這裡指陰陽。

149 **陽**：陽氣。**離**：離絕，離去。**爰**：於是。古人認爲陽氣離開軀體，人就要死亡。

150 **大鳥**：日中大鳥。此句仍講羿射九日之事，日中有大鳥。**鳴**：「鳿」之誤，肥大。

151 **夫**：發語詞。**焉**：哪兒。**喪**：失。**厥**：其，指代日中大鳥。

152 **蓱**：「蓱翳」之省稱，雨師之名。**號**：呼。

153 **撰**：通「巽」，軟。**協**：合，駢合。**脅**：腋下肋骨部分。

154 **鹿**：傳說中的一種神鹿，即風伯。**膺**：音ㄧㄥ，通「應」，回應。

155 **鼇**：音ㄠˊ，大龜。**戴**：負，頂。**抃**：音ㄅㄧㄢˋ，拍手，此指舞動四肢。

156 **之**：代山。**安之**：使山安穩。

157 **釋**：置。**陵**：陸地。

158 **遷**：移動。**之**：代船。

159 **惟**：語助詞。**澆**：音ㄐㄧㄠ，人名，寒浞之子，多力善走，縱欲殘忍。**戶**：門，指家中。

160 **何求**：求什麼。**嫂**：即下文中之女歧。

161 **少康**：人名，傳說是夏后相之子。**逐**：放。**逐犬**：放狗咬人。

162 **顛隕**：隕落，此指砍落。**厥**：其，代澆，相傳澆曾殺死夏后相，後來少康趁打獵的機會殺死澆，爲父報仇，恢復夏朝統治。

163 **女歧**：澆的嫂子。**縫裳**：爲澆縫裳。

164 **館同**：即「同館」，同一屋中。**爰**：語中助詞。**止**：休息。

165 **顛**：掉，落。**易**：換。**厥**：此處代女歧。**顛易厥首**：殺錯了女歧的頭。傳說澆和女歧私通，少康星夜來襲，卻誤殺了女歧的頭。後來就利用打獵的機會才把澆殺死。

166 **親**：自身，此處指女歧。**逢**：遭遇。**殆**：危亡。

167 **湯**：通「陽」，即「佯」。**湯謀**：佯借他故。**易**：治。**旅**：泛指軍隊。**易旅**：統領軍隊，即打仗。全句意指少康僅憑一旅之師，假稱田獵，偷襲過澆。此從朱熹、張惠言、馬其昶說。

168 **何以**：以何，憑什麼。**厚**：增厚，充實。**之**：代部隊。

169 **覆舟**：夏后相逃到斟尋國，過澆追來，傾覆其舟，並消滅了他。**斟尋**：夏代一諸侯國名，後被澆滅掉。

170 **道**：方法。**取**：取勝，攻取。**之**：代澆。此句主詞爲少康。

171 **桀**：復桀，夏代最後一個君主。**蒙山**：傳說中的古國名。

172 **妺嬉**：音ㄇㄛˋ ㄒㄧ，桀的妃子。**肆**：放蕩。

173 **湯**：商湯，商朝第一代君主。**殛**：音ㄐㄧˊ，誅罰。**焉**：於此，指代夏桀。

174 **舜**：傳說中的古帝名，堯死後就位。**閔**：憂愁，憂患。

175 **鰥**：音ㄍㄨㄢ，成年男子無妻稱鰥。據說舜三十歲時，其父仍不給他完婚。

176 **堯**：傳說中的古帝名。**姚**：舜家之姓，此處代稱舜父。堯不姚告：堯沒告訴舜父。

177 **二女**：指堯的兩個女兒娥皇、女英。**親**：結親，此指嫁人。

178 **厥**：其，那。**萌**：萌芽。初，開始。**萌**、**初**：同義連用。

179 **何**：當爲「誰」。**意**：通「臆」，主觀猜度。

180 **璜**：音ㄏㄨㄤˊ，玉石。**成**：層。

181 **極**：有看透的意思。史載商末賢臣箕子見紂王用象箸而害怕，預測紂王必將奢侈腐化，後來事實果然如此。

182 **立**：通「位」。此句主詞當爲女媧。

183 **道**：引道。**尚**：上，尊奉。**之**：她。

184 **女媧**：傳說是上古女帝之名，人首蛇身，一日七十變。**媧**：音ㄨㄚ。**體**：形體，此指女媧的奇異形體。

185 **匠**：用作動詞，造。

186 **服**：事，順從。**厥**：其，代舜。**弟**：舜弟象。

187 **終然**：總是。**爲害**：爲其害。

188 **肆**：放肆。此句一本爲：「何肆犬豕」。

189 **厥**：其，代舜弟象。

190 **吳**：古代諸侯國名。**獲**：得到。**迄古**：終古、長久。

191 **南嶽**：南山，此亦可指南方。**止**：此處可作「立國」解。**是**：受詞前置的標誌。**南嶽是止**：立國南方。

192 **期**：期望，料想。**去**：離開。**斯**：這地方，指岐國。

193 **兩男子**：兩位賢人，指太伯和仲雍。據史載，他倆本是古公亶父的長子和次子，爲避嗣位，相繼出走，跑到南方，創建吳國，先後爲君。

194 **緣**：因爲，藉助。**鵠**：音ㄏㄨˊ，天鵝，此指鵠羹。**飾玉**：指玉鼎，天子用的器具。

195 **后帝**：指商湯。**饗**：音ㄒㄧㄤˇ，請人享用食物。傳說伊尹開始找不到接近商湯的辦法，後假作廚師，借獻玉鼎鵠羹的機會接近商湯，受到商湯賞識並委以重任。

196 **承**：接受。**謀**：圖謀。**謀夏桀**：算計夏桀的任務。

197 **終**：最後。**滅喪**：滅亡。傳說伊尹先受商湯之命假意輔助夏桀，最後又配合商湯消滅夏桀。下文「初湯臣摯，後茲承輔」又講此事。

198 **帝**：指商湯。**降觀**：下察民情，出外巡視。

199 **伊摯**：即伊尹。

200 **條**：地名，即鳴條，據說是湯打敗夏桀之處。**放**：放逐。**致罰**：給予懲罰。**條放致罰**：講湯在條地打敗並懲罰了夏桀。

201 **黎伏**：百姓。**說**：通「悅」。

202 **簡狄**：人名，傳說爲有娀國美女，帝嚳之妃。**臺**：高臺，據說簡狄與其妹常住高臺之上。**嚳**：音ㄎㄨˋ，古帝名，號高莘氏。**宜**：祭天求福，此指要求。**何宜**：求什麼。

203 **玄鳥**：燕子。一說鳳凰。**貽**：送；送禮。**女**：指簡狄。

喜：一本作「嘉」。傳說簡狄吞下燕蛋而懷孕生子。

204 **該**：通「亥」，即王亥，殷人遠祖。**秉**：承。**季**：人名，王亥之父。

205 **厥**：其，代王亥。**是**：指示代詞，用作「臧」的前置受詞，代王亥，也可代「該秉季德」這件事。**臧**：音ㄗㄤ，善，以之爲善。

206 **胡**：何。**弊**：通「蔽」，蒙蔽，迷惑。**有扈**：即「有易」，古國名。相傳王亥曾居於有易，爲人放牧牛羊。

207 **牧**：放牧。**夫**：助詞。

208 **干**：「干羽」的省文，指干盾、羽扇，兩種舞具。**協**：合，配合。**時**：是。

209 **懷**：來，指引誘。**之**：代有易之女。

210 **脅**：胸部兩側，泛指胸部。**平脅**：指胸部豐滿。**曼**：輕細；潤澤。**曼膚**：細膩潤澤的皮膚。

211 **肥**：通「妃」，匹配。**肥之**：肥於之，與她相匹配。

212 **有扈**：有易。**牧豎**：牧奴，牧人，此指王亥。

213 **云何**：因何（用王逸說），憑什麼。**逢**：相逢，碰上。此處省略賓詞有易女。逢，可引申爲幽會，私通。

214 **擊床**：擊於床。王亥正與有易女在床上幽會，有易國君派人來殺王亥。**先出**：指王亥先跑了出來。

215 **其**：代王亥。**命**：性命。**何從**：從何，從何保全。

216 **恆**：人名，王恆，王亥之弟。

217 **焉**：如何，怎麼。**得**：追得，奪回。**夫**：助詞。**朴**：音ㄆㄨˊ，大。**朴牛**：指王亥丟失的那些大牛。王國維先生云：「朴牛即服牛……王亥作服牛，而車之用益廣。」此似爲以牛拉車之意。王亥當爲始作牛車之人。

218 **何往**：前往何處。**營**：經營，追求。**班**：通「頒」。**祿**：爵祿。**營班祿**：追求頒賜爵祿，猶言爲成功作準備。

219 **但**：空，徒。**還來**：歸來。

220 **昏微**：人名，即上甲微，王亥之子。**循**：沿著，順著。**跡**：道路，軌跡。**循跡**：沿著先人道路。

221 **有狄**：即有易。**不寧**：指上甲微興問罪之師，有易不得安寧。

222 **繁鳥**：眾鳥。**萃**：音ㄘㄨㄟˋ，聚集。**棘**：荊棘。**繁鳥萃棘**：暗喻上甲微在有易國也有淫穢之行。

223 **負**：古通「父」。**肆情**：縱欲。

224 **眩弟**：昏亂之弟。**淫**：邪惡之行，淫虐。

225 **厥兄**：其兄，他的兄長，指上甲微。

226 **變化**：反覆無常。**作詐**：行奸詐之事。

227 **後嗣**：後代。**逢**：通「豐」，興盛，興旺。**長**：長久。

228 **成湯**：即商湯。**東巡**：到東方巡視。

229 **有莘**：傳說中的古國名。**爰**：於是。**極**：到達。**有莘爰極**：是「爰極有莘」的倒裝。**莘**：音ㄕㄣ。

230 **乞**：討，求。**彼**：那個。**小臣**：奴隸，指伊尹。

231 **吉**：善，美。**吉妃**：漂亮的妻子。**吉妃是得**：即得到一個漂亮的妻子。傳說成湯東巡到有莘國，聽說小臣伊尹是賢才，便向有莘國要這人，有莘國君不答應，於是成湯娶有莘之女爲妃，而伊尹便陪嫁歸商。

232 **濱**：水邊。**木**：樹。傳說伊尹的母親住在伊河邊上，懷孕之後夢見神人告訴她：「臼出水時就往東跑，不要回頭。」第二天，果見臼中出水，告訴鄰居後就向東跑去。跑了十里路才回頭看去，自己的村子全被洪水淹沒。她自身變爲一棵空心桑樹。水消失後，人們從空桑中得到一個嬰兒，便給他取名爲伊尹。

233 **小子**：小孩，即伊尹。

234 **夫**：發語詞。**惡**：厭惡。**之**：他，代伊尹。

235 **媵**：音ㄧㄥˋ，古代有錢女子出嫁時的陪嫁人，此處作陪嫁講。**有莘之婦**：即有莘之女，因出嫁而稱婦。

236 **湯**：即成湯。**出**：釋放。**重泉**：獄名。據說夏桀曾召湯並將他囚禁於夏臺的重泉獄中，後又釋放。

237 **夫**：發語詞。**罪尤**：罪過。

238 **不勝心**：即「心不勝」，心中不能忍受。**帝**：指夏桀。

239 **挑**：挑動。

240 **會**：會合。**鼂**：同「朝」。**朝**：早晨。**爭盟**：爭著盟誓。

241 **踐**：履行。**吾**：指周武王。**期**：約定的日子。這是講周武王伐紂之事。

242 **蒼鳥**：老鷹，此喻武王將士勇猛如鷹。

243 **萃**：音ㄘㄨㄟˋ，聚集。

244 **列**：通「裂」，分裂，斬裂；一本作「到」。**擊**：射擊。**躬**：身體。傳說武王伐紂勝利後，親自向紂的屍體射了三箭，又用劍擊之，最後還砍下了紂的頭。

245 **叔旦**：世稱周公，武王之弟，名旦。**嘉**：讚許，贊成。

246 **揆**：音ㄎㄨㄟˊ，度量；謀劃。**發**：武王名。

247 **定**：一本作「足」。**定命**：安定天下之命。**定周之命**：奠定了周朝的統治。**以**：連詞。**咨嗟**：音ㄗ ㄐㄧㄝ，嘆息聲，指「叔旦不嘉」。此二句一本爲「何親揆發足，周之命以咨嗟？」

248 **授**：給。**授殷天下**：天帝曾把天下交給殷。

249 **位**：王位。**安**：怎麼，哪能。**施**：通「移」，轉移，更換。

250 **反**：一本作「及」，到。**成**：成功。**乃**：卻。

251 **其**：代稱紂王。**伊**：是。（用《儀禮・士冠禮》顏師古

注）

252 **遣**：派。**伐器**：攻伐之器，此處指兵器。

253 **行**：動，發動，指武王發動八百諸侯。

254 **並驅**：並駕齊驅。**擊翼**：攻敵兩翼。

255 **將**：音ㄐㄧㄤˋ，統率，指揮。

256 **昭后**：周昭王。**成**：「盛」之誤。**成遊**：以兵車從遊，規模盛大。

257 **南土**：南方，指楚國。**爰**：於是。**底**：到，止。

258 **厥**：其，代昭王。**利**：利益，好處。**維**：助詞。

259 **逢**：迎。**白雉**：白羽山雞。

260 **穆王**：周穆王。**挴**：通「枚」，馬策。**巧挴**：善於駕馭。

261 **周流**：周遊。此句一本為「夫何為周流」。

262 **理**：通「履」，行。**環理**：周遊。

263 **夫**：句首助詞。**何索求**：尋求什麼。

264 **妖夫**：妖人。**曳**：ㄧˋ，牽引，拉挽。**衒**：音ㄒㄩㄢˋ，炫耀，誇耀。

265 **號**：叫，叫賣。史載周宣王時有童謠說：「檿弧箕服，實亡周國。」後來果然有一對夫婦沿街叫賣這兩樣東西，宣王下令殺他們，他倆連夜逃亡。

266 **周幽**：周幽王。**誅**：誅伐，討伐。**誰誅**：誅誰，討伐誰。

267 **焉**：哪裡，怎麼，如何。**夫**：那個。**褒姒**：音ㄅㄠ ㄙˋ，本是周王宮中一個未成年宮女「不夫而育」的棄女，被上文中那對夫婦收養並帶到褒國，長大後十分漂亮。幽王討伐褒國時褒君獻出這位女子以贖罪，故稱此女為褒姒。幽王寵愛褒姒，不理朝政，導致滅亡。

268 **反側**：反覆無常。

269 **何罰**：懲罰誰。**何佑**：保佑誰。

270 **齊桓**：齊桓公，春秋五霸之一。**九會**：九次召集諸侯會盟。**會**：一本作「合」。

271 **卒然**：終於；最後。**身殺**：自身被殺。指齊桓公晚年重用奸人，引起內亂，最後被困，餓死於一室之中。

272 **王紂**：紂王。**躬**：自身。

273 **亂惑**：昏亂迷惑，指政治上倒行逆施。

274 **惡**：音ㄨˋ，憎惡，厭惡。**輔弼**：這裡用作名詞，指輔佐之臣，忠貞之士。

275 **讒**：讒言，說別人的壞話，此指說人壞話的小人。**諂**：奉承，此指善於奉承拍馬的小人。**服**：從，用。**讒諂是服**：（紂王）用的多是讒諂之人。

276 **比干**：人名，紂的叔父，殷之忠臣，因諫觸怒紂王而被挖心。**逆**：拂逆，違背。**何逆**：違逆了什麼。

277 **抑沉**：壓制淹沒，此指遭到打擊殺害。

278 **雷開**：人名，紂王的奸臣。**順**：順從，逢迎。**阿順**：順從了什麼。

279 **賜封**：賜金玉，封官爵。

280 **聖人**：指紂王的忠臣，即下文的梅伯、箕子。**一**：一致，一樣。

281 **卒**：終，結果，結局。**異方**：不同的方法和途徑。**其**：語氣詞。

282 **梅伯**：人名，紂王的諸侯，因屢次直諫，被紂殺害。**受**：被。**醢**：音ㄏㄞˇ，古代一種酷刑，把人殺死後剁成肉醬。《淮南子．說林訓》：「紂醢梅伯，文王與諸侯構之。」**構**：謀也。

283 **箕子**：人名，紂王的叔父，殷之忠臣。**佯狂**：裝瘋。此指箕子因諫紂不聽，便裝瘋逃走。

284 **稷**：音ㄐㄧˋ，即后稷，帝嚳的長子。**維**：是。**元子**：長子。

285 **帝**：指帝嚳。**篤**：通「毒」，憎惡。**之**：代后稷。

286 **燠**：音ㄩˋ，溫暖。

287 **馮**：音ㄆㄧㄥˊ，引弓持滿，此指持、挾。**馮弓挾矢**：講后稷武藝精通。

288 **殊**：特殊，與眾不同。**將**：音ㄐㄧㄤˋ，統率；此指有將才。

289 **既**：既然。**驚**：震驚。**帝**：帝嚳。**切激**：激烈。

290 **逢**：遇見。**長**：音ㄓㄤˇ，護惜撫育。

291 **伯昌**：即周文王，名昌，殷時封爲雍州伯，故名伯昌。**號**：號令，發號施令。**衰**：衰敗，指殷王朝衰敗之時。**號衰**：「號於衰」的省文。

292 **秉**：執，掌。**鞭**：鞭子，比喻權柄。**牧**：古代治民之官，此指諸侯之長。

293 **徹**：壞，毀。**岐社**：岐地社廟。周武王伐紂滅殷之後，遷都於豐，於是毀岐社建豐社，故曰「徹岐社」。

294 **命**：天命。**有**：占有。

295 **遷**：遷移。**藏**：音ㄗㄤˋ，寶藏，財物。**就**：前往，到。**岐**：地名。**依**：依附，相從。**何能依**：指百姓怎能依附太公遷到岐山。

296 **惑婦**：迷惑人的女人，指妲（ㄉㄚˊ）己。**譏**：諫勸，勸戒。

297 **受**：紂王之名。**茲**：此。**醢**：肉醬，見注282。此句講：紂王將梅伯剁成肉醬，然後分賜給各諸侯。

298 **西伯**：指周文王。**上告**：向上天控告紂王的倒行逆施。

299 **親**：親身，指紂王本人。**就**：受。

300 **命**：命運。

301 **師望**：姜太公。**肆**：作坊，商店，市場。**昌**：周文王。

302 **鼓刀**：操刀殺牛。**揚聲**：發出聲音，也可解爲叫賣之聲。**后**：帝，指文王。

303 **武發**：周武王，名發。**殷**：指殷紂王。**悒**：音 ㄧˋ，不快，憤恨。

304 **尸**：木主，牌位，此指文王靈牌。**集戰**：會戰。傳說周武王當年車上載著文王的靈牌與紂王會戰。

305 **伯**：通「柏」。**伯林**：即柏樹林。**雉經**：縊死，吊死。此句意思是：紂王吊死在柏林中。

306 **維**：是。**其**：語氣詞。

307 **抑**：按，推，此處可解爲「動」。

308 **集**：下，降下。**集命**：皇天降賜天命讓某姓享國。

309 **惟**：語助詞。**戒**：懲戒，告誡。

310 **受**：紂王。《書．西伯戡黎》「奔告于受」注曰：「受，紂也。」**禮**：同「理」，治理，管理。

311 **至**：通「厔」。盩厔，位於周武王京城附近，代「周」，周朝。**代**：取代。

312 **湯**：指商湯。**臣**：意動用法，以……爲臣。**摯**：伊尹名。

313 **茲**：此。**承**：承受，接受。此處指接受湯之命令。**輔**：輔佐，此指輔佐夏桀。史載伊尹先作商湯之臣，後又去輔佐夏桀，最後又作商湯的輔官。這也就是上文「承謀夏桀」之意。

314 **卒**：最後。**官**：作官。**官湯**：官於湯，在商湯那兒作官。

315 **尊食**：廟食，指人死後在廟中受人祭祀。**宗**：祖宗。**緒**：列，列代。**宗緒**：列代祖先。此句講伊尹死後和商族列代祖先一起享受祭祀。

316 **勳**：功勛。**闔**：音 ㄏㄜˊ，人名，闔廬，春秋時吳國國君。**勳闔**：猶言功勛赫赫的闔廬。**夢**：人名，壽夢，吳國國君，闔廬的祖父。**生**：通「姓」，子孫。

317 **少**：少年，少時。**離**：通「罹」，遭。**散亡**：到處流亡。

318 **壯**：壯年。**武**：勇敢。**厲**：猛烈。

319 **流**：傳播。**厥**：其。**嚴**：威嚴，威名。

320 **彭鏗**：即彭祖，傳說是八百歲的長壽老翁。**斟**：用勺子舀取。**雉**：野雞，此指雉羹，即野雞湯。**帝**：帝堯。

321 **受**：享受。**受壽**：享壽，享年，即活的歲數。**永**：長。**永多**：長久。**夫**：助詞。久，連繫上下句看，疑爲衍字。**長**：疑爲「悵」之誤，悵恨，惆悵。王逸曰：「彭祖至八百歲，猶自悔不壽。」

322 **中央**：周朝政權。**共**：人名，共伯，共男伯爵，名和。據說周厲王無道，國人起義，趕走厲王，擁戴共伯代天子執政。**牧**：牧民，治民，即執政。**后**：帝，指厲王。**怒**：指厲王之靈怒而降災爲祟。

323 **蜂**：蜜蜂。**蟻**：螞蟻。**微**：小。**微命**：短命，與上文的壽相對。**固**：強。

324 **驚**：警。**驚女**：「驚於女」的省文。**驚女采薇**：「采薇驚女」的倒裝。史載武王滅商後，伯夷叔齊不食周粟，採薇充飢。一個婦女見後譏笑說：「你們不吃周朝的糧食，可這也是周朝的草木呀！」伯夷叔齊聽後大驚。「驚女采薇」即講其事。**祐**：保佑。此講伯夷叔齊不再採薇，飢餓難忍之時，一隻白鹿跑來，給他倆餵奶。

325 **北**：往北。**回水**：河流彎曲之處，即首陽山之所在。**萃**：音ㄘㄨㄟˋ，止，停留。

326 **兄**：指春秋時秦景公。**噬**：音ㄕˋ，咬。**噬犬**：善噬之犬。**弟**：指秦景公之弟鍼（ㄓㄣ）。**何欲**：爲何想要。

327 **易**：換。**兩**：通「輛」，車輛，車乘。**卒**：最後。**無祿**：失去爵祿。

328 **薄暮**：黃昏，傍晚。**歸**：回家，回去。

329 **厥**：其，代國君。**嚴**：威嚴。**奉**：保持。**帝**：天帝，上天。**帝何求**：「何求於帝」的倒裝。

330 **伏匿**：隱藏。**穴處**：住在山洞裡。**爰**：於是，對此。云：說。

331 **荊**：即楚國。**勳**：「動」之誤，動輒。**作師**：興兵。**長**：久長。

332 **悟**：覺悟，悔悟。**過**：過失。**改更**：改過自新。此講楚王承認錯誤，改過自新。這是屈子的願望，但僅僅是假設。

333 **吳光**：吳國公子光，即闔廬。**爭國**：指闔廬與吳王僚爭奪政權一事。

334 **久**：長，常。**余**：我，我們，指楚國。**是**：受詞前置的標誌。

335 此句一本作：「何環閭穿社，以及丘陵，是淫是蕩，爰出子文」。**環**：環繞。**穿**：穿過。**閭**：音ㄌㄩˊ。閭、社，相當於今天的村子。**閭社丘陵**：傳說是伯比與鄖女私通的地方。

336 **爰**：於是。**出**：生出。**子文**：楚令尹，楚成王的賢相。這兩句講春秋時事，屈子恐是借古諷今。

337 **告**：告別。**堵敖**：王逸以爲「楚賢人也」，大概有根據。**以**：同「已」。**不長**：指國運不久長。王逸注：「屈原放時，語堵敖曰：楚國將衰，不復能久長也。」

338 **試**：一本作「譏」，譏諷。**上**：代國君。**予**：疑爲「干」字之誤。自予忠名：王逸注爲：「自干忠直之名」。**彌**：更加。**彰**：昭彰。此九字中標點似有誤，姑作一句讀。

一、寫作背景

關於〈天問〉的寫作背景，王逸〈天問〉章句序文所述較為可靠。其云：「屈原放逐，憂心愁悴，彷徨山澤，經歷陵陸，嗟號昊旻，仰天歎息，見楚有先王之廟及公卿祀堂，圖畫天地山川神靈，琦瑋僑佹，及古賢聖怪物行事。周流罷倦，休息其下，仰見圖畫，因書其壁，何而問之，以渫憤懣，舒瀉愁思。」❶清人胡濬源及當代馬茂元等少數學者曾質疑沅湘流域有無廟宇祀堂，然後企圖推翻王逸之說，否定屈原的著作權。這是十分武斷的。〈楚世家〉載曰：「熊霜元年，周宣王初立。熊霜六年，卒，三弟爭立。仲雪死，叔堪亡，避難濮……（楚武王三十七年，楚武王）乃自立為武王，與隨人盟而去。於是開濮地而有之。」劉伯莊注曰：「濮在楚西南。」❷即今湖南常德等地。史料證明，楚西南地區（即屈原當年流放之地）早在西周末年就已是楚「先王避難」或開拓之地。另外，現代考古也證明，「楚西南」地區早在楚武王時期就已成為楚國疆域，而且還是楚國重要政治人物的墓葬之地。有墓就有「先王之廟及公卿祀堂」，因此，王逸所云絕非妄言。

又，〈天問〉的感情色彩比較沉重，已與「清新」、「愉快」的〈九歌〉迴異，故可判斷，〈天問〉當作於〈九歌〉之後，屈原此時流蕩湘西已有一段時間了。

二、層次分析

一部《楚辭》，〈天問〉最難讀懂，除名物訓詁外，恐怕更難的是層次。對於〈天問〉的層次，過去認

---

❶〔宋〕洪興祖，《楚辭補注》[M]，北京：中華書局，一九八三：八五。

❷〔漢〕司馬遷，《史記》（五）[M]，北京：中華書局，一九八二：一六九四～一六九五。

識不同，矛盾尖銳。王逸《楚辭章句》以爲屈原此篇「文義不次序」❸，其後千百年間，諸多學者幾乎眾口一聲，墨守陳說，甚至有人建議：對〈天問〉，「讀者亦宜逐段讀，不宜總作一篇也。」❹也就是說，〈天問〉不是一部完整的作品，只是雜湊而成的文字。這賡續千年的說法，實際是從結構角度抹倒〈天問〉。但〈天問〉作爲一篇奇氣逼人的長詩，在大浪淘沙的文學史長河中卻一直閃爍著瑰麗的光彩，因此人們不能不對王逸的說法產生疑問。清人發難，改弦更張，分出段落，甚至譬之爲「一氣到底，序次甚明，未嘗重複，未嘗倒置」❺云云。這些學者開始披文人情，沿波討源，認眞探討〈天問〉脈絡，努力追尋屈子思路，方向對頭，精神可嘉，只是有的矯枉過正，顯得絕對，不夠實事求是，不能贏得更多研究者的贊同。游國恩先生主編的《天問纂義》，薈萃眾家注釋，宏富淵博，堪爲奇觀，爲後人研究〈天問〉帶來了極大的便利；但說到〈天問〉層次，也是認爲「〈天問〉之文，若有序而無序」、「雖間有次序，而篇中所述古事，盡多前後倒置、雜廁不拘者」、「原不以次序拘」❻。這些見解，基本上又回到了王逸的觀點上。

余四十多年前經過十多年反覆誦讀，日思夜想，藉助於前人研究成果，打通全篇，以爲〈天問〉之文，主幹層次清楚有序，而且大部分層次內部的小層次也清楚，只是在有關歷史的那一層次內，存在著聞一多和姜亮夫等前輩學者所說的「錯簡」問題。姜先生還說，「還有錯簡的問題，也值得一搞」，並說這個問題倘能解決，「那末〈天問〉的研究便可以更深入一步」❼。一九八九年春，余首次以〈天問層次〉爲題發表了自己的研究成果。當時健在的姜亮夫先生看到以後，讓自己的弟子江林昌給我寫信，轉達他的熱情鼓勵。最近三十一

❸〔宋〕洪興祖，《楚辭補注》[M]，北京：中華書局，一九八三：八五。

❹游國恩，《天問纂義》[M]，北京：中華書局，一九八二：二。

❺劉樹勝，《楚辭燈校勘》[M]，保定：河北大學出版社，二〇一二：七四。

❻游國恩，《天問纂義》[M]，北京：中華書局，一九八二：四二五、三二〇、三二六。

❼姜亮夫，《楚辭今繹講錄》[M]，北京：北京出版社，一九八一：七九。

年來，余又不斷深入研究〈天問〉，對此詩層次及其思想價值有了進一步的認知。〈天問〉全詩共三百五十三句、一百七十四問，可分四大層次，即天文、地理、歷史、現實。茲析如下。

第一層次　天文（從開頭到「曜靈安藏，共四十四句，三十問」）

屈子對天文的探討分三個方面：造化以前、天體形成和日月列星。

1. 造化以前（十二句，六問）

曰：

遂古之初，誰傳道之？上下未形，何由考之？
冥昭瞢闇，誰能極之？馮翼惟像，何以識之？
明明闇闇，惟時何為？陰陽三合，何本何化？

此層從遠近、上下、明暗、有無、變化和源流六角度發問，對天體宇宙生成之臆說持否定態度。

2. 天體形成（十二句，九問）

圜則九重，孰營度之？惟茲何功，孰初作之？
斡維焉繫？天極焉加？八柱何當？東南何虧？
九天之際，安放安屬？隅隈多有？誰知其數？

《說》云：「圜，天體也。」故「圜則九重」句後開始講天體形成。前八句從縱剖面角度發問，後四句從橫剖面角度質疑。

3. 日月列星（二十句，十五問）

天何所沓？十二焉分？日月安屬，列星安陳？
出自湯谷，次于蒙汜；自明及晦，所行幾里？
夜光何德？死則又育？厥利維何？而顧菟在腹？
女歧無合，夫焉取九子？伯強何處？惠氣安在？
何闔而晦？何開而明？角宿未旦，曜靈安藏？

前四句總說；次四句問日；又四句問月；再四句問「女歧」與「伯強」。「女歧」與「伯強」都是天神，姜亮夫先生指出：當時「關於日月星辰的傳說也很多，大抵每個都有一種神……這也就是天庭組成的一部分。」❽末四句講陰晴、晝夜，也連繫到日月。

天文知識至此問畢。

第二層次　地理（從「不任汩鴻」到「烏焉解羽」，共六十八句，四十二問）

1. 鯀禹治水（二十四句，十三問）

不任汩鴻，師何以尚之？僉荅何憂，何不課而行之？
鴟龜曳銜，鯀何聽焉？順欲成功，帝何刑焉？
永遏在羽山，夫何三年不施？

---

❽ 姜亮夫，《楚辭今繹講錄》[M]，北京：北京出版社，一九八一：七二～七三。

伯禹腹鯀，夫何以變化？纂就前緒，遂成考功；
何續初繼業，而厥謀不同？洪泉極深，何以竄之？
地方九則，何以墳之？應龍何畫？河海何歷？
鯀何所營？禹何所成？

此層共二十四句，前十句問伯鯀遭際，次十二句問大禹治水，末兩句小結。

此層所問伯鯀遭際，其暗示的內容與歷史上其他大多數人所述不同。歷史上，人們一般認爲鯀之被殺，是他治水失敗的緣故，用今日之語講，是因爲工作失誤以致瀆職而被殺。而在此詩中，屈原提出了四個尖銳的問題：鯀的才幹不勝任治理洪水，眾人爲何還要推舉他？帝堯不想用鯀，大家卻說憂慮什麼，爲何不先試一下？把鯀長期囚在羽山，爲何三年不放他？順眾人之意或許能成功，舜帝爲何卻要殺死他？澈底搞清這些問題，就可明白，鯀之被殺並非因爲治水失敗，這僅僅是當時政治鬥爭中的一個藉口，眞正的原因是鯀的存在直接威脅到了執政者的地位。可惜，屈原的這一獨特、精闢的見解一直未能引起人們的重視（詳見拙著《屈原研究》）。

另外，爲什麼「地理」一層開頭卻講鯀禹之事？蔣驥的分析有理：「問天之後，未及問地，而先言禹者，禹有平地之功；又《爾雅》釋地至九河，皆禹所名；而鼎象之鑄，《山經》之作，諸言遐異者，多托之于禹；故先地而致問也。」[9]

2. 山川地理（二十四句，十五問）

此層先問水文，次問幅員，再問高山，最後問極地。

---

[9]〔清〕蔣驥，《山帶閣注楚辭》[M]，上海：上海古籍出版社，一九八四：七七。

(1) **水文**（六問，四問）

康回馮怒，地何故以東南傾？九州何錯？川谷何洿？
東流不溢，孰知其故？

問爲何東南傾陷、九州如何安排、川谷爲何淵深、大海爲何無底。

(2) **幅員**（四句，二問）

東西南北，其修孰多？南北順橢，其衍幾何？

東西南北，各長多少？這在當時確實是個大問題。而大地南北成橢圓，這個發現同今人對地球地形的認識有著驚人的相似之處。

(3) **崑崙**（八句，四問）

崑崙縣圃，其居安在？增城九重，其高幾里？
四方之門，其誰從焉？西北闢啓，何氣通焉？

此問高山。屈子問崑崙巔峰聳向哪裡？增城山峻究竟多高？天際四方有誰去過？不周之山風從何而來？名山很多，屈子爲何只問崑崙一山？〈離騷〉有上崑崙之意，姜亮夫先生解釋說：崑崙山在西方，「而西方則是追念祖先，寄託感情的地方，因爲楚國的的發祥地在西方……高陽氏來自西方，即今新疆、青海、甘肅一帶，也就是從崑崙山來的。」[10]

(4) 極地（六句，五問）

日安不到？燭龍何照？羲和之未揚，若華何光？

何所冬暖？何所夏寒？

所謂極地，是極遠的邊地。日安、燭龍、羲和等均爲《山海經》中寫到的神話。由此五問，可見屈原的地理知識似與《山海經》同步。

3. 動植怪異（二十句，十四問）

焉有石林？何獸能言？焉有虬龍，負熊以遊？

雄虺九首，儵忽焉在？何所不死？長人何守？

靡萍九衢，枲華安居？靈蛇吞象，厥大何如？

黑水玄趾，三危安在？延年不死，壽何所止？

鯪魚何所？鬿堆焉處？羿焉彃日？烏焉解羽？

此層廣泛地介紹了各地出產：石林獸言、虬龍負熊、雄虺九首、長人壽星、靡萍枲華、靈蛇吞象、黑水三

[10] 姜亮夫，《楚辭今繹講錄》[M]，北京：北京出版社，一九八一：二九。

危、鯪魚鬿堆、烏鴉解羽等等。這裡面保存了多少古老的神話！

地理知識至此問畢。

以上兩層詰問有關天文、地理方面的問題，疑古惑今，對一些傳統的天文觀念進行否定，即對於過去被君王和聖賢視爲金科玉律的宇宙生成觀一一加以懷疑和否定，這實際是屈原澈底失望之後所產生的懷疑一切思想的折射，暗示了他對當時政治進行革故鼎新必要性的企盼。

第三層次　歷史（從「禹之力獻功」到「易之以百兩卒無祿」，二百二十八句，九十五問）

此乃〈天問〉主體，以三代興亡作骨，層次大致清楚，但有不少錯簡之處。根據文理脈絡，分爲六個小層次。

（一）夏朝（六十八句，二十四問）

1. 禹娶塗氏（八句，三問）

禹之力獻功，降省下土四方。焉得彼嵞山女，而通之于台桑？

閔妃匹合，厥身是繼，胡為嗜欲不同味，而快鼂飽？

禹，夏之開山聖祖。屈子問娶妻及四日而別之事，讚其不爲色荒，敬事勤民。《呂氏春秋》載曰：「禹娶塗山女，不以私害公，自辛至甲，四日，復往治水。」屈子對此十分欣賞，故予讚美。

2. 啓、益爭國（十二句，三問）

啓代益作后，卒然離蠥。何啓惟憂，而能拘是達？

皆歸射鞠，而無害厥躬。何后益作革，而禹播降？
啓棘賓商，〈九辯〉〈九歌〉。何勤子屠母，而死分竟墜？

緊接上層，較具體地寫出了夏初建國時一場激烈的政權之爭。據史料記載，大禹晚年將天下禪讓給益。益即位後將大禹之子啓安置到箕山之陽，但天下百姓都遠離益而歸順啓。因爲啓不僅是大禹之子，而且本人繼承大禹的美德，能憂思天下，關心民眾，而且能大興禮樂，即今日所謂之發展文化事業。又，神話傳說中，啓是其母化石之後，石崩而生。透過這則神話，可知早在遠古時期，我們的祖先就已掌握剖腹產的技術。

3. 羿浞動亂（十二句，三問）

帝降夷羿，革孽夏民。胡羿射夫河伯，而妻彼雒嬪？
馮珧利決，封豨是射。何獻蒸肉之膏，而后帝不若？
浞娶純狐，眩妻爰謀。何羿之射革，而交吞揆之？

接上層，也寫夏朝早期之事。夷羿，原是夏朝一個諸侯，他後來弒君，篡奪天子之位，其後荒淫無道，不顧國事，嗜好田獵。他射殺河伯，接著霸占其妻洛河女神宓妃。他還射殺過一個大野豬，並將其肉膏祭祀天帝，可天帝並不喜歡他。惡有惡報。在夷羿荒淫田獵之時，他的部下寒浞趁機掌握大權，收攬民心，還與羿妻私通，最後謀殺了夷羿。這是夷羿荒淫田獵、不恤國事以致眾判親離的必然結果。

4. 鯀之評價（八句，三問）

阻窮西征，巖何越焉？化為黃熊，巫何活焉？

咸播秬黍，莆雚是營。何由并投，而鯀疾修盈？

此層疑爲錯簡，應在「禹娶塗氏」之前。因爲父居子先，理所當然。

5. 嫦娥等事（十六句，七問）

白蜺嬰茀，胡為此堂？安得夫良藥，不能固臧？
天式從橫，陽離爰死。大鳥何鳴，夫焉喪厥體？
蓱號起雨，何以興之？撰體協，鹿何膺之？
鼇戴山抃，何以安之？釋舟陵行，何以遷之？

此層爭議甚多。「白蜺」等等，王逸等人釋爲王子喬、崔文子之事，致使文理尤顯錯亂。丁晏、蔣驥、姜亮夫等釋爲嫦娥之事，則使文理通順，層次井然。然「蓱號」、「神鹿」等與上下層次的關係就十分費解。或許是資料所缺，後人不能確解；或許如清人邱仰文所說：「將敘舊物，故借大鳥消盡一切壘塊。橫插此段作雲間高唱、鳳翥鸞翔之筆」（《楚辭韻解》），謹錄以備考。

6. 少康中興（十二句，五問）

惟澆在户，何求于嫂？何少康逐犬，而顛隕厥首？
女歧縫裳，而館同爰止。何顛易厥首，而親以逢殆？
湯謀易旅，何以厚之？覆舟斟尋，何道取之？

也是夏朝故事，頗爲生動。史載過澆弒殺夏朝天子相、篡奪夏朝政權之後，荒淫無道，竟然闖入嫂子女歧的內室，偷窺嫂子的隱私，兩人進而偷情。少康，是夏朝天子相之子，爲報父仇，他先是趁此二人偷情之際夜襲過澆，黑暗之中在床上砍下一頭，以爲是過澆，其實是女歧之首。後來，他又趁田獵之際，放出惡狗偷襲，咬下了過澆的頭。少康掌權之後，又出兵消滅了斟尋國，迎來了夏朝的中興。

夏朝史事敘述，至此基本告一段落。

（二）錯簡一（二十四句，十一問）

桀伐蒙山，何所得焉？妹嬉何肆？湯何殛焉？
舜閔在家，父何以鱞？堯不姚告，二女何親？

厥萌在初，何所意焉？璜臺十成，誰所極焉？
登立為帝，孰道尚之？女媧有體，孰制匠之？

舜服厥弟，終然為害；何肆犬體，而厥身不危敗？
吳獲迄古，南嶽是止；孰期去斯，得兩男子？

此層包括三組對比：(1)桀以婦人亡，舜以婦人興；(2)商紂寵婦而亡，女媧尊婦而王；(3)舜之弟害兄，吳則兄讓弟。十分齊整緊湊，而且中心明確：講相反相成，矛盾對立。這是一個完整的單元，已非單純的敘事，而是透過三組對比在說明一個哲理。這與前後敘述夏商周歷史的內容和方法不同，即與上下層關係頗遠，嵌入此處甚是離奇，疑爲錯簡，當移至「受禮天下，又使至代之」以後，即與其下總結規律的十六句併在一起。

（三）商朝（四十六句，十七問）

此層問商朝歷史，層次基本清楚，唯開頭有點錯亂。

1. 成湯伊尹（八句，二問）

緣鵠飾玉，后帝是饗；何承謀夏桀，終以滅喪？
帝乃降觀，下逢伊摯；何條放致罰，而黎伏大說？

此層問商湯與賢臣伊尹的故事。史稱商湯在一次外出觀察民風時發現了伊尹。伊尹烹調天鵝之羹獻給商湯，商湯十分高興，認為他是個人才，於是舉他為相。伊尹曾是夏桀之臣，了解夏朝情況，他向商湯獻出伐夏的計謀。商湯採納了伊尹的計謀，討伐夏桀在鳴條之野擊敗夏桀，殺死夏桀，將他的屍體扔在鳴條之野，天下百姓十分高興。一篇〈天問〉，三處問及商湯、伊尹之事。這八句置於「玄鳥生商」之前，顯然不合情理，恐怕亦是錯簡所致，當移至「夫誰使挑之」以後。

2. 玄鳥生商（二句，二問）

簡狄在臺嚳何宜？玄鳥致貽女何喜？

此為兩個七字句，一本拆為四加三句式，則成四句，兩問。《詩經・商頌》有云：「天命玄鳥，降而生商。」簡狄、帝嚳當為商室之祖。史稱簡狄在臺上侍奉帝嚳，天上飛過一隻燕子，燕子產下一蛋掉在臺上，簡狄很高興，吞下這顆鳥蛋，後來生下了商朝開國之君契。因此本層當為問商之開端。

3. 王亥經歷（十二句，五問）

該秉季德，厥父是臧；胡終弊于有扈，牧夫牛羊？
干協時舞，何以懷之？平脅曼膚，何以肥之？
有扈牧豎，云何而逢？擊床先出，其命何從？

「該秉季德」句，王逸以下千百年間盡誤解。故王逸《天問章句》此句下至「夫誰使挑之」句的所有解釋，頗多舛誤，不可信據。清人徐文端、劉夢鵬肇始發疑，王國維先生復以殷之卜辭稽之，旁徵博引，遂成定讞。王國維《古史新證》云：「其《殷卜辭中所見先公先王考》云，恆之一人，並爲諸書所未載。卜辭之王恆與王亥，同以王稱，其時代自當相接，而〈天問〉之該與恆，適與之相當。前後所陳，又皆商家故事，則中間十二韻自當述王亥王恆上甲微之事。然則王亥與上甲微之間，又當有王恆一世。以《世本》、《史記》所未載，《山海經》、《竹書》所不詳，而今於卜辭得之。〈天問〉之辭，千古不能通其解者，而今由卜辭通之，此治史學與文學所當同聲稱快也。」⓫「該」爲王亥，乃簡狄、帝嚳之六世孫，即商先公之一。「季」爲「該」父，故曰「厥父是臧」。此十二句是講，殷商遠祖王亥，秉承父德，曾得到王季讚賞，但後來受到蒙蔽，到有扈國放牧牛羊，引誘當地一位女子。二人私通，遭人襲擊，王亥趁亂逃出。

4. 王恆復仇（四句，二問）

恆秉季德，焉得夫朴牛？何往營班祿，不但還來？

⓫王國維，《古史新證》[M]，北京：清華大學出版社，一九九四：二一。

此層講王亥的弟弟王恆爲兄報仇，擊敗有易，遂奪服牛，凱旋頒賞。

5. 昏微際遇（八句，二問）

昏微循跡，有狄不寧；何繁鳥萃棘，負子肆情？
眩弟並淫，危害厥兄；何變化以作詐，而後嗣逢長？

昏微即上甲微，王亥之子。此層講上甲微爲父報仇，打到有扈國，有扈國從此不得安寧。但上甲微與其父王亥一樣，在當地亂搞男女關係。他的弟弟同樣荒淫，更加危害到他的哥哥。

以上四個層次，問商人列祖列宗，由先而後，井然有序。

6. 成湯伊尹（八句，二問）

成湯東巡，有莘爰極；何乞彼小臣，而吉妃是得？
水濱之木，得彼小子；夫何惡之，媵有莘之婦？

此層講商朝立國之君成湯得到伊尹的經過，亦能承接上層。這裡敘寫伊尹軼事，稱成湯東巡到有莘國，要討當地一美女爲妃。當年伊尹的母親懷孕待產，適逢洪水氾濫，逃跑過程中在一棵桑樹下分娩生下伊尹後去世。此嬰被一採桑女收留，小孩長大後被獻入宮中，在廚房中當差，故有莘國君討好成湯將當地美女嫁給成湯爲妃時，伊尹被當作陪嫁僕人送給了成湯。這才使他後來成了商湯的賢相。

7. 湯伐夏桀（四句，二問）

湯出重泉，夫何罪尤？不勝心伐帝，夫誰使挑之？

緊接上層。「不勝心伐帝，夫誰使挑之？」答曰：伊尹挑之。此層講成湯曾無辜被夏桀關在重泉水牢之中，出獄後便採納伊尹之計討伐夏桀，推翻了夏朝。因此，「商朝」一層開頭的「緣鵠飾玉」以下八句，似應移至此處。

（四）周朝（三十二句，十三問）

商、周這兩層之間過渡突兀，疑爲錯簡所致，詳見下文。周朝這層問五件事，也是先後有序。

1. 武王伐紂（十六句，七問）

會鼂爭盟，何踐吾朝？蒼鳥群飛，孰使萃之？
列擊紂躬，叔旦不嘉；何親揆發，定周之命以咨嗟？
授殷天下，其位安施？反成乃亡，其罪伊何？
爭遣伐器，何以行之？並驅擊翼，何以將之？

武王，周朝開國之君，居先有理。此層講，武王伐紂，定下日期，但屆時天下大雨，軍士行軍困難，有人勸阻，但武王堅持不更日期。伐紂之戰開始，周軍將士十分勇猛，猶如鷹鳥群飛。武王聯合各路諸侯，攻打商軍兩翼，最後一鼓作氣，打敗商軍。武王砍下商紂之頭示眾。周公對此很不滿意，但還是幫助武王，出謀劃策，鼎定周朝。

2. **昭王成遊（四句、一問）**

昭后成游，南土爰底；厥利惟何，逢彼白雉？

緊接上文。此層講，周昭王聽說遙遠的南方有白色的野雞，他要去找，所以南巡至漢水。《史記正義》引〈帝王世紀〉云：「昭王德衰，南征，濟於漢。船人惡之，以膠船進王。王御船至中流，膠液，船解，王及祭公俱沒于水中而崩。」[12]

3. **穆王周遊（四句，二問）**

穆王巧梅，夫何周流？環理天下，夫何索求？

緊接上文。此層講，周穆王聽人惑言，往西巡狩，以求神仙，樂而忘歸。徐偃王趁機作亂。造父爲穆王駕車，長驅歸周以平騷亂。

4. **幽王覆滅（四句，二問）**

妖夫曳衒，何號于市？周幽誰誅，焉得夫褒姒？

---

⑫〔漢〕司馬遷，《史記》（一）[M]，北京：中華書局，一九八二：一三五。

接上文。史稱周幽王前世有童謠曰：「檿弧箕服，實亡周國。」⓭後來果然有一對夫婦在街上叫賣這種器物，官府以爲是妖怪，要抓他倆並殺死他倆。這對夫婦連夜出逃，突然聽到路邊有一嬰兒哭聲。這是宮中一宮女無夫而生的怪嬰，所以被遺棄在路邊。這對夫婦心生憐憫，抱起此嬰，逃往褒國。十幾年之後，褒人有罪，幽王想殺褒君，褒國人就獻出此美女用來贖罪，此女就是後來的褒姒。幽王寵愛此女，立爲王后，後來導致犬戎入侵，幽王被殺。此層即講此事。

5. 齊桓身殺（四句，一問）

> 天命反側，何罰何佑？齊桓九會，卒然身殺！

接上文。爲了證明天命無常，屈原舉出齊桓公爲例。齊桓公當年任用管仲，九合諸侯，一匡天下。但管仲死後，齊桓公任用易牙和豎刁等佞臣。這些佞臣蒙蔽桓公，殺害忠臣，後廢桓公，擁立公子無詭爲君。桓公生病，他的五個兒子忙於互相爭鬥，無人管他。連他死後，也無人去裝殮入棺，淒慘至極。問周之事，至此告一段落。

（五）錯簡二（三十八句，十九問）

此層乃〈天問〉最亂之處，確乎一堆錯簡。分成三層，以利分析。

⓭〔漢〕司馬遷，《史記》（一）[M]，北京：中華書局，一九八二：一四七。

1. 商末君臣（十二句，五問）

彼王紂之躬，孰使亂惑？何惡輔弼，讒諂是服？
比干何逆，而抑沉之？雷開何順，而賜封之？
何聖人之一德，卒其異方？梅伯受醢，箕子佯狂。

此層十二句，若移至「湯出重泉，夫何罪尤？不勝心伐帝，夫誰使挑之」以後，似即合理，正好表現商朝興亡之跡，問商之事也可告一段落。

2. 后稷出世（八句，四問）

稷維元子，帝何篤之？投之於冰上，鳥何燠之？
何馮弓挾矢，殊能將之？既驚帝切激，何逢長之？

后稷，周之始祖。前四句與《詩經・大雅・生民》相符。後四句的解釋不下五種，爲理清〈天問〉層次帶來極大困難。今參用蔣驥之說，便與前四句融爲一體。其曰：「《史記》，稷爲兒時，屹如巨人之志，其遊戲好樹麻菽。麻菽美，所謂殊能也……帝之棄稷，不一而足，非驚怪激切不至此。」[14]如將此八句移至「會鼂爭盟」之前，則文章契合，豁然貫通。

---

[14]〔清〕蔣驥，《山帶閣注楚辭》[M]，上海：上海古籍出版社，一九八四：一〇二～一〇三。

3. 商周換代（十八句，十問）

伯昌號衰，秉鞭作牧；何令徹彼岐社，命有殷國？
遷藏就岐，何能依？殷有惑婦，何所譏？
受賜茲醢，西伯上告。何親就上帝罰，殷之命以不救？
師望在肆，昌何志？鼓刀揚聲，后何喜？
武發殺殷，何所悒？載尸集戰，何所急？
伯林雉經，維其何故？何感天抑墜，夫誰畏懼？

此層前四句應與其後兩句的位置對換，即將「伯昌號衰」等四句移至「殷有惑婦何所譏」之後。然後整個層次移至「會鼂爭盟」上下，稍作調整，文氣暢通，可順利地問清楚商周換代之事。

試將「錯簡二」退回商、周二層交界處，原文面貌大概如下：

……

湯出重泉，夫何罪尤？不勝心伐帝，夫誰使挑之？
（以上為「商朝」一層結尾。）
彼王紂之躬，孰使亂惑？何惡輔弼，讒諂是服？
比干何逆，而抑沉之？雷開何順，而賜封之？
何聖人之一德，卒其異方？梅伯受醢，箕子佯狂。

稷維元子，帝何篤之？投之於冰上，鳥何燠之？
何馮弓挾矢，殊能將之？既驚帝切激，何逢長之？

遷藏就岐，何能依？殷有惑婦，何所譏？
伯昌號衰，秉鞭作牧；受賜茲醢，西伯上告。
師望在肆，昌何志？鼓刀揚聲，后何喜？

何親就上帝罰，殷之命以不救？何令徹彼岐社，命有殷之國？
武發殺殷，何所悒？載尸集戰，何所急？
會鼂爭盟，何踐吾期？蒼鳥群飛，孰使萃之？
爭遣伐器，何以行之？並驅擊翼，何以將之？
伯林雉經，維其何故？何感天抑墬，夫誰畏懼？
列擊紂躬，叔旦不嘉；何親揆發，定周之命以咨嗟？
授殷天下，其位安施？反而乃亡，其罪伊何？

（下接「昭王成遊」。）

總之，我認為，從「彼王紂之躬」至「夫誰畏懼」這三十八句是一堆錯簡，是從商、周兩層交接處脫落並散裂的一堆竹簡。只要把這堆竹簡送回原處，〈天問〉層次就更加清楚了。

（六）**總結規律**（二十句，十一問）

以上，屈子分別探問了夏、商、周三代興亡之事；以下他作總結，把眾多史事的敘述，綜合上升到哲理的高度。

前四句綜述

皇天集命，惟何戒之？受禮天下，又使至代之？

游國恩先生說得好：「此綜述三代興亡之事，而深慨之也。」⓯那麼，究竟爲何有如此歷代興亡呢？其中有哪些規律呢？屈子思路看來十分清楚。

首先，他認爲，興亡之事，林林總總，不出相反相成、矛盾對立之理，那就是「桀伐蒙山」以下二十四句（即「錯簡一」包含的三組對比）所表現的意思。因此，應該將那堆錯簡移至此處。

其次，即此層後十六句所包含的三組對比。

(1) 第一組（八句二問）

初湯臣摯，後茲承輔；何卒官湯，尊食宗緒？

勳闔夢生，少離散亡；何壯武厲，能流厥嚴？

蔣驥認爲：此講「賢才向背爲天命去留之本」。

(2) 第二組（四句四問）

彭鏗斟雉，帝何饗？受壽永多，夫何久長？

⓯ 游國恩，《天問纂義》[M]，北京：中華書局，一九八二：四二九。

中央共牧，后何怒？蜂蟻微命，力何固？

此講天意不可知。

(3) 第三組（四句三問）

驚女采薇，鹿何祐？北至回水，萃何喜？
兄有噬犬，弟何欲？易之以百兩，卒無祿。

此講人事不可料。

後兩組對比從反面證明賢才向背的重要性：因爲天意不可知，人事不可料，所以治理天下、興亡得失，關鍵在賢才向背。而這一點正好與〈離騷〉中表達的「舉賢授能」觀點相符。

「歷史」一層，屈子首先分述夏、商、周三代之事，面對紛紜複雜的社會歷史問題，他沒有停留於表象的敘述，而是深入發掘，總結出了兩條規律：世間萬事相反相成矛盾對立；而興亡得失根本在於賢才向背。

第四層次　現實（從「薄暮雷電歸何處」至篇末，共十三句，七問）

此層內容與上文顯然不同。王夫之認爲此層乃「終之以楚先」[16]，林庚先生所著《天問論箋》也轉而同意此說，認爲「伏匿穴處」正好與「楚昭王因吳師入郢而逃亡伏匿於雲中的故事」相符。[17]我則認爲，此層已由懷古轉爲傷今，與〈涉江〉、〈懷沙〉兩篇在內容、甚至在文字上頗多相似之處。試作三層分析。

---

[16]〔清〕王夫之，《楚辭通釋》／黃靈庚主編，《楚辭文獻叢刊》（第四十五冊）[M]，北京：國家圖書館出版社，二〇一四：一一一。

[17]林庚，《天問論箋》[M]，北京：人民文學出版社，一九八三：八六。

1. 觸景傷情（四句，四問）

薄暮雷電，歸何憂？厥嚴不奉，帝何求？
伏匿穴處，爰何云？荊勳作師，夫何長先？

「薄暮雷電，歸何憂」大意是講：傍晚時分，雷電交加，我回住處，何必擔憂。〈懷沙〉中也悲愴地唱道：「……日昧昧其將暮；舒憂娛哀兮……」大意是講：太陽暗淡，行將落山；舒展愁眉，苦中尋樂。「薄暮雷電」不僅僅是自然現象，而且還是屈子的心理感覺，是楚國的沒落形勢在詩人心理上的反映。「伏匿穴處，爰何云」，大意是講：我已藏身深山洞穴，還有何話能跟人講。〈涉江〉描寫屈子被遷沅湘後的居處是：「深林杳以冥冥兮，乃猿狖之所居。山峻高以蔽日兮，下幽晦以多雨。」屈子流放湘西時生活之艱難困窘之狀由此可知。

兩相比較，可以看出，〈天問〉的寫作地點、時間，有與〈涉江〉、〈懷沙〉相似之處。因此，我們說，從「薄暮雷電」開始，作品已轉入一個新的層次，即從對三代興亡的探究，轉入對當時楚國現實的分析。

2. 勸誡君主（四句，一問）

悟過改更，我又何言？吳光爭國，久余是勝。

緊接上層。史稱當年吳國與楚國互相攻擊，到吳王闔廬之時，吳兵攻入郢都，昭王出逃。屈子以此歷史教訓爲例，勸導頃襄王以史爲戒，悟過改更。

3. 微言刺世（五句，二問）

何環穿自閭社丘陵，爰出子文？吾告堵敖以不長。
何試上自予，忠名彌彰？

前兩句講子文。史稱當年楚國賢相令尹子文，其母爲鄖公之女，在野外與人私通，生下子文。子文長大之後，有賢仁之才。黃文煥指出：實乃「追昔之令尹，傷今之令尹」[18]，即刺子蘭誤國。第三句王逸解釋十分清楚：「堵敖，楚賢人也。屈原放時，語堵敖曰：『楚國將衰，不復能久長也。』」[19]後兩句有歧義。「何試上自予」之「試」，洪興祖補注「一作『誡』」，朱熹《集注》曰：「一作『譏』」[20]。余以爲，「予」字，疑爲「幹」字之誤，因爲解釋這九個字時，王逸注曰：「屈原言我何敢嘗試（按：指譏諷）君上，自干忠直之名，以顯彰後世乎？」[21]將以上王、洪、朱三人的解釋連繫起來，末三句意思貫通顯豁：臨行告別堵敖兄，國家將衰已不長；怎敢譏諷我國君，自干忠名彰後世？屈子痛斥奸佞，但是對國君仍有所待，此和〈離騷〉、〈哀郢〉、〈悲回風〉、〈懷沙〉諸篇精神一致，也與《史記》本傳相符。

從思想性上說，以上詰問歷史和現實方面的問題，實際上是對歷代君主和「聖賢」所鼓吹的「天命觀」產生懷疑，同時繼續宣揚〈離騷〉等詩篇中所表達的舉賢授能和修明法度的思想，亦暗示當時楚國革故鼎新的必要性和迫切性。

---

[18] 〔明〕黃文煥，《楚辭聽直》／黃靈庚主編，《楚辭文獻叢刊》（一）[M]，北京：國家圖書館出版社，二〇一四年。
[19] 〔宋〕洪興祖，《楚辭補注》[M]，北京：中華書局，一九八三：一一八。
[20] 〔宋〕朱熹，《楚辭集注》[M]，上海：上海古籍出版社，一九七九：七一。
[21] 〔宋〕洪興祖，《楚辭補注》[M]，北京：中華書局，一九八三：一一八。

結論：

一、〈天問〉主幹十分清楚，共分四大層次：天文、地理、歷史、現實。第一、二、四層次內部的小層次也頗清楚。第三層次內部，首先分述夏、商、周三代興亡，然後總結規律，基本脈絡也清楚。但有大量錯簡：

1.「阻窮西征」至「而鯀疾修盈」，共八句，應在「禹之力獻功」之前。

2.「桀伐蒙山」至「得兩男子」，共二十四句，應在「受禮天下，又使至代之」後。

3.「緣鵠飾玉」至「而黎服大說」，共八句，應在「不勝心伐帝，夫誰使挑之」後。

4.「彼王紂之躬」至「夫誰畏懼」，共三十八句，應在「會鼂爭盟」之前。

二、全詩的主題是：透過詰問天文、地理和歷史、現實方面的問題，表達詩人對歷代君主和「聖賢」視為金科玉律的宇宙生成觀和天命觀產生懷疑，暗示當時楚國革故鼎新的必要性和迫切性。這也正是〈天問〉一詩的價值所在。

三、藝術特色分析

〈天問〉的藝術特色最明顯，就是一個字：奇。用古人的話說：「（〈天問〉）奇氣縱橫，獨步千古。」

（一）立意奇

〈天問〉所問，大多屬於石破天驚、大逆不道，因為被歷代君主和所謂「聖賢」視為金科玉律神聖不可變易的觀念、思想，乃至規律，在〈天問〉中統統被懷疑了，質問了。籠罩在歷代君主和所謂「聖賢」頭上的面紗被屈原無情地扯下，扔進歷史的垃圾堆中。這是〈天問〉給人「奇氣」逼人感覺的最重要原因。

（二）體式奇

天問天問，向天發問。全詩一問到底，共設一百七十四問。這是古今中外文學史上的罕見體式。而且〈天問〉問式多變，錯落有致，有一句一問、兩句一問、三句一問、四句一問、四句兩問、四句三問、四句四問等等。手法也變化莫測，或問此意比，或明知故問，或疑而問之，或問中有答等等，總之，隨心所欲，常常出人意料。

（三）選材奇

在中國最早的古籍中，保留神話最多的恐怕要數〈天問〉，而且這些神話都給人奇特新穎的內容。如：「女歧無合，夫焉取九子？」「稷維元子，帝何篤之？投之冰上，鳥何燠之？」「靈蛇吞象，厥大何如？」「不任汩鴻，師何以尚之？」「帝降夷羿，革孽夏民。胡射夫河伯，而妻彼雒嬪？」「昭后成遊，南土爰底。厥利惟何？逢彼白雉？」等等。

（四）語言奇

四言爲主，兼用雜言。全詩三百五十三句，四言二百六十九句，五言四十七句，六言十三句，七言二十三句，八言一句。又，大量使用「何」（一百二十九次）、「安」（十四次）、「焉」（二十四次）、「孰」（九次）、「誰」（八次）、「胡」（四次）、「幾」（三次）等疑問字。還有，楚辭共二六四九句，其中一〇三八句有「兮」字，而〈天問〉中未見一個「兮」字。〈招魂〉大量使用「些」字，〈大招〉大量使用「只」字，而〈天問〉中未見一個「些」字或「只」字。因爲〈天問〉一詩是在「先王宗廟及公卿祠堂」中所作，而據劉勰云，《詩經》之後，「宗廟之正歌」早有「規式存焉」，首先是「結言於四字之句」，另外，因此「些」、「只」這類「燕饗之常詠」或民間俗語自然不會被採用。

遠遊[1]

屈原

悲時俗之迫阨兮，[2]願輕舉而遠遊。[3]
質菲薄而無因兮，[4]焉託乘而上浮？[5]
遭沉濁而汙穢兮，[6]獨鬱結其誰語？[7]
夜炯炯而不寐兮，魂營營而至曙。[8]
惟天地之無窮兮，[9]哀人生之長勤。[10]
往者余弗及兮，[11]來者吾不聞。[12]
步徙倚而遙思兮，[13]怊惝怳而永懷。[14]
意荒忽而流蕩兮，[15]心愁悽而增悲。[16]
神倏忽而不返兮，[17]形枯槁而獨留。[18]
內惟省以端操兮，[19]求正氣之所由。[20]
漠虛靜以恬愉兮，[21]澹無爲而自得。[22]

因爲世俗不容賢，情願高翔避遠方。
質性鄙陋無道行，託乘什麼飛上天？
遭逢昏君和讒佞，思慮煩冤能告誰？
心事重重睡不著，孤單憂愁至天亮。
想到天地無窮盡，哀嘆人生多憂患。
以往聖賢未趕上，後代明君我不聞。
來回徘徊想得多，悲憤失意心裡亂。
精神恍惚無依靠，愁悶痛苦更悲傷。
魂靈忽逝不回返，只留一具枯槁體。
思索反省正情操，求得正氣之所出。
冷漠恬靜內心樂，淡泊無爲自舒適。

聞赤松之清塵兮，23 願承風乎遺則。24
貴眞人之休德兮，25 羨往世之登仙；26
與化去而不見兮，27 名聲著而日延。28
奇傅說之託辰星兮，29 羨韓眾之得一。30

形穆穆以浸遠兮，31 離人群而遁逸。32
因氣變而遂曾舉兮，33 忽神奔而鬼怪。34
時髣髴以遙見兮，35 精皎皎以往來。36
超氛埃而淑尤兮，37 終不反其故都。38
免眾患而不懼兮，39 世莫知其所如。40

恐天時之代序兮，41 耀靈曄而西征。42
微霜降而下淪兮，43 悼芳草之先零。44
聊仿佯而逍遙兮，45 永歷年而無成。46

誰可與玩斯遺芳兮，47 晨向風而舒情。48
高陽邈以遠兮，49 余將焉所程？50

重曰：51
春秋忽其不淹兮，52 奚久留此故居。53
軒轅不可攀援兮，54 吾將從王喬以娛戲。55

聽說赤松脫塵世，我願繼承其法則。
看重道士好品德，羨慕古人能登仙；
變易形容遠藏匿，名聲昭著永流傳。
驚奇傅說上星辰，羨慕韓眾得道純。

形體幽微逐漸遠，脫離人群去隱逸。
騰雲駕霧升天空，飄來變去多神速。
隨時彷彿能看見，來來往往是精靈。
超越塵世到異域，再也不回郢都城。
擺脫群小無畏懼，世人不知我去處。

懼怕季節相更迭，偏偏太陽向西行。
細霜降下鋪滿地，傷悼芳草先凋零。
姑且閒遊自消遣，年已衰老無功名。

誰能同賞這殘香，清晨迎風抒情懷。
先祖高陽已遠去，我將如何展才能？

又唱道：
四季運轉如流水，何必久留此故居。
黃帝久遠難攀援，我將追隨王喬遊。

餐六氣而飲沆瀣兮，[56] 漱正陽而含朝霞。[57]
保神明之清澄兮，[58] 精氣入而麤穢除。[59]
順凱風以從遊兮，[60] 至南巢而壹息。[61]
見王子而宿之兮，[62] 審壹氣之和德。[63]

曰：

道可受兮，而不可傳；[64]
其小無內兮，其大無垠。[65]
無淈滑而魂兮，彼將自然；[66]
壹氣孔神兮，於中夜存。[67]
虛以待之兮，無爲之先；[68]
庶類以成兮，此德之門。[69]

聞至貴而遂徂兮，[70] 忽乎吾將行。[71]
仍羽人於丹丘兮，[72] 留不死之舊鄉。[73]
朝濯髮於湯谷兮，[74] 夕晞余身兮九陽。[75]
吸飛泉之微液兮，[76] 懷琬琰之華英。[77]
玉色頩以脕顏兮，[78] 精醇粹而始壯。[79]
質銷鑠以汋約兮，[80] 神要眇以淫放。[81]

五穀雜糧都不吃，吞吸六氣天地精。
神志清明又澄澈，納新吐故粗穢除。
順著南風隨意遊，來到南巢稍休息。
遇見王喬表敬意，詢問元氣養成術。

（王喬）道：

道可心受不能說，
小到無納大無垠。
神魂不亂就自然，
元氣神妙常在身。
清靜無爲最重要，
眾法成全入門徑。

聽此祕訣就動身，急急忙忙我將行。
前往仙人丹丘國，打算留在神仙鄉。
早晨洗髮在湯谷，傍晚晾身靠天邊。
吸飲飛泉瓊漿液，咀嚼美玉純精英。
面色光澤又鮮美，精神飽滿始壯盛。
身體癯瘦顯頎長，思想超然人灑脫。

嘉南州之炎德兮，82 麗桂樹之冬榮。83
山蕭條而無獸兮，野寂寞兮無人。84
載營魄而登霞兮，85 掩浮雲而上征。86

命天閽其開關兮，87 排閶闔而望予。88
召豐隆使先導兮，89 問太微之所居。90
集重陽入帝宮兮，91 造旬始而觀清都。92

朝發軔於太儀兮，93 夕始臨乎於微閭。94
屯余車之萬乘兮，95 紛溶與而並馳。96
駕八龍之婉婉兮，97 載雲旗之逶蛇。98
建雄虹之采旄兮，99 五色雜而炫耀。100
服偃蹇以低昂兮，101 驂連蜷以驕驁。102
騎膠葛以雜亂兮，103 斑漫衍而方行。104
撰余轡而正策兮，105 吾將過乎鉤芒。106

歷太皓以右轉兮，107 前飛廉以啓路。108
陽杲杲其未光兮，109 淩天地以徑度。110
風伯爲余先驅兮，111 辟氛埃而清涼。112
鳳凰翼其承旂兮，113 遇蓐收乎西皇。114
攬彗星以爲旍兮，115 舉斗柄以爲麾。116

人說南方氣候熱，桂樹冬天不凋零。
群山蕭條無禽獸，曠野寂寞少人影。
攜我靈魂登仙界，騰雲駕霧升九天。

告帝門衛開關鎖，推開天門等待我。
召來豐隆作前導，詢問太微在何所。
升到九重入帝宮，旬始星前細觀瞻。

早晨出發於天庭，傍晚來到無閭山。
集合我的萬輛車，水流一般往前趕。
八龍駕車婉婉行，雲旗招展迎風揚。
高插彩繪雄虹旄，五色斑駁明又亮。
高高轅馬氣勢異，勾蹄驂馬怒顛狂。
車馬交加又喧雜，斑駁錯綜並驅馳。
拉住轡繩拿好鞭，我將經過句芒神。

越過太皓向右轉，風伯先導開關路。
旭日欲升天將明，乘天越地直往前。
風伯奔馳作先驅，清除霧霾與塵埃。
鳳凰兩側高擎旗，遇見蓐收於西海。
又引彗星當旗幟，北斗之柄作指揮。

叛陸離其上下兮，117 遊驚霧之流波。118
時晻曀其曭莽兮，119 召玄武而奔屬。120
後文昌使掌行兮，121 選署眾神以並轂。122
路曼曼其悠遠兮，123 徐弭節而高厲。124
左雨師使徑待兮，125 右雷公以爲衛。126
欲遠度世以亡歸兮，127 意恣睢以擔撟。128
內欣欣而自美兮，129 聊媮娛以自樂。130

涉青雲以汎濫游兮，131 忽臨睨夫舊鄉。132
僕夫懷余心悲兮，133 邊馬顧而不行。134
思舊故以想像兮，135 長太息而掩涕。136

氾容與而遐舉兮，137 聊抑志而自弭。138
指炎神而直馳兮，139 吾將往乎南疑。140
覽方外之荒忽兮，141 沛罔象而自浮。142
祝融戒而蹕御兮，143 騰告鸞鳥迎宓妃。144
張樂〈咸池〉奏〈承雲〉兮，145 二女御〈九韶〉歌。146
使湘靈鼓瑟兮，147 令海若舞馮夷。148
玄螭蟲象並出進兮，149 形蟉虯而逶迤。150
雌蜺便娟以增撓兮，151 鸞鳥軒翥而翔飛。152
音樂博衍無終極兮，153 焉乃逝以徘徊。154

斑爛陸離上又下，蹈履驚霧如流水。
日月黯淡無光明，召呼龜蛇作護衛。
顧命文昌管從者，布置眾神並車行。
道途漫漫多遙遠，從容不迫升天際。
左邊雨師來侍候，右側雷公作警衛。
欲越塵世忘回返，縱意肆志遠遊去。
衷心喜悅認爲美，姑且娛戲求歡樂。

青雲之上到處遊，忽然看見我故鄉。
僕夫傷感我悲哀，邊馬回顧不肯走。
思念朋友想親人，唉聲嘆氣掉眼淚。

徘徊不前想遠去，姑且停車又猶豫。
我想請教祝融神，直接馳往九嶷山。
看到遠方很縹渺，海天相接正茫茫。
祝融告我停住車，即召鸞鳥接宓妃。
演奏〈咸池〉〈承雲〉曲，娥皇女英唱〈九韶〉。
湘水神靈演奏瑟，海神河伯跳起舞。
黑龍罔象齊出進，形體婉轉相逶迤。
雌蜺輕麗更纏綿，鳳凰展翅正高飛。
音樂宏麗無終止，於是想走又徘徊。

舒并節以馳騖兮，155 逴絕垠乎寒門。156
軼迅風於清源兮，157 從顓頊乎增冰。158

歷玄冥以邪徑兮，159 乘間維以反顧。160
召黔嬴而見之兮，161 爲余先乎平路。162
經營四荒兮，163 周流六漠。164
上至列缺兮，165 降望大壑。166
下峥嶸而無地兮，167 上寥廓而無天。168
視倏忽而無見兮，169 聽惝怳而無聞。170
超無爲以至清兮，171 與太初而爲鄰。172

連加兩鞭馬狂奔，遠至天邊寒門山。
超越疾風到北海，積冰之處見顓頊。

斜路插過玄冥門，攀往天繩暫休息。
召來黔嬴見個面，請他引路入仙境。
碌碌奔走到八極，天地四方都遊遍。
升天到過仙宮闕，入地曾見無底谷。
下邊深幽無著地，上面廣博不見天。
正看忽然都不見，想聽恍惚無所聞。
超然無爲達至清，彷彿天地形成前。

【注釋】

1 **遠遊**：以開篇第二句中的兩個字爲題，可以統領全篇。關於〈遠遊〉的著作權，寫作背景和思想內容，眾說紛紜，而我們認爲，王逸之論簡潔明瞭，頗爲中肯，無須爭議，錄以備考。其云：「屈原履方直之行，不容於世。上爲讒佞所譖毀，下爲俗人所困極，章皇山澤，無所告訴，乃深惟元一，修執恬漠。思欲濟世，則意中憤然，文采鋪發，遂敘妙思，托配仙人，與俱遊戲，周歷天地，無所不到；然猶懷念楚國，思慕舊故，忠信之篤，仁義之厚也。」

2 **悲**：哀傷，痛心。**時俗**：社會風氣。**迫**：逼迫，強迫。**阨**：災難，困苦。**迫阨**：指時俗小人對詩人的逼迫、嫉妒。

3 **舉**：擎，起飛。**輕舉**：飛升，高飛。**遊**：外出，離開。**遠遊**：遠遠離開。

4 **質**：品質，質性。**菲薄**：微薄，鄙陋。**因**：通「由」，方法；此指道行。

5 **焉**：怎麼，什麼。**焉託乘**：託乘什麼。**上浮**：飛上天。

6 **遭**：逢，遇。**沉濁**：此處喻昏君。**而**：連詞。**汙穢**：此處喻讒佞。

7 **鬱結**：思慮煩冤。**其**：語氣詞。**誰語**：告訴誰。

8 **炯炯**：形容有心事。**寐**：音ㄇㄟˋ，睡。**魂**：思想，情緒。**營營**：孤單，憂愁。**曙**：天亮。

9 **惟**：思，想。**窮**：盡。

10 **哀**：傷心，哀嘆。**勤**：王逸釋爲「憂患」。

11 **往者**：此指古代的聖賢。**余**：我。**弗**：不。**及**：趕上，追上。

12 **來者**：此指未來的明君。**聞**：聽說。

13 **徙倚**：音ㄒㄧˇ ㄧˇ，留連徘徊。**遙**：遠。**遙思**：想得遠，想得多。

14 **怊**：音ㄔㄠ，悲憤。**惝怳**：音ㄔㄤˇ ㄏㄨㄤˇ，失意。**永**：不正常。**懷**：心懷，心裡。**永懷**：心裡亂。

15 **意**：精神。**荒忽**：同「慌惚」、「恍惚」，神志不清。**流蕩**：無所依靠。

16 **增悲**：更加悲傷。

17 **神**：精神，魂靈。**倏**（ㄕㄨˋ）**忽**：很快地，一下消失。**返**：返回。

18 **形**：形體，容貌。**枯槁**：乾枯，萎縮。

19 **內**：內心。**惟**：思。**省**：音ㄒㄧㄥˇ，察看，檢查。**端**：正。**操**：操守，情操。

20 **正氣**：剛正之氣，浩然之氣。**所由**：所出。

21 **漠**：冷漠。**虛**：空。**恬**：音ㄊㄧㄢˊ，恬靜，坦然。**愉**：快樂。

22 **澹**：淡泊。**無爲**：無所作爲。**自得**：自感舒適。

23 **赤松**：赤松子，傳說中的仙人。**清**：清高。**清塵**：「清於塵」的省文，即超脫塵世。

24 **承**：承受，繼承。**風**：風範。**乎**：於。**遺則**：遺留下來的法則。

25 **貴**：寶貴，看重。**眞人**：道士。**休**：美。

26 **羨**：一本作「美」，羨慕。**往世**：古代，此指古人。**登仙**：成仙。

27 **與**：猶「爲」。**化**：變舊體爲新體，即改變形體，王逸注爲「變易形容」。**去**：離開。**不見**：藏匿。

28 **著**：顯著。**日**：日益。**延**：延長。

29 **奇**：驚異，驚奇。**傅說**：音ㄈㄨˋ ㄩㄝˋ，人名，殷武丁之相。**辰星**：泛指天上星辰。**託星辰**：相傳傅說死後上升爲星。

30 **羨**：羨慕。**韓眾**：一本作「韓終」，人名，古代有多人名叫「韓眾」，此處當指上古服藥成仙之人。**一**：單一，純正。**得一**：得純正之道，指成仙一事。

31 **形**：形體。**穆穆**：幽微。**浸**：漸漸。

32 **離**：脫離。**遁逸**：隱去，隱逸。

33 **因**：憑藉。**氣**：指風、雲、雨、霧。**曾**：通「增」，高舉。

34 **忽**：奄忽，忽然。**神奔**、**鬼怪**：皆往來變化神速之意。

35 **時**：時時，隨時。**遙見**：遠見。

36 **精**：精靈。**皎皎**：明亮潔白。**皎**：一本作「晈」。

37 **超**：超越。**超**：一本作「絕」。**氛埃**：喻指塵世。**淑**：古通「吊」，有「至」之義（用姜亮夫說）。**尤**：異。**淑尤**：猶言到奇異的地方。

38 **終**：最後。**反**：回返。**故都**：舊都，指郢都。

39 **免**：避免，擺脫。**患**：憂患。**眾患**：即「時俗之迫厄」。

40 **世**：世間，世人。**其**：語氣詞。**如**：去，往。**所如**：去處。

41 **恐**：懼怕。**天時**：指一年四季。**代序**：指四季更迭。

42 **耀靈**：太陽。**曄**：音ㄧㄝˋ，光亮的樣子。**征**：行。**西征**：往西行。

43 **降**：降下。**淪**：漬，沾。**下淪**：鋪滿地的意思。

44 **悼**：悲傷，傷悼。**零**：凋零，零落。

45 **聊**：姑且。**仿佯**：遊蕩，閒遊。**逍遙**：自由自在的樣子。

46 **永**：長，年長。**永歷年**：經歷的年頭已很長，即年已衰老。**無成**：沒有成就功名。

47 **與**：同，共同。**玩**：欣賞。**遺**：遺留，殘留。

48 **晨**：清晨。**向**：面向。**舒**：同「抒」。

49 **高陽**：高陽氏，古帝名，屈子始祖。**邈**：音ㄇㄧㄠˇ，遠。

50 **焉**：怎麼，如何。**程**：量，衡量。**所程**：此處指施展才能。參閱〈懷沙〉注61。

51 **重**：又，再。

52 **春秋**：指歲月，四時。**忽**：忽忽，形容時間過得快。**淹**：久留，停留。

53 **奚**：何，何必。**故居**：舊居，同「故都」。

54 **軒轅**：即黃帝，古帝名。

55 **從**：跟隨，追隨。**王喬**：即王子喬，傳說是古仙人。**娛戲**：遊樂。

56 **餐**：吃。**六氣**：天地四時之氣，據說包括朝霞、淪陰、沆瀣、正陽、天玄和地黃六種。**沆瀣**：音ㄏㄤˋ ㄒㄧㄝˋ，北方夜半之氣，即露水。

57 **漱**：音ㄕㄨˋ，含。**正陽**：南方日中之所氣。**朝霞**：平旦之氣，早晨東方的太陽。

58 **保**：保持。**神**：神志。**明**：清楚。**保神明**：神志清楚。**清澄**：澄澈，清爽。

59 **精氣**：元氣，新鮮氣體。**麤**：同「粗」。**粗穢**：指混濁之氣。

60 **凱風**：南風。**從**：隨。

61 **南巢**：南方一地名。**壹息**：休息一下，稍事休息。

62 **王子**：即王子喬，古仙人。**宿**：通「肅」，恭敬。

63 **審**：訊問，究問。**壹氣**：元氣。**和**：調和。**德**：修養而有得於心。**壹氣之和德**：即元氣養成之術。

64 **曰**：說。下面幾句皆是王子喬說的話。**道**：養氣之道，養氣之術。**受**：心受，即體會，意會。**傳**：言傳，用話說清。

65 **其**：語氣詞。**內**：同「納」。**小無內**：小到放不進一點東西。**垠**：邊，際。

66 **滑**：音ㄏㄨㄚˊ，亂。**而**：通「爾」，你，你的。此句一本爲「無滑而魂兮」。**彼**：那，指身心。

67 **壹氣**：元氣。**孔**：甚，很。**於中夜存**：王逸注爲「恆在身也」。爲何如此注釋，洪興祖補引《孟子》語云：「梏之反覆，則其夜氣不足以存。夜氣不足以存，則其違禽獸不遠矣。」

68 **虛**：空，無。**待**：等待，期待。**虛以待之**：無所期待，無任何欲念。**無爲**：無所作爲。**先**：前頭。全句意思是：無所作爲之前，首先是無所欲念。

69 **庶**：眾。**庶類**：各類方法，眾法。**成**：成全。**德**：見注63。**門**：門徑，門路。

70 **至貴**：最寶貴，最重要，即上面王子喬所說的養氣之道。**遂**：於是，就。**徂**：音ㄘㄨˊ，往。

71 **忽**：迅速，急忙。

72 **仍**：就（用王逸說），靠近，前往。**羽人**：仙人。**丹丘**：神話中神仙聚居之地。

73 **不死之舊鄉**：長生不死之國，即神仙之鄉。

74 **朝**：早晨。**濯**：音ㄓㄨㄛˊ，洗。**湯谷**：即陽谷，傳說是日出之處。

75 **夕**：傍晚。**晞**：音ㄒㄧ，晒乾，晒。**九陽**：舊指天邊。一說，指太陽。

76 **飛泉**：地名，據說在崑崙西南。**微**：少，稀少，罕見。**微液**：稀少之液。

77 **懷**：包，藏。**琬琰**：音ㄨㄢˇ ㄧㄢˇ，美玉名。**華英**：精英。

78 **玉色**：美貌如玉。**頩**：音ㄆㄧㄥ，美貌。**脕**：音ㄨㄢˋ，光澤。**顏**：臉面。

79 **精**：精神。**醇**：音ㄔㄨㄣˊ，始終不變。**粹**：不雜。**始**：

才。

80 **質**：體質，凡人之體。**銷鑠**：音ㄒㄧㄠ ㄕㄨㄛˋ，「形銷解化」，此指癯瘦之貌。汋：音ㄓㄨㄛˊ。汋約：柔弱之貌。

81 **神**：精神，神志。**要眇**：指思想深遠。**淫放**：放縱，此指超脫。

82 **嘉**：讚美。**南州**：泛指南方。**炎德**：炎熱的氣候。

83 **麗**：美。**榮**：興盛，茂盛。

84 **野**：曠野。**兮**：語氣詞。

85 **載**：裝，帶。**營魄**：魂魄。**霞**：雲霞，代指天。**登霞**：登天，升天。

86 **掩浮雲**：意指騰雲駕霧。**上征**：上升，升天。

87 **天閽**（ㄏㄨㄣ）：神話中守衛天門的人。**其**：語氣詞。**關**：門閂，代表門。

88 **排**：推。**閶闔**：音ㄔㄤ ㄏㄜˊ，神話中的天門。**予**：我。**望我**：等待我的到來。

89 **豐隆**：神話中的雲神。**使**：讓，派。**先導**：引路，開路。

90 **問**：訪問。**太微**：星官名，神話傳說中爲天帝南宮。

91 **集**：止，到。**重陽**：指九重天。**帝宮**：天帝宮殿。

92 **造**：前往，到。**旬始**：星名。**清都**：天帝宮殿。

93 **朝**：早晨。**發軔**：開車，啓行。**軔**：音ㄖㄣˋ，剎車木。**太儀**：天帝之庭。

94 **夕**：傍晚。**臨**：到。**乎**：於。**於微閭**：神話中的地名，王逸云：「東方之山。」

95 **屯**：集合，聚合。**余**：我。**萬乘**：萬輛車。

96 **紛**：眾多。**溶與**：水盛，此處形容車多。**並馳**：一齊往前趕。

97 **駕**：駕車。**駕八龍**：駕以八龍，即八龍駕車。**婉婉**：曲折前進之狀。

98 **載**：插。**雲旗**：即雲霓。**逶蛇**：音ㄨㄟ ㄧˊ，形容旌旗飄揚。

99 **建**：樹立，豎起。**雄虹**：指旗上繫綴的彩色飄帶。**采**：彩色。**旄**：音ㄇㄠˊ，指竿首裝飾有牛尾或羽毛的旗子。

100 **雜**：斑駁。**炫耀**：光彩明亮。

101 **服**：古代四馬駕車，中間兩匹駕轅，叫「服」，兩旁各一匹，叫「驂」。**偃蹇**：音ㄧㄢˇ ㄐㄧㄢˇ，高聳貌。**昂**：高。**低昂**：高低起伏。

102 **驂**：音ㄘㄢ，見上注。**連蜷**：馬蹄勾曲。**驕驁**：縱恣奔馳。**驁**：音ㄠˊ。

103 **騎**：音ㄐㄧˋ，車騎，車馬。**膠葛**：車馬喧嘩雜亂的樣子。

104 **斑**：斑駁。**漫衍**：無窮盡。**方行**：並行，此指並駕齊驅。

105 **撰**：持。**轡**：音ㄆㄟˋ，韁繩。**正策**：拿好鞭子。

106 **乎**：於。**鉤**：音ㄍㄡ。**鉤芒**：傳說為樹神，分治東方。

107 **歷**：經過，越過。**太皓**：古帝名，傳說即伏羲氏，又號庖犧氏。**右轉**：向西轉。

108 **飛廉**：神話中的風神。**啓路**：開路。

109 **陽**：陽光。**杲杲**（ㄍㄠˇ）：明亮的樣子。**其**：語氣詞。**未光**：尚未大放光明。

110 **凌**：乘，越。**徑**：直。**度**：通「渡」，此處指前進。

111 **風伯先驅**：同上文「飛廉啓路」。

112 **辟**：掃除。**氛**：氣，指迷霧。**埃**：塵埃。

113 **翼**：兩側，兩邊。**承**：擎，捧。**其**：語氣詞。**旂**：音ㄑㄧˊ，此指上畫龍圖、竿頭繫鈴的旗。

114 **蓐**（ㄖㄨˋ）**收**：傳說是西方神名，司秋。**乎**：於。**西皇**：即少昊，住於西海之津。**於西皇**：在西皇處，即在西海。

115 **彗星**：俗名掃帚星。**旍**：音ㄐㄧㄥ，同「旌」，古時用五色羽毛裝飾旗竿的旗子。

116 **斗**：北斗星。**斗柄**：指北斗最後三顆星的名稱。**麾**：音ㄏㄨㄟ，指揮用的旗。

117 **叛**：同「斑」，即斑駁。**陸離**：參差錯綜之貌。**上下**：忽上忽下。

118 **遊**：各處從容行走。**驚霧**：翻滾遊動之霧氣。**流波**：流水。此處作「如流水」講。

119 **晻曀**：音ㄢˇ ㄧˋ，日光昏暗。**曭**：音ㄊㄤˇ，日不明。**莽**：日無光。

120 **召**：呼。**玄武**：龜蛇。**屬**：音ㄓㄨˇ，從，隨。**奔屬**：跑著，跟著，指護衛。

121 **後**：往後。**文昌**：星名。**後文昌使**：疑是「後使文昌」之誤。**掌**：掌握，領導。**行**：從行者。

122 **署**：部署，布置。**轂**：音ㄍㄨˇ，車輪中心圓木。**並轂**：指車輛並行，一起行。

123 **曼曼**：通「漫漫」，形容路程很長。**悠**：長。

124 **徐**：緩慢，從容。**弭**：音ㄇㄧˇ，止。**節**：節奏，行車快慢之節奏。**弭節**：意思是掌握行車快慢的節奏。**厲**：起，升。**高厲**：高升入天。

125 **雨師**：神話中的雨神。**徑**：直接。**待**：照顧。

126 **雷公**：神話中的雷神。**衛**：警衛。

127 **度**：超越。**世**：塵世。

128 **意**：心志。**恣睢**：音ㄘ ㄙㄨㄟ，放肆。**擔撟**：軒舉，高升，高飛。**撟**：音ㄐㄧㄠˇ。

129 **欣欣**：喜悅之狀。**自美**：自以為美。

130 媮：同「愉」。媮娛：娛戲，歡樂。自樂：十分歡樂。

131 涉：行遊。涉青雲：「涉於青雲」的省文。氾濫：到處遊蕩。

自：一本作「淫」。

132 忽：忽然。臨：居高臨下。睨：音ㄋㄧˋ，斜著眼睛看。夫：助詞。舊鄉：故鄉。

133 僕夫：此指馬夫。懷：懷念，思念。余：我。

134 邊馬：兩邊的馬。顧：回顧，流連。

135 舊故：同「故舊」，親戚，朋友。想像：想念。

136 太息：嘆息。掩涕：掩面哭泣。

137 氾：同「泛」。容與：徘徊不前的樣子。而：連詞。遐：遠。舉：起，飛。

138 抑：按，控制。志：心情，即上文中表達的那種悲痛之情。弭：音ㄇㄧˇ，安，此處可作安定，安慰解。

139 指：指望。炎神：傳說中的古帝名，即祝融。直馳：直接馳往。

140 往：前往。南疑：指九疑山。

141 覽：看。方外：邊遠地方。荒忽：通「恍惚」，隱隱約約，模模糊糊的樣子。

142 沛：大澤，大水，大海。罔象：虛無的樣子，此指空間。浮：飄。

143 祝融：見注139。戒：告誡。蹕御：一本作「還衡」。蹕：音ㄅㄧˋ，止。御：駕。蹕御：停車。

144 騰：奔，跳。鸞鳥：鳳凰一類鳥。宓：音ㄈㄨˊ。宓妃：傳說是洛水女神名。

145 張：演奏。〈咸池〉〈承雲〉：均爲古曲名。

146 二女：指傳說中的娥皇、女英。御：治，此處作「唱」講。〈九韶〉：相傳舜時古樂名。

147 湘靈：湘水之神。鼓：彈奏。瑟：音ㄙㄜˋ，一種弦樂器。

148 海若：海神名。馮夷：水神名，即河伯。

149 玄：黑色。螭：音ㄔ，傳說是一種無角龍。蟲：如蟲一樣的。象：傳說是一種水怪。並：一起，一齊。

150 形：形體。蟉虯：音ㄌㄧㄡˊ ㄑㄧㄡˊ，盤曲之狀。逶迤：音ㄨㄟ ㄧˊ，彎曲延伸的樣子。

151 雌蜺：一種虹。便娟：輕盈美麗。撓：纏綿。

152 軒翥：音ㄒㄩㄢ ㄓㄨˋ，展翅的樣子。

153 博：廣博，宏大。衍：盛，多。終極：窮盡，終止。

154 焉乃：於是。逝：走，往，去。

155 舒：伸展，即舉，揮。節：策，馬鞭。并節：連抽兩鞭。馳騖：狂奔。

156 逴：音ㄔㄨㄛˋ，遠。絕垠：天邊。寒門：傳說是北方極寒冷的一座山名。

157 **軼**：音ㄧˋ，從後超越。**迅風**：疾風。**清源**：水源，指北海。

158 **顓頊**：音ㄓㄨㄢ ㄒㄩˋ，傳說古帝名，北海之神。**增**：通「層」。**增冰**：層層積累的堅冰。

159 **歷**：經過。**玄冥**：傳說是北方之神。**邪**：通「斜」。**邪徑**：斜路。

160 **乘**：利用。此指抓住。**間維**：天繩。**反顧**：回頭看去。

161 **黔嬴**：音ㄑㄧㄢˊ ㄌㄟˊ，傳說是天上造化神名。**嬴**：一本作「嬴」。

162 **余**：我。**先**：先行。**平路**：鋪平道路。

163 **經營**：來往奔走之狀。**四荒**：四邊荒遠的地方。王逸注為「八極」。

164 **周流**：周遊。**六漠**：指上下四方。

165 **上**：升天。**缺**：同「鈌」。**列缺**：天門；仙人宮闕。

166 **降**：入地。**大壑**：傳說是無底之谷。**壑**：音ㄏㄨㄛˋ，山溝或大水坑。

167 **崢嶸**：深遠之狀。**無地**：沒有地面，指深不見底。

168 **寥廓**：廣遠。**無天**：沒有天，不見天。

169 **儵忽**：忽然。

170 **惝怳**：音ㄔㄤˇ ㄏㄨㄤˇ，模糊，不清楚。

171 **超**：超然。**至清**：極清澈，此指一種虛無之境。

172 **太初**：宇宙之原始。**為鄰**：做鄰居，此指一起，一道，一併。

一、寫作背景

〈遠遊〉與〈悲回風〉、〈漁父〉的用詞差不多，人物的精神狀態和臉色形容也幾乎相同，故可判斷：〈遠遊〉當作於流蕩湘西的後期。

屈原在〈悲回風〉中表達了「不得不死，死又不能」的極度矛盾和無比痛苦。而〈遠遊〉中尚未想到死，只是想尋找一個可以擺脫現實、擺脫痛苦的神仙世界。正如王逸在〈遠遊〉章句序文中所云：屈子當時「章皇山澤，無所告訴，乃深惟元一，修執恬漠。」❶這大概就是〈遠遊〉的創作動機。由此可進而判斷：〈遠遊〉恐怕寫在〈悲回風〉之前。

二、層次分析

〈遠遊〉是屈原後期一首長篇抒情詩，是屈原在政治上絕望之後追求的一種內心解脫，是對當時楚國黑暗腐朽統治集團的控訴、抗議，也流露了對故國的熱愛、留戀之情；但從總體上講是企圖擺脫現實，是〈離騷〉思想的退坡。全詩一百七十八句，可分爲三大層次，即「遠遊」的原因、準備和歷程。

第一層次　原因（五十句）

此層次明確宣布：詩人之所以要遠遊，就是因爲苦於時俗迫厄，企圖成仙擺脫，另外，自傷老大無成。此五十句，又可分三個層次。

❶〔宋〕洪興祖，《楚辭補注》[M]，北京：中華書局，一九八三：一六二。

1. 苦於時俗迫阨（十八句）

悲時俗之迫阨兮，願輕舉而遠遊。質菲薄而無因兮，焉託乘而上浮？

遭沉濁而汙穢兮，獨鬱結其誰語？夜炯炯而不寐兮，魂營營而至曙。

惟天地之無窮兮，哀人生之長勤。往者余弗及兮，來者吾不聞。

步徙倚而遙思兮，怊惝怳而永懷。意荒忽而流蕩兮，心愁悽而增悲。

神倏忽而不反兮，形枯槁而獨留。

頭兩句開宗明義，概述了遠遊的一個重要原因：群小嫉妒迫害。這和〈離騷〉的背景相同。但在寫作〈離騷〉時，詩人還有一線希望，「將上下而求索」，而在這首詩中，屈子已經絕望，只能「願輕舉而遠遊」。人生在世想要超脫，猶如拔著頭髮想上天，事實上是不可能的。因此緊接的兩句是詩人痛苦的呻吟；「質菲薄而無因兮，焉託乘而上浮？」蔣驥云：「章首四語，乃作文之旨也。原自以悲蹙無聊，故發憤遠遊以自廣。然非輕舉，不能遠遊；而質非仙聖，不能輕舉；故慨然有志於延年度世之事。蓋皆有激之言而非本意也。」此論中肯，錄以備考。

次四句，詩人具體敘述自己的愁苦之狀：遭逢昏君和讒佞，可愁思煩冤又無處訴苦，只好夜不能寐，魂憂至曙。

再四句是抒情：「惟天地之無窮兮，哀人生之長勤。往者余弗及兮，來者吾不聞。」唐人陳子昂〈登幽州臺歌〉似乎從此章脫化而成：「前不見古人，後不見來者，念天地之悠悠，獨愴然而涕下。」

末六句進一步敘寫悲憤之狀：詩人的精神已到了近似恍惚麻木的地步，只留下一具憔悴枯槁的形體。此已與〈漁父〉的描寫相同。

2. 企圖成仙擺脫（二十二句）

內惟省以端操兮，求正氣之所由。漠虛靜以恬愉兮，澹無為而自得。
聞赤松之清塵兮，願承風乎遺則。貴真人之休德兮，羨往世之登仙；
與化去而不見兮，名聲著而日延。奇傅說之託辰星兮，羨韓眾之得一。
形穆穆以浸遠兮，離人群而遁逸。因氣變而遂曾舉兮，忽神奔而鬼怪。
時髣髴以遙見兮，精皎皎以往來。超氛埃而淑尤兮，終不反其故都。
免眾患而不懼兮，世莫知其所如。

頭四句是理解全詩主題之關鍵。詩意是說，要思索反省，端正情操，追求正氣來源；冷漠恬靜，內心喜悅；淡泊無爲，自然舒適。在黑暗現實政治的逼迫下，詩人消極反抗，轉向內心自適，追求所謂正氣。冷漠恬靜，淡泊無爲，這是詩人此時追求的極則，也是〈遠遊〉思想的主旋律。正是這個主旋律，才引出了下面八句中的聞赤人、貴眞人、美往世、奇傳說和羨韓眾等。赤松、傳說、韓眾等都是過去傳說中的成仙之人。最後十句，寫詩人嚮往這些仙人，目的是離人群，超氛埃，從而「免眾患而不懼」。

3. 自傷老大無成（十句）

本層有兩個意思。

(1) 傷老（六句）

恐天時之代序兮，耀靈曄而西征。微霜降而下淪兮，悼芳草之先零。
聊仿佯而逍遙兮，永歷年而無成。

前四句用自然景物比喻自己年紀老大，已至人生命後期。「耀靈」（太陽）、「微霜」指時光變遷；「芳草」顯然自指。次兩句次序倒裝，直抒老大無成之悲哀。

(2) 絕望（四句）

誰可與玩斯遺芳兮，晨向風而舒情。高陽邈以遠兮，余將焉所程？

開頭兩句感傷知己難期；後兩句哭訴祖業難復。〈離騷〉開篇稱自己是「帝高陽之苗裔」。「高陽」是上古「五帝」之一顓頊的稱號，他是華夏民族共同的人文始祖，豐功偉業青史流傳。在〈離騷〉中，詩人因為自己是「帝高陽之苗裔」，所以胸懷理想，上下求索，「遠逝」目的，也是為尋找實現「美政」理想的同道。而在此詩中，屈子只能哭訴「高陽邈以遠兮，余將焉所程？」即哀嘆自己蒙冤遭逐多年，再難繼承祖業。主觀和客觀兩個方面的形勢把詩人逼到了萬般無奈、澈底絕望的境地，「遠遊」成仙已成解脫痛苦的唯一途徑。

以上五十句，講清了遠遊的原因，也向讀者暗示了此篇與〈離騷〉思想迥異的根據。

第二層次　準備（三十六句）

上層次在講清必須遠遊的同時還提出了一個問題：「質菲薄而無因兮，焉託乘而上浮？」第二層次就是解決這個問題的，即爲遠遊作準備。如何由菲薄之質變爲成仙之質，詩人以爲有三條措施：絕食、內養和采服。三十六句自然分成這三個小層次。

1. 絕食（十二句）

重曰：

春秋忽其不淹兮，奚久留此故居。軒轅不可攀援兮，吾將從王喬以娛戲。

餐六氣而飲沆瀣兮，漱正陽而含朝霞。保神明之清澄兮，精氣入而麤穢除。

順凱風以從遊兮，至南巢而壹息。見王子而宿之兮，審壹氣之和德。

「重」，洪興祖在〈離騷〉中補注曰：「再也，非輕重之重。」王逸注曰：「憤懣未盡，復陳辭也。」此二字顯示下邊是又一個層次。頭兩句承上，與第一層次中的第三小層次相銜接。此兩句中的「久留」二字證明，詩人此時已在湘西流蕩了很長時間，前途無望，故有此篇。次兩句啓下。接著的四句講不食人間煙火。末四句實際上是引起下層。

2. 內養（十二句）

曰：

道可受兮，而不可傳；其小無內兮，其大無垠。

無淈滑而魂兮，彼將自然；壹氣孔神兮，於中夜存。

虛以待之兮，無為之先；庶類以成兮，此德之門。

此層爲王喬的回答。十二個短句實爲六個長句；前兩個長句講元氣之玄炒。後四個長句講內養功夫，關鍵是「無淈滑而魂兮，彼將自然」，「虛以待之兮，無爲之先」，即神魂不亂就自然，清靜無爲閒情欲。

3. 采服（十二句）

聞至貴而遂徂兮，忽乎吾將行。仍羽人於丹丘兮，留不死之舊鄉。
朝濯髮於湯谷兮，夕晞余身兮九陽。吸飛泉之微液兮，懷琬琰之華英。
玉色頩以脕顏兮，精醇粹而始壯。質銷鑠以汋約兮，神要眇以淫放。

所謂「采服」，即蔣驥云：「益取天地萬物之精以充其氣，而大其養，此求正氣之終事也。」❷前四句講遠遊目的地，即仙人丹丘國，他要留在神仙之鄉。中四句講爲達此目的而朝濯髮、夕晞身、吸飛泉、懷琬琰。末四句講準備的結果：神采奕奕，精神煥發；身體癯瘦，思想灑脫。至此，「仙質即成，而遂能輕舉以上浮也」（蔣驥語，同上），下層轉入遠遊歷程。

第三層次　曆程（九十二句）

本層次爲全詩主體部分，敘述遠遊的全過程，按照地點的轉移，可分爲七個層次。

---

❷〔清〕蔣驥，《山帶閣注楚辭》[M]，上海：上海古籍出版社，一九八四：一四八。

1. **發南州（六句）**

嘉南州之炎德兮，麗桂樹之冬榮。
山蕭條而無獸兮，野寂寞兮無人。載營魄而登霞兮，掩浮雲而上征。

頭兩句講希望。從上下文意可體會到：「嘉」，實指詩人初放江南時的希望，他以爲南方氣候溫和，桂樹冬天也不會凋零。中兩句寫失望，誰知此處群山蕭條，連禽獸也無蹤影，曠野之中，十分寂寞，少見人影。這是客觀環境的描寫，也是也是詩人主觀心理的反映。末兩句寫因失望而下的決心，即「登霞」、「上征」。

2. **入帝宮（六句）**

命天閽其開關兮，排閶闔而望予。召豐隆使先導兮，問太微之所居。
集重陽入帝宮兮，造旬始而觀清都。

此層次頭兩句似與〈離騷〉中的相同，實際命意正好相反。〈離騷〉升天爲求高丘神女，充滿希望，大肆渲染長達二十八句；而此處只爲遁世遠遊，絕望之極，故僅寥寥六句。

3. **遊東方（十四句）**

朝發軔於太儀兮，夕始臨乎於微閭。
屯余車之萬乘兮，紛溶與而並馳。駕八龍之婉婉兮，載雲旗之逶蛇。
建雄虹之采旄兮，五色雜而炫耀。服偃蹇以低昂兮，驂連蜷以驕驁。

騎膠葛以雜亂兮，斑漫衍而方行。撰余轡而正策兮，吾將過乎鉤芒。

頭兩句過渡，講來到東方。「於微閭」，東方之山。下面十二句描寫車馬、旌旗、陣勢、路線。寫車馬，生動、形象；寫旌旗，鮮明、多姿；寫陣勢，威嚴、浩蕩；寫路線，簡潔、明瞭。

4. 遊西方（三十句）

在遠遊歷程中，此層最長，是「遊北方」一層的七倍半。爲什麼呢？姜亮夫先在分析屈原對四方的態度時說：「而西方則是追念祖先、寄託感情的地方，因爲楚國的發祥地在西方……高陽氏來自西方，即今之新疆、青海、甘肅一帶，也就是從崑崙山來的……所以他的作品一提到西方就神往。」❸這三十句可以分成兩個層次。

(1)行遊（二十四句）

歷太皓以右轉兮，前飛廉以啓路。陽杲杲其未光兮，凌天地以徑度。
風伯為余先驅兮，辟氛埃而清涼。鳳皇翼其承旂兮，遇蓐收乎西皇。
攬彗星以為旍兮，舉斗柄以為麾。叛陸離其上下兮，遊驚霧之流波。
時晻曀其曭莽兮，召玄武而奔屬。後文昌使掌行兮，選署眾神以並轂。
路曼曼其悠遠兮，徐弭節而高厲。左雨師使徑待兮，右雷公以為衛。
欲遠度世以亡歸兮，意恣睢以擔撟。內欣欣而自美兮，聊媮娛以自樂。

❸姜亮夫，《楚辭今繹講錄》[M]，北京：北京出版社，一九八一：二九～三〇。

此層極喜。頭四句過渡，交代西遊的路線、時間。次四句描寫前導陣容：風伯、鳳凰。「蓐收」、「西皇」，表明詩人已到西方。王逸云：「西皇所居，在於西海之津也。」前四句描寫標誌：「彗星爲旌，斗柄爲麾」。再四句寫後衛：玄武奔屬，眾神並轂。再四句寫左右：雨師徑侍，雷公爲衛。末四句抒寫極其欣喜之情。總之，遊西方，極講排場，極其隆重。

(2) 思鄉（六句）

此處行遊，與〈離騷〉中想像去國遠遊一層在文字上有相似之處，但含意迴然不同。〈離騷〉中遠遊的目的地是屈原向靈氛問卜時講的「九州」，即人間；而此處行遊的目的地則是天上，是虛無飄渺的仙境。前者的目的是尋訪能與自己一起去實現「美政」的同道，是積極的；而此處的目的是消極避世。

涉青雲以汎濫游兮，忽臨睨夫舊鄉。僕夫懷余心悲兮，邊馬顧而不行。
思舊故以想像兮，長太息而掩涕。

此層極悲。「舊鄉」指楚先人高陽發祥之地。姜亮夫先生說：「看見故鄉爲啥還悲呢？就是他看見了先人創業之不易」❹，所以「長太息而掩涕」。

此層又與〈離騷〉的末尾相似，表明屈原即使在極度悲觀之時仍對舊鄉故國充滿熱愛之情。

5. **遊南方**（十八句）

氾容與而遐舉兮，聊抑志而自弭。指炎神而直馳兮，吾將往乎南疑。

---

❹ 姜亮夫，《楚辭今繹講錄》[M]，北京：北京出版社，一九八一：五一。

覽方外之荒忽兮，沛罔象而自浮。祝融戒而蹕御兮，騰告鸞鳥迎宓妃。
張樂〈咸池〉奏〈承雲〉兮，二女御〈九韶〉歌。使湘靈鼓瑟兮，令海若舞馮夷。
玄螭蟲象並出進兮，形蟉虯而逶迤。雌蜺便娟以增撓兮，鸞鳥軒翥而翔飛。
音樂博衍無終極兮，焉乃逝以徘徊。

如果說詩人寫遊東方、遊西方側重於陣容、場面的描寫，那麼此層則重歌舞。前四句過渡。「炎神」、「南疑」，表示已到南方；次四句寫炎神接待。接著四句極寫歌舞之盛；末兩句抒寫留戀難去之感想。此層寫得有歌有舞，有聲有色，十分熱鬧，非常精彩，實乃千古佳作。

6. 遊北方（四句）

舒并節以馳騖兮，逴絕垠乎寒門。軼迅風於清源兮，從顓頊乎增冰。

寒門，傳說中的北極之門；顓頊，神話中的北方之帝；增冰，北方地區的特色。詩人藉這些專用詞語表明已遊至北方。此層十分簡略、抽象，可見詩人對北方很陌生、無感情。

7. 入仙境（十四句）

歷玄冥以邪徑兮，乘間維以反顧。召黔贏而見之兮，為余先乎平路。
經營四荒兮，周流六漠。上至列缺兮，降望大壑。
下崢嶸而無地兮，上寥廓而無天。視倏忽而無見兮，聽惝怳而無聞。
超無為以至清兮，與太初而為鄰。

此層爲遠遊終極之境。前八句寫入仙境之過程；次六句想像進入仙境後的感覺；如果上文遊四方，詩人還有歡樂、悲傷、熱烈、陰冷等感情、感覺，而此層中是什麼都沒有了，無地、無天、無見、無聞——「超無爲以至清兮，與太初而爲鄰。」這也就是講遠遊原因中所說到要追求的那種「漠虛靜以恬愉兮，淡無爲而自得」的境界。

對此結尾，洪興祖曾經發出過疑問：

按〈離騷〉、〈九章〉皆託遊天地之間，以泄憤懣，卒從彭咸之所居，以畢其志。至此章獨不然，初曰「長太息而掩涕」，思故國也，終曰「與泰初而為鄰」，則世莫知其所如矣。❺

「莫知其所如」，即〈卜居〉中所寫：「竭志盡忠，而蔽障於讒；心煩慮亂，不知所從。」洪氏能從整體角度解讀屈原作品，這點是很好的，但他未能從整體角度來分析屈原一生的思想發展軌跡，所以才產生了這種不該有的疑問。人的思想感情，總是隨著客觀環境的變化而不斷變化的，猶如大江流水，波濤起伏，有高潮，也有低潮。屈原的思想發展，也不是一成不變的，他是人，和一般人的思想感情一樣，也有喜怒哀樂，雙向逆反；有高潮，有低潮，最終定格在高潮。〈遠遊〉所表現的這種追求「無天」、「無地」、「無見」、「無聞」和「無爲」的心理，是長期放逐湘西那個惡劣環境及政治抱負未得施展而一時產生的消極思想。這恰好證明，屈原是一個眞實的歷史人物，而不是人們虛構的廟宇中那些永遠不變的用泥塑木雕造成的神仙偶像。

從文學技巧角度看，「歷程」這一層次寫得十分精彩：內容敘述，手法多變，詳略有致；感情發展，波瀾起伏，跌宕有致，而且有的描寫特別生動，堪稱絕唱。可惜，大多讀者都似乎疏忽了這一篇傑作。

從思想性的角度分析，〈遠遊〉是屈原思想處於低潮階段的產物。不過，此詩中屈原還未想到死的問

❺〔宋〕洪興祖，《楚辭補注》[M]，北京：中華書局，一九八三：一七五。

題，只是想擺脫現實，成仙升天。當意識到這僅僅是一個幻想，根本不可能實現時，他就要陷入到死與不死的矛盾中，那就是〈悲回風〉所要表現的內容了。

三、藝術特色

關於〈遠遊〉的藝術成就，前人評價迥異。馬茂元等人以為此詩「抄摹了很多屈原作品中的詞句，又堆垛了大量道家方士的專門術語，不少處幾乎成了『玄言詩』。因此，藝術上也是遠遠不能與屈原作品的成就相比擬的。」❻殷光熹先生則以為在此詩中，「詩人登高望遠，情寄八荒，以其驚人的才華，為時空藝術開拓了更寬廣的領域」❼。

我贊同殷先生的說法。〈遠遊〉確是屈原的又一傑作，許多學者因為沒有從整體上把握作品，只看到隻言片語或個別段落，所以體會不到〈遠遊〉藝術上的美。〈遠遊〉一詩與其他作品相比，有以下兩個特色。

（一）大量取材神話，給人離奇炫目之感

殷先生對此分析得很詳細。他說：

> 詩中所涉及的素材，大都來源於神話、仙話、原始宗教、巫史文化等方面，異彩紛呈，目不暇接。這些古老而神祕的文化素材，在詩人筆下，信手拈來，任其驅遣，為本篇構建時空藝術框架奠定了基礎。詩人在詩中展示了宇宙空間的另一個世界：天國。在那裡，有四方之帝：東方之帝太皓，西方之帝西

❻ 馬茂元，《楚辭注釋》[M]，武漢：湖北人民出版社，一九八五：四六一。
❼ 殷光熹，《楚辭注評》[M]，北京：中國社會科學出版社，二〇一五：二六五。

皇，南方之帝炎帝，北方之帝顓頊，還有軒轅黃帝等。天神有：東方木神句芒，南方火神祝融，西方金神蓐收，北方水神玄冥，洛水女神宓妃，湘水之神湘靈，海神海若，河神馮夷，造化之神黔嬴，雷神豐隆，雨神雨師等。有玄武、文昌、旬始、彗星、北斗等星名，還有雄虹雌蜺之說。古人得道成仙者有：赤松子、傅說、韓眾（韓終）、王子喬等。神話中的地名有：仙境之地丹丘，日出之處湯谷，神仙新居之處微閭，天帝南宮太微，天宮清都，天庭太儀殿，南方九嶷山，八風之府清源，北極之寒門等。有黃帝時所作樂曲〈承雲〉，有堯帝時所作樂曲〈咸池〉，有舜時咸黑所作的樂曲〈九韶〉。有神話中所說的動物八龍、鸞鳥、鳳凰、玄螭（黑龍）、蟲象（水怪）等。這些神話素材，不僅說明作者吸收民間文學素材之廣和創造性運用的能力，而且為後人保存了珍貴的文化遺產。❽

屈原其他作品中也往往取材神話傳說，如：〈天問〉、〈離騷〉等，但其數量遠遠不及〈遠遊〉。〈天問〉一詩在「天文」、「地理」兩層中採用不少神話，而「歷史」、「現實」兩層中則少見了。〈離騷〉在「求索」一層和「遠逝」一段中也採用了不少神話，但在其他部分則很少採用。〈遠遊〉則不然，全詩一百七十八句，除開頭二十二句外，其他部分都或多或少地採用神話傳說，這是屈原其他作品根本不能比擬的。

（二）寫作手法嫻熟，作品堪稱絕唱

〈遠遊〉一詩在敘述、抒情、描寫等手法的運用上已經十分嫻熟，絕不是描摹他人、堆垛術語之水準。敘述詳略有致，並非簡單鋪陳。如：「歷程」一層中，「入帝宮」一節，似與〈離騷〉相仿，實際命意正好相反。〈離騷〉升天爲求高丘神女，充滿希望，故大肆鋪陳，長達二十八句，而〈遠遊〉此節只爲遁世退

---

❽ 殷光熹，《楚辭注評》[M]，北京：中國社會科學出版社，二〇一五：二六五。

隱，絕望之極，故僅寥寥六句。「遊西方」一節，因為要表達對「舊鄉」的強烈的思念之情，詩人採用正反對比之法。先寫極喜，詳寫行遊的路線、前導、標誌、後衛、左右，總之，極講排場，極其隆重。後寫極悲，寥寥六句，但與前邊二十四句鮮明對照，反差強烈，故給人印象深刻，衝擊力強。「遊北方」一節，與思鄉之情無關，再加詩人對北方很陌生，所以敘述十分簡略，僅四句而已。

抒情波瀾起伏，跌宕有致。如：「遊西方」一節中，為了抒發極喜的心情，詩人先透過大量鋪陳。頭四句過渡，交代西遊的路線、時間。次四句描寫前導陣容：風伯、鳳凰。「蓐收」、「西皇」，表明詩人已到西方。王逸云：「西皇所居，在於西海之津也。」再四句描寫標誌：「彗星為旌，斗柄為麾」。再四句寫後衛：玄武奔屬，眾神並轂。再四句寫左右：雨師徑侍，雷公為衛。這十六句詩，大量描寫西遊路上的陣容、侍衛、聲勢，十分排場和隆重。有了以上鋪墊，末四句就抒寫極其欣喜之情：

> 欲遠度世以亡歸兮，意恣睢以擔矯。內欣欣而自美兮，聊媮娛以自樂。

譯成白話就是：欲越塵世忘記回返，縱意肆志遠遊翱翔。衷心喜悅自認為美，姑且娛戲求得歡樂。如此喜悅之情，猶如熱鍋沸湯。但是，下面立刻轉入思鄉，情緒驟然變冷（六句）：

> 涉青雲以汎濫游兮，忽臨睨夫舊鄉。僕夫懷余心悲兮，邊馬顧而不行。
> 思舊故以想像兮，長太息而掩涕。

詩人極其喜悅興奮之際，突然俯瞰，看到故鄉，僕夫悲傷，連邊馬也都不肯前行，自己也想到朋友和家人，禁不住淚落如雨，唉聲嘆氣，此情此景，猶如一下跌入冰窖。大喜大悲，悲喜交加，喜更喜，悲更悲，感情抒發，極其充沛。如此佳作，豈能簡單地用「抄摹」、「玄言詩」等語來評價！

悲回風[1]

屈原

悲回風之搖蕙兮，心冤結而內傷。[2]
物有微而隕性兮，[3]聲有隱而先倡。[4]
夫何彭咸之造思兮，[5]暨志介而不忘！[6]
萬變其情豈可蓋兮，[7]孰虛僞之可長！[8]

鳥獸鳴以號群兮，[9]草苴比而不芳。[10]
魚葺鱗以自別兮，[11]蛟龍隱其文章。[12]
故荼苦不同畝兮，[13]蘭茝幽而獨芳。[14]
惟佳人之永都兮，[15]更統世而自貺。[16]

眇遠志之所及兮，[17]憐浮雲之相佯。[18]
介眇志之所惑兮，[19]竊賦詩之所明。[20]

惟佳人之獨懷兮，[21]折芳椒以自處。[22]
曾歔欷之嗟嗟兮，[23]獨隱伏而思慮。[24]
涕泣交而淒淒兮，[25]思不眠以至曙。

悲嘆旋風撼蕙草，愁思鬱結眞傷心。
蕙草美好遭摧殘，當年絕唱今消亡。
追念彭咸是爲何，高風亮節不能忘！
眞情萬變豈可掩，哪有虛僞能久長！

鳥獸鳴叫集同類，鮮草枯苴均不芳。
魚兒整鱗自炫耀，蛟龍深隱鱗紋藏。
苦菜甜菜不同畝，蘭茝幽處獨芬芳。
思慕前賢好品德，千年萬代是榜樣。

本人抱負很高遠，願上九霄逍遙遊。
耿介崇高人不知，我就寫詩來申明。

前賢胸襟異於眾，獨抱幽芳以自守。
念此感喟又讚嘆，隱居伏處思國事。
涕淚交流心淒涼，愁思不眠到天亮。

終長夜之曼曼兮，[26] 掩此哀而不去。[27]
寤從容以周流兮，[28] 聊逍遙以自恃。[29]
傷太息之愍歎兮，[30] 氣於邑而不可止。[31]
糺思心以爲纕兮，[32] 編愁苦以爲膺。[33]
折若木以蔽光兮，[34] 隨飄風之所仍。[35]
存髣髴而不見兮，[36] 心踴躍其若湯。[37]
撫珮衽以案志兮，[38] 超惘惘而遂行。[39]

歲忽忽其若頹兮，[40] 時亦冉冉而將至。[41]
薠蘅槁而節離兮，[42] 芳以歇而不比。[43]
憐思心之不可懲兮，[44] 證此言之不可聊。[45]
寧逝死而流亡兮，[46] 不忍此心之常愁。[47]
孤子唫而抆淚兮，[48] 放子出而不還。[49]
孰能思而不隱兮，[50] 昭彭咸之所聞。[51]

登石巒以遠望兮，路眇眇之默默。[52]
入景響之無應兮，[53] 聞省想而不可得。[54]
愁鬱鬱之無快兮，[55] 居戚戚而不解。[56]
心鞿羈而不開兮，[57] 氣繚轉而自締。[58]

長夜漫漫如何過，哀愁綿綿心不暢。
覺醒以後到處看，姑且逍遙以自慰。
傷感嘆息誰憐憫，怨氣鬱悒不能消。
思緒糾纏如縛帶，愁苦交織滿胸膛。
折取若木蔽日光，隨著旋風到處飄。
客觀情勢不分明，內心激烈如沸水。
撫摸佩飾靜下心，惆悵失意向遠方。

歲月忽忽漸消逝，生命時限將到來。
薠蘅枯槁葉零落，芳華消散不再來。
可憐思緒不能止，表白這些也無聊。
寧肯一死隨流水，不願長期忍此愁。
遷客嘆息拭眼淚，逐臣在外不能返。
想起這些誰好受，願學彭咸好名聲。

登上山頭向遠望，道路渺渺又沉寂。
不見人影不聞聲，聽看心想均不成。
愁悶鬱悒無歡樂，憂思戚戚不能解。
愁苦填膺難開懷，唉聲嘆氣自煩惱。

穆眇眇之無垠兮，59 莽芒芒之無儀。60
聲有隱而相感兮，61 物有純而不可爲。62
藐蔓蔓之不可量兮，63 縹綿綿之不可紆。64
愁悄悄之常悲兮，65 翩冥冥之不可娛。66

凌大波而流風兮，67 託彭咸之所居。68

上高巖之峭岸兮，69 處雌蜺之標顛。70
據青冥而攄虹兮，71 遂儵忽而捫天。72
吸湛露之浮涼兮，73 漱凝霜之雰雰。74
依風穴以自息兮，75 忽傾寤以嬋媛。76

馮崑崙以瞰霧露兮，77 隱岷山以清江。78
憚涌湍之磕磕兮，79 聽波聲之洶洶。80
紛容容之無經兮，81 罔芒芒之無紀。82
軋洋洋之無從兮，83 馳委移之焉止？84
漂翻翻其上下兮，85 翼遙遙其左右。86
氾潏潏其前後兮，87 伴張弛之信期。88
觀炎氣之相仍兮，89 窺煙液之所積。90
悲霜雪之俱下兮，91 聽潮水之相擊。

天地靜穆無邊際，野色迷茫不清晰。
聲雖隱微互感應，物雖純美無作爲。
遐思漫漫不可測，縹緲綿長無斷絕。
愁思重重常悲戚，神飛冥界不能樂。

乘著大波順風流，追尋彭咸居住處。

登上高岩峻峭岸，停於曲虹制高點。
背倚青天展彩虹，轉瞬又去撫天宇。
口吸濃重清涼露，吞引眾多凝結霜。
依倚風洞正休息，轉身即醒思纏綿。

靠著崑崙看大霧，又傍岷山和清江。
懼怕磕磕急流聲，又聽洶洶風波音。
波瀾滔滔失經緯，茫茫一片無頭緒。
洋洋大水從哪來，曲折翻騰向何方？
忽上忽下波濤湧，時左時右浪花濺。
水流洶湧無方位，潮汐漲落有信期。
暑氣蒸騰變爲雲，積聚冷卻成雨水。
冬日霜雪同時降，還聽潮水沖擊聲。

借光景以往來兮，92施黃棘之枉策。93
求介子之所存兮，94見伯夷之放跡。95
心調度而弗去兮，96刻著志之無適。97

曰：

吾怨往昔之所冀兮，98悼來者之逖逖。99

浮江淮而入海兮，從子胥而自適。100
望大河之洲渚兮，101悲申徒之抗跡。102
驟諫君而不聽兮，103任重石之何益！104
心結絓而不解兮，105思蹇產而不釋。106

藉助日月來而去，又用黃棘彎馬鞭。
欲求介子自焚地，往觀伯夷放逐跡。
心中思考不能離，吾志堅定無選擇。

往昔希望已落空，來日危亡我不安。

浮江過淮入大海，追隨子胥本我意。
遙望黃河水中島，悲念申徒高行跡。
屢次諫君而不聽，負石沉江有何益！
內心鬱結不能解，思緒糾纏難開懷。

【注釋】

1 此詩以篇首三字爲題。詩篇用大量篇幅抒寫孤單寂寞、日夜憂愁之情，表現出不能不死、死又不能的複雜情懷。詩人確乎陷入了進退維谷、徘徊彷徨的兩難境地。

2 **回風**：旋風。**搖**：搖撼。**蕙**：一種香草名，有自喻之意。**結**：冤苦鬱結。**內傷**：傷心。

3 **物**：指蕙。**微**：通「媺」，音ㄇㄟˇ，美，美好。**隕**：音ㄩㄣˇ，墜落。**性**：通「生」，產生。**有**：語氣助詞。

4 **聲**：風聲，有：語氣助詞。**隱**：消失，消亡。**倡**：通「唱」，始發歌。對此句，姜亮夫先生解釋道：「一切聲音經常是要隱藏掉的，聽不見了，但卻是早已『倡』過的了。儘管聲音現在停止了，可能這個聲音是早早已經講過了的，就是說我現在是默默無聞了，但我過去做過許多維護我們楚國的事情。」（《楚辭今繹講錄》六十八頁）

5 **夫**：發語助詞。**何**：為何。**彭咸**：傳說是殷時賢大夫。**造思**：追思。
6 **曁**：音ㄐㄧˋ，希冀，追求。**志介**：志節。
7 **情**：忠貞之情。**蓋**：藏；掩飾。
8 **孰**：哪裡，哪有。**長**：長久，持久。
9 **號群**：求群，邀請同類。
10 **草**：鮮草。**苴**：音ㄐㄩ，枯草。**比**：比鄰，靠近。
11 **葺**：音ㄑㄧˋ，整治，修飾。**自別**：自以為與眾有別。
12 **文章**：文采，此指蛟龍的鱗甲。
13 **荼**：音ㄊㄨˊ，苦菜。**苦**：一本作「薺」。**不同畝**：不能種在一起。
14 **蘭**：蘭花。**茝**：音ㄔㄞˇ，一種香草名。**幽**：幽僻。**幽處**：在幽僻之處。
15 **惟**：思慕。**佳人**：此指賢人，前賢。**都**：美。
16 **更**：經歷。**統世**：千年萬代。**貺**：音ㄎㄨㄤˋ，通「況」，比況。
17 **眇**：音ㄇㄧㄠˇ，遙遠。**及**：至。
18 **憐**：愛；喜歡，願意。**相徉**：同「徜徉」，徘徊。此句如後來李白「欲上青天攬明月」之意。
19 **介**：耿介。**眇志**：高遠的志行。**惑**：不用於世，不被世人所理解。

20 **竊**：謙詞，私下之意。**賦**：寫。**明**：表明；申明。
21 **惟**：思。**佳人**：此指前賢。**獨**：與眾不同。**懷**：胸襟。
22 **折**：摘取，採取。**芳椒**：香椒。即杜若，又一種香草。**芳**：一本作「若」。**自處**：自守。
23 **曾**：通「增」。**歔欷**：音ㄒㄩ ㄒㄧ，嘆息。**嗟嗟**：音ㄐㄧㄝ ㄐㄧㄝ，感嘆聲。
24 **隱伏**：隱居伏處。**思慮**：當指思慮國事。
25 **涕泣**：眼淚。**交**：縱橫交流。**凄凄**：內心十分悽愴。
26 **終**：盡，竟。**曼曼**：同「漫漫」，長遠貌。
27 **掩**：抑。**不去**：不能去懷。
28 **寤**：覺醒。**從容**：舒緩。**周流**：到處瀏覽。
29 **聊**：姑且。**自恃**：依靠自己，即自我安慰。
30 **傷**：傷心。**太息**：大聲嘆息。**愍**：音ㄇㄧㄣˇ，同「憫」。
31 **氣**：怨氣。**於邑**：猶「鬱悒」。
32 **糺**：糾纏，糾結。**思心**：思緒。**纕**：音ㄒㄧㄤ，佩帶。
33 **編**：編織，交織。**膺**：音ㄧㄥ，胸，此處借代胸懷。
34 **若木**：一種神樹。**光**：日光。
35 **飄風**：旋風。**仍**：因，引。
36 **存**：存在的客觀事物。**髣髴**：模糊，不分明。
37 **踴躍**：激烈地跳動。**湯**：沸水。
38 **撫**：撫摸。**珮**：玉珮。**衽**：衣襟。**案**：壓抑，按下。

志：心志，心情。

39 **超**：通「怊」，悵恨。**惘惘**：音ㄨㄤˇ ㄨㄤˇ，失意貌。**遂**：通「邃」，深遠。**遂行**：遠行，走向遠方。

40 **歲**：歲月。**忽忽**：同「曶曶」，倏忽，即迅速流逝。**頽**：墜落，消逝。

41 **時**：此指生命的時限。**冉冉**：音ㄖㄢˇ ㄖㄢˇ，漸漸。

42 **薠**：音ㄈㄢˊ。**蘅**：音ㄏㄥˊ。二者均為香草。**槁**：枯槁。**節離**：斷離。

43 **以**：一本作「已」。**歇**：消散。**比**：聚合。

44 **憐**：自憐，可憐。**思心**：思緒。**懲**：止。

45 **證**：證明，表白。**不可聊**：無聊之極。

46 **寧**：寧肯。**逝**：一本作「溘」。**流亡**：隨水流逝。

47 **此心**：一本作「為此」。

48 **孤子**：喻遷客。**唫**：嘆息：引申為吟詩。**抆**：音ㄨㄣˋ，拭擦。

49 **放子**：喻逐臣。**還**：返回。

50 **隱**：痛苦。

51 **昭**：明；發揚。**聞**：聲名，名譽。

52 **眇眇**：同「渺渺」，遙遠。**默默**：幽靜沉寂。

53 **入**：進入。**景**：同「影」，指人影。**響**：回聲，此指人聲。**景響無應**：即山野幽遠，靜寂無聲之境地。

54 **聞**：耳聽。**省**：察看。

55 **鬱鬱**：憂傷愁悶的樣子。**快**：快樂。

56 **居**：「思」字之誤（用聞一多說）。**戚戚**：憂傷的樣子。

57 **鞿羈**：音ㄐㄧ ㄐㄧ，馬韁繩和馬籠頭，此處喻束縛。**開**：解開，寬解。**開**：一本作「形」。

58 **氣**：氣息。**繚轉**：繚繞。**締**：結。**氣息繚轉**：即唉聲嘆氣。**結**：指愁思鬱結。此二句可譯為：愁苦填膺難開懷，唉聲嘆氣自煩惱。

59 **穆**：靜。**眇眇**：同「渺渺」。**垠**：邊際。

60 **莽**：莽蒼，指原野。**芒芒**：同「茫茫」。**儀**：像，形。

61 **聲**：風聲。**隱**：微。**感**：感應。

62 **物**：事物，此處照應開頭，指蕙草。**純**：純粹，純潔。

63 **藐**：音ㄇㄧㄠˇ，遠。**蔓蔓**：通「漫漫」，無邊無際的樣子。**量**：測量，估計。

64 **縹**：音ㄆㄧㄠˇ，縹緲。**綿綿**：綿長不斷。**紆**：音ㄩ，縈結，纏繞。

65 **悄悄**：此處仍有憂愁之義。

66 **翩**：音ㄆㄧㄢ，飛翔，此處指神魂飛翔。**冥冥**：昏暗。**娛**：樂。

67 **淩**：乘。**流風**：順風而流。

68 **託**：依託，隨從。**所居**：居住的地方。

69 **上**：登上。**峭岸**：陡峭高峻的地方。

70 **處**：停止。**雌蜺**：色暗之虹。**標顛**：頂點。

71 **據**：憑據，倚靠。**青冥**：青天。**攄**：音ㄕㄨ，舒，舒展。

72 **倏**：音ㄕㄨˋ。**倏忽**：迅速。**捫**：音ㄇㄣˊ，撫摸。

73 **湛**：音ㄓㄢˋ，厚，濃重。**浮涼**：一作「浮源」，又說為「浮浮」之誤。

74 **漱**：音ㄕㄨˋ，漱口。**凝霜**：凝結之霜，即濃霜。**雰雰**：分散飄落的樣子。「凝霜之雰雰」同「湛露之浮涼」一樣，是形容詞後置句式。

75 **依**：靠著。**風穴**：神話傳說中的生風之洞，蔣驥云「在崑崙之巔」。

76 **傾寤**：轉身即醒。**嬋媛**：音ㄔㄢˊ ㄩㄢˊ，愁思纏綿。

77 **馮**：同「憑」，依靠。**瞰**：音ㄎㄢˋ，俯視。

78 **隱**：義同「憑」，依靠。**岷**：一本作「汶」，二字通用。**以**：連詞。**清江**：清澈的江水。

79 **憚**：怕。**湧湍**：急流。**磕磕**：音ㄎㄜ ㄎㄜ，象聲詞，水石相擊之聲。**磕磕**：一本作「溘溘」。

80 **洶洶**：風波之聲。

81 **紛**：亂。**容容**：變亂貌。**經**：經緯之省文。**無經**：形容波瀾氾濫之狀。

82 **罔**：通「惘」，迷惑。**芒芒**：通「茫茫」。**紀**：緒，頭緒。

83 **軋**：音ㄧㄚˋ，傾軋，波濤相互傾壓。**洋洋**：水盛大貌。**無從**：不知所從。

84 **馳**：奔馳。**委移**：同「逶迤」，曲折前行之狀。**焉止**：停在何處。

85 **漂**：同「飄」。**翻翻**：忽上忽下之狀。

86 **翼**：兩翼。此處喻浪花飛濺。**遙遙**：通「搖搖」。

87 **潏潏**：音ㄐㄩㄝˊ ㄐㄩㄝˊ，水湧之狀。**前後**：忽前忽後，喻方位不定。

88 **伴**：隨同。**張弛**：指潮水漲落。**信期**：定期。

89 **炎氣**：熱氣，暑氣。**相仍**：相因相成。

90 **窺**：觀。**煙**：雲。**液**：雨水。**積**：聚結。此句謂雨水乃雲氣凝結而成。

91 **俱下**：一起降落。

92 **景**：同「影」。**光景**：日光月影。

93 **施**：用。**黃棘**：此處非指地名，而是神話中的一種木名，不直，多刺。蔣驥云：以此為鞭，「則馬傷深而行速」。**枉**：彎曲。**策**：馬鞭。

94 **介子**：介子推，春秋時晉國大臣，曾從晉文公重耳出亡十九年，期間割股肉給重耳充飢。文公回國即位後，他人爭功邀賞，唯介子推退隱入山。文公派人尋他出山，介子推堅不出山。文公想燒山逼他出來，他即抱樹燒死。**所存**：所在，指介子推自焚之地。

95 **伯夷**：人名，商末大夫。**放**：自我放逐。

96 **調度**：此處指認眞思考。

97 **刻**：形容程度深。**著**：明。**無適**：別無他適。

98 **怨**：怨恨。**冀**：希望。

99 **悼**：懼。**來者**：未來之事。**悐悐**：憂懼不安的樣子。**悐**：一本作「惕惕」。

100 **從**：追隨。**子胥**：伍子胥。傳說伍子胥死後「歸神大海」。**自適**：順從己意。

101 **大河**：黃河。**洲渚**：水中陸地，大的叫洲，小的叫渚。**渚**：音ㄓㄨˇ。

102 **申徒**：人名，即申徒狄，殷末賢人，諫紂不聽，抱石投水而死。**抗**：通「亢」，高，高尙。**跡**：行跡，行爲。

103 **驟**：屢次，多次。

104 **任**：抱。**任重石**：一本作「重任石」。

105 **絓**：音ㄍㄨㄚˋ，受阻，絆住。**結**：牽掛縈結。**不解**：不能解開。

106 **蹇產**：鬱塞不暢。**釋**：義同「解」。

一、寫作背景

關於〈悲回風〉的寫作時地問題，歷史上眾說紛紜，但大多缺乏依據。其實，〈悲回風〉的寫作時地，作品文本已經交代明白。詩中有兩句點明地域的詩句：「馮崑崙以瞰霧露兮，隱岷山以清江。」詩人在這裡用的是互文見義法。「崑崙」是個大概念，此處指「岷山」，即蜀中之山。這就表明，詩人此時仍在緊挨蜀地的湘西地區，即溆浦一帶。〈悲回風〉當作於屈原流蕩湘西的後期。

〈遠遊〉中尚未想到死，只是企圖尋找一個可以擺脫現實的神仙世界。〈悲回風〉中想到了死的問題，主題是「不能不死，死又不能」，顯然，詩人在這個問題上非常猶豫，難以決斷。〈漁父〉中也講到了死的問題，但已沒有猶豫，而是十分果斷：「寧赴湘流，葬於江魚之腹中」，這應該是〈悲回風〉中所表現的思想的繼續。由以上分析可以判斷：〈悲回風〉是寫在〈遠遊〉之後，〈漁父〉之前。

二、層次分析

〈遠遊〉一詩中，詩人企圖擺脫現實，遠遊東南西北，千方百計尋找仙人之國，但這只是幻想、永遠不可能實現的幻想。幻想破滅，回到現實，詩人更加痛苦，內心交戰更加激烈，這就是〈悲回風〉所表現的內容。

〈悲回風〉是一首抒情詩，表現屈子後期思想深處一場激烈的矛盾鬥爭。又是一場上下求索，但已不是熱烈地追求「美政」，而是痛苦地探索自身前途，即不能不死，死又不能。全詩一百一十句，分兩大層次。

第一層次　決心效仿彭咸（七十句）

這一層次用現實主義創作方法寫明效仿彭成的決心和原因。七十句，分兩個層次，先寫決心，後講原因。

（一）追思彭咸（二十句）

1. 觸景生情（八句）

悲回風之搖蕙兮，心冤結而內傷。物有微而隕性兮，聲有隱而先倡。
夫何彭咸之造思兮，暨志介而不忘！萬變其情豈可蓋兮，孰虛僞之可長！

頭四句悲嘆秋風搖蕙。蕙是一種香草，象徵賢人志士，當然也有自喻之意。第三、四兩句中，「物」，指蕙草；「微」，通「孅」，美好之意；「隱」，消失，消亡；「倡」，通「唱」。這兩句的意思是，蕙草美好遭到摧殘，當年絕唱今已消亡。詩人由秋風搖蕙自然而然地想起了當年的彭咸，不忘其「志介」，並且說明這是一種不可掩飾的眞情，而非一時的虛僞。

2. 物以類聚（八句）

鳥獸鳴以號群兮，草苴比而不芳。
魚葺鱗以自別兮，蛟龍隱其文章。故茶苦不同畝兮，蘭茝幽而獨芳。
惟佳人之永都兮，更統世以自貺。

前六句從正反兩個方面講物以類聚。頭兩句寫鳥獸相號，草苴相比，是從正面立意；次四句寫了兩組對比：魚、龍一組，茶、苦一組，更顯蘭茝獨芳，此從反面立意，是寫物以類聚，實喻人以群分，詩人藉此說明自己不爲小人所知是正常現象。也因此，末兩句就明確宣告，自己要以「佳人」（前賢，即彭咸）爲榜樣。

3. **賦詩動機（四句）**

眇遠志之所及兮，憐浮雲之相佯。介眇志之所惑兮，竊賦詩之所明。

詩人要向彭咸看齊，志向高遠，但爲世所蔽，所以「竊賦詩之所明」。

（二）追思原因（五十句）

詩人爲什麼要追思彭咸呢？他從兩個方面來解釋：

1. **不忍常愁（三十二句）**

(1) **徹夜愁苦（八句）**

惟佳人之獨懷兮，折若椒以自處。曾歔欷之嗟嗟兮，獨隱伏而思慮。
涕泣交而淒淒兮，思不眠以至曙。終長夜之曼曼兮，掩此哀而不去。

此處「佳人」，當指上文所述之彭咸。王逸釋爲「懷王」，不妥，因爲此與上文的造思彭咸及下文的昭聞彭咸脫節。這八句寫詩人思慕和讚嘆前代賢人的博大胸襟，因此即使隱居伏處仍還在思慮國事，憂君憂民，愁苦泣涕，徹夜不眠。

(2) **終日憂思（十二句）**

寤從容以周流兮，聊逍遙以自恃。傷太息之愍歎兮，氣於邑而不可止。
糺思心以為纕兮，編愁苦以為膺。折若木以蔽光兮，隨飄風之所仍。

存髣髴而不見兮，心踴躍其若湯。撫珮衽以案志兮，超惘惘而遂行。

這十二句直接抒情，用糾思爲纕、心躍若湯等比喻，形容終日憂思之重，愁苦之深。

(3) 小結（十二句）

歲忽忽其若頹兮，時亦冉冉而將至。薠蘅槁而節離兮，芳以歇而不比。
憐思心之不可懲兮，證此言之不可聊。寧逝死而流亡兮，不忍此心之常愁。
孤子唫而抆淚兮，放子出而不還。孰能思而不隱兮，昭彭咸之所聞。

這十二句寫在夜愁日思的情況下，老之將至，芳歇不比，因此詩人萌發了「不忍此心之常愁」而「昭彭咸之所聞」的念頭。所謂「昭彭咸之所聞」，即願向彭咸學習，自投以明志。

2. 孤獨無望（十八句）。此可分三個小層次來理解。

(1) 孤單寂寞（八句）

登石巒以遠望兮，路眇眇之默默。入景響之無應兮，聞省想而不可得。
愁鬱鬱之無快兮，居戚戚而不解。心鞿羈而不開兮，氣繚轉而自締。

前四句寫景：道路渺渺，一片沉寂，不見人影，不聞聲響，聽看心想都不成。這是一個何等難熬的孤單寂寞的環境啊！次四句生情，那是自然的事情。清人蔣驥對此幾句的理解可資參考，其云：「此又承上言欲死而

未忍忘君，故登高以望之，而熟視不睹其影、靜想不聞其聲，則愁思轉增矣。」❶

(2) 前途渺茫（八句）

穆眇眇之無垠兮，莽芒芒之無儀。聲有隱而相感兮，物有純而不可為。
藐蔓蔓之不可量兮，縹綿綿之不可紆。愁悄悄之常悲兮，翩冥冥之不可娛。

頭兩句寫景：天地靜穆無邊際，原野迷茫不清楚。次兩句云「聲雖隱微相互感應，物雖純美無所作爲」，此兩句有哲理味道，照應開篇的「物有微而隕性兮，聲有隱而先倡」。但開篇那兩句是對歷史的回顧，而此兩句則是對未來的展望。末四句抒情，用了「藐蔓蔓」、「縹綿綿」、「愁悄悄」、「翩冥冥」這一串疊韻詞來形容，把詩人對前途的那種悲戚、絕望的感情推到了高潮。

(3) 小結（二句）

凌大波而流風兮，託彭咸之所居。

孤單寂寞，前途渺茫，詩人只好「凌大波而流風兮，託彭咸之所居」。王逸《章句》云：「彭咸，殷賢大夫，諫其君不聽，自投水而死。」仿效彭咸，就是決心沉江自殺；但屈原一生追求的「美政」理想尚未實現，所以他猶豫彷徨，不甘遽死，這就是下一層次的內容。

在第一層次，不論是寫景還是抒情，都用寫實手法。

❶〔清〕蔣驥，《山帶閣注楚辭》[M]，上海：上海古籍出版社，一九八四：一四二。

第二層次　猶豫彷徨，不甘遽死（四十句）

前三十句講原因，後十句作總結。

1. 猶豫彷徨的原因（三十句）

詩人透過奇特的想像和生動的描繪來抒寫自己的感情，表明自己不甘遽死的兩個原因，最後小結。本部分又可分三個小層次。

(1) 登山（八句）——原因之一：理想尚未泯滅

上高巖之峭岸兮，處雌蜺之標顛。據青冥而攄虹兮，遂儵忽而捫天。
吸湛露之浮涼兮，漱凝霜之雰雰。依風穴以自息兮，忽傾寤以嬋媛。

屈子爲讀者展現了一幅瑰麗奇特的圖畫：詩人攀上高峰，停在彩虹頂端，背倚青天，手摸天宇，吸引清露，含漱白霜。這是一個多麼偉岸、純潔而又瀟灑、超脫的形象。但這絕不如某些學者所云，是什麼「方士口吻」，而僅僅是幻想，用以表明：屈子即使在痛不欲生的時刻，理想尚未泯滅，抱負仍在閃光，他似乎還在懷念著政治生涯。可惜，這只是一種空想：依倚風洞，正要休息，轉身即醒，更加痛苦。

(2) 觀江（十六句）——原因之二：現實昏暗混濁

馮崑崙以瞰霧露兮，隱岷山以清江。憚湧湍之磕磕兮，聽波聲之洶洶。
紛容容之無經兮，罔芒芒之無紀。軋洋洋之無從兮，馳委移之焉止？
漂翻翻其上下兮，翼遙遙其左右。氾潏潏其前後兮，伴張弛之信期。
觀炎氣之相仍兮，窺煙液之所積。悲霜雪之俱下兮，聽潮水之相擊。

理想的火花轉瞬即逝——「忽傾寤以嬋媛」，詩人又回到昏暗濁亂的現實中來，「馮崑崙以瞰霧露兮，隱岷山以清江」此二句互文見義。魯歌先生生前曾指出：「通稱崑崙山是它的中支，即指綿亙於青海中部直達甘肅、四川等省邊界的山脈。岷山也是它的支脈。」❷這兩句是講，自己靠在岷山之上俯瞰江水。這就爲下面細緻描繪江水作了鋪墊。以下十四句，他從不同角度描繪江水的形狀：磕磕洶洶之聲，紛紛茫茫之狀，不知所從，曲折翻騰，忽上忽下，時左時右，無方位，有信期，要麼暑氣蒸騰，要麼霜雪俱下……所有這些，都是象徵，如：王逸、洪興祖所解釋的，「此言楚國變亂舊常，無定法也」、「此言楚國上下昏亂，無綱紀也」、「言己思念君國而眾人俱共毀己」❸……總之，「觀江」一層；是當時楚國社會狀況的一種藝術折射，表現了詩人對現實的關切。而這種昏暗濁亂的現實恰好與詩人的理想抱負形成鮮明的反差和尖銳的矛盾。

(3)小結（六句）

借光景以往來兮，施黃棘之枉策。求介子之所存兮，見伯夷之放跡。
心調度而弗去兮，刻著志之無適。

正是以上兩個原因，詩人不甘心立即去死。「黃棘」非地名，而是一種植物名稱，「亦芳香貞烈而棘刺之物，故藉以寓意歟」❹。夢幻傾寤、瞰霧清江之後，滿含冤枉但又傲然不屈的詩人，拄著彎彎的黃棘拐杖，欲「求介子之所存」，「見伯夷之放跡」。然而，這樣做，違背了詩人當年的志向、抱負，所以「心調度而弗去兮，刻著志之無適」。胡文英言之中肯，曰：「心雖若有所調度而實不能去者，以深明吾志之不他適而

❷ 魯歌，《毛澤東詩詞論稿》[M]，北京：文化藝術出版社，一九八三：一四二。
❸ 〔宋〕洪興祖，《楚辭補注》[M]，北京：中華書局，一九八三：一六〇。
❹ 〔清〕蔣驥，《山帶閣注楚辭》[M]，上海：上海古籍出版社，一九八四：一三〇。

已。」❺

2. 總結（十句）

此層開頭那個「曰」字，歷來解釋不一。筆者同意「上當脫一『亂』字」說，因爲以下詩句確乎是對全詩第二大層次內容的總結，起到了「亂詞」的作用。

(1) 過渡（二句）

曰：

吾怨往昔之所冀兮，悼來者之逖逖。

「往昔之所冀」，朱子釋曰：「謂猶欲有爲於時」❻，即照應前邊「登山」一層。詩人過去希望爲王前驅，「存君興國」，但在當時昏暗的政治環境裡，不但實現不了，反遭讒毀廢黜，所以他「怨」。「悼來者之逖逖」，蔣驥釋曰：「言危亡將至而可懼也」❼，似乎與「觀江」一層有關係。下邊八句便是對這兩句的展開。

(2) 展開（八句）

浮江淮而入海兮，從子胥而自適。望大河之洲渚兮，悲申徒之抗跡。

驟諫君而不聽兮，任重石之何益！心結絓而不解兮，思蹇產而不釋。

---

❺（清）胡文英，《屈騷指掌》（卷三）[M]，北京：北京古籍出版社，一九七九：三七。

❻（宋）朱熹，《楚辭集注》[M]，上海：上海古籍出版社，一九七九：一〇三。

❼（清）蔣驥，《山帶閣注楚辭》[M]，上海：上海古籍出版社，一九八四：一四三。

因爲「怨往昔之所冀」（往昔希望已經落空），所以他曾思念子胥和申徒；因爲「悼來者之逖逖」（國家來日危亡我又不安），所以他又不想走申徒等人的道路：「驟諫君而不聽兮，任重石之何益！」（屢次諫君不被採納，今日負石沉江又有何益）這樣兩種極其矛盾的思想感情交織在一起，詩人更加愁苦憂傷：「心結結而不解兮，思蹇產而不釋。」這和開篇兩句的氛圍完全吻合，從而使全篇構成了一個有機的整體。

總之，〈悲回風〉感情之水的宣洩，既激烈奔瀉又井然有序，十分形象生動地表達了不能不死、死又不能這個主題，確是古代抒情詩中的又一精品。

三、藝術特色分析

對於〈悲回風〉的藝術成就前人評價不一。朱熹給予全盤否定，認爲〈悲回風〉「顛倒重複，倔強疏鹵」[8]。明人汪瑗儘管對〈悲回風〉的內容有誤解，但對此篇藝術上的成就則是大加讚美，曰：「此篇詞氣渾雄悲壯，驟而讀之，雖若稠疊可厭，而熟讀詳玩之餘，則旨意實各有攸歸，條理脈絡，燦然明白，眞作手也。」[9]清人林雲銘亦贊之曰，「〈悲回風〉篇中層層曲折，步步相生，一絲不亂」，並斥「晦庵」（朱熹）「傳訛」[10]。姜亮夫先生更是高度評價，他說：「我認爲〈悲回風〉是屈子作品〈離騷〉這一大類裡面的最高峰。」[11]我們認爲姜先生的評價是中肯的。此篇與其他篇章相比，有以下特色。

---

[8] 〈宋〉朱熹，《楚辭集注》[M]，上海：上海古籍出版社，一九七九：七三。

[9] 〈明〉汪瑗，《楚辭集解》[M]，北京：北京古籍出版社，一九九四：二三三。

[10] 劉樹勝，《楚辭燈校勘》[M]，保定：河北大學出版社，二〇一二：一一九。

[11] 姜亮夫，《楚辭今繹講錄》[M]，北京：北京出版社，一九八一：六九。

(一)通篇抒情,手法高妙

屈原流浪湘西日久,前途渺茫,痛苦萬分,他要發洩,他要將這種激烈的感情表達出來。但他較少用直接抒情的方法,更多的是用寫景、敘事的方法來表達。如爲了表達孤單寂寞的心情,他爲讀者描畫了這樣一個環境——

登石巒以遠望兮,路眇眇之默默。入景響之無應兮,聞省想而不可得。

意思是詩人登上山頭向遠方望去,道路渺渺一片沉寂。看不見一個人影,側耳傾聽、睜眼察看,內心細想,均無效果。孤單之狀,寂寞之境,躍然紙上。在此基礎上,推出以下「愁鬱鬱」、「居戚戚」、「心鞿羈」、「氣繚轉」四句的直接抒情,顯得十分自然。還如,爲了表現對當時楚國昏暗濁亂社會現實的關切,及自己的悲憤,他從各種角度描繪了一幅江水奔騰的畫面——

憚湧湍之磕磕兮,聽波聲之洶洶。紛容容之無經兮,罔芒芒之無紀。
軋洋洋之無從兮,馳委移之焉止?漂翻翻其上下兮,翼遙遙其左右。
氾潏潏其前後兮,伴張弛之信期。觀炎氣之相仍兮,窺煙液之所積。
悲霜雪之俱下兮,聽潮水之相擊。

對水如此詳盡、細膩、生動而且飽含感情的描繪,《詩經》三百零五篇中找不到一例。在屈原其他作品中也很難找到。漢賦重鋪敘,裡面也有對山、對水、對其他事物的詳盡描寫,然而只是爲了描寫而描寫,缺少〈悲回風〉裡這種抑制不住的強烈的感情滲透。可以說,即使在有漢以來的二千多年文學史上,也難找到幾個這樣的例子，因此，姜亮夫先生說「〈悲回風〉是屈子作品〈離騷〉這一大類裡面的最高峰」，絕非誇大其辭。竊以爲，這種對江水的富有強烈感情的生動、詳盡、細膩的描繪，恐怕至今仍是中華文學寶庫中的最高峰。

（二）語言運用，很有特色

大量使用雙聲疊韻詞和連綿詞。雙聲疊韻詞如：「相佯」、「涕泣」、「從容」、「周流」、「逍遙」、「青冥」、「嬋媛」、「委移」、「歔欷」、「於邑」、「彷彿」、「踴躍」、「鞿羈」等。疊詞如：「嗟嗟」、「凄凄」、「曼曼」、「惘惘」、「忽忽」、「冉冉」、「眇眇」、「默默」、「鬱鬱」、「戚戚」、「芒芒」、「漫漫」、「綿綿」、「悄悄」、「冥冥」、「紛紛」、「磕磕」、「洶洶」、「容容」、「洋洋」、「翻翻」、「遙遙」、「潏潏」、「愁愁」等。還出現大量三字副詞，如：「歲忽忽」、「路眇眇」、「愁鬱鬱」、「居戚戚」、「穆眇眇」、「莽芒芒」、「漂綿綿」、「愁悄悄」、「翩冥冥」、「紛容容」、「罔芒芒」、「藐蔓蔓」、「軋洋洋」、「漂翻翻」、「翼遙遙」、「氾潏潏」等。（此處大量參考殷光熹先生的《楚辭注評》）大量雙聲疊韻詞、連綿詞和三字副詞的使用，使〈悲回風〉的語言讀起來鏗鏘有力，節奏感強，彷彿具有強烈的音樂性。另外，「聞省想而不可得」句中，三個動詞連用，姜亮夫先生認爲「只有屈原這樣用了，漢以後的人沒有用過的」。如此高超的語言水準，實在是十分罕見的。回頭再看朱熹「倔強疏鹵」的評價，更是覺得他十分荒謬了。

漁父[1]

屈原

屈原既放，[2]游於江潭，行吟澤畔，[3]
顏色憔悴，[4]形容枯槁。[5]

漁父見而問之[6]曰：
子非三閭大夫與？[7]何故至於斯？[8]

屈原曰：
舉世皆濁我獨清，[6]
眾人皆醉我獨醒，[10]是以見放。[11]

漁父曰：
聖人不凝滯於物，[12]而能與世推移。[13]
世人皆濁，何不淈其泥而揚其波？[14]
眾人皆醉，何不餔其糟而歠其釃？[15]
何故深思高舉，[16]自令放爲？[17]

屈原被放多年後，躑躅吟詠於江畔，
顏色憔悴形枯槁。

漁父見了問他說：
三閭大夫是你嗎？爲何變成這模樣？

屈原慨然回答道：
舉世皆濁我獨清，
眾人皆醉我獨醒，所以被放來此地。

漁父故意對他說：
聖人靈活不呆板，能夠隨時來變化。
世上人們都混濁，爲何你不隨大流？
眾人都已醉過去，爲何你不也糊塗？
爲何憂國又憂民，自己弄得被放逐？

屈原曰：
我聞之，
新沐者必彈冠，[18] 新浴者必振衣。[19]
安能以身之察察，[20] 受物之汶汶者乎？[21]
寧赴湘流，葬於江魚之腹中，[22]
又安能以皓皓之白，[23] 而蒙世俗之塵埃乎？[24]

漁父莞爾而笑，[25] 鼓枻而去。[26]
歌曰：
滄浪之水清兮，[27] 可以濯吾纓；[28]
滄浪之水濁兮，可以濯吾足。
遂去，不復與言。[29]

屈原嚴肅回答說：
我聽賢人曾經說，
洗頭之人必彈帽，洗澡之人必拭衣。
清清白白我身子，怎能蒙上世俗汙？
寧可跳入湘江水，葬身江魚之腹中，
清清白白我一生，怎能沾上齷齪塵？

漁父莞爾微微笑，划著船槳就離去。
隨風飄來歌聲道：
滄浪之水清又清，可以洗我帽帶子；
滄浪之水濁又濁，可以洗我一雙腳。
於是離開再無言。

【注釋】

1 此篇眞僞之爭，見〈卜居〉「寫作背景」。屈原與漁父的問答，司馬遷幾乎原樣錄入《史記・屈原列傳》，可見此事屬實。事後「屈子遂述其問答之意，以成此篇也。」（汪瑗語）

2 **既**：已經。**放**：放逐。**游**：遊蕩，流浪。**江**：沅江（用蔣驥說）。**潭**：深水。

3 **行吟**：一邊走路，一邊吟詩。**澤畔**：水邊。

4 **顏色**：容貌，面色。**憔悴**：消瘦，萎靡。

5 **形容**：形體容貌。**枯槁**：乾枯萎縮的樣子。

6 **漁父**：捕魚的老人。

7 **子**：您。**三閭大夫**：屈原最後擔任的官職。**與**：句末語氣詞。

8 **何故**：什麼原因，爲什麼。**斯**：這，此處有兩個解釋：這地步；這地方。均通。

9 **舉**：全。**世**：指世人。**濁**：混濁。**清**：清白。**濁**、**清**：指兩種對立的品德行爲。

10 **醉**：此指糊塗。**醉**、**醒**：指對當時楚國形勢的兩種認識。

11 **是以**：因此。**見**：被。**放**：放逐。

12 **凝滯**：固執呆板。**物**：指客觀事物。**不凝滯於物**：對客觀事物的看法並不固執呆板。

13 **與**：隨著。**世**：時代，世俗。**推移**：推進，轉移，指變化。

14 **淈**：音ㄍㄨˇ，濁，亂，此作動詞用，攪渾，搞亂。**揚**：掀，播。**淈其泥而揚其波**：即合汙同流。

15 **餔**：音ㄅㄨ，吃。**糟**：酒糟，渣滓。**歠**：音ㄔㄨㄛˋ，同「啜」，飲，喝。**釃**：音ㄌㄧˊ，薄酒。**餔其糟而歠其釃**：與人一樣糊塗。

16 **深思**：想得深，想得遠，即憂國憂民。**舉**：舉動，行爲。**高舉**：高尚的行爲，與眾不同的舉動。

17 **自**：自己。**令**：使。**放**：放逐。**爲**：句末語氣詞，表示疑問。

18 **沐**：洗頭，洗髮。**彈**：用手指輕擊。**冠**：帽子。

19 **浴**：洗澡。**振**：拂拭去塵。

20 **安**：怎麼。**察察**：潔白，乾淨。

21 **物**：他物，指世俗。**汶汶**：音ㄨㄣˋ ㄨㄣˋ，汙垢，灰塵。

22 **寧**：寧可。**赴**：投入。**湘流**：湘江水。

23 **皓皓**：潔白的樣子。

24 **蒙**：蒙受，沾上。**世**：世俗。

25 **莞**（ㄨㄢˇ）**爾**：微笑的樣子。

26 **鼓**：動詞，指划動。**枻**：音ㄧˋ，船槳。**去**：離。

27 **滄浪**：水名。

28 **濯**：音ㄓㄨㄛˊ，洗。**纓**：帽帶。

29 **遂**：於是，就。**復**：再。**與**：和。**言**：說話。

一、寫作背景

〈漁父〉作於頃襄王時代，《史記》本傳幾乎全文抄錄。詩歌開篇寫道：「屈原既放，游於江潭。」清人蔣驥考證曰：「江，謂沅江；潭，深淵也，今常德府沅水旁有九潭。」❶又，詩中明言「寧赴湘流，葬於江魚之腹中」。文本明確交代了事情發生的時間和地點，即屈原當時還在湘西地區，是他流蕩湘西的後期，即將前往汨羅之時。

此詩斬釘截鐵表示要「寧赴湘流，葬於江魚之腹中」，與〈悲回風〉「不能不死，死又不能」的主題不同，因此，可以判斷此詩作於〈悲回風〉之後，〈懷沙〉之前。

二、層次分析

〈漁父〉一詩表現了屈原被逐後期的形象和思想。此篇三十四句，可分三個層次。

第一層次　屈子形象（五句）

屈原既放，游於江潭，行吟澤畔；顏色憔悴，形容枯槁。

此層描寫生動，但又言簡意明。此開頭交代了事情發生的時間、地點和人物。後兩句與〈遠遊〉詩中「形枯槁而獨留」句相似，說明此詩亦作於屈原流放沅湘的後期。

❶〔清〕蔣驥，《山帶閣注楚辭》[M]，上海：上海古籍出版社，一九八九：一五六。

第二層次　兩人問答（二十二句）

漁父見而問之曰：

子非三閭大夫與？何故至於斯？

屈原曰：

舉世皆濁我獨清，眾人皆醉我獨醒，是以見放。

漁父曰：

聖人不凝滯於物，而能與世推移。

世人皆濁，何不淈其泥而揚其波？

眾人皆醉，何不餔其糟而歠其釃？

何故深思高舉，自令放為？

屈原曰：

我聞之，新沐者必彈冠，新浴者必振衣。

安能以身之察察，受物之汶汶者乎？

寧赴湘流，葬於江魚之腹中，又安能以皓皓之白，而蒙世俗之塵埃乎？

此層中有兩組問答。第一組六句：漁父問原因（三句），屈原作解釋（三句）。第二組十六句：漁父勸導（八句），勸說屈原當處世靈活，同流合汙；屈原拒絕（八句），表示自己堅守節操，寧死不屈。

第三層次　漁父離去（七句）

漁父莞爾而笑，鼓枻而去。
歌曰：
滄浪之水清兮，可以濯吾纓；滄浪之水濁兮，可以濯吾足。
遂去，不復與言。

此處漁父的「莞爾而笑」，實際是對屈原答語的讚賞。王逸注曰：「滄浪之水清兮，可以濯吾纓」，乃「喻世昭明」，可「沐浴升朝廷」；「滄浪之水濁兮，可以濯吾足」，乃「喻世昏暗」，「宜隱遁也」。❷此注中肯。「纓」，帽帶子，指代烏紗帽，即如果政治清明，就可以乾乾淨淨在朝爲官。「足」，指在政治舞臺上的作爲。此句意思是，自己在官場上的政治作爲被人誣衊了，就趕快離開官場走向清白的田園山林。原來前面的設問、勸導，只不過是試探，而結尾的歌聲，卻是眞的指引、安慰。

透過兩人的問答，表現了屈子堅持原則，堅持「美政」理想，誓不與腐朽黑暗的統治集團同流合汙的決心。

三、藝術特色分析

（一）問答式

與〈卜居〉不同的是，此篇問答的對象與〈卜居〉正好相反。〈卜居〉是屈原問，詹尹答；而〈漁父〉中

---

❷〔宋〕洪興祖，《楚辭補注》[M]，北京：中華書局，一九八三：一八〇～一八一。

是漁父問，屈原答。但〈漁父〉與〈卜居〉也有相同之處，即屈原的回答用的也是反問句式。

（二）喻體動態，形象生動

王逸解釋楚辭「引類比喻」，所舉例子爲：「善鳥香草以配忠貞，惡禽臭物以比讒佞，靈修美人以媲于君……」❸這裡，喻體均爲靜態的事物。而〈卜居〉中的喻體幾乎全是動態的，如：「淈其泥而揚其波」、「餔其糟而歠其釃」、「新沐者必彈冠，新浴者必振衣」、「滄浪之水清兮，可以濯吾纓；滄浪之水濁兮，可以濯吾足」等等。因此，詩歌要表達的思想、感情，顯得十分明白、清楚，給讀者的印象也十分形象、生動。

---

❸〔宋〕洪興祖，《楚辭補注》[M]，北京：中華書局，一九八三：二一。

懷沙[1]

屈原

陶陶孟夏兮，[2]草木莽莽。[3]
傷懷永哀兮，[4]汨徂南土。[5]
眴兮杳杳，[6]孔靜幽默。[7]
鬱結紆軫兮，[8]離慜而長鞠。[9]

撫情效志兮，[10]俛屈以自抑。[11]

刓方以爲圜兮，[12]常度未替。[13]
易初本迪兮，[14]君子所鄙。
章畫志墨兮，[15]前圖未改。[16]
內厚質正兮，[17]大人所盛。

巧倕不斲兮，[19]孰察其撥正？[20]
玄文處幽兮，[21]矇瞍謂之不章。[22]
離婁微睇兮，[23]瞽以爲無明。[24]

炎炎酷暑夏四月，草木長得大又密。
滿腹傷心長悲哀，疾速前往湖南地。
放眼望去黑沉沉，原野一片靜悄悄。
委曲痛苦不能解，遭遇憂患久困窮。

強壓激情理思緒，心中冤屈先自析。

曾想削方變爲圓，但是常法不能變。
改變初衷隨流俗，大人君子都鄙棄。
守道不移如墨線，前人法度不能變。
內心敦厚質方正，大人君子都讚美。

不讓巧匠砍木頭，誰能知他技藝高？
黑色花紋在暗處，盲人說它不顯著。
離婁好眼微張開，盲人說他已失明。

變白以爲黑兮，倒上以爲下。[26]
鳳皇在笯兮，[25]雞鶩翔舞。[26]
同糅玉石兮，一概而相量。[27]

夫惟黨人鄙固兮，[28]羌不知余之所臧。[29]
任重載盛兮，[30]陷滯而不濟。[31]
懷瑾握瑜兮，[32]窮不得所示。[33]
邑犬群吠兮，[34]吠所怪也。[35]
非俊疑傑兮，[36]固庸態也。[37]
文質疏內兮，[38]眾不知余之異采。[39]
材朴委積兮，[40]莫知余之所有。

重仁襲義兮，[41]謹厚以爲豐。[42]
重華不可迕兮，[43]孰知余之從容？[44]
古固有不並兮，[45]豈知其故也？
湯禹久遠兮，[46]邈不可慕也。[47]

懲違改忿兮，[48]抑心而自強。[49]
離慜而不遷兮，[50]願志之有像。[51]
進路北次兮，[52]日昧昧其將暮。[53]
舒憂娛哀兮，[54]限之以大故。[55]

白色居然變爲黑，上乘反倒成下列。
鳳凰關在籠子裡，雞鴨在外飛又舞。
玉石混雜在一起，一概而論等量觀。

黨人鄙陋又頑固，不想知道我抱負。
我能擔任重大責，但陷困境辦不成。
美德文采我都有，身遭棄逐顯不出。
城裡群狗齊聲吠，以爲看到一怪人。
懷疑誹謗俊傑士，本是庸人尋常態。
外表粗疏心樸實，本人奇才眾不知。
我有珍木一大堆，但是沒有人知曉。

反覆積累仁和義，謹守深藏自珍惜。
舜帝不可再相遇，誰人理解我舉動？
明君賢臣不同時，古來如此是何故？
商湯夏禹已久遠，不可思慕與追隨。

不再留連不再恨，鍛鍊自己更堅強。
遭到禍患不變心，效法前賢是我願。
有心沿路回郢都，可惜天暗日將暮。
舒解憂愁止悲哀，人生道路已到頭。

亂曰：

浩浩沅湘，分流汨兮。56
脩路幽蔽兮，57道遠忽兮。58

曾唫恆悲兮，永歎慨兮。
世既莫吾知兮，人心不可謂兮。（他本無此四句）

懷情抱質兮，59獨無匹兮。60
伯樂既歿兮，驥將焉程兮？61
人生有命兮，62各有所錯兮。63
定心廣志，64余何畏懼兮？

曾傷爰哀，65永歎喟兮。66
世溷不吾知，67心不可謂兮。68
知死不可讓兮，69願勿愛兮。
明以告君子兮，吾將以為類兮！70

尾聲唱道：

浩浩蕩蕩沅湘水，洶湧奔流水聲急。
道路漫長又幽暗，前途無望多渺茫。

品質高潔情忠貞，偏偏沒有人證明。
可惜伯樂已經死，良馬怎麼顯才能？
人民萬千各命運，安排處置都不同。
定下心來放寬懷，我有什麼可畏懼？

非常憂傷哀不止，日日夜夜長嘆息。
舉世混濁不知我，人心叵測不堪說。
知道死亡不可免，生命已經毋需惜。
明明白白告君子，我與彭咸是同類！

【注釋】

1 **懷**：懷念，思念，考慮。**沙**：地名，即長沙，汨羅江就在長沙附近。**懷沙**：即思念長沙，想去長沙。由此可見，此詩當作於屈原自沉前的農曆四月由洞庭湖前往長沙的途中。全篇語氣「雖爲近死之音，然紆而未鬱，直而未激」，故司馬遷以爲此篇乃屈原「懷石」自沉前之絕筆一語恐非事實。

2 **陶陶**：同「滔滔」，盛陽貌，即炎炎酷熱。**孟夏**：初夏，指農曆四月。

3 **莽莽**：草木叢生的樣子。

4 **傷懷**：傷心。**永**：長。

5 **汩**：音ㄩˋ，疾速。**徂**：音ㄘㄨˊ，往，去。**南土**：洞庭湖之南的地方，即長沙地區。

6 **眴**：音ㄒㄩㄢˋ，同「瞬」，即放眼望去。**杳杳**：音ㄧㄠˇ，深暗幽遠。

7 **孔**：甚，大。**幽默**：這裡是靜寂無聲之意。

8 **紆軫**：音ㄩ ㄓㄣˇ，冤屈和隱痛。

9 **離**：同「罹」，遭遇。**愍**：音ㄇㄧㄣˇ，憂患。**愍**：一本作「湣」。**長**：長久。**鞠**：困窮。

10 **撫**：安撫。**撫情**：使滿腔激情安定下來。**效**：明，白。**志**：思想，思緒。**效志**：清理思緒。

11 **俛**：一本爲「冤」。**抑**：治也（用《孟子．滕文公下》「昔者禹抑洪水而天下平」注），引申爲研究，分析。**自抑**：自我分析。

12 **刓**：音ㄨㄢˊ，削。

13 **度**：法，法則。**替**：廢。

14 **易**：改變。**迪**：道也。**本迪**：本然之道，即自己原來的想法。

15 **章**：同「彰」，明。**志**：記也。**墨**：墨線，直線。**章畫**、**志墨**：互文見義，意思是說自己要明明白白地表述出直線之圖。此句比喻守道不移。

16 **前圖**：前人的法度。

17 **內厚**：內心敦厚。**質正**：品質方正。

18 **盛**：同「晟」，讚美。

19 **倕**：音ㄔㄨㄟˊ，傳說是堯時的一位巧匠。**斲**：同「斫」，音ㄓㄨㄛˊ，砍，削。

20 **察**：了解，知道。**撥**：一本作「揆」。對此二句，蔣驥釋曰：「則譬有巧匠而不使之斫，亦安知其度物之正哉！」

21 **文**：花紋。**玄文處幽**：黑色的花紋處在幽暗的地方。

22 **矇瞍**：音ㄇㄥˊ ㄙㄡˇ，盲人。**章**：同「彰」。

23 **離婁**：人名，傳說是黃帝時人，他的視力特別好，能見百步之外秋毫之末。**睇**：小視。

24 **瞽**：音ㄍㄨˇ，盲人。**無明**：失明。

25 **笯**：音ㄋㄨˊ，籠子。

26 **鶩**：音ㄨˋ，鴨子。

27 **概**：同「槩」，量米時刮平斗斛用的刮板。**一概相量**：一概而論，等量齊觀。

28 **鄙固**：鄙陋，頑固。

29 **羌**：語助詞。**臧**：同「藏」，義指懷藏；抱負。一說爲「善也」，可供參考。

30 **任**：擔負；責任。**盛**：多

31 **陷滯**：陷沒，沉滯，義爲陷於困境。**濟**：成。

32 **瑾**、**瑜**：均爲美玉，此處喻指美德文采。

33 **窮**：身處困境。**示**：給人看。

34 **邑**：人們聚居的地方。一本「邑犬」後有「之」字。

35 **所怪**：指群犬以爲怪異的人。

36 **非**：非難，誹謗。**疑**：懷疑。

37 **庸**：庸人。

38 **文**：指外表。**質**：本質，指內心。**疏**：粗疏。**內**：通「訥」，木訥，即不善言辭，十分樸實。**文質疏內**：即文疏質內，外表粗疏內心實在。

39 **異采**：奇異的文采，指非凡的才華。

40 **材朴**：即「朴材」，未加工的木材，指未被發現的才幹。**委**：丟棄。**積**：堆集。

41 **重**：音ㄔㄨㄥˊ，與「襲」同義，都是積累的意思。

42 **謹厚**：謹守深藏。**豐**：富足。

43 **重華**：指舜。**迕**：音ㄨˇ，一本作「遌」，相遇，相逢。

44 **從容**：舉止行動。

45 **古**：古代，指古代的聖君賢臣。**固**：本來。**並**：同時產生。

46 **湯禹**：商湯夏禹。

47 **邈**：音ㄇㄧㄠˇ，遠。**慕**：思慕，嚮往。

48 **懲**：止。**違**：留連，當指留連人世或仕途。《史記》本上「連」作「違」，似非。**改忿**：即克制忿恨，或不再憤怒怨恨。

49 **抑心**：抑制心志。

50 **離愍**：見本篇注9。**不遷**：不改變。

51 **志**：志行。**像**：榜樣，此指前代賢臣。

52 **北**：北方，郢都在洞庭湖之北。**次**：宿止。**北次**：到北

邊宿止，意思是想回郢都。

53 **日**：日色。**昧昧**：音ㄇㄟˋ ㄇㄟˋ，昏暗貌。此句為象徵，一指朝廷昏暗腐朽，二指自己年壽將盡。

54 **舒**：解。**娛**：快慰。

55 **限**：限期，極限。**大故**：死亡。

56 **分流**：一作「汾流」，即「溢流」，大水湧流。**汩**：ㄏㄨˊ，急流貌，亦可作水聲。

57 **脩**：長。**幽蔽**：幽暗。

58 **道**：道途；前途。**忽**：同「惚」，恍惚，渺茫。

59 **質**：品質，此當指高潔的品質。**情**：摯情，此當指忠貞的感情。

60 **匹**：「正」字之誤，通「證」，證明。

61 **焉**：怎麼，哪裡。**程**：考核，衡量才力。

62 **人生**：此指人民。**有**：稟承。**命**：命運。此句一本作「萬民之生」。

63 **錯**：同「措」，安排，處置。

64 **廣**：大。**志**：心志。**廣志**：放寬胸懷。

65 **曾**：通「增」。**爰**：牽引（用蔣驥說）。**爰哀**：引起哀痛。**曾傷**、**爰哀**：互文見義。

66 **永**：長。**喟**：音ㄎㄨㄟˋ，義同「嘆」。

67 **溷**：音ㄏㄨㄣˋ，混濁。

68 **人心不可謂**：人心叵測不堪說。

69 **讓**：辭，指避免。

70 **以為**：以之為。**類**：同類，即屈子以前眾多詩篇中一再視為同類的彭咸等人。

一、寫作背景

〈懷沙〉文本表明了作品的寫作時間和地點。文本開篇寫道：「陶陶孟夏兮，草木莽莽。傷懷永哀兮，汨徂南土。」「孟夏」即農曆四月。南朝《續齊諧記》云：「屈原五月五日投汨羅水。」❶由此可知，〈懷沙〉寫於投江前的農曆四月。

又，〈漁父〉詩云：「屈原既放，游於江潭……寧赴湘流，葬於江魚之腹中。」此處「江」爲沅江，沅江下游注入洞庭湖。〈涉江〉講屈子「入漵浦」是「乘舲船余上沅」，因此，他「赴湘流」必然是乘舟沿沅江而下進入洞庭，再沿「湘流」往長沙。長沙在洞庭湖南，詩題爲「懷沙」，詩中云「汨徂南土」，「南土」，指洞庭湖之南的地方，自然是指長沙。此句足證詩人此時已在前往長沙的途中。

〈懷沙〉之名，與〈哀郢〉、〈涉江〉同樣寫法，「沙」，指長沙。懷沙：即思念長沙，想去長沙。〈哀郢〉中有「狐死必首丘」之語，意思是說：狐狸死時腦袋還要枕在（或朝著）出生地的山丘之上。《山帶閣注楚辭》云：長沙「爲東南之會，去郢未遠」，亦是楚國先人創業之地。屈原長期流放，復用無望，抱定了必死的決心，所以想念長沙，想去長沙。也就是考慮自沉以明志，其地點就選擇在長沙附近。故蔣驥又云：「『懷沙』者，蓋寓懷其地，欲往而就死耳。」❷可見，〈懷沙〉當作於屈原自沉前的農曆四月由洞庭湖前往長沙的途中。

---

❶〔清〕《欽定四庫全書·子部·小說家類三·續齊諧記》。

❷〔清〕蔣驥，《山帶閣注楚辭》[M]，上海：上海古籍出版社，一九八四：一二九。

二、層次分析

〈懷沙〉是屈原絕望之際抒情明志之作。如果說〈悲回風〉中詩人還在猶豫，還在鬱結於「不能不死，死又不能」的矛盾，〈漁父〉還只是通過幾個簡單的比方激動地喊出了「寧赴湘流，葬於江魚之腹中」的心聲，那麼，〈懷沙〉就是比較冷靜地總結了自己必死的原因。全詩八十句，分正文和亂詞兩大部分。正文部分是詩人清理自己痛苦紊亂的思想，亂詞部分是在清理思想的基礎上作出最後的決定。

正文，六十句，可分三個層次。

第一層次　觸景生情（八句）

陶陶孟夏兮，草木莽莽。傷懷永哀兮，汩徂南土。
眴兮杳杳，孔靜幽默。鬱結紆軫兮，離慜而長鞠。

開頭兩句描寫了這樣一個環境：盛夏四月，天氣炎熱，周圍樹木草叢，又高又密。這是一個多麼悶熱令人窒息難熬的環境！次兩句中的「南土」，是指洞庭湖以南的地方。長沙在洞庭湖以南。這兩句是講詩人滿腹憂傷，開始從洞庭湖動身前往長沙地區。前四句正是透過這個環境的勾勒，寫出來到南方後的憂傷、悲哀；第五、六兩句，寫他看到的是整個天際黑沉沉，入耳的是一片靜悄悄。總之，後四句也是透過氛圍的渲染，表現孤單寂寞而引起的委屈、哀傷。讀者彷彿看到詩人在無聲哭泣，痛苦地閉上眼睛，陷入長久的沉思。

第二層次　自析冤屈（四十四句）

1. 總領（二句）

撫情效志兮，俛屈以自抑。

「抑」，《史記・河渠書》「禹抑洪水十三年」句下有注曰：「抑者，遏也。」❸《孟子・滕文公下》「禹抑洪水」句下有注曰：「抑，治也。」❹故「抑」可引申爲研究、分析。此兩句詩是說，自己要從紊亂的情緒中冷靜下來，理一理自己的冤屈之情，從而引出下邊兩層意思。

2. 逆境（二十句）

詩人回顧自己被黜之後的處境。這二十句可分成有內在關係的三個小層次。

(1) 內厚質正（八句）

刓方以為圜兮，常度未替。易初本迪兮，君子所鄙。

章畫志墨兮，前圖未改。內厚質正兮，大人所盛。

屈子說自己也曾想削方變爲圓，但是原則不能改變；自己也曾想改變初衷隨大流，但這種做法會讓正人君子鄙棄。因此，他決定守道不移（「章畫志墨」，「內厚質正」）。但是——

---

❸〔漢〕司馬遷，《史記》（四）[M]，北京：中華書局，一九八二：一四〇五。

❹〔清〕焦循，《孟子正義》/《諸子集成》（二）[M]，石家莊：河北人民出版社，一九八六：二三二。

(2) **無法施展**（六句）

巧倕不斲兮，孰察其撥正？玄文處幽兮，矇瞍謂之不章。離婁微睇兮，瞽以為無明。

詩人連用不讓巧匠砍木頭、把黑色花紋放在暗處和離婁好眼睛卻被當成瞎子這三個比喻，寫自己由於被廢黜，再也不能施展傑出的才能。這三個比喻實際暗指屈原在頃襄王朝的頭三年裡一直處於閒置狀態，未被重用，所以他憤慨。

(3) **玉石同糅**（六句）

變白以為黑兮，倒上以為下。鳳皇在笯兮，雞鶩翔舞。同糅玉石兮，一概而相量。

寫由於上面的原因，自己正處於黑白不分、上下顛倒、鳳凰被關、雞鴨亂舞和玉石同糅的尷尬境地。

3. **原因**（二十二句）

身遭廢黜，處境狼狽，這是現象，那麼原因何在？屈子總結了兩點。

(1) **黨人鄙固**（十四句）

夫惟黨人鄙固兮，羌不知余之所臧。任重載盛兮，陷滯而不濟。懷瑾握瑜兮，窮不得所示。邑犬之群吠兮，吠所怪也。

非俊疑傑兮，固庸態也。文質疏內兮，眾不知余之異采。
材朴委積兮，莫知余之所有。

陳述自己任重載盛，懷瑾握瑜，但是黨人誹謗，以至「眾不知余之異采」。

(2)不遇明君（八句）

重仁襲義兮，謹厚以為豐。重華不可迕兮，孰知余之從容？
古固有不並兮，豈知其故也？湯禹久遠兮，邈不可慕也。

詩人認爲自己懷才被黜最根本的原因是重華不逢，湯禹久遠，暗示頃襄昏庸無道。

第三層次　懲違改忿（八句）

懲違改忿兮，抑心而自強。離慜而不遷兮，願志之有像。
進路北次兮，日昧昧其將暮。舒憂娛哀兮，限之以大故。

「進路北次」是想像，是希望。「路」，路線，當年屈子就是從「夏浦」（今漢口）涉江登上「鄂渚」（今武昌），越過洞庭，沿沅江前往漵浦的。屈原此時來到洞庭湖，當然會識得這條從郢都過來的路線。「北」，北方，郢都在洞庭湖的北方。屈原是個愛國者，即使臨終，還在想著國家。故王逸釋曰：「言己思念楚國，願得君命，進道北行，以次舍止。」朱子釋曰：「言將北歸郢都，而日暮不得前也。」這兩句可譯爲：「有心沿路回郢都，可惜天暗日將暮。」主觀上願意回郢效忠楚王爲國出力，但客觀上已經絕不允許。這就必然推出下面兩句：「舒憂娛哀兮，限之以大故。」意思是，屈子已經絕望，知道人生道路已到盡頭，可以放下一切憂愁和悲哀了。這是撫情效志、冤屈自抑的結果。如果說，作品開頭詩人還「傷懷永哀」，「鬱結紆軫」，但經過上邊一番冷靜的自我清理，屈子已決定「懲違改忿」（不再憤怒）、「離愍不遷」（遇禍不驚），即不再留戀人世，而且停怨止恨，遭禍不驚了。此處貌似解脫，實乃絕望，自沉已是必然的事情了。

亂詞（二十句）

有的學者已經意識到，此篇「亂詞」跟他篇「頗有不同」，不是尾聲，而是高潮。此二十句也可分爲三個小層次。

第一層次　再睹景物（四句）

亂曰：

浩浩沅湘，分流汨兮。脩路幽蔽兮，道遠忽兮。

前面五十二句，是詩人在閉目凝視，潛心思考。當探索再三、萬無生路、心情反倒平靜之時，他又睜開眼來，但是江水滔滔，修路幽蔽，前途一片渺茫。

第二層次　簡要總結（十二句）

1. 伯樂既歿，良驥焉程（八句）

懷情抱質兮，獨無匹兮。伯樂既歿兮，驥將焉程兮？

人生有命兮，各有所錯兮。定心廣志，余何畏懼兮？

屈子這是在講，自己品格高潔，愛國憂民，可惜識人的「伯樂」已死，自己這匹「千里馬」還怎能顯示才能？因此自己已經放開胸懷，不再抱怨，還有什麼可以害怕的呢？

2. 舉世溷濁，人心叵測（四句）

曾傷爰哀，永歎喟兮。世溷不吾知，心不可謂兮。

這幾句是講，自己憂傷不已，日夜嘆息，哀嘆舉世混濁，人心叵測，自己再也說不下去了。這就爲下面的最終決定做好了鋪墊。

第三層次　最後決定（四句）

知死不可讓兮，願勿愛兮。明以告君子兮，吾將以為類兮！

悲劇的大幕即將合攏，詩人大聲疾呼：知死不讓，寧折不彎！
這是飽含血淚的呼喊，震撼千古人心！
這是響徹雲霄的旋律，永垂文學史冊！

三、藝術特色分析

1. 文風簡樸，直截了當

如「內厚質正兮，大人所盛」、「變白以爲黑兮，倒上以爲下」、「鳳皇在笯兮，雞鶩翔舞」、「定心廣志，余何畏懼兮」、「知死不可讓兮，願勿愛兮」、「明以告君子兮，吾將以爲類兮」等，這類文字，明白如話，毫無修飾，純淨得猶如一塊璞玉。作品能達到如此境地，屈子眞作手也！另外，這也是當時屈子處境和心境的必然。因爲此時的屈原，已經沒有了一切名和利的羈絆，更不想作「詩人」、「文學家」，他只是臨死前哭訴心中之情，根本用不著什麼忌諱或迴避，更用不著刻意修飾，而是直抒胸臆，其結果自然就是直截了當，明白如話。

2. 設喻對比，相得益彰

如「巧倕不斲兮，孰察其撥正」、「玄文處幽兮，矇瞍謂之不章」、「離婁微睇兮，瞽以爲無明」、「鳳皇在笯兮，雞鶩翔舞」、「同糅玉石兮，一概而相量」、「邑犬群吠兮，吠所怪也。非俊疑傑兮，固庸態也」等等，比喻疊加對比，這是屈賦常用的手法，但因爲此詩是在前往投江路上的悲歌，再加簡明樸素，所以就更加能打動人心，產生更強的藝術魅力。

3. 繁音促節，迫而不舒

全篇八十句，若除去「兮」字，三言句式有八句，四言句式有四十二句，五言句式有二十二句，六言僅六句，七言更少，僅兩句。總之，短句（三言四言）在此詩中占百分之六十二以上，朗讀起來不僅鏗鏘有力，而且還有一種短促急迫的節奏感。其原因很清楚：生命即將消逝，而心中怨情積鬱太久，愁腸纏結，痛苦萬分；屈子此時作詩，自然猶如火山爆發，噴薄而出，音節短促急迫乃必然之事。

惜往日[1]

屈原

惜往日之曾信兮，受命詔以昭時。[2]
奉先功以照下兮，[3]明法度之嫌疑。[4]
國富強而法立兮，[5]屬貞臣而日娭。[6]
祕密事之載心兮，[7]雖過失猶弗治。[8]

心純龐而不泄兮，[9]遭讒人而嫉之。
君含怒而待臣兮，不清澈其然否。[10]
蔽晦君之聰明兮，[11]虛惑誤又以欺。[12]
弗參驗以考實兮，[13]遠遷臣而弗思。[14]
信讒諛之溷濁兮，[15]盛氣志而過之。[16]
何貞臣之無罪兮，被離謗而見尤？[17]
慚光景之誠信兮，[18]身幽隱而備之。[19]

臨沅湘之玄淵兮，[20]遂自忍而沉流。[21]
卒沉身而絕名兮，[22]惜壅君之不昭。[23]
君無度而弗察兮，[24]使芳草爲藪幽。[25]

當年曾經受信任，接受詔命整時政。
繼承先業愛下民，說明法度疑難處。
國家富強制度立，全權交我王自樂。
黽勉從事又專心，雖有過失未受治。

素性敦厚慎言語，小人嫉妒讒害我。
君王含怒對待我，沒有弄清是與非。
小人遮蔽君耳目，空言迷惑又欺騙。
不加審核和考察，君王貶我未多思。
偏信讒諛汙濁言，勃然大怒責罰我。
爲何忠臣無罪辜，反遭誹謗受遷逐？
羞見麗日和明月，退居幽隱避一邊。

走近沅湘深淵水，豈能忍心沉急流。
最終沒身滅聲名，只惜君王不覺悟。
君王糊塗不明察，賢人放逐棄原野。

焉舒情而抽信兮，26 恬死亡而不聊。27
獨彰壅而蔽隱兮，28 使貞臣而無由。29
聞百里之爲虜兮，30 伊尹烹於庖廚，31
呂望屠於朝歌兮，32 甯戚歌而飯牛。33
不逢湯武與桓繆兮，34 世孰云而知之！35
吳信讒而弗味兮，36 子胥死而後憂。37
介子忠而立枯兮，38 文君寤而追求。39
封介山而爲之禁兮，40 報大德之優游。41
思久故之親身兮，42 因縞素而哭之。43
或忠信而死節兮，44 或訑謾而不疑。45
弗省察而按實兮，46 聽讒人之虛辭。47
芳與澤其雜糅兮，48 孰申旦而別之？49
何芳草之蚤殀兮？50 微霜降而下戒。51
諒聰不明而蔽壅兮，52 使讒諛而日得。53
自前世之嫉賢兮，54 謂蕙若其不可佩。55
妒佳冶之芬芳兮，56 嫫母姣而自好。57
雖有西施之美容兮，58 讒妒入以自代。59

只要能夠表忠信，即使死了也甘心。
偏多障礙和堵塞，忠貞之臣無路行。
百里曾經爲俘虜，伊尹烹食於庖廚，
呂望朝歌屠宰工，甯戚唱歌餵黃牛。
不逢湯、武與桓、繆，世上誰人知他們！
吳王信讒不辨別，子胥死後國遭憂。
介子忠誠被燒焦，文公覺悟去尋找。
最後封山爲介子，報答割股大功勞。
想起故舊親近人，全身縞素哭介子。
忠信之人倒死節，奸人佞臣反重用。
君王弗察不調查，只聽讒人虛妄言。
芬芳汙垢混一起，誰能天天去分辨？
爲何芳草早夭亡？微霜已降無戒備。
君王一旦受蒙蔽，讒諛小人日得勢。
自古奸臣嫉賢者，總說香草不可佩。
嫉妒美女如花貌，醜婦故作妖媚態。
雖有美貌如西施，醜婦讒妒要取代。

願陳情以白行兮，[60]**得罪過之不意。**[61]
情冤見之日明兮，[62]**如列宿之錯置。**[63]

乘騏驥而馳騁兮，無轡銜而自載；[64]
乘氾泭以下流兮，[65]**無舟楫而自備。**[66]
背法度而心治兮，[67]**辟與此其無異。**[68]
寧溘死而流亡兮，[69]**恐禍殃之有再。**[70]

不畢辭而赴淵兮，[71]**惜壅君之不識！**[72]

本想陳情說清楚，沒想反倒得罪過。
眞情冤狀日分明，如同星宿有度數。

乘著駿馬長馳騁，沒有轡繩車將僕；
乘著筏子向下流，沒有楫槳船要覆。
背離法度搞心治，如乘車船無轡楫。
寧肯一死隨流水，只怕再受亡國禍。

話未說完投汨羅，痛惜君王不知我！

【注釋】

1 **惜**：痛惜。**往日**：指自己一生政治上的遭遇和遺憾。此詩以篇首三字爲題，但亦可總領全篇。對於此詩內容的理解，前人說法種種，唯清人蔣驥深得其中「三昧」，其云：「〈惜往日〉，其靈均絕筆歟？夫欲生悟其君不得，卒以死悟之……故大聲疾呼，直指讒臣蔽君之罪，深著背法敗亡之禍，危辭以撼之，庶幾無弗悟也。苟可以悟其主者，死輕於鴻毛，故略子推之死而詳文君之悟，不勝死後餘望焉！〈九章〉惟此篇詞最淺易，非徒垂死之言，不暇雕飾，亦欲庸君入目而易曉也；嗚呼！又孰知佯聾不聞也哉！」

2 **曾信**：曾經被楚懷王信用。**命詔**：即詔命，君王的號令。**昭**：明。**時**：時代；時政。**昭時**：使時政清明。**時**：一本作「詩」。

3 **奉**：遵奉，繼承。**先**：祖先，先王。**功**：功業。**照下**：照耀下民。

4 **明**：明確；說明。**法度**：法令制度。

5 **法**：法度。

6 **貞臣**：忠貞之臣，屈原自指。**娭**：嬉戲遊樂。「屬」、

「嬉」的主詞都是君王。

7 **祕密**：「黽勉」一聲之轉，即努力。**事**：動詞，從事。**載心**：放在心上，即全心全意。

8 **治**：治罪。

9 **純**：純潔。**龐**：音ㄆㄤˊ，敦厚。**泄**：音ㄒㄧㄝˋ，漏。**不泄**：言語謹慎，滴水不漏。一說沒有洩露祕密。

10 **澈**：清澈。**澈**：一本作「澄」。**清澈**：省察。**然否**：是非。

11 **蔽**：遮蔽。**晦**：昏暗，使動用法。**聰**：指聽覺。**明**：指視覺。

12 **虛**：憑空捏造。**惑**：迷惑。**誤**：誤人。**欺**：欺罔。

13 **參驗**：比較證明。**考實**：考察事實眞相。以下四句的主詞均爲君王。

14 **遠遷**：疏遠，遷謫。

15 **溷濁**：混濁，指混淆是非曲直。

16 **盛氣志**：盛怒。**過**：責罰。

17 **被離**：兩字同義，都是遭遇的意思。**見**：被。**尤**：罪尤，此處作動詞，歸罪。

18 **慚**：自慚。**光景**：日光月影。**誠信**：眞實。**光景之誠信**：形容詞後置句式，即「誠信之光景」，可以直譯爲明亮的日光和月影。

19 **身幽隱**：退居幽隱之處。**備**：同「避」。

20 **臨**：走近。**玄淵**：深淵。

21 **遂**：就。**忍**：忍心。**沉流**：沉入流水。

22 **卒**：最終。**沒身**：沉沒自身。**絕名**：泯滅聲名。

23 **壅君**：受蔽之君。**昭**：明白；覺悟。

24 **度**：尺度，標準。**弗察**：不能明察。

25 **芳草**：喻忠臣，賢者。**爲**：猶「於」。**藪**：音ㄙㄡˇ，大澤。**藪幽**：大澤的幽深之處。

26 **焉**：怎麼，哪能。**舒**：抒發。**抽信**：表達忠信的感情。

27 **恬**：音ㄊㄧㄢˊ，安。**恬死亡**：安於死亡。**不聊**：不苟且偷生。全句意爲（只要能向君王申訴以表明忠心，）即使死了也甘心。

28 **獨**：偏偏。**彰壅**、**蔽隱**：對文同義，連用以示量多。

29 **貞臣**：忠貞之臣。**而**：一本作「爲」。**無由**：無進用之路。

30 **百里**：人名，百里奚。**虜**：俘虜。百里奚，春秋時虞國大夫，虞晉戰爭中被俘，歷經坎坷，最後被秦穆公用五張羊皮贖回爲相。

31 **伊尹**：人名，伊尹早年作過廚師，後被商湯發現，任用爲相。

32 **呂望**：人名，即姜太公，曾在朝歌當過屠夫，後被周文王發現重用。

33 **甯戚**：人名，春秋時人，曾當過商人，餵牛時敲著牛角唱歌，被齊桓公聽到，然後重用。

34 **湯**：商湯王。**武**：周武王。**桓**：齊桓公。**繆**：秦穆公。

35 **世**：世上。**孰**：誰。**云**：句中語氣助詞。**之**：代百里、伊尹、呂望和甯戚。

36 **吳**：吳王夫差。**信讒**：聽信太宰嚭的讒言。**弗味**：不加玩味，不加辨別。

37 **憂**：吳國的亡國之憂。

38 **介子**：即介子推，春秋時晉人。**忠**：介子推從晉文公重耳出亡十九年，曾割股肉給重耳充飢，可謂忠心耿耿。**立枯**：立著被燒死。文公回國即位後，眾人爭功求賞，介子推退隱入山。文公派人尋找他，他堅不出山，文公想燒山逼他出來，他卻抱樹燒死。

39 **文君**：晉文公。**寤**：覺悟，醒悟。**追求**：尋求介子推。

40 **介山**：綿山，介子推退隱之山。**封禁**：晉文公爲紀念介子推，對綿山環而封之，禁止人們樵采。

41 **大德**：大恩德，即割股療飢之恩。**優游**：形容大德的寬廣。

42 **久故**：故舊，多年舊交。**親身**：近身之人，即親近之人。

43 **縞素**：白色的喪服，此處指全身穿著白色的喪服。

44 **或**：有的人。**死節**：死於節義。

45 **訑謾**：音 ㄧˊ ㄇㄢˋ，欺詐。**不疑**：指君王不懷疑，反而重用。

46 **省察**：音 ㄒㄧㄥˇ ㄔㄚˊ，考查，察看。**按實**：核實。

47 **虛辭**：虛妄不實之言。

48 **澤**：汙垢。**雜糅**：混雜在一起。

49 **孰**：誰。**申旦**：天天。**別**：辨別。

50 **殀**：早死。

51 **下**：一本爲「不」。**戒**：戒備。

52 **諒**：猶言誠然。**聰**：聽覺。**蔽壅**：受蒙蔽。

53 **日**：一天比一天。**得**：得勢，得志。

54 **嫉賢**：嫉妒賢者。

55 **蕙若**：蕙草和杜若，均爲香草。

56 **佳冶**：美麗的人。

57 **嫫**：音 ㄇㄛˊ，嫫母；傳說中的奇醜之婦。**姣**：裝出姣媚的樣子。**自好**：自以爲美。

58 **西施**：春秋時越國著名的美女。

59 **讒妒**：指讒妒之醜婦。**入**：混入。**自代**：以自己的醜陋代替別人的美好。

60 **自行**：說明自己的行爲。

61 **不意**：出乎意外，想不到。

62 **見**：現。**日明**：一天天分明。

63 **列**：羅列。**宿**：音ㄒㄧㄡˋ，星宿。**錯**：通「措」。**錯置**：安放，排列的位置，指有一定的方位、度數。

64 **轡**：音ㄆㄟˋ，馬韁。**銜**：勒住馬口的鐵棍。**載**：連繫下文看，疑為「栽」字之誤。王逸釋此句曰：「不能制御，乘車將僕。」

65 **泭**：音ㄈㄨˊ，通「柎」，竹筏，木筏。**下流**：順流而下。

66 **楫**：船槳。**無舟楫而自備**：義同「無自備舟楫」。王逸釋此句曰：「身將沉沒而危殆也。」

67 **背**：背棄。**心治**：與法治對立，即不依照法令制度，只憑主觀意志來治理國家或辦事。

68 **辟**：同「譬」。**此**：指代上文中無轡車馬、無楫泛泭之事。

69 **寧**：寧肯。**溘**：音ㄎㄜˋ，忽然。**流亡**：隨流水而逝去。

70 **禍殃**：指亡國之禍。**有再**：再有。

71 **不畢辭**：沒說完話。**淵**：指汨羅江。**赴淵**：指投水自殺。

72 **壅君**：受蔽之君主。**識**：知。

一、寫作背景

〈惜往日〉文本曰：「臨沅湘之玄淵兮，遂自忍而沉流。卒沉身而絕名兮，惜壅君之不昭。」「不畢辭而赴淵兮，惜壅君之不識！」這些詩句明白無誤地告訴人們，此篇是屈原的絕命詞，寫於汨羅。南朝《續齊諧記》曰：「屈原五月五日投汨羅水。楚人哀之，至此日，以竹筒子貯米，投水以祭之。」❶其他資料也有類似記載，因此，屈原於農曆五月五日投江自沉這一點是眾所公認的。至於〈惜往日〉確切的寫作年代，也就是屈原的卒年，在沒有確鑿的資料之前，實在無法知道了。

二、層次分析

〈惜往日〉是屈原絕筆，抒寫了詩人臨終之前的遺憾，進一步表現了屈原眞誠、宏闊的愛國主義情懷，文詞質直，不加雕飾。全詩七十六句，分三個層次。

第一層次　自身遭遇（二十二句）

〈惜往日〉全詩有三個「惜」字，可以說，一個「惜」字，統領全篇。開篇這個「惜」字是痛惜先信後遷的遭遇。此層次可分兩個小層次。

（一）**往日曾信**（八句）

惜往日之曾信兮，受命詔以昭時。奉先功以照下兮，明法度之嫌疑。

---

❶〔清〕《欽定四庫全書．子部．小說家類三．續齊諧記》。

國富強而法立兮，屬貞臣而日娭。祕密事之載心兮，雖過失猶弗治。

在此層次中，詩人想起當年自己受到懷王信任，整飭時政，繼承先業。此處所寫與《史記》本傳所載相符。〈屈原列傳〉載曰：「屈原者，名平，楚之同姓也，為楚懷王左徒，博聞強志，明於治亂，嫻於辭令。入則與王圖議國事，以出號令；出則接遇賓客，應對諸侯。王甚任之。」❷屈原回憶當年自己治國理政的重點是確立法度（「明法度之嫌疑」、「國富強而法立」）。這一點和〈離騷〉精神相同，因為在〈離騷〉中屈子追求的「美政」，其中一個重要內容就是修明法度（「循繩墨而不頗」）。他曾經揭露昏君佞臣「固時俗之工巧兮，偭規矩而改錯；背繩墨以追曲兮，競周容以為度。」即是說，昏君佞臣背棄法度，更改綱領；違反正直，追求邪曲。政見與當權者相悖，這是屈子遭讒被逐的根本原因。

（二）遭讒被遷（十四句）

心純厖而不泄兮，遭讒人而嫉之。君含怒而待臣兮，不清澈其然否。
蔽晦君之聰明兮，虛惑誤又以欺。弗參驗以考實兮，遠遷臣而弗思。
信讒諛之溷濁兮，盛氣志而過之。
何貞臣之無罪兮，被離謗而見尤？慚光景之誠信兮，身幽隱而備之。

屈原一生兩次被逐，其原因是什麼？此層前十句講述被逐原因：自己敦厚正直，小人嫉妒進讒，君王盲目輕信。此與《史記》本傳所載完全吻合。後四句抒寫「頃襄王怒而遷之」之後自己的心情：不服，難過。「慚

❷〔漢〕司馬遷，《史記》（八）[M]，北京：中華書局，一九八二：二四八一。

光景之誠信兮，身幽隱而備之」這兩句，注釋種種，其實，如果看出「光景之誠信」乃形容詞後置句式，則全句意思就十分明白清楚。「光景之誠信」，即「誠信之光景」，可以直譯爲明亮的日光和月影。後四句是講：爲何忠臣無有罪辜，反遭誹謗受到遷逐，羞見麗日和明月，退居幽隱躲避一邊？詩人氣憤之情溢於言表。

第二層次　臨終遺憾（四十句）

（一）直言時政（十句）

臨沅湘之玄淵兮，遂自忍而沉流。
卒沉身而絕名兮，惜壅君之不昭。君無度而弗察兮，使芳草為藪幽。
焉舒情而抽信兮，恬死亡而不聊。獨彰壅而蔽隱兮，使貞臣而無由。

頭兩句過渡。屈子講，走近深淵時，豈能忍心一死了之？次四句講不忍的原因之一：「惜壅君之不昭」；末四句講原因之二：「使貞臣而無由」。「壅君」、「貞臣」等詞甚爲直露；蔣驥言之有理：「〈九章〉惟此篇詞最淺易，非徒垂死之言不加雕飾，亦欲庸君入目而易曉也。」

（二）借古諷今（三十句）

本層次實際還是臨終遺憾，但用的是借古諷今法，尤顯深沉、剴切。前十四句敘述史事，後十六句加以議論。

1. 敘事（十四句）

聞百里之為虜兮，伊尹烹於庖廚，呂望屠於朝歌兮，甯戚歌而飯牛。

不逢湯武與桓繆兮，世孰云而知之！

吳信讒而弗味兮，子胥死而後憂。介子忠而立枯兮，文君寤而追求。
封介山而為之禁兮，報大德之優游。思久故之親身兮，因縞素而哭之。

這十四句詩可分兩組：第一組六句，以百里、伊尹、呂望和寧戚四人爲例，說明賢臣得遇。「不逢湯武與桓繆兮，世孰云而知之！」這兩句，表面看是羨慕百里、伊尹等人遇到明君，實際是感嘆自己未遇明君，這就將矛頭直接指向了當時的「壅君」頃襄王。第二組八句，以子胥、介子兩人爲例，說明賢臣不遇，並警告國家將要「後憂」、「壅君」將要後悔。

2. 議論（十六句）

或忠信而死節兮，或訑謾而不疑。弗省察而按實兮，聽讒人之虛辭。
芳與澤其雜糅兮，孰申旦而別之？何芳草之蚤殀兮？微霜降而下戒。
諒聰不明而蔽壅兮，使讒諛而日得。

自前世之嫉賢兮，謂蕙若其不可佩。妒佳冶之芬芳兮，嫫母姣而自好。
雖有西施之美容兮，讒妒入以自代。

在上面敘事的基礎上，屈子議論，探求規律。前十句說：君昏，則小人得勢；後六句說：臣嫉，必美醜不分。這兩點，正是臨終遺憾的內涵。

第三層次　最後聲明（十四句）

前面兩個層次是詩人對即將走完的人生道路之回顧，本層次則是對沉江之舉的聲明。這十四句可分三個小層次，主次詳略十分清楚。

（一）略述己冤（四句）

願陳情以白行兮，得罪過之不意。情冤見之日明兮，如列宿之錯置。

對上面遭讒被遷之事作簡要總結。屈子此時對宦海浮沉已較冷靜，只講得罪不意，冤情日明，餘皆略而不言。也就是說，屈子此時對自己的遭際已經看得不是很重，他這時關注的重點已經是國家的前途和命運。

（二）繫心國事（八句）

乘騏驥而馳騁兮，無轡銜而自載；乘氾泭以下流兮，無舟楫而自備。背法度而心治兮，辟與此其無異。寧溘死而流亡兮，恐禍殃之有再。

這是聲明的重點。前四句以車船爲喻體，後四句點明本體：「無轡銜」、「無舟楫」喻「背法度而心治」，也就是〈離騷〉中說的「偭規矩」、「背繩墨」；而「自載」、「自備」則喻「禍殃之有再」。

應該指出：此處「禍殃」是國之「禍殃」，並非單純的個人「禍殃」。對個人禍殃，屈子早已「定心廣志，余何畏懼兮」（〈懷沙〉）；而對國之「禍殃」，詩人則「恐」之「有再」。如果說，在〈悲回風〉等篇章中，屈原更多的是憤慨自己遭受誣陷，感嘆不遇明君，即更多的是著眼個人的不幸，那麼，在生命的最後時刻，他已從個人的不幸上升到對國家命運的關注。本來，他在〈悲回風〉諸篇中也不僅僅是侷限於個人的榮辱得失，因爲他作爲曾經擔任過左徒等高級職位能夠左右朝政的政治家，個人的命運與國家的命運是息息相關的，如本詩開頭所寫：「惜往日之曾信兮，受命詔以昭時。奉先功以照下兮，明法度之嫌疑。國富強而法立兮，屬貞臣而日娭。」上一小層次談的就是個人禍殃，詩人語氣比較冷漠，僅僅說明「不意」和「日明」而已；此一小層次講到國之「禍殃」，詩人則感情激越，大聲疾呼。這個對比，更鮮明地表現出了一個偉大愛國者的闊大胸襟和崇高精神境界。

（三）抱憾赴淵（二句）

不畢辭而赴淵兮，惜壅君之不識！

此詩以「惜」字開篇，以「惜」字收尾。上面說明自己即使臨死，考慮的也主要是國家安危，並非區區一己之私，可惜君王一直不了解自己！古人標榜：「士爲知己者死」，即是說古人最大的遺憾自然也就是「不知己」。屈子正是帶著這個最大遺恨告別人世的。惜哉！惜哉！

此詩結尾直斥頃襄王爲「壅君」，忠諫之意分明。此詩確切無疑地向人們宣告，作者是要用自己的生命來向楚王做最後的勸諫。過去所有關於屈原自沉原因的種種說法，如：「殉國說」、「殉道說」、「殉楚文化說」、「政治悲劇說」、「潔身說」、「洩憤說」、「賜死說」、「暗殺說」乃至「殉情說」等等，在屈原作品文本面前，均可休矣！這種種謬論，硬把一個錚錚鐵骨的愛國者形象、一個忠心耿耿的賢臣節士，扭曲爲一個多面的甚至醜陋的文化符號，究竟是無知妄說，還是居心叵測？眞正熱愛屈原和楚辭的人士很應該將〈惜往日〉一詩好好普及、廣泛宣傳。

三、藝術特色分析

對於此篇的藝術特色，清人蔣驥評說中肯：「〈九章〉惟此篇詞最淺易，非徒垂死之言，不暇雕飾，亦欲庸君入目而易曉也。」❸以余所見，蔣氏所謂的「詞最淺易」，當是直截了當，一針見血。

如，過往詩篇，對君主的稱呼總是帶有敬意的，如：「靈修」、「哲人」、「美人」等等；而此篇中則直呼「壅君」。「壅」字在此篇中出現四次，兩次直呼「壅君」，另兩處爲：「獨彰壅而蔽隱兮」、「諒聰不明而蔽壅兮」，仔細分析，實際這兩處還是在稱呼楚王爲「壅君」。

再如，過往詩篇，對佞臣小人的稱呼，儘管也是貶義，但比較隱晦，直接的，如：「黨人」、「眾兆」、「眾口」，間接、或用比喻的，如：「燕雀」、「烏鵲」、「腥臊」、「薋」、「菉」、「葹」、「澤」等等。而此篇則直接稱其爲「讒人」或「讒」。「讒」字在屈原作品中共出現十二次，在〈離騷〉、〈天問〉、〈惜誦〉、〈哀郢〉中各出現一次，在〈卜居〉在出現兩次，而在此篇中就出現了六次，可見屈原臨死之際對佞臣小人深惡痛疾，已經不再給半點面子了。

還如，屈原一生的「美政」理想，用〈離騷〉中的兩句話說，就是「舉賢而授能兮，循繩墨而不頗」。屈賦其他極大多數篇章除用不少篇幅歷訴己冤之外，就是在談這兩點，而且談這兩點時一般都是從正面立論，或舉歷史事例，或委婉進諫。如前所析，〈惜往日〉中對己冤已看得很淡，只講得罪不意，冤情日明；但談及國家大事，他對舉賢授能已不抱任何幻想，尖銳地指出，當時楚王「諒聰不明而蔽壅兮，使讒諛而日得」，即是說，國內政治混亂，好壞不分，香臭不辨，原因就在國君昏庸；因此，舉賢授能已經根本不可能。對循法不頗，他舉了騎馬「無轡銜」、駕船「無舟楫」之後，又一針見血地指出：「背法度而心治兮，辟與此其無異。寧溘死而流亡兮，恐禍殃之有再。」如此直接，如此明白，在屈賦其他篇章中從未見過。

❸〔清〕蔣驥，《山帶閣注楚辭》[M]，上海：上海古籍出版社，一九八四：一三七。

其原因，又是蔣驥說得好：「〈惜往日〉其靈均絕筆歟？夫欲生悟其君不得，卒以死悟之。此世所謂孤注也。默默而死，不如其已，故大聲疾呼，直指讒臣蔽君之罪，深著背法敗亡之禍，危辭以撼之，庶幾無弗悟也。」[4]

---

[4]〔清〕蔣驥，《山帶閣注楚辭》[M]，上海：上海古籍出版社，一九八四：一三七。

九辯[1]

宋玉

悲哉秋之爲氣也，[2] 蕭瑟兮草木搖落而變衰。[3]
憭慄兮若在遠行，[4] 登山臨水兮送將歸。[5]
泬寥兮天高而氣清，[6] 寂寥兮收潦而水清。[7]
憯悽增欷兮薄寒之中人，[8] 愴怳懭悢兮去故而就新。[9]
坎廩兮貧士失職而志不平，[10] 廓落兮羈旅而無友生，[11]
惆悵兮而私自憐。[12]
燕翩翩其辭歸兮，[13] 蟬寂漠而無聲。[14]
雁廱廱而南遊兮，鶤雞啁哳而悲鳴。[15]
獨申旦而不寐兮，[16] 哀蟋蟀之宵征。[17]
時亹亹而過中兮，[18] 蹇淹留而無成。[19]
悲憂窮戚兮獨處廓，有美一人兮心不繹。[20]
去鄉離家兮徠遠客，[21] 超逍遙兮今焉薄？[22]

秋風蕭瑟眞可悲，樹葉紛飛草枯黃。
老友淒涼回家鄉，登高揮別我憂傷。
晴空萬里秋風涼，碧水沉寂路空曠。
寒風撲面淚水涼，老友失意往遠方。
寒士丟官心不平，我留異鄉也孤單，
失意悲哀自憂傷。
燕兒翩翩離北方，寒蟬斂翅無聲響。
雁鳴雍雍向南飛，鶤雞聲聲正悲傷。
通宵獨坐不能眠，凝視蟋蟀子夜行。
時光忽忽中年過，久留在外無所成。
困窮悲憂又孤獨，天地悠悠一人愁。
遠離家鄉來漂泊，前途渺茫向何方？

專思君兮不可化，君不知兮可奈何？[23]
蓄怨兮積思，心煩憺兮忘食事。[24]
願一見兮道余意，[25]君之心兮與余異。
車既駕兮朅而歸，不得見兮心傷悲。[26]
倚結軨兮長太息，[27]涕潺湲兮下霑軾。[28]
慷慨絕兮不得，[29]中瞀亂兮迷惑。[30]
私自憐兮何極，[31]心怦怦兮諒直。[32]

皇天平分四時兮，竊獨悲此凜秋。[33]
白露既下百草兮，[34]奄離披此梧楸。[35]
去白日之昭昭兮，[36]襲長夜之悠悠。[37]
離芳藹之方壯兮，[38]余萎約而悲愁。[39]

秋既先戒之以白露兮，冬又申之以嚴霜。[40]
收恢炱之孟夏兮，[41]然欿傺而沉藏。[42]
葉菸邑而無色兮，枝煩挐而交橫。[43]
顏淫溢而將罷兮，柯彷彿而萎黃。[44]
萷櫹槮之可哀兮，[45]形銷鑠而瘀傷。[46]
惟其紛糅而將落兮，[47]恨其失時而無當。[48]
攬騑轡而下節兮，[49]聊逍遙以相佯。[50]

思君情結永不變，君不知我又如何？
又是怨來又是憂，事不做來飯不想。
希望當面抒胸臆，又怕說話不投機。
車頭調來又轉去，不能見君心傷悲。
靠著車轅長嘆息，淚流不斷溼車板。
壯志未酬心矛盾，思緒煩亂好迷惑。
自我憐憫何時了，忠心耿耿誰知道。

一年之中分四季，秋天尤其使人悲。
白露一到百草萎，梧楸黃葉蕭蕭下。
昭昭白日剛送走，悠悠長夜怎挨過。
青春年華已消逝，困病交加堪悲愁。

秋天白露滿樹梢，寒冬嚴霜又將到。
盛夏繁陰已不見，勃勃生機皆已消。
葉子枯萎無色澤，枝杈雜亂相互交。
主幹伶仃無潤澤，樹皮乾澀又枯黃。
樹梢光禿向上聳，形體枯乾內有傷。
可嘆枝葉將萎落，遺憾繁盛已消亡。
拉住韁繩停下車，姑且優游來徘徊。

歲忽忽而遒盡兮，恐余壽之弗將。51
悼余生之不時兮，逢此世之俇攘。52

澹容與而獨倚兮，蟋蟀鳴此西堂。53
心怵惕而震盪兮，何所憂之多方？54
卬明月而太息兮，步列星而極明。55

竊悲夫蕙華之曾敷兮，56 紛旖旎乎都房。57
何曾華之無實兮，從風雨而飛颺？58
以爲君獨服此蕙兮，59 羌無以異於衆芳。60
閔奇思之不通兮，61 將去君而高翔。62

心閔憐之慘悽兮，願一見而有明。63
重無怨而生離兮，64 中結軫而增傷。65
豈不鬱陶而思君兮，66 君之門以九重。67
猛犬狺狺而迎吠兮，68 關梁閉而不通。69

皇天淫溢而秋霖兮，后土何時而得漧？70
塊獨守此無澤兮，仰浮雲而永歎。71

何時俗之工巧兮，72 背繩墨而改錯？73

歲月忽忽如水流，怕我壽命不久長。
一生未遇好時光，遭讒憂懼又悲傷。

內心惘然長獨立，蟋蟀伴我鳴西堂。
心情驚恐如沸湯，爲何憂慮多這樣？
仰望明月長嘆息，數著星星到天亮。

可悲蕙花曾開放，絢麗多姿在花房。
爲何開花不結果，風雨之中盡飄揚？
以爲君主偏愛蕙，哪知與衆沒兩樣。
自傷奇才不被用，打算離君去遠方。

內心憂傷眞淒涼，希望見君訴衷腸。
居然無罪被疏遠，愈想心裡愈悲傷。
哪裡不想見君王，君門深邃無希望。
狂犬狺狺對我吠，大門緊閉就不讓。

天上秋雨綿綿下，道途泥濘何時乾？
一人獨立草澤中，仰望浮雲長聲嘆。

爲何小人善取巧，背棄法度改措施？

卻騏驥而不乘兮，[74]策駑駘而取路？[75]
當世豈無騏驥兮，誠莫之能善御。[76]
見執轡者非其人兮，故駶跳而遠去。[77]

鳧雁皆唼夫粱藻兮，鳳愈飄翔而高舉。[78]
圜鑿而方枘兮，[79]吾固知其鉏鋙而難入。[80]
眾鳥皆有所登棲兮，鳳獨遑遑而無所集。[81]
願銜枚而無言兮，嘗被君之渥洽。[82]
太公九十乃顯榮兮，[83]誠未遇其匹合。[84]
謂騏驥兮安歸？謂鳳皇兮安棲？[85]
變古易俗兮世衰，[86]今之相者兮舉肥。[87]
騏驥伏匿而不見兮，[88]鳳皇高飛而不下。
鳥獸猶知懷德兮，何云賢士之不處？[89]
驥不驟進而求服兮，鳳亦不貪餧而妄食。[90]

君棄遠而不察兮，[91]雖願忠其焉得？[92]
欲寂寞而絕端兮，竊不敢忘初之厚德。[93]
獨悲愁其傷人兮，馮鬱鬱其安極！[94]

霜露慘悽而交下兮，心尚幸其弗濟；[95]
霰雪雰糅其增加兮，乃知遭命之將至。[96]

為何不用千里駒，卻鞭劣馬去上路？
當代豈無千里馬，只是無人來駕馭。
駕馭沒有好車手，駿馬紛紛都遠離。

野鴨覓食水草中，鳳凰奮翅飛高空。
圓形榫眼方榫頭，我心明知難插入。
眾鳥隨地都可歇，鳳凰盤旋無棲處。
很想閉口不說話，只是君恩很難忘。
姜尚九十才顯赫，此前未能遇知音。
騏驥哪裡可投奔？鳳凰何處能棲身？
變古易俗世道衰，今日用人只看錢。
騏驥隱藏不出現，鳳凰高飛去遠方。
鳥獸還知念恩德，為何賢人不願留？
騏驥不會求人用，鳳凰也不亂吃食。

君王棄賢不明察，我想效忠又怎樣？
眞想退隱斷思念，當年恩德不能忘。
前思後想使人愁，滿腔憤悶何時完！

嚴霜白露齊降下，原來希望能避免；
冰珠雪片正紛紛，方知厄運將臨頭。

願儌幸而有待兮，泊莽莽與野草同死。[97]
願自往而徑遊兮，路壅絕而不通。[98]
欲循道而平驅兮，又未知其所從。[99]
然中路而迷惑兮，自壓按而學誦。[100]
性愚陋以褊淺兮，[101]信未達乎從容。[102]
竊美申包胥之氣盛兮，[103]恐時世之不固。[104]
何時俗之工巧兮，滅規矩而改鑿？[105]
獨耿介而不隨兮，[106]願慕先聖之遺教。[107]
處濁世而顯榮兮，非余心之所樂。[108]
與其無義而有名兮，[109]寧窮處而守高。[110]
食不媮而爲飽兮，衣不苟而爲溫。[111]
竊慕詩人之遺風兮，[112]願託志乎素餐。[113]
蹇充倔而無端兮，[114]泊莽莽而無垠。[115]
無衣裘以禦冬兮，恐溘死不得見乎陽春。[116]
靚杪秋之遙夜兮，[117]心繚悷而有哀。[118]
春秋逴逴而日高兮，[119]然惆悵而自悲。[120]
四時遞來而卒歲兮，[121]陰陽不可與儷偕。[122]
白日晼晚其將入兮，明月銷鑠而減毀。[123]

先前幻想有僥倖，置身荒野才清醒。
眞想直接見君王，可惜路堵不通暢。
欲循常規去做人，不知何處是開端。
舉步猶豫多彷徨，靜下心來誦詩書。
本性愚陋見識淺，實在不能裝從容。
讚美愛國申包胥，可惜時代已不同。
爲何小人善取巧，丟掉規矩來胡鬧？
唯我正直不隨俗，效法先王遵遺教。
顯赫榮耀亂世中，即使富貴也不要。
與其無道有名位，不如窮困守節高。
食不苟且就算飽，衣不隨俗即是暖。
勤身修德學〈伐檀〉，不白食祿作好官。
飽受委屈無終極，天地悠悠在荒野。
無衣無裘禦寒冬，懷疑能否見春光。
暮秋靜夜長漫漫，內心哀痛欲斷腸。
歲月如水年已老，功名不立自哀傷。
一年四季相交替，寒來暑往難追尋。
年齡老大將入土，形容枯槁太憔悴。

歲忽忽而道盡兮，老冉冉而俞弛。124
心搖悅而日幸兮，125 然怊悵而無冀。126
中憯惻之悽愴兮，127 長太息而增欷。128
年洋洋以日往兮，129 老嵺廓而無處。130
事亹亹而覬進兮，131 蹇淹留而躊躇。132

何氾濫之浮雲兮，133 猋壅蔽此明月。134
忠昭昭而願見兮，135 然陰曀而莫建。136
願皓日之顯行兮，雲濛濛而蔽之。137
竊不自料而願忠兮，138 或黕點而汙之。139
堯舜之抗行兮，瞭冥冥而薄天。140
何險巇之嫉妒兮，被以不慈之僞名？141
彼日月之照明兮，142 尚黯黮而有瑕。143
何況一國之事兮，亦多端而膠加。144

被荷裯之晏晏兮，145 然潢洋而不可帶。146
既驕美而伐武兮，147 負左右之耿介。148
憎慍惀之修美兮，149 好夫人之慷慨。150
眾踥蹀而日進兮，151 美超遠而逾邁。152
農夫輟耕而容與兮，恐田野之蕪穢。153

歲月忽忽快完結，垂暮之人更懈怠。
激動喜悅天天盼，悲傷失意無指望。
心中悲痛好淒涼，緊鎖眉頭長哀傷。
歲月無盡天天過，無處託身心空虛。
國事多變欲效力，因而猶豫不忍去。

烏雲滾滾滿天空，飄來浮去遮明月。
忠心耿耿願表現，小人讒言來遮掩。
希望太陽當空照，層層烏雲卻遮蔽。
不自量力忠君王，小人汙辱又誹謗。
堯舜行爲很傑出，明明高尚薄雲天。
爲何小人要嫉妒，硬說他們不慈愛？
堯舜品行如日月，小人還說有汙點。
何況爲了國家事，千頭萬緒說不清。

君王荷衣很好看，可惜帶子繫不上。
自誇有德又威武，以爲近臣也正直。
於是厭惡忠貞士，偏愛小人巧言語。
群小鑽營地位高，賢臣被棄更疏遠。
賦稅太重農不耕，田地荒蕪無收成。

事綿綿而多私兮，154 竊悼後之危敗。155
世雷同而炫曜兮，156 何毀譽之昧昧。157
今修飾而窺鏡兮，158 後尚可以竄藏。159
願寄言夫流星兮，160 羌儵忽而難當。161
卒壅蔽此浮雲兮，下暗漠而無光。162
堯舜皆有所舉任兮，故高枕而自適。163
諒無怨於天下兮，心焉取此怵惕？164
乘騏驥之瀏瀏兮，165 馭安用夫彊策？166
諒城郭之不足恃兮，雖重介之何益。167
邅翼翼而無終兮，168 忳惽惽而愁約！169
生天地之若過兮，功不成而無效。170
願沉滯而不見兮，尚欲布名乎天下。171
然潢洋而不遇兮，172 直怐愗而自苦。173
莽洋洋而無極兮，174 忽翱翔之焉薄？175
國有驥而不知乘兮，176 焉皇皇而更索？177
甯戚謳於車下兮，桓公聞而知之。178
無伯樂之善相兮，179 今誰使乎訾之？180

營私舞弊事太多，擔心國家有危險。
群小互相來吹捧，好壞不分太黑暗。
如能整飭多分析，國家庶幾能自保。
想託流星帶個話，星飛太快難碰上。
浮雲一直遮太陽，社會黑暗無明光。
堯舜都能用賢人，高枕無憂治天下。
天下既已無人怨，內心哪還有畏懼？
堯舜善於用人才，哪裡還需搞懲罰？
高城堅牆不可靠，堅甲利兵也無用。
思前想後無結果，憂愁煩悶何時休！
人生天地如過隙，功業不就無成效。
既想退隱不出頭，又欲天下把名揚。
周圍空曠無知音，自尋煩惱太糊塗。
曠野茫茫無邊際，浮游四海到何處？
國有人才不知用，爲何還要去另找？
甯戚唱歌在車下，桓公聽後就用他。
沒有伯樂這樣人，誰能識得千里馬？

罔流涕以聊慮兮，[181] 惟著意而得之。[182]
紛純純之願忠兮，妒被離而彰之。[183]

失意悲愁細考慮，眞想用心得信任。
耿耿一心願忠君，小人嫉妒造障礙。

願賜不肖之軀而別離兮，[184] 放遊志乎雲中。[185]
乘精氣之摶摶兮，[186] 騖諸神之湛湛。[187]
驂白霓之習習兮，[188] 歷群靈之豐豐。[189]
左朱雀之茇茇兮，[190] 右蒼龍之躍躍。[191]
屬雷師之闐闐兮，[192] 通飛廉之衙衙。[193]
前輕輬之鏘鏘兮，[194] 後輜乘之從從。[195]
載雲旗之委蛇兮，[196] 扈屯騎之容容。[197]

但願放我回家鄉，逍遙自在人世外。
乘著日光和月光，追隨天上各路神。
白霓飛動在兩側，群星閃爍落後面。
左邊朱雀在飛舞，右方蒼龍正行走。
雷師車後鳴禮炮，飛廉隊前作嚮導。
前隊臥車音鏘鏘，後隊輜車聲從從。
車頭雲旗迎風揚，車後侍從緊相隨。

計專專之不可化兮，[198] 願遂推而爲臧。[199]
賴皇天之厚德兮，[200] 還及君之無恙。[201]

忠君之心絕不變，作個榜樣來推廣。
仰仗上天好品性，保佑君王無病殃。

【注釋】

1 〈九辯〉是宋玉創作的一首長篇政治抒情詩，詳細抒發因爲老友「失職」遠去而引起的自己心中起伏變化的感情，表現出封建士子通有的自鳴清高、懷才不遇思想。**九辯**：古曲名，宋玉只是借用而已，並非詩歌內容之概括。

2 **之**：助詞，湊足音節。**爲**：形成，造成。**氣**：氣氛，氣象。

3 **蕭瑟**：風吹草木的聲音。**搖落**：晃動，脫落。

4 **憭慄**：音ㄌㄧㄠˊ ㄌㄧˋ，悽愴的樣子。**若**：語助詞。**在遠行**：（友人）向遠方走去。

5 **登高臨水**：水在低處，歸客行遠，故此句為，登高揮手意。**送**：送別。**將歸**：將要回鄉的人。

6 **泬寥**：音ㄒㄩㄝˋ ㄌㄧㄠˊ，空曠貌。**天高氣清**：天高氣爽。**寂寥**：虛靜貌。

7 **寂寥**：同「宋寥」。**潦**：音ㄌㄠˇ，積蓄的雨水。

8 **憯**（ㄐㄧㄢˇ）**悽**：悲痛貌。憯同「慘」。**欷**：音ㄒㄧ，哭泣，嘆息。**薄寒**：即微寒。**之**：助詞，湊足音節。**中**：音ㄓㄨㄥˋ，侵襲。

9 **愴怳**：音ㄔㄨㄤˋ ㄏㄨㄤˇ，失意貌。**怳**：一本作「恍」。**懭悢**：音ㄎㄨㄤˇ ㄌㄧㄤˋ，不得志，與「愴怳」同義連用。**去**：離開。**故**：原來的地方，原來的職位。**就**：前往。**新**：被黜後的新地方。

10 **坎廩**：音ㄎㄢˇ ㄌㄧㄣˇ，困窮：不順。**失職**：丟官。**志**：心情。

11 **廓落**：空寂；孤獨。**羈**（ㄐㄧ）**旅**：長久滯留他鄉。羈，一作「羇」。**友生**：知心朋友。

12 **惆悵**：失意悲哀。**私自**：獨自。**憐**：憂傷。

13 **翩翩**（ㄆㄧㄢ）：鳥兒輕快飛舞貌。**辭歸**：燕子秋天辭北歸南。

14 **寂漠**：一作「宋漠」，此處指寂靜。

15 **廱廱**：雁鳴聲。**鶤雞**：鳥名。**啁**：音ㄓㄡ，尖聲。**哳**：音ㄓㄚˊ，小聲。**啁哳**：聲繁細貌，即急促尖細之聲。

16 **獨**：孤獨。**申旦**：直到天亮。**寐**：音ㄇㄟˋ，睡。

17 **宵**：夜。**征**：行。**蟋蟀宵征**：蟋蟀夜間爬行。

18 **時**：時光。**亹亹**（ㄨㄟˇ）：行進貌，引申為「忽忽」。**中**：指中年。

19 **蹇**：音ㄐㄧㄢˇ，楚地方言，發語詞。**淹留**：久留在外。

20 **戚**：通「蹙（ㄘㄨˋ）」，緊迫。**窮戚**：處境困窮。**廓**：空也，指空曠之處。**繹**：音ㄧˋ，通「懌」，喜悅。

21 **去**：離。**客**：用作動詞，作客。**遠客**：在遠方作客，即流浪漂泊。

22 **超**：遠也。**逍遙**：無著無落貌。**焉**：何處。**薄**：止。

23 **專**：專一。**君**：指楚王。**化**：改變。**奈何**：如何。

24 **煩**：煩惱。**憺**：音ㄉㄢˋ，憂慮。**食事**：吃飯和做事。

25 **願**：希望。**一見**：見一次（君王）。**道**：陳述。**意**：心情，想法。

26 **既**：已經。**駕**：指駕車。**朅**：音ㄑㄧㄝˋ，離開。**不得見**：不能見上君王。

27 **倚**：靠著。**軨**：音ㄌㄧㄥˊ，車上欄木。**長**：長聲。**太息**：嘆氣。

28 **涕**：眼淚。**潺湲**：音ㄔㄢˊ ㄩㄢˊ，此處指淚流不斷貌。**下**：往下，垂滴。**霑**：侵溼，淋溼。**軾**：車前供人伏靠的橫板。

29 **慷慨**：因理想不得實現而內心產生的不平靜的心情，即所謂「壯士不得志」（洪興祖）。**絕**：斷絕，絕交。**不得**：不能。

30 **中**：心中。**瞀**（ㄇㄠˋ）**亂**：煩亂。

31 **憐**：憐憫；惋惜。**極**：盡頭。

32 **怦怦**（ㄆㄥ）：心中不足貌，引申為遺憾。**諒**：誠信。**諒直**：忠誠正直。

33 **四時**：指一年四季。**竊**：謙指自己。**獨**：只有。**凜**：音ㄌㄧㄣˇ，寒冷。

34 **白露**：二十四節氣之一。《汲塚周書》云「周公辨二十四氣之應以順天時，作『時訓解』」，其實，二十四節氣是農業社會中人們長期觀察自然現象的經驗總結。白露，可以代指秋天。**下**：凋零，萎落，此處使動用法。

35 **奄**：音ㄧㄢˇ，忽也，遽也，即突然。**離披**：分散貌，指枯葉零落。**梧**（ㄨˊ）、**楸**（ㄑㄧㄡ）：均為落葉喬木。

36 **昭昭**：光明，明亮。**白日之昭昭**：形容詞後置式，即「昭昭白日」。

37 **襲**：入也。**悠悠**：無窮，猶言「漫漫」。**長夜之悠悠**：亦為形容詞後置式，即「悠悠長夜」。

38 **離**：離去，消失。**藹**：繁茂。**芳藹**：形容人之壯年。**方**：正當。**方壯**：正當壯年。

39 **萎**：草木枯乾。**約**：窮，困窮。**萎約**：形容人青春已過，身體開始萎縮。

40 **戒**：警戒，戒告。**申**：重也；加上。

41 **收**：收斂。**恢炱**：廣大而潤澤貌。**孟夏**：初夏。

42 **然**：乃，於是。**欿**：陷。**欿**：一本作「坎」。**傺**：止。沉藏，猶言消失。坎傺沉藏的主詞即「恢炱孟夏」。

43 **菸邑**：音ㄧㄢ ㄧˋ，傷懷，枯萎。**色**：色澤。**煩挐**（ㄖㄨˇ）：雜亂貌。

44 **顏**：容也，指樹幹的形貌。**淫溢**：積漸；逐漸。**罷**：音ㄆㄧˊ，通「疲」，疲乏，疲倦。**柯**：樹幹。**彷彿**：似乎，猶言模糊不清。

45 **萷**：音ㄕㄠ，光禿的樹梢。**櫹椮**：音ㄒㄧㄠ ㄙㄣ，形容樹梢光禿上聳的樣子。

46 **形**：形體。**銷鑠**（ㄕㄨㄛˋ）：耗損，削弱，此處指樹幹焦枯貌。**瘀**：音ㄩ，血液不流通。**瘀傷**：體內受傷。

47 **惟**：思也。**其**：指上述之樹。**紛糅**（ㄖㄡˇ）：敗葉枯枝相雜。**落**：朽落，隕落。

48 **恨**：遺憾。**失時**：失掉機會。**當**：遇合，際遇。**無當**：

未逢際遇。與「失時」同義連用。

49 **攬**：持，拉。**騑轡**：音ㄈㄟ ㄆㄟˋ，馬韁繩。**下節**：停車。

50 **聊**：姑且。**逍遙**：自由自在，不受拘束。**相佯**：漫遊，徘徊。

51 **歲**：年歲，歲月。**忽忽**：運行貌，即流逝。**遒**：音ㄑㄧㄡˊ，迫近。**遒盡**：將近流完。**壽**：壽命。**將**：長也。

52 **悼**：悲傷，哀痛。**不時**：沒有遇上好時光。**俇**（ㄨㄤˇ）**攘**：紛擾不安。

53 **澹**：指心情孤寂。**容與**：徐動貌，與激動相反。前人釋為「徐步」，似非。**澹容與**：指心情憫然。**倚**：立。**西堂**：西廂前堂。在古代，客人一般住西廂。

54 **怵**（ㄔㄨˋ）**惕**：驚懼。**震盪**：指內心動盪不寧。**所憂**：憂慮之事。**方**：端。

55 **仰**：一本作「卬」。**太息**：長聲嘆氣。**步**：推也，推算，計算。**極**：到。**明**：天亮。

56 **竊**：謙虛的說法，指自己。**夫**：助詞。**敷**：開放。

57 **紛**：眾多。**旖旎**：音ㄧˇ ㄋㄧˇ，繁盛貌。**乎**：於。**都**：大。**房**：指花房。

58 **曾**：音ㄘㄥˊ，通「層」，重疊。**華**：花。**曾華**：朵朵鮮花。**實**：結出果實。**從**：隨著。**飛颺**：飄散。

59 **君**：君王。**獨**：只，僅。**服**：佩戴。

60 **羌**：句首語氣詞。**以**：助詞。**尤以異**：沒有兩樣。

61 **閔**：自傷。**奇思**：出眾之思，出眾之才。**不通**：即不通於君，不能上通君王。

62 **去**：離開。**高翔**：遠走高飛。

63 **閔憐**：憂傷。**願**：希望。**一見**：見一次君王。**有明**：有以自明，即表明心跡。

64 **重**：深念。**無怨**：無埋怨之事，即無罪。**生離**：指放逐。

65 **中**：心中。**結軫**（ㄓㄣˇ）：鬱結痛苦。**增**：更加。**傷**：悲傷。

66 **豈**：哪裡。**鬱陶**（ㄊㄠˊ）：憂思蓄積。此處「憂思」指「思君」而不得。**君**：君王。

67 **九重**：九重大門，極言君門深似海，自己難以見君。

68 **狺狺**（ㄧㄣˊ）：狗叫聲。**迎**：對著人。**吠**：音ㄈㄟˋ，狗叫。

69 **關**：門。**梁**：橋。**關梁**：此處指君門。

70 **淫溢**：過度。**霖**：音ㄌㄧㄣˊ，大雨。**后土**：大地。**漧**，一作「乾」。

71 **塊**：獨居之貌。**無**：通「蕪」。**無澤**：荒蕪的水澤。**仰**：仰望。**永歎**：長嘆。

72 **時俗**：習俗。**工**：善於。**巧**：投機取巧。**工巧**：善於取巧。

73 **背**：違背，背棄。**繩墨**：本指木工打直線用的墨線墨斗，此處比喻法度、規矩。**錯**：通「措」，措施。

74 **卻**：迫使退卻，即拒絕。**騏驥**：駿馬，此處比喻賢士、人才。**乘**：指駕車。

75 **策**：馬鞭，此處用作動詞，鞭策。**駑駘**：音ㄋㄨˊ ㄊㄞˊ，劣馬，此處比喻小人、庸才。**取路**：趕路。

76 **當世**：當代，當今。**誠**：實在。**莫**：沒有人。**之**：助詞。**御**：駕馭。

77 **執轡者**：駕車的人。**非其人**：不是合適的人。**跼**（ㄐㄩˊ）**跳**：連蹦帶跳。**去**：離。

78 **鳧**：音ㄈㄨˊ，野鴨。**唼**：音ㄗㄚ，水鳥或魚類吃食。**粱**：穀米。**藻**：水草。**飄翔**、**高舉**：同義連用，指遠走高飛。

79 **圜鑿**（ㄗㄨㄛˋ）：圓形榫眼或插孔。**方枘**（ㄖㄨㄟˋ）：方形榫頭。

80 **固**：本來。**鉏鋙**：音ㄔㄨˊ ㄨˇ，不相配合。**入**：插入。

81 **登棲**：停留歇宿。**惶惶**（ㄏㄨㄤˊ）：匆忙不安。**集**：鳥停在樹上。

82 **銜枚**：嘴裡含塊木條。本為軍事術語，此處指閉口不言貌。**嘗**：曾經。**被**：蒙受。**渥洽**：音ㄨㄛˋ ㄑㄧㄚˋ，厚恩。

83 **太公**：即姜太公呂尚。**乃**：才。**顯榮**：顯赫榮耀。

84 **誠**：實在。**匹**：匹配。**合**：情投意合。**匹合**：指知音。

85 **安**：何處，哪裡。

86 **變古**：改變古道。**易俗**：更易常規。**世衰**：世道衰落。

87 **相者**：指相馬之人。**舉**：舉薦。**肥**：指肥馬。此句為比喻。

88 **伏匿**：隱藏。**見**：音ㄒㄧㄢˋ，出現。

89 **鳥**：指鳳凰。**獸**：指騏驥。**猶**：還。**懷德**：懷念有德者。**不處**：不留，指賢士外流不在朝廷。

90 **驟進**：急進，急於進用，義指主動。**服**：拉車。**貪餧**：貪吃。**妄食**：胡亂吃食。

91 **遠**：被疏遠之人，指詩人自己。**不察**：不明察，指不辨好壞善惡。

92 **雖**：即使。**忠**：效忠。**其**：語氣詞。**焉得**：怎麼能夠。

93 **寂寞**：自甘寂寞，指退隱。**絕**：斷。**端**：思緒。**竊**：謙指自己。**初**：當初。

94 **獨**：獨自。**其**：語氣詞。**傷人**：傷身子。**馮**（ㄆㄧㄥˊ）**鬱鬱**：憤懣愁悶貌。**安極**：哪有盡頭。

95 **慘悽**：指陰冷。**交**：一齊。**下**：降下。**幸**：希望。**弗濟**：不會成功。

96 **霰**：音ㄒㄧㄢˋ，小雪珠。**雰糅**（ㄖㄡˇ）：大雪紛紛揚揚貌。**命**：命運。

97 **待**：期待，等待。**泊**：停留。**莽莽**：野草無邊貌。

98 **自往**、**徑遊**：同義連用，即直接去謁見君王。**壅**：音ㄩㄥ，阻塞。**絕**：斷。

99 **循道**：循著大路，比喻遵循常規。**平**：平穩，穩當。**驅**：驅馳；前進。**所從**：開始的地方。

100 **然**：乃，於是。**中路**：走到路中間。**壓按**：克制，指靜下心來。**按**：一本作「桉」。**學誦**：指學習朗誦《詩經》。

101 **性**：本性。**褊**：音ㄅㄧㄢˇ，狹隘。**淺**：淺薄。

102 **信**：實在。**達**：達到，做到。**從容**：心情舒緩。

103 **美**：讚美。**申包胥**：春秋時楚國大夫，在郢都被吳兵攻占、昭王逃亡在外、國家行將滅亡之際，主動到秦國求救，在秦廷外哭了七天七夜，終於求得救兵，擊敗吳兵，迎回昭王。**氣盛**：愛國志氣旺盛。

104 **時世**；**時代**。**固**：當作「同」。

105 **滅**：丟掉。**鑿**：音ㄗㄨㄛˋ，穿孔，打眼。**改鑿**：胡亂打眼。

106 **獨**：只有；偏偏。**耿介**：稟性正直，不同流俗。**隨**：指隨從世俗。

107 **慕**：仰慕，引申爲效法、遵循。**先聖**：前代聖賢。**遺教**：流傳下來的教誨。

108 **濁世**：混濁黑暗的時代。**顯榮**：顯赫榮耀。**樂**：樂意，願意。

109 **義**：正義，道義。**名**：名位，即上句中的「顯榮」。

110 **寧**：寧可，寧肯。**窮處**：窮困的處境，或處於窮困之境。**守**：保守，保持。**高**：清高，高尚，指高節。

111 **婾**：苟且。**婾**：一本作「偷」。**爲**：是。**衣**：穿衣。**苟**：隨便；引申爲隨俗。

112 **詩人**：專指《詩經》作者。**遺風**：遺留下來的好風氣。

113 **託志**：寄託志向。**乎**：於。**素餐**：白吃飯。當指《詩經・魏風・伐檀》中的「彼君子兮，不素餐兮」一句，「素餐」當是「不素餐」之略文。

114 **蹇**：音ㄐㄧㄢˇ，句首語氣詞。**倔**：通「詘」（ㄑㄩ）；詘同「屈」，委屈。**充倔**：當指飽受委屈。**無端**：沒有盡頭。

115 **泊**：停留。**莽莽**：草木茂盛貌。**垠**：音ㄧㄣˊ，邊際，盡頭。

116 **溘**：音ㄎㄜˋ，突然。**陽春**：春光。

117 **靚**：一本作「靜」。**杪**：音ㄇㄧㄠˇ，末。**杪秋**：暮秋。**遙夜**：長夜。

118 **繚**：纏繞。**悷**：音ㄌㄧˋ，悲傷。**繚悷**：極度悲傷。

119 **春秋**：指年歲。**逴逴**（ㄔㄨㄛˋ）：遠而又遠，指歲月流逝太多。**日**：一天天。**高**：指年齡老，即俗稱「年事已高」。

120 **惆悵**：失意，傷感，此指因功名不立而感傷。

121 **四時**：一年四季。**遞來**：順次而來。**遞**：一本作「逓」。**卒歲**：過完一年。

122 **陰陽**：指陰晴寒暑之變化。**儷偕**：音ㄌㄧˋ ㄒㄧㄝˊ，一起，一同。

123 **晼**（ㄨㄢˇ）**晚**：黃昏。**入**：指日落。**銷鑠**（ㄕㄨㄛˋ）：虧缺。此處「白日」、「明月」均代指人。

124 **冉冉**（ㄖㄢˇ）：慢慢，漸漸。**弛**：音ㄔˊ，懈怠。

125 **搖悅**：時而激動，時而喜悅。日：名詞用作副詞，即「天天」。幸：希望，盼望。

126 **然**：然而，但是。**怊**（ㄔㄠ）**悵**：悲傷失意貌。**冀**：希望。

127 **中**：心中。**憯惻**：悲傷，悲痛。**憯**：一本作「慘」。**悽愴**（ㄔㄨㄤˋ）：淒涼。

128 **太息**：嘆息。**欷**：悲嘆聲。

129 **年**：歲月。**洋洋**：無窮無盡。**日**：天天。**往**：消逝。

130 **老**：年老。**嵺廓**：空曠，喻指心裡空虛。**嵺**：一本作「寥」。**無處**：沒有站腳之處。

131 **事**：當指國事。**亹亹**（ㄨㄟˇ）：行進貌，此處有發展變化之意。**覬**：音ㄐㄧˋ，希望。**進**：進用，進取，即爲國效力。

132 **蹇**：發語詞。**淹留**：滯留。**躊躇**：猶豫不決。

133 **氾濫**：本指大水橫流，此處形容滿天烏雲滾滾。

134 **猋**：音ㄅㄧㄠ，狗跑貌。此處形容烏雲眾多，飄浮迅速。**壅蔽**：遮蔽。明月、浮雲均爲比喻。

135 **昭昭**：明亮，猶言「耿耿」。**見**：音ㄒㄧㄢˋ，顯出，表現。

136 **然**：但是。**陰**：烏雲遮日。**陰**：一本作「霒」。**曀**：音ㄧˋ，陰風，陰暗。**莫**：不能。**達**：表達。**莫達**：不能上達於君王。

137 **皓日**：明亮的太陽。**顯行**：明顯運行，指太陽當空照。**濛濛**：迷濛。

138 **料**：揣度，估量，引申爲考慮。**料**：一本作「聊」。**不自料**：受詞前置句式，即「不料自」，沒有考慮自己。**忠**：效忠。

139 **或**：有的人。**黕**（ㄉㄢˇ）**點**：汙垢，作動詞用，即塗上汙垢，引申為誣衊、誹謗。汙：汙辱。

140 **抗**：高。**抗行**：高尚的行為。**瞭**：一本作「杳」，深遠。**冥冥**：深遠，高遠。**薄**：迫近。

141 **險巇**（ㄒㄧ）：險惡，此處指險惡之人。**被**：加上。**僞**：假的，捏造的。**僞名**：捏造的罪名。

142 **彼**：他們，指堯舜。**日月**：像太陽月亮一樣。**照明**：光明。

143 **尚**：還。**黯黮**：音ㄢˋ ㄊㄢˇ，昏暗。**瑕**：音ㄒㄧㄚˊ，缺點。

144 **多端**：很多頭緒。**膠加**：交錯紛亂，糾纏不清。

145 **被**：通「披」，穿。**裯**：音ㄔㄡˊ，短衣。**荷裯**：以荷葉為衣。**晏晏**：盛貌，指好看。

146 **然**：但。**潢**（ㄏㄨㄤˊ）洋：水深廣貌。**帶**：帶子，用作動詞，即繫上帶子。

147 **驕美**：自認為很美。**伐**：誇耀。**伐武**：自誇勇武。

148 **負**：恃也，倚仗。左右：近臣。**耿介**：光明正大，正直。

149 **憎**：憎惡。**慍惀**：音ㄩㄣˋ ㄌㄨㄣˊ，忠誠貌，此指忠貞之士。**修美**：美好，此指美好之人。

150 **好**：音ㄏㄠˋ，喜歡。**夫**：那些。**夫人**：那些奸臣小人。**慷慨**：言語激昂，引申為花言巧語。

151 **眾**：群小。**踥蹀**：音ㄑㄧㄝˋ ㄉㄧㄝˊ，奔競貌，引申為拚命鑽營。**日進**：（地位）一天天高升。

152 **美**：用作名詞，指君子，賢臣。**超遠**：疏遠，此指被疏遠。**逾邁**：愈來愈遠。

153 **輟**：音ㄔㄨㄛˋ，停止。**容與**：安閒貌，此指消極怠工。**蕪穢**：雜草叢生，一片荒蕪。

154 **事**：指國事。**綿綿**：長期。**多私**：指小人們營私舞弊。

155 **竊**：謙稱自己。**悼**：悲傷。**後**：通「后」，君王，代指國家。

156 **世**：世間，天下。**雷同**：指眾口一詞，相互呼應。**炫曜**：誇耀，指君臣互相吹捧。

157 **毀**：毀謗、誹謗。**譽**：稱讚。**昧昧**（ㄇㄟˋ）：昏暗。

158 **修**：整修。**飾**：通「飭」。**修飾**：整飭。**窺鏡**：照鏡子。指明察形勢。

159 **後**：君王，代指國家。**尚**：還。**竄藏**：潛藏，保藏，保存。

160 **寄言**：託人帶話。

161 **羌**：句首助詞。**倏忽**：速貌，指流星飛得太快。**當**：通「擋」，正面碰上。

162 **卒**：終於。**壅蔽**：遮蔽。**下**：天下，社會。**暗漠**：昏暗。

163 **舉**：選拔。**任**：任用。**高枕自適**：即高枕無憂。

164 **諒**：信實，確實。**無怨於天下**：即（堯舜）沒有被天下人怨恨。**焉**：哪裡。**怵**（ㄔㄨˋ）**惕**：恐懼。

165 **乘騏驥**：比喻用人才。**瀏瀏**（ㄌㄧㄡˊ）：如水之流，比喻順利、流暢。

166 **馭**：音ㄩˋ，駕馭。**安**：哪裡。**彊策**：強有力的鞭子，喻比高壓或懲罰。

167 **城郭**：裡外城牆。**恃**：音ㄕˋ，依靠。**介**：介冑。**重介**：指利甲堅兵。

168 **邅**：音ㄓㄢ，轉，迴旋。**翼翼**：謹慎貌。詩人翻來覆去、小心謹慎地分析，總結自己的仕途遭際。**無終**：沒有結果。

169 **忳**：音ㄊㄨㄣˊ，憂鬱；煩惱苦悶。**惛**：一本作「惛」。**惛**（ㄏㄨㄣ）：沉悶，煩悶。**約**：窮困。**忳**、**惛惛**、**愁約**：三詞近義連用，表示憂愁煩悶，沒完沒了。

170 **過**：經過，省略受詞「隙」。**功**：功業。**效**：成效。

171 **沉滯**：指退隱。**見**：音ㄒㄧㄢˋ，顯現。**布名**：揚名。

172 **潢洋**：大水茫茫貌。**不遇**：沒有遇上。省略受詞「知音」、「知己」。

173 **直**：只。**怐愗**：音ㄎㄡˋ ㄇㄡˋ，愚昧，糊裡糊塗。**自苦**：自尋煩惱。

---

174 **莽洋洋**：荒野遼遠貌。**無極**：無邊際。

175 **忽**：通「惚」，恍恍惚惚。**翱翔**：鳥迴旋飛翔貌。**焉**：哪裡。**薄**：止，到。

176 **驥**：比喻人才。**乘**：指任用。

177 **焉**：爲什麼。**皇皇**：通「遑遑」，匆忙貌。**更**：另外。**索**：尋覓。

178 **甯戚**：春秋時一賢士。**謳**：唱歌。**謳於車下**：甯戚開始不爲人知，只好經商，一天齊桓公夜間外出，甯戚望見，在車下一邊餵牛，一邊唱歌，表達胸中之情。**桓公**：齊桓公，齊國國君，春秋五霸之一。他聽到甯戚的歌聲後，知道這是位人才，便收留他，重用他。

179 **伯樂**：春秋時善於相馬者。**之**：這樣，這類。**相**：審察，審視。

180 **訾**：稱譽，引申爲識別。**之**：指千里馬或人才。

181 **罔**：通「惘」失意貌。**涕**：眼淚。**聊**：姑且。

182 **惟**：思想。**著意**：用心。**得之**：得到君王信任或青睞。

183 **紛**：多貌。**純純**：通「忳忳」，誠摯貌，專一貌。**妒**：嫉妒。**被離**：四面散開，形容小人眾多。

184 **不肖**：不賢。**不肖之軀**：謙指自己。**別離**：離開朝廷。

185 **放**：隨意，自在。**遊**：遊蕩。**志**：意，心思。**雲中**：指人世仕途之外。

186 **精氣**：日月（從朱熹說）。**摶**：音ㄊㄨㄢˊ，圓。**精氣之摶摶**：形容詞後置句式，即圓圓的太陽和月亮。

187 **鶩**：音ㄨˋ，追逐，追隨。**湛湛**（ㄓㄢˋ）：厚集貌，即眾多貌。**諸神之湛湛**：形容詞後置句式，即「湛湛諸神」。

188 **驂**：音ㄘㄢ，邊馬。**驂白霓**：以白霓爲邊馬。**習習**：飛動貌。**白霓之習習**：形容詞後置句式，即「習習白霓」。

189 **歷**：經過。**群靈**：群星之神。**豐豐**：眾多。**群靈之豐豐**：形容詞後置句式，即「豐豐群靈」。

190 **朱雀**：星座名，由井、鬼、柳、星、張、翼、軫七宿組成鳥象。**茇茇**（ㄅㄟˋ）：翩翩飛翔貌。

191 **蒼龍**：星座名，由東方七宿組成。**躣躣**（ㄑㄩˊ）：行走貌。

192 **屬**：音ㄓㄨˇ，連也，引申爲跟隨。**雷師**：神話中司雷之神。**闐闐**（ㄊㄧㄢˊ）：象聲詞，鼓聲。

193 **通**：一作「道」，開道。**飛廉**：神話中之風神。**衙衙**（ㄩˊ ㄩˊ）：行走貌。

194 **輕**：一本作「輊」。**輬**：音ㄌㄧㄤˊ，古代一種臥車。**輕輬**：輕便的臥車。**鏘鏘**（ㄑㄧㄤ）：車行聲。

195 **輜乘**：音ㄗ ㄕㄥˋ，輜重車。**從從**（ㄘㄨㄥˊ）：象聲詞，車鈴聲。

196 **雲旗**：以雲爲旗。**委蛇**（ㄧˊ）：彎曲，延長，此指旌旗迎風飄揚貌。

197 **扈**：音ㄏㄨˋ，隨從，意動用法。**屯**：音ㄊㄨㄣˊ，聚集。**騎**：音ㄐㄧˋ，車騎。**容容**：隨眾上下，此有緊緊跟隨之意。

198 **計**：考慮，打算，此指忠君之心。**專專**：專一。**化**：變，變化。

199 **遂**：就；竟。**推**：推廣。**臧**：音ㄗㄤ，善。

200 **賴**：依賴，仰仗。**皇天**：對天之尊稱。**厚德**：美好的品德。

201 **及**：推及，引申爲保佑。**君**：指楚王。**恙**：音ㄧㄤˋ，疾病，可引申爲憂慮、災禍。

一、寫作背景

《史記・屈原列傳》載曰：「屈原既死之後，楚有宋玉、唐勒、景差之徒者，皆好辭而以賦見稱；然皆祖屈原之從容辭令，終莫敢直諫。」❶又，據劉向《新序・雜事第五》記載：「宋玉事楚襄王而不見察，意氣不得，形於顏色。」❷由此可知，宋玉曾經在頃襄王朝做過官。他本身不得志，一天，他的一個朋友被免官回鄉，宋玉前往送別，感慨萬端，寫下此詩。

二、層次分析

〈九辯〉層次，宋代之前，眾說紛紜。

洪興祖的分法，就同歷史上的一些分法不同，而且，從他的注中可以發現，在他之前，各個本子的分法也有差異。如他認爲，從「竊美申包胥之氣盛兮」至「恐溘死不得見乎陽春」爲一層，他在此層後注曰：「一本自『霜露慘淒而交下』至此爲一章。」而在「蹇淹留而躊躇」句又注曰：「舊本自『霜露慘悽而交下兮』至此爲一章。」在「妒被離而彰之」句下，洪氏又注曰：「舊本自『何氾濫之浮雲兮』至此爲一章。」❸

朱熹更以教師爺的口氣，否定歷史上的各種分法。他在首段後寫道：

> 章既無名，舊本連寫，或分或合，易致差誤，今既釐正，因各標章以別之。

❶〔漢〕司馬遷，《史記》（八）[M]，北京：中華書局，一九八二：二四九一。

❷盧元駿，《新序今注今譯》[M]，天津：天津古籍出版社，一九八七：一八六。

❸〔宋〕洪興祖，《楚辭補注》[M]，北京：中華書局，一九八三：一九二、一九三、一九六。

在「無衣裘以禦冬兮，恐溘死而不得見乎陽春」句下，他寫道：

> 舊本此章誤分「竊美申包胥」以下為別章，……既斷語脈，又不協韻，又使章數增減不定，今皆正之。

在「卒壅蔽此浮雲兮，下暗淡而無光」句下，他寫道：

> 此章首尾，專言「壅蔽」之禍，而舊本誤分「荷裯」以下為別章，今正之。

全詩最後，他將「堯舜皆有所舉任兮，故高枕而自適」至末尾斷爲一層次，並寫道：

> ……舊本誤分「賜不肖之軀」以下為別章，則前段無尾，後段無首，而不成文矣，今正之。❹

根據以上資料可以知道：宋代以前，〈九辯〉研究，或不注意層次劃分，或者層次比較混亂；而朱熹，是第一個爲〈九辯〉「各標章次」以明確層次的人。

有宋以來，學者們對〈九辯〉層次的剖析，基本上未能脫離朱熹的框子。一九八五年湖北人民出版社的《楚辭研究集成·楚辭注釋》可爲代表。此書〈九辯〉一詩的層次分法，照搬朱熹的成果，若說有所進步，那就是給前八個段落（朱熹曰「章」）分別加上了比較簡明的段意，不像朱老夫子那麼朦朧。第九個段落沒有概括出段意，不知何意。可以說，宋代以後，漫長的八百多年來，學術界對於〈九辯〉層次的研究基本處於停滯

---

❹〔宋〕朱熹，《楚辭集注》[M]，上海：上海古籍出版社，一九七九：一九六、二一〇、二一六、二三一。

狀態。

縱觀前人對〈九辯〉層次的分法，其是否準確，可以討論，但都有一個毛病，即未能從整體的角度來觀照各個層次，彷佛此詩是由若干沒有內在連繫的各個部分湊合而成。已故劉永濟先生明白寫道：「此篇似非一氣作成者，其每一章可作一篇看而不稱節」「……益信〈九辯〉各章，實每章自成一篇，與《離騷》不同。」❺即以「集成」本觀之，前八段之「段意」過錄如下：

1. 因秋興悲。
2. 具體敘述自己的遭遇。
3. 申言悲秋。
4. 申言事君不合。
5. 結合自己遭遇，慨嘆於賢才遇合之難。
6. 有感於楚國國運的阽危、自己處境的窮困。
7. 歎時光之流逝，悲事業之無成。
8. 痛斥讒人蔽君，敗壞國事。❻

此八個「段意」本身歸納是否準確，姑且不論，但試問，以上各段之間有何連繫？有何區別？全篇又如何結構？如此等等，恐怕「注釋」作者沒有說清，至少現在，八個「段意」本身還未能回答這些問題。

文學創作，當然以形象思維爲主，但也必然輔之以抽象思維。如高爾基所說：「藝術家應該努力使自己的想像力和邏輯、直覺、理性的力量平衡起來。」❼而文學欣賞過程中，也必須有理性認識，即必須從對作品

❺劉永濟，《屈賦音注詳解》[M]，上海：上海古籍出版社，一九八三：五八、六七。
❻馬茂元，《楚辭注釋》[M]，武漢：湖北人民出版社，一九八五：五八二~六一五。
❼〔俄〕高爾基，《文學論文選》[M]，北京：人民文學出版社，一九五八：三一三。

形象的感知中抽象出理性的結論，從而把握作家創作時的邏輯和理性思維。文學批評是一種科學活動。文學批評要想正確把握自己的對象，更必須將分散的、片斷的、表面的感性印象加以集中歸納，找出各部分印象之間的內在連繫，獲得由局部到整體，由整體到局部的理性認識，如果只是停留在作品各個部分的孤立掃描上，那麼，就恐怕很難準確地判斷出作品的思想藝術價值。因此，正確分析〈九辯〉層次，找出各大小層次之間內在的有機的連繫，是當前〈九辯〉研究必須解決的課題。絕不能讓存在兩千多年的朦朧狀態再延續下去了！

〈九辯〉是一首政治抒情詩，悲愁是其基調，「專思君兮不可化，君不知兮可奈何」兩句為全篇詩眼。此詩感情螺旋式上升，層層遞進深化，儘管情重於理，但思維軌跡依然清晰。

〈九辯〉全詩二百五十五句，由送別—處境—原因—心態—幻想這幾部分組成，而且層層遞進，構思縝密，決非什麼「章自成篇」，隨意湊成！具體說明如下：

第一層次　送別（十一句）

〈九辯〉開頭為讀者描寫的一個送別的場面，是抒情主人翁（宋玉）送別「失職」、「將歸」的老友。

悲哉秋之為氣也，蕭瑟兮草木搖落而變衰。
憭慄兮若在遠行，登山臨水兮送將歸。
泬寥兮天高而氣清，寂寥兮收潦而水清。
憯悽增欷兮薄寒之中人，愴怳懭悢兮去故而就新。
坎廩兮貧士失職而志不平，
廓落兮羈旅而無友生，惆悵兮而私自憐。

這十一句可分爲三個層次。前兩小層均用情景交融之法寫送別場景，而各有側重。第一小層，頭兩句寫：秋風蕭瑟眞可悲，樹葉紛飛草枯黃。此從草木著眼寫秋景。第三句與第四句，一講「遠行」，一講「送將歸」，主詞顯然不同。「憭慄兮若在遠行」是指友人淒淒涼涼向遠方走去。「登山臨水兮送將歸」是指詩人在送友人回鄉。第二小層，第五、第六兩句寫：晴空萬裡秋風涼，碧水沉寂路空曠。這兩句從天地落墨寫秋景。下兩句「憯悽增欷」、「愴怳懭悢」皆在寫「去故就新」之人，即抒情主人公的友人。第三小層，最後三句，過渡，承上啓下。老友「遠行」的原因是「失職」，故「坎廩兮貧士失職而志不平」乃照應「憭慄兮若在遠行」。詩人當時並未「失職」，「登山臨水兮送將歸」之後也就必然會產生「廓落兮羈旅而無友生」的孤單之感以及同病相憐的「惆悵」之情。

一些研究者以爲，「坎廩兮貧士失職而志不平」一句，是「作者自敘生平的句子」❽。或云「從這句結合下文來看，宋玉當時是受到別人讒毀而失去官職，因家境貧困，不得不飄泊到遠方去謀生。」❾這個看法，與〈九辯〉全篇內容不合，因爲從「登山臨水兮送將歸」，「去鄉離家兮徠遠客」，「以爲君獨服此蕙兮，羌無以異於眾芳。閔奇思之不通兮，將去君而高翔」，「願賜不肖之軀而別離兮」等詩句看，詩人此時尙未「失職」回鄉。郭沫若生前對此有中肯之見：「宋玉在做〈九辯〉的當時依然在做官，只是官做得不夠大，他在發牢騷」；「宋玉並不貧」，只是「神經過敏」而已。❿

這十一句，爲全詩奠定了「悲愁」的基調，從內容角度看，可以說是找到了一個最好的切入點，因爲老友「失職」遠去，詩人登高送行，兔死狐悲，自然「惆悵」、「自憐」。他「惆悵」、「自憐」什麼呢？立即引起下文內容，故下文方是全詩主體。

---

❽《楚辭鑑賞集》[M]，北京：人民文學出版社，一九八八：一三七。

❾馬茂元，《楚辭注釋》[M]，武漢：湖北人民出版社，一九八五：五八〇。

❿郭沫若，《關於宋玉》[J]，新建設，一九五五：二。

王逸、洪興祖、朱熹等古人及當代一般研究者均將其後八句劃歸上層。今反覆玩味，那八句詩的內容與下文似更緊密，劃歸下面層次才是更合理的。

第二大層次　主體（二百二十六句）

此層次為全詩主體，詳細地抒發因老友「失職」遠去而引起的內心感情波瀾：處境困窮—剖析原因—表明心態。三層內容，遞進深化。

（一）處境困窮（五十八句）

這五十八句，兩個層次，兩個角度。

1. 久留在外，事業無成（二十六句）

詩人「去鄉離家」久留在外而事業無成，故夜不能寐，晝忘進食。此二十六句可分兩個小層次：

(1)夜不能寐（八句）

> 燕翩翩其辭歸兮，蟬寂漠而無聲。雁廱廱而南遊兮，鵾雞啁哳而悲鳴。
> 獨申旦而不寐兮，哀蟋蟀之宵征。時亹亹而過中兮，蹇淹留而無成。

此層前四句寫景，後四句抒情。這八句詩的寫法對後人影響甚大，阮藉〈詠懷詩〉（八十二首）首篇似乎濫殤於此。阮詩寫道：

> 夜中不能寐，起坐彈鳴琴。薄帷鑑明月，清風吹我襟。
> 孤鴻號外野，翔鳥鳴北林。徘徊將何見？憂思獨傷心。

〈九辯〉那八句與阮籍此八句相比，內容並不相同，一個想做官，一個要出世；另外阮籍所處政治環境險惡，發言玄遠，隱晦曲折，而〈九辯〉則直言陳情，胸襟坦露；但是在表現手法和題材選擇上，可謂異曲同工，繼承發展之軌跡十分明顯。

(2) 晝忘進食（十八句）

悲憂窮戚兮獨處廓，有美一人兮心不繹。
去鄉離家兮徠遠客，超逍遙兮今焉薄？
專思君兮不可化，君不知兮可奈何？
蓄怨兮積思，心煩憺兮忘食事。願一見兮道余意，君之心兮與余異。
車既駕兮朅而歸，不得見兮心傷悲。倚結軨兮長太息，涕潺湲兮下霑軾。
慷慨絕兮不得，中瞀亂兮迷惑。私自憐兮何極，心怦怦兮諒直。

此層以賦為主。前六句具體詮釋「蹇淹留而無成」。「淹留」者，「去鄉離家兮徠遠客，超逍遙兮今焉薄？」「無成」者，「專思君兮不可化，君不知兮可奈何？」這兩句乃全篇「詩眼」。後十二句敘事、議論、抒情糅為一體，因為事業「無成」，故終日煩憺忘食，行車涕淚橫流。

2. 人到中年，壯志未酬（三十二句）

上層從久留在外角度著筆，此層從人到中年角度落墨。此三十二句可分成三個小層次：獨悲凜秋，以樹喻人，晝夜太息。

(1)**獨悲凜秋**（八句）

皇天平分四時兮，竊獨悲此凜秋。白露既下百草兮，奄離披此梧楸。
去白日之昭昭兮，襲長夜之悠悠。離芳藹之方壯兮，余萎約而悲愁。

這裡，用自然界的秋天暗示人生的秋天。人到中年，壯志未酬，詩人自然要日夜悲愁。

(2)**以樹喻人**（十二句）

秋既先戒以白露兮，冬又申之以嚴霜。收恢炱之孟夏兮，然欿傺而沉藏。
葉菸邑而無色兮，枝煩挐而交橫。顏淫溢而將罷兮，柯彷彿而萎黃。
萷櫹槮之可哀兮，形銷鑠而瘀傷。惟其紛糅而將落兮，恨其失時而無當。

這寫的是樹，實際是寫人，寫詩人自己。瞧，秋天的樹，葉子枯萎，支杈雜亂，主幹伶仃，樹皮乾澀，樹梢光禿……而這難道不正是詩人面色憔悴、形容枯槁的形象折射嗎？

(3)**晝夜太息**（十二句）

這十二句是對上面「去白日之昭昭兮，襲長夜之悠悠」的解說。

白日相伴，詩人——

攬騑轡而下節兮，聊逍遙以相佯。歲忽忽而遒盡兮，恐余壽之弗將。
悼余生之不時兮，逢此世之俇攘。

長夜難熬，詩人——

> 澹容與而獨倚兮，蟋蟀鳴此西堂。心怵惕而震盪兮，何所憂之多方？
> 仰明月而太息兮，步列星而極明。

那麼，詩人爲什麼如此悲傷、晝夜太息呢？原因是前層所述「離芳藹之方壯兮，余萎約而悲愁」（青春年華已消逝，人到中年堪悲愁）。前呼後應，此三十二句確是一個有機的單元。

以上五十八句是抒發詩人登高臨水送友遠離時產生的兔死狐悲之情。造成自己這種困窮處境的原因是什麼呢？詩歌內容繼續展開。

（二）剖析原因（五十四句）

詩人認爲自己久留在外、人到中年而事業「無成」的原因有兩個，一爲奸臣擋道，「關梁閉而不通」；一爲君王昏庸，「君棄遠而不察」。

1.「關梁閉而不通」（二十句）

此二十句又分爲三小層意思。

(1) 以蕙自喻（八句）

> 竊悲夫蕙華之曾敷兮，紛旖旎乎都房。何曾華之無實兮，從風雨而飛颺？
> 以為君獨服此蕙兮，羌無以異於眾芳。閔奇思之不通兮，將去君而高翔。

這八句是上邊「處境」一層意思的延續、深化。前四句提出問題，第五、六兩句加以解答。所謂「蕙華無實」，所謂「事業無成」，原來就是君王未能對自己另眼相看、格外照顧，只是把自己混同於一般的小吏：「以爲君獨服此蕙兮，羌無以異於眾芳。」自鳴清高，未得重用，自然要「閔奇思之不通兮，將去君之高翔。」（自傷奇才不被用，眞想離君高飛去。）不過，這是氣話，「將去君」不等於「定去君」，實際上是「不去君」，所以要探究「蕙華無實」的原委。

(2) 猛犬迎吠（八句）

心閔憐之慘悽兮，願一見而有明。重無怨而生離兮，中結軫而增傷。
豈不鬱陶而思君兮，君之門以九重。猛犬狺狺而迎吠兮，關梁閉而不通。

「猛犬」就是小人，就是奸臣。「狺狺迎吠」就是誣陷誹謗，惡意中傷，故而造成「君之門以九重」、「關梁閉而不通」、無法「一見」君王而「有明」的處境。詩人氣憤、憂傷，情鬱於中，必形於言。

(3) 獨守永嘆（四句）

皇天淫溢而秋霖兮，后土何時而得漧？塊獨守此無澤兮，仰浮雲而永歎。

秋雨綿綿，道途泥濘，獨立荒草，烏雲蔽日。這些均爲比喻，含蓄道出自己所處的困境；而「永歎」，是詩人對於自我形象的一筆勾勒。

2.「君棄遠而不察」（三十四句）

奸臣中傷、擋道，是自己「蕙華無實」的一個原因，但並非唯一原因，更非主要原因。詩人的頭腦很清醒，他知道，另一個原因，或者說是更重要的原因，是君王昏庸、「不察」。此三十四句分三小層。

(1) **怨君不察**（八句）

這個小層次裡包含兩個意思，兩反兩正，點出段旨。兩反是：

何時俗之工巧兮，背繩墨而改錯？卻騏驥而不乘兮，策駑駘而取路？

譯文是：爲何小人能取巧，背棄法度改措施？爲何不用千里駒，騎著劣馬去趕路？這兩個疑問的答案，都是在說君王不察。以下是兩個正面解答：

當世豈無騏驥兮，誠莫之能善御。見執轡者非其人兮，故駶跳而遠去。

譯文是：當代豈無千里駒，只是無人來駕馭！駕車沒有好車手，騏驥紛紛都離去！詩人對君王「蓄怨」的一面，這裡第一次得到明確的表現。面對如此「不察」之君，詩人怎麼辦呢？

(2) **賢士遠去**（二十句）

鳧雁皆唼夫粱藻兮，鳳愈飄翔而高舉。圜鑿而方枘兮，吾固知其鉏鋙而難入。
眾鳥皆有所登棲兮，鳳獨惶惶而無所集。願銜枚而無言兮，嘗被君之渥洽。
太公九十乃顯榮兮，誠未遇其匹合。謂騏驥兮安歸？謂鳳皇兮安棲？
變古易俗兮世衰，今之相者兮舉肥。騏驥伏匿而不見兮，鳳皇高飛而不下。
鳥獸猶知懷德兮，何云賢士之不處？驥不驟進而求服兮，鳳亦不貪餧而妄食。

此層比興與直陳相結合。「鳧雁」、「鳥獸」、「鳳凰」、「騏驥」等顯然都是比喻，別有所託；「太公」、「賢士」爲直陳。表達上，「鳳鳥」爲中心，「鳧雁」、「眾鳥」爲反襯，「騏驥」、「太公」爲烘托。另外「圓鑿方枘」、「相者舉肥」與「賢士不處」、「太公未遇」分別從正反兩面申述「高飛」之原因。以上兩小層，從表面上看是申述自己欲「高舉」、「高飛」的原因，實際是發牢騷，詩人的情愫遠非如此簡單。

(3) 願忠焉得（六句）

君棄遠而不察兮，雖願忠其焉得？欲寂寞而絕端兮，竊不敢忘初之厚德。
獨悲愁其傷人兮，馮鬱鬱其安極！

譯文是：國君棄我不明察，我想效忠不可能。眞想一刀斷思念，當年恩德不敢忘。前思後想使人愁，滿腔悲憤何時完。此層足以說明：「高飛」仍是氣話。「專思君兮不可化」是詩人追求的人生目標，他只是抱怨「君不知」、「君不察」而已，哪會眞的「去君」而「高飛」？這就觸發了他更加複雜纏綿的心態。

（三）表明心態（一百一十四句）

詩人「無成」之原因已經十分清楚，而「去君」、「高飛」又僅僅是氣話，絕不會眞的實行，那麼就必然會造成守高—矛盾—譴責—痛苦這種種回環複雜的感情漩渦。

1. **守高——「寧窮處而守高」**（三十二句）

(1) 遭命將至（六句）

霜露慘悽而交下兮，心尚幸其弗濟；霰雪雰糅其增加兮，乃知遭命之將至。
願徼幸而有待兮，泊莽莽與野草同死。

譯文是：白霜珠露齊降下，本望它們早消失；雪珠雪片紛紛揚，方知厄運將臨頭。先前幻想有僥倖，置身荒野才絕望。由於前面所說的原因，詩人不被重用已成事實，而且，還將遭到更大冷落。對此遭際，他頭腦中十分清醒。怎麼辦呢？

(2)未達從容（八句）

願自往而徑遊兮，路壅絕而不通。欲循道而平驅兮，又未知其所從。
然中路而迷惑兮，自壓按而學誦。性愚陋以褊淺兮，信未達乎從容。

這八句寫內心的三組矛盾：(1)想見君王直接陳情，但是小人阻隔道路不通；(2)打算從此隨波逐流，但是舉步猶豫不知如何開頭；(3)企圖強壓心志埋頭讀書，但是本性不改很難從容。矛盾種種，無法處理，出路只有一條。

(3)窮處守高（十八句）

竊美申包胥之氣盛兮，恐時世之不固。何時俗之工巧兮，滅規矩而改鑿？
獨耿介而不隨兮，願慕先聖之遺教。處濁世而顯榮兮，非余心之所樂。
與其無義而有名兮，寧窮處而守高。
食不媮而為飽兮，衣不苟而為溫。竊慕詩人之遺風兮，願託志乎素餐。
蹇充倔而無端兮，泊莽莽而無垠。無衣裘以御冬兮，恐溘死不得見乎陽春。

詩人認爲，企圖像申包胥那樣主動效忠，可惜時代已經不同；企圖像小人們那樣投機取巧，可自己又認爲那是胡鬧。因此，他決定遵從先聖遺教，守法正直，不能「濁世顯榮」，寧願「窮處守高」。雖然「高」，但畢竟「窮」，食不飽，衣不溫。竊慕「遺風」，託志「素餐」云云，是唱高調，實際上，他心裡充滿委屈（「蹇充倔而無端」），又悲觀失望（「恐溘死不得見乎陽春」）。這就必然引起他內心更大的矛盾、憂傷。

2. 矛盾——「心繚悷而有哀」（十八句）

(1) 暮年將至（八句）

靚杪秋之遙夜兮，心繚悷而有哀。春秋逴逴而日高兮，然惆悵而自悲。四時遞來而卒歲兮，陰陽不可與儷偕。白日晼晚其將入兮，明月銷鑠而減毀。

此層主要強調自己暮年將至。他欲「窮處守高」，又想得到重用，所以年齡老大，必然「有哀」、「自悲」，矛盾猶豫。

(2) 淹留躊躇（十句）

歲忽忽而遒盡兮，老冉冉而愈弛。心搖悅而日幸兮，然怊悵而無冀。中憯惻之悽愴兮，長太息而增欷。年洋洋以日往兮，老嵺廓而無處。事亹亹而覬進兮，蹇淹留而躊躇。

此層主要講他內心矛盾：既天天盼（「日幸」），又無指望（「無冀」）；既「老冉冉而愈弛」，又「事亹亹而覬進」；上文既想「愈飄翔而高舉」，這裡又「蹇淹留而躊躇」。詩人活得實在太累了！

3. **譴責——「何毀譽之昧昧」（三十六句）**

在矛盾、絕望之中，作者無以解脫，只好憤而譴責，即指責奸臣，勸諫君王。此層內容同前邊「無成」之原因相仿，但感情更加激烈；另外，前面的「關梁閉而不通」、「君棄遠而不察」，主要侷限於個人「無成」之因；而這一層次境界有所提高，開始由斥奸臣、諫君王，聯想到國運「危敗」上來。此三十六句，可以分爲三小層次。

(1)斥奸臣（十六句）

何氾濫之浮雲兮，猋壅蔽此明月。忠昭昭而願見兮，然陰曀而莫建。
願皓日之顯行兮，雲蒙蒙而蔽之。竊不自料而願忠兮，或默點而汙之。
堯舜之抗行兮，瞭冥冥而薄天。何險巇之嫉妒兮，被以不慈之偽名？
彼日月之照明兮，尚黯黮而有瑕。何況一國之事兮，亦多端而膠加。

前八句採用比喻（「浮雲」、「明月」、「皓日」、「雲蔽」）和反覆的手法，正面痛斥奸臣擋道、矇騙國君。後八句採用類比法，以「堯舜抗行」而「被僞名」爲喻，說明自己品德高尚而遭嫉妒、誹謗。

(2)諫君王（八句）

被荷裯之晏晏兮，然潢洋而不可帶。既驕美而伐武兮，負左右之耿介。
憎慍惀之修美兮，好夫人之慷慨。眾踥蹀而日進兮，美超遠而逾邁。

頭兩句爲比喻。「君王荷衣很好看，可惜帶子繫不上」，實際含意如王逸所云：君王「自以爲有賢名之德」、「貌雖香好，然浩浩蕩蕩（糊裡糊塗）而不可帶，又易敗也。」⓫朱熹釋云：「此亦謂有美名而無實用者也。」⓬次兩句爲直陳，王逸注云：君王「內無文德，不納忠言，外好武備，而無名將。」末四句套用〈哀郢〉成句，批評君王好惡不分，是非顛倒，遠賢親邪，「荒怠邪僻，臣下又承其意，莫之敢違」（朱熹語）。這八句勸諫君王，感情沉痛，語言激切。

(3) 憂國運（十二句）

> 農夫輟耕而容與兮，恐田野之蕪穢。事綿綿而多私兮，竊悼後之危敗。
> 世雷同而炫曜兮，何毀譽之昧昧。今修飾而窺鏡兮，後尚可以竄藏。
> 願寄言夫流星兮，羌倏忽而難當。卒壅蔽此浮雲兮，下暗漠而無光。

此十二句由對奸臣、昏君的譴責，上升到一個比較高的境界，即不再糾纏於區區個人「無成」、得失之上，而是深入到君昏臣奸對國家前途的危害上來。「農夫輟耕而容與兮，恐田野之蕪穢」二句，前人有多種解釋，我以爲朱熹的說法比較更接近詩歌原意。其注云：「言不恤國政而嬉遊也。」確切此說，這兩句是個借喻，意思是說：就象農夫停止耕作不務正事必然導致田野蕪穢顆粒無收一樣，「浮雲蔽月」、君王昏庸的必然結果就是政治黑暗，國勢頹敗。下面兩句就點明此喻之本體：「事綿綿而多私兮，竊悼後之危敗。」詩人因此痛心於「世雷同而炫曜兮，何毀譽之昧昧」這個現實，以爲只要國君覺悟，「修飾窺鏡」，「尚可以竄藏」，即國家還會有希望。他多麼希望將此看法告訴君王（「願寄言夫流星兮」），但現實中怎麼可能實現呢？「卒壅蔽此浮雲兮，下暗漠而無光。」這個社會太黑暗了！於是，詩人陷入更加難於自拔的痛苦之中。

⓫〔宋〕洪興祖，《楚辭補注》[M]，北京：中華書局，一九八三：一九四。

⓬〔宋〕朱熹，《楚辭集注》[M]，上海：上海古籍出版社，一九七九：一二八。

4. 痛苦——「忳惛惛而愁約」（二十八句）

(1) 以史爲鑑（八句）

堯舜皆有所舉任兮，故高枕而自適。諒無怨於天下兮，心焉取此怵惕？
乘騏驥之瀏瀏兮，馭安用夫彊策？諒城郭之不足恃兮，雖重介之何益。

此八句以歷史爲例，說明人才之重要。堯舜重用人才，故能高枕無憂地治理天下；而長城高牆、堅甲利兵等，實際是不可靠的。此層既是上面憂慮國運的原因，也是下面更加矛盾的緣由。

(2) 更加矛盾（八句）

邅翼翼而無終兮，忳惛惛而愁約！生天地之若過兮，功不成而無效。
願沉滯而不見兮，尚欲布名乎天下。然潢洋而不遇兮，直怐愗而自苦。

上一層講人才重要，而詩人認爲自己就是人才，但是不被重視信用，「功不成而無效」。他思前想後無結果，憂鬱煩悶何時了！既然社會黑暗，好壞不分，那就「沉滯不見」算了吧。但是詩人「尚欲布名乎天下」，於是他又一次慨嘆君王昏庸。

(3) 無人善相（八句）

莽洋洋而無極兮，忽翱翔之焉薄？國有驥而不知乘兮，焉皇皇而更索？
甯戚謳於車下兮，桓公聞而知之。無伯樂之善相兮，今誰使乎訾之？

頭兩句講自己「翺翔焉薄」，即「功不成而無效」。次兩句責問君王昏庸不識人才。再兩句讚美桓公賢明，善識人才。末兩句直斥當時的統治者不能像伯樂那樣「善相」。

(4) 憂鬱痛苦（四句）

罔流涕以聊慮兮，惟著意而得之。紛純純之願忠兮，妒被離而彰之。

這短短四句，實際是對前邊所有愁情的一個簡要概括：失意悲愁多幻想，希望國君留意我；耿耿一心忠君王，小人嫉妒造障礙。

以上二百二十六句，是全詩主體，是因爲送別老友而引起的強烈而又複雜的情愫。以下十八句爲尾聲。已故劉永濟先生擅自加上「亂曰」二字⑬（王、洪、朱諸本均無），固然不妥，但也不失爲明見。

第三大層次　尾聲（十八句）

此層寫想像。人們在失望或絕望之後總會產生某種新的想像、幻想。此詩主體主要寫詩人「專思君兮不可化，君不知兮可奈何」的可悲處境，分析其原因，抒發其愁情。詩人心中明白，自己的處境不可能有改變，於是產生了一種幻想。這十八句詩可以分爲兩個層次。

1. 設想雲中景象（十四句）

願賜不肖之軀而別離兮，放遊志乎雲中。
乘精氣之摶摶兮，騖諸神之湛湛。驂白霓之習習兮，歷群靈之豐豐。

⑬ 劉永濟，《屈賦音注詳解》[M]，上海：上海古籍出版社，一九八三：七三。

左朱雀之茇茇兮，右蒼龍之躣躣。屬雷師之闐闐兮，通飛廉之衙衙。前輕輬之鏘鏘兮，後輜乘之從從。載雲旗之委蛇兮，扈屯騎之容容。

開頭兩句爲過渡。詩人覺得黑暗的社會現實與自己理想抱負之間的矛盾實在尖銳，無法調和，沒有任何解脫的希望，所以在老友「失職」、「遠行」之際，他自然也表示要選擇「別離」這一出路。如果說，他在前面也講過氣話，如：「閔奇思之不通兮，將去君而高翔」、「鳳愈飄翔而高舉」等等，但實際上他是不願意離去的，說完氣話後，總要表示「心閔憐之慘悽兮，願一見而有明」、「欲寂寞而絕端兮，竊不敢忘初之厚德」、「事亹亹而覬進兮，蹇淹留而躊躇」，就是說，本意還是不想離去。這一次好像是眞的了，不但明確請求君王「賜不肖之軀而別離兮，放遊志乎雲中」，而且還充分想像「放遊雲中」的奇麗景觀。可惜，詩人還不是眞心願意別離。

2. 忠君情結不變（四句）

計專專之不可化兮，願遂推而為臧。賴皇天之厚德兮，還及君之無恙。

譯文是：忠君情結絕不變，作個榜樣來推廣，仰仗皇天好品性，保佑我君無禍殃！

總之，全詩結尾又回到開頭，回到主題上——「專思君兮不可化，君不知兮可奈何？」意思是說，我思念君王的情結永遠不會改變，但是君王不了解我、不重用我，又怎麼辦呢？

三、藝術特色分析

魯迅曾經這樣評價〈九辯〉：「雖馳神逞想不如〈離騷〉，而淒怨之情，實爲獨絕。」⑭（《漢文學史綱要》）當然，〈九辯〉不如〈離騷〉，從根本上說，因爲是立意太低俗，只是憂怨於個人的得失，而〈離騷〉立意在憂國憂民，二者的思想高度根本不能同日而語。但從藝術角度看，魯迅的看法是值得參考的。

（一）景眞情深，悲秋之祖

〈九辯〉抒情的背景就是秋，秋風、秋雨、秋夜、秋樹、秋葉、秋草。特別是開頭幾句：「悲哉秋之爲氣也，蕭瑟兮草木搖落而變衰。憭慄兮若在遠行，登山臨水兮送將歸。」詩人將幽怨哀傷的感情與蕭瑟搖落的秋風秋葉整合在一起，使幽怨哀傷之情更加感人。過去人們將〈湘夫人〉的開頭「嫋嫋兮秋風，洞庭波兮木葉下」兩句與〈九辯〉的這個開頭並稱爲「千古言秋之祖」，但〈湘夫人〉的開頭僅如王夫之所析，是寫男女約會一方「望其來而未來故愁不釋」；而〈九辯〉這個開頭如清人賀貽孫《騷箋》所析，有「七重悲」：「一遠也，二行也，三登山也，四臨水也，五送也，六將也，七歸也。」賀氏之析似有瑣碎之嫌，但可以說明〈九辯〉的這個悲秋開頭有著豐富的內涵。

〈九辯〉中還有幾處寫秋景的，如：「泬寥兮天高而氣清，寂寥兮收潦而水清。憯悽增欷薄寒之中人，愴怳懭悢兮去故而不就新。」「皇天平分四時兮，竊獨悲此凜秋。白露既下百草兮，奄離披此梧楸。」「秋既先戒以白露兮，冬又申之以嚴霜。收恢炱之孟夏兮，然欿傺而沉藏。」「皇天淫溢而秋霖兮，后土何時而得漧？塊獨守此無澤兮，仰浮雲而永歎。」「靚杪秋之遙夜兮，心繚悷而有哀。春秋逴逴而日高兮，然惆悵而自悲。」這些詩句都對秋景作了十分細仔入微的描繪，是〈九辯〉表達思想感情的背景，更加襯托出詩人的政治

⑭魯迅，《漢文學史綱要》[M]，上海：上海古籍出版社，二〇〇五：第四篇。

失意之感，確是「淒怨之情，實為獨絕」。

（二）句式多變，音節鏗鏘

此詩句式多變首先體現在「兮」字的位置上。「兮」字在單句末的占大多數，共一百一十一句，其中，七言式（「雁廱廱而南遊兮」等）有八十四句，主要在後半部分；八言式（「春秋逴逴而日高兮」等）有二十二句，六言（「圜鑿而方枘兮」等）九言式（「竊悲夫蕙華之曾敷兮」等）各兩句，十言式（「願賜不肖之軀而別離兮」）僅一句。「兮」字在句中的共三十二句，其在三字位置（「蕭瑟兮草木搖落而變衰」等）的有八句，在四字位置（「倚結軨兮長太息」等）的有十六句，在五字位置（「悲憂窮戚兮獨處廓」等）的有八句。詩歌開篇第一句「悲哉秋之為氣也」中的「哉」字也是語氣詞，相當於「兮」，在二字位置。如此多變的句式，是宋玉〈九辯〉與屈原作品在形式上一個最明顯的區別，因為屈賦諸篇句式上一般是比較整齊的，絕無〈九辯〉如此詭譎多變。因為句式多變，長短錯落，所以此詩的語言讀者吟誦起來就會有一種跌宕起伏，迴腸蕩氣的美感。

詩中也運用了不少雙聲疊韻詞和疊詞。雙聲疊韻詞如：「愴怳」、「懭悢」、「廓落」、「惆悵」、「從容」、「悽愴」等。疊詞更多，如：「翩翩」、「廱廱」、「怦怦」、「昭昭」、「悠悠」、「狺狺」、「遑遑」、「鬱鬱」、「莽莽」、「冉冉」、「洋洋」、「濛濛」、「綿綿」、「昧昧」、「瀏瀏」、「翼翼」、「惛惛」、「純純」等，特別是最後一段中竟是十一組疊詞連用：「摶摶」、「湛湛」、「習習」、「豐豐」、「芨芨」、「躍躍」、「闐闐」、「衙衙」、「鏘鏘」、「從從」、「容容」。大量疊詞的使用，使得詩歌語言節奏鮮明，鏗鏘有力，十分優美。

主要參考文獻一覽

王　逸：《楚辭章句》（四庫全書本）
洪興祖：《楚辭補注》（四庫全書本）
朱　熹：《楚辭集注》（四庫全書本）
吳仁傑：《離騷草木疏》（《知不足齋叢書》本）
張京元：《刪注楚辭》（鳳凰出版社本）
汪　瑗：《楚辭集解》（四庫全書本）
黃文煥：《楚辭聽直》（四庫全書本）
李陳玉：《楚詞箋注》（毛表校刻汲古閣本）
王夫之：《楚辭通釋》（上海人民出版社本）
林雲銘：《楚辭燈》（四庫全書本）
賀貽孫：《騷筏》（四庫全書本）
屈　復：《楚辭新注》（四庫全書本）
蔣　驥：《山帶閣注楚辭》（四庫全書本）
胡濬源：《楚辭新注求確》（上海古籍出版社本）
胡文英：《屈騷指掌》（四庫全書本）
戴　震：《屈原賦注》（四庫全書本）

陳本禮：《屈辭精義》（上海古籍出版社本）
馬其昶：《屈賦微》（清光緒三十二年集虛草堂刻本）
聞一多：《楚辭校補》（巴蜀書社）
饒宗頤：《楚辭地理考》（民初商務印書館）
郭沫若：《屈原賦今譯》（上海書店出版社）
游國恩：《離騷纂義》（中華書局）
游國恩：《天問纂義》（中華書局）
游國恩：《游國恩楚辭學術論文集》（中華書局）
林　庚：《天問論箋》（人民文學出版社）
姜亮夫：《楚辭學論文集》（上海古籍出版社）
姜亮夫：《楚辭繹講錄》（北京出版社）
姜亮夫：《屈原賦今譯》（北京出版社）
湯炳正：《屈賦新探》（齊魯書社）
褚斌傑：《楚辭選評》（三秦出版社）
馬茂元：《楚辭選》（人民文學出版社）
聶石樵：《屈原論稿》（人民文學出版社）
劉永濟：《屈賦音注詳解》（上海古籍出版社）
錢鍾書：《管錐篇》（中華書局）
胡念貽：《先秦文學論集》（中國社會科學出版社）
何劍熏：《楚辭拾瀋》（四川人民出版社）
孫作雲：《天問研究》（中華書局）

周勳初：《九歌新考》（上海古籍出版社）
張正明：《張正明學術文集》（湖北人民出版社）
殷光熹：《楚辭論叢》（巴蜀書社）
殷光熹：《楚辭注評》（中國社會科學出版社）
毛　慶：《屈騷藝術研究》（湖北人民出版社）
趙逵夫：《屈原和他的時代》（人民文學出版社）
趙逵夫：《屈騷探幽》（巴蜀書社）
黃靈庚：《楚辭章句疏證》（中華書局）
黃靈庚：《楚辭與簡帛文獻》（人民出版社）
黃靈庚：《楚辭文獻叢考》（國家圖書館出版社）
潘嘯龍：《屈原與楚辭研究》（安徽大學出版社）
周建忠：《楚辭論稿》（中州古籍出版社）
周建忠：《楚辭與楚辭學》（吉林人民出版社）
周建忠：《楚辭考論》（商務印書館）
周建中、湯漳平：《楚辭學通典》（湖北教育出版社）
徐志嘯：《日本楚辭研究論綱》（學苑出版社）
徐志嘯：《楚辭研究與中外比較》（上海古籍出版社）
吳廣平：《宋玉研究》（岳麓書社）
劉　剛：《宋玉辭賦考論》（遼海出版社）
金榮權：《宋玉辭賦箋評》（中州古籍出版社）
孔穎達：《尚書正義》（十三經注疏本，中華書局）

孔穎達：《毛詩正義》（十三經注疏本，中華書局）
賈公彥：《儀禮注疏》（十三經注疏本，中華書局）
孔穎達：《禮記正義》（十三經注疏本，中華書局）
何晏集解　邢昺疏：《論語注疏》（十三經注疏本，中華書局）
趙岐注　孫奭疏：《孟子注疏》（十三經注疏本，中華書局）
邢　昺：《爾雅注疏》（十三經注疏本，中華書局）
孔穎達：《春秋左傳正義》（十三經注疏本，中華書局）
韋昭注　董增齡疏：《國語正義》（巴蜀書社）
高誘注：《戰國策》（上海書店）
司馬遷：《史記》（中華書局）
班固撰　顏師古注：《漢書》（中華書局）
范　曄：《後漢書》（中州古籍出版社）
趙　曄：《吳趙春秋》（四庫全書本）
王先謙：《荀子集解》（諸子集成本）
高誘注：《呂氏春秋》（諸子集成本）
高誘注：《淮南子》（諸子集成本）
劉　向：《新序》（四庫全書本）
劉　向：《說苑》（四庫全書本）
郭璞注：《山海經》（四庫全書本）
酈道元：《水經注》（商務印書館）
李　善：《文選》（中華書局）

朱　熹：《四書集注》（岳麓書社）
永瑢等撰：《四庫全書總目》（中華書局）
蕭統編　李善注：《文選》（中華書局）
劉　勰：《文心雕龍》（四庫全書本）
鍾　嶸：《詩品》（四庫全書本）
王國維：《宋元戲曲史》（上海古籍出版社）
王國維：《古史新證》（清華大學出版社）
〔德〕黑格爾：《美學》（人民文學出版社）
顧頡剛：《古史辨》（上海古籍出版社）
尹錫康、周發祥主編：《楚辭資料海外編》（湖北人民出版社）
袁珂、周明：《中國神話資料萃編》（四川省社會科學院出版社）

後記

早在十幾年之前我就已有撰寫並出版此書的想法，但一直忐忑，不敢決斷。因為這是兩千多來第一次對楚辭作品篇次進行的大調整，倘無充分的理由，是不會被更多的人認可的。但是，現在我有把握了。近十幾年來，我在以往研究屈賦諸篇寫作時地的基礎上，又對楚辭作品篇次作了更深入的研究，在《光明日報》等報刊和楚辭各種高端學術會議上發表了不少關於這個課題的論文或學術演講。我還曾先後邀請幾十位著名楚辭專家到包頭參加學報編輯部組織的「屈原作品篇第研討會」（二〇一六年）和「楚辭學高峰論壇」（二〇一九年），專門討論我在屈賦篇第問題上的一些新發現。經過認真而又熱烈的討論，看了投影在螢幕上我選擇的諸多史料和屈賦文本，專家們最終在「屈原一生兩次放逐」、「〈離騷〉作於楚懷王十六年」、「屈原第二次放逐在楚頃襄王三年」等關鍵問題上基本認同了我的看法。《光明日報》等媒體報導了這兩次討論會的情況。在此基礎上，我於去年出版了《屈原研究》一書。此書中有些觀點是全新的，是我的發現。如：《史記・屈原列傳》講〈離騷〉是屈原被楚懷王「怒而疏」後所作，可太史公在《史記・自序》和〈報任少卿書〉中卻又說「屈原放逐乃著〈離騷〉」。王逸等人也是時而說「疏」後作，時而說「放」後作。這種似乎「矛盾」的狀況一直延續到宋朝。當時的儒學大家朱熹在《楚辭集注》和《楚辭辯證》等著述中以祖師爺的口吻，將王逸《楚辭章句》中關於〈離騷〉「放」後作的文字全部抹去，以為〈離騷〉並非「放」後作。結果挑起了八百多年來關於〈離騷〉寫作背景問題的不斷論爭。直到當代，仍有個別騷學大師一口咬定：〈屈原列傳〉中所說的「疏」不是「放」。二〇一三年春節，我再次披閱《十三經注疏》，看到

《左傳正義》宣公元年「晉放其大夫胥甲父于衛」時，開始注意到唐人孔穎達在疏文中引用漢代學者孔安國的一段話：「是放者，有罪當刑而不忍刑之，寬其罪而放棄之也；三諫不從待放而去者，彼雖無罪，君不用其言，任令自去，亦是放棄之義。」孔安國是司馬遷的同時代人，他說「疏」也是「放」，是「放」的另一種形式。這則史料證明了漢代人心目中對「疏」與「放」這兩個概念的認知，證明了司馬遷〈屈原列傳〉中說屈原「疏」後作〈離騷〉，在〈自序〉和〈報任少卿書〉中說他「放」後作〈離騷〉，二者其實並不矛盾。至此，〈離騷〉作於楚懷王十六年這個結論也就可以定讞，朱熹因為知識欠缺而挑起的這場長達八百多年的論爭也可告一段落。如此等等觀點，均是我在資料海洋中苦苦探索到的新見解。在去年出版《屈原研究》的基礎上，我決定還要撰寫並出版這本《楚辭新編》，真正對楚辭篇次做兩千多年來的第一次大調整。

當然，撰寫並出版此書，絕非僅僅為了調整楚辭的篇次，而主要是為了更深入地研究楚辭，更好地向大眾普及楚辭，更好地宣傳中國歷史上第一位偉大的愛國詩人屈原，宣傳中華民族的優秀傳統，即富有愛國精神、求索精神和鬥爭精神。孟子曰：「頌其詩，讀其書，不知其人可乎？是以論其世也。」現在，「知人論世」已成文學批評界的共識。但是，兩千多年來的楚辭研究卻一直不能做到這一點，因為屈原基本的身世軌跡一直模糊不清爭論不休，屈賦諸篇的寫作時地也一直糊糊塗塗莫衷一是，這樣下去，研究還怎麼深入下去？因此，本書在過去四十多年、尤其最近十多年對屈原各篇作品寫作時地不斷研究的基礎上，按照諸篇寫作年代先後對楚辭篇次進行新的調整，對各篇寫作背景做比較明確、清晰的闡述，儘管可能不一定會被楚辭學界全然接受，但我相信這一定會有利於廣大讀者對楚辭的理解和接受。且古人說得好：不見椎輪，焉有大輅？

在寫作本書時，我特別注意普及性。曾出版的《屈原研究》側重論證，專業性強，一般業外人士不易看懂，而這本《楚辭新編》是要向大眾介紹楚辭，要讓大眾輕鬆地看懂楚辭，因此，我在對楚辭作品進行翻譯時採用傳統的七言句式，注釋力求全面且文字簡潔明瞭，寫作背景的介紹也採用闡述式、盡量不用論證式，思想內容分析採用條理清晰的層次分析法等等。但結果究竟如何，還是要請廣大讀者來檢驗。

又，著名楚辭專家、雲南大學資深教授、八十多歲的殷光熹老先生耄耋之年為拙著作序，溢美之辭，實不敢當，但由衷感動，謹致謝意。

周秉高

二〇二〇年五月三十一日

國家圖書館出版品預行編目資料

楚辭新編／周秉高著. ——初版.——臺北市：五南圖書出版股份有限公司，2021.12
面；　公分
ISBN 978-986-522-848-4（平裝）

1.楚辭

832.1　　110008692

1X1L

楚辭新編

作　　者— 周秉高（114.6）
發 行 人— 楊榮川
總 經 理— 楊士清
總 編 輯— 楊秀麗
副總編輯— 蘇美嬌
封面設計— 王麗娟
出 版 者— 五南圖書出版股份有限公司
地　　址：106台北市大安區和平東路二段339號4樓
電　　話：(02)2705-5066　　傳　　真：(02)2706-6100
網　　址：https://www.wunan.com.tw
電子郵件：wunan@wunan.com.tw
劃撥帳號：01068953
戶　　名：五南圖書出版股份有限公司
法律顧問　林勝安律師事務所　林勝安律師
出版日期　2021年12月初版一刷
定　　價　新臺幣560元